MERCEDES RON

È COLPA TUA?

Traduzione di
Sara Cavarero

Romanzo

SALANI EDITORE

Titolo originale:
CULPA TUYA

ISBN 978-88-310-0992-8

Gruppo editoriale Mauri Spagnol, Milano
www.salani.it
Per essere informato sulle novità GeMS
visita www.illibraio.it

È COLPA TUA?

A mia sorella Ro,
grazie di essere la mia compagna di giochi,
di ascoltarmi, di ridere con me e di me
e di esserci sempre quando ho bisogno di te.

Prologo

La pioggia cadeva su di noi, eravamo fradici e infreddoliti, ma non ci importava: ormai non importava più nulla. Sapevo che tutto stava per cambiare, sapevo che il mio mondo sarebbe crollato a breve.

«Ormai non si può più tornare indietro, non riesco neanche a guardarti in faccia...»

Sul suo volto scendevano lacrime desolate.

Come potevo aver fatto una cosa del genere? Le sue parole mi lacerarono l'anima come pugnalate.

«Non so neanche cosa dire» balbettai cercando di controllare il panico che minacciava di distruggermi. Non poteva lasciarmi... non poteva farlo, vero?

Mi guardò dritto negli occhi, con odio, con disprezzo... uno sguardo che non pensavo avrebbe mai potuto rivolgermi.

«Tra di noi è finita» sussurrò con voce rotta, ma decisa.

E con queste poche parole, il mio mondo entrava in un'oscurità profonda, buia e solitaria... una prigione ideata appositamente per me, una prigione che meritavo, questa volta la meritavo proprio.

1
Noah

Finalmente era arrivato il mio diciottesimo compleanno.

Ricordavo ancora come, undici mesi prima, contavo i giorni che mi mancavano per diventare maggiorenne, poter finalmente prendere le mie decisioni e andarmene da quel posto. Ovviamente adesso le cose erano molto diverse. Era cambiato tutto così tanto che sembrava incredibile anche solo pensarci. Non soltanto mi ero abituata a vivere qui, ma ora non riuscivo proprio a immaginare di stare in un posto che non fosse questa città. Ero riuscita a crearmi uno spazio sia a scuola sia nella famiglia con cui mi ero ritrovata a dover convivere.

Tutti gli ostacoli che avevo dovuto superare – non solo negli ultimi mesi, ma da quando ero nata – mi avevano resa più forte, o almeno così credevo. Erano successe tante cose, non tutte positive, ma una me la tenevo bella stretta: Nicholas. Chi avrebbe mai detto che alla fine mi sarei innamorata di lui? Be', ero così follemente innamorata da aver male al cuore. Avevamo dovuto imparare a conoscerci, a stare insieme come coppia, e non era semplice, ci lavoravamo ogni giorno. I nostri caratteri spesso facevano scintille e Nick non era certo una persona facile, ma lo amavo alla follia.

Ecco perché non ero così felice per la mia imminente festa di compleanno: Nick non ci sarebbe stato. Non lo vedevo da due settimane, negli ultimi mesi era stato a

San Francisco… mancava un anno alla sua laurea e aveva cercato di approfittare di tutte le porte che gli aveva aperto suo padre. Ormai il Nick che si metteva nei guai era acqua passata; adesso era diverso: con me era maturato, era migliorato, anche se temevo che, da un momento all'altro, il suo vecchio io potesse riemergere.

Mi guardai allo specchio. Mi ero raccolta i capelli in alto, in uno chignon morbido ma elegante, perfetto per il vestito bianco che mia madre e Will mi avevano regalato per il compleanno. Mia madre era al settimo cielo per la festa che mi aveva organizzato. Secondo lei, quella sarebbe stata l'ultima occasione di rivestire il suo ruolo, visto che da lì a una settimana mi sarei diplomata e poco dopo sarei andata all'università. Avevo fatto domanda in varie università e alla fine avevo scelto l'UCLA di Los Angeles. Avevo già dovuto cambiare troppe cose e fare troppi traslochi, non volevo andare in un'altra città e ancor meno allontanarmi da Nick. Anche lui frequentava quella facoltà e, sebbene sapessi che molto probabilmente si sarebbe trasferito a San Francisco per lavorare nell'azienda di suo padre, decisi che ci avrei pensato più avanti: mancava ancora parecchio tempo e non avevo voglia di deprimermi.

Mi alzai dalla zona trucco e, prima di indossare il vestito, lo sguardo mi andò alla cicatrice che avevo sullo stomaco. Sfiorai con le dita quella parte del corpo che sarebbe stata per sempre danneggiata, segnata, e sentii un brivido. A quel punto, nella mia mente, risuonò il rumore dello sparo che aveva posto fine alla vita di mio padre e dovetti fare un respiro profondo per mantenere la calma. Non avevo parlato con nessuno dei miei incubi e nemmeno della paura che provavo quando ripensavo all'accaduto, e neanche a come il mio cuore iniziava a battere all'impazzata quando sentivo un rumore troppo forte. Non volevo ammettere che mio padre mi aveva causato un altro trauma, era più che sufficiente il fatto di non riuscire a restare al buio a meno che Nick non fosse accanto a me... Non intendevo ammettere che dormivo male, che non riuscivo a non pensare a mio padre morto lì accanto a me o all'impatto del suo sangue schizzato sul mio viso. Erano cose che tenevo per me: non volevo che qualcuno sapesse che ero ancora più traumatizzata di prima, che le paure che quell'uomo mi aveva procurato tenevano in scacco la mia vita. Mia madre, invece, era più tranquilla che mai, considerato che ora la paura che aveva sempre cercato di nascondere era scomparsa; adesso era felice con suo marito: era libera. A me, invece, restava molta strada da fare.

«Non ti sei ancora vestita?» mi chiese quella voce che mi faceva ridere a crepapelle quasi tutti i giorni.

Mi voltai verso Jenna e mi spuntò un sorriso. La mia migliore amica era splendida, come sempre. Si era da poco tagliata i lunghi capelli e ora li portava all'altezza delle spalle. Aveva insistito perché anch'io facessi lo stesso, ma sapevo che Nick adorava i miei capelli lunghi, quindi avevo evitato. Ormai mi arrivavano quasi alla vita, e mi piacevano così.

«Ti ho già detto quanto ammiro il tuo culo sodo?» buttò lì passandomi davanti e dandomi una pacca sul sedere.

«Tu sei fuori» risposi prendendo il vestito e infilandomelo dalla testa. Jenna si avvicinò alla cassaforte, proprio sotto a dove tenevo le scarpe. Non avevo né combinazione né niente perché non la usavo, ma da quando Jenna l'aveva scoperta aveva iniziato a metterci dentro di tutto.

Scoppiai a ridere quando tirò fuori una bottiglia di champagne e due calici.

«Brindiamo alla tua maggiore età» propose passandomi uno dei bicchieri. Sorrisi; sapevo che se mia madre mi avesse vista mi avrebbe uccisa, ma in fondo era il mio compleanno e dovevo festeggiare, no?

«A noi due» aggiunsi.

Brindammo e portammo i calici alle labbra. Era buonissimo, e ci credo considerato il costo – una bottiglia di Cristal da oltre trecento dollari –, ma Jenna faceva sempre tutto in grande: era abituata a quel tipo di lussi e non le era mai mancato nulla.

«Questo vestito è incredibile» dichiarò osservandomi imbambolata.

Sorrisi e mi guardai allo specchio. L'abito era splendido, bianco, attillato e con un pizzo delicato che mi arrivava fino ai polsi lasciando intravedere la pelle chiara attraverso diversi elementi geometrici. Anche le scarpe erano stupende e mi facevano diventare alta quasi quanto Jenna. Lei indossava un vestito corto con le balze color bordeaux.

«Sotto c'è una marea di gente» annunciò appoggiando il suo calice di champagne vicino al mio. Io feci l'esatto opposto: lo presi e mandai giù in un sorso tutte le bollicine.

«Non ci posso credere!» esclamai, innervosendomi. All'improvviso, mi mancava l'aria. Quel vestito era troppo stretto, non mi lasciava respirare.

Jenna mi guardò rivolgendomi un sorriso complice.

«Cos'hai da ridere?» domandai, invidiandola perché non era lei a dover vivere tutto quello.

«Niente, è che so quanto odi queste cose, ma stai tranquilla» rispose avvicinandosi al mio orecchio, «io sono qui per assicurarmi di divertirci alla grande» aggiunse sorridendo e dandomi un bacio sulla guancia.

Sorrisi anch'io, grata. Forse il mio fidanzato si sarebbe perso il mio compleanno, ma almeno avevo con me la mia migliore amica.

«Scendiamo?» mi propose sistemandosi il vestito.
«Non ho alternative!»

Avevano stravolto l'intero giardino. Mia madre era impazzita; aveva affittato un tendone bianco e sotto, a parte un'infinità di palloncini, c'erano diversi tavoli rotondi e rosa, e delle vistose sedie tra le quali andavano avanti e indietro camerieri in giacca e papillon. Da un lato c'era un bancone a cui servivano da bere e anche lunghi tavoli con sopra ogni sorta di cibo fornito da un servizio di catering. Tutto quello non aveva niente a che vedere con me, ma sapevo che mia madre avrebbe sempre voluto organizzare una festa di compleanno così: aveva sempre scherzato sui miei diciott'anni e sul trasferimento in qualche università, avevamo immaginato insieme come sarebbe stata la festa, se mai avessimo vinto la lotteria… e alla fine l'avevamo vinta! Ma quello era veramente troppo.

Quando feci la mia comparsa in giardino, gli invitati si voltarono e gridarono 'buon compleanno' all'unisono, come se non avessi immaginato che fossero tutti lì ad aspettarmi. Mia madre si avvicinò e mi abbracciò stretta.

«Tanti auguri, Noah!» disse stringendomi con forza. Ricambiai la stretta e, sconvolta, vidi che, dietro di lei, si stava formando una coda di persone pronta a farmi gli auguri. C'erano tutti i miei compagni di scuola e molti genitori con cui mia madre aveva fatto amicizia, per non parlare di parecchi vicini e amici di William. Mi innervosii così tanto che, involontariamente, il mio sguardo iniziò a cercare Nicholas nel giardino: soltanto lui riusciva a calmarmi. Ma di Nick non c'era traccia… Sapevo che non sarebbe venuto, era in un'altra città, non l'avrei visto fino al weekend, per la cerimonia di diploma, ma una piccola parte di me sperava comunque di intravederlo in mezzo alla folla.

Salutai gli ospiti per oltre un'ora fin quando, finalmente, Jenna si avvicinò a me per trascinarmi verso il bancone delle bibite. C'erano due zone: una per i minori di ventuno anni e l'altra per i genitori.

«Hai il tuo cocktail personale» disse la mia amica scoppiando a ridere.

«Ok, mia madre è ufficialmente impazzita» commentai mentre un cameriere ci serviva il 'mio' cocktail. Il ragazzo mi guardò e sorrise cercando di trattenere una risata. Bene, avrei giurato che stava pensando fossi una snob.

Quando vidi il mio cocktail, per poco non mi venne un colpo. Era un bicchiere di Martini con un liquido rosa shocking, zucchero colorato sui bordi e una fragola su un lato, a mo' di decorazione. Legato sulla parte bassa del bicchiere c'era un nastrino con un diciotto fatto di piccole perline bianche.

«Gli manca un tocco speciale» disse Jenna tirando fuori una fiaschetta, di nascosto, e versando un po' di alcol nei nostri drink. Avrei dovuto fare attenzione per evitare di ubriacarmi prima di mezzanotte.

Un DJ abbastanza in gamba stava mettendo ogni genere di musica e i miei amici ballavano come matti. La festa era un successone.

Jenna mi aveva trascinata a ballare con lei e stavamo saltellando come due pazze. Stavo morendo di caldo: l'estate era dietro l'angolo e si faceva sentire.

Lion ci osservava attentamente da un lato della pista. Era appoggiato a una delle colonne e controllava la frenesia con cui Jenna sculettava. Risi e, stanca, lasciai che la mia amica continuasse a ballare con gli altri.

«Ti annoi, Lion?» chiesi avvicinandomi.

Lui mi sorrise, anche se notai che qualcosa lo preoccupava. I suoi occhi non si staccavano da Jenna.

«Tra l'altro, tanti auguri» disse, dato che non eravamo ancora riusciti a stare un attimo da soli. Mi faceva strano vederlo lì senza Nick. Lion non conosceva molto i nostri amici; lui e Nick avevano cinque anni più di me e Jenna e la differenza d'età si notava. Quelli della mia classe erano più immaturi di loro ed era normale che quei due non volessero venire con noi quando uscivamo con i nostri compagni.

«Grazie» risposi. «Hai notizie di Nick?» chiesi con una fitta allo stomaco. Non mi aveva ancora chiamata né mandato un messaggio.

«Ieri mi ha detto che era pieno di lavoro, che in studio lo lasciano a malapena andare a pranzo, ma ha comunque trovato il tempo di dirmi di tenerti d'occhio» aggiunse guardandomi e sorridendo.

«Direi che i tuoi occhi sono fissi su una persona in particolare» affermai notando come guardava di nuovo Jenna. Proprio in quel momento, lei si voltò e sul viso le apparve un sorriso felice. Era innamoratissima di Lion, quando si fermava a dormire da me passavamo ore a parlare di quanto fossimo fortunate a esserci innamorate di due ragazzi che erano così amici tra di loro. Sapevo che non avrebbe voluto nessun altro e mi rendeva felice pensare che anche Lion era altrettanto preso da Jenna. Adoravo Jenna, era davvero la mia migliore amica, e mi aveva insegnato come doveva essere una vera amicizia: non era gelosa, né rancorosa o manipolatrice come, invece, era stata Beth in Canada; e, ovviamente, era incapace di farmi del male, quantomeno in modo intenzionale.

Si avvicinò a noi e diede un sonoro bacio a Lion. Lui la strinse con affetto e io mi allontanai un po', diventando improvvisamente triste. Mi mancava Nick, avrei voluto fosse lì, avevo bisogno di lui. Controllai di nuovo il cellulare, ma niente, non c'erano né chiamate né messaggi. La cosa stava iniziando a scocciarmi, in fondo cosa ci voleva a mandarmi anche solo un messaggio? Ma perché diavolo faceva così?

Mi avvicinai al bancone dove un barman serviva da bere ai pochi maggiorenni che erano rimasti. Era lo stesso che prima aveva preparato i miei cocktail insieme a un'altra cameriera.

Mi sedetti davanti al bancone e lo guardai, cercando il modo di arruffianarmelo per farmi dare un drink.

«Sarebbe troppo chiederti di servirmi qualcosa di non rosa e di alcolico?» domandai, sicura che mi avrebbe mandata Dio solo sa dove.

Per mia grande sorpresa, e dopo essersi assicurato che nessuno lo vedesse, tirò fuori un bicchierino da chupito e lo riempì con un liquido bianco.

«Tequila?» domandai sorridendo.

«Se te lo chiedono, non sono stato io» rispose guardando da un'altra parte.

Risi e mi portai in fretta il bicchiere alle labbra. Sentii bruciare la gola, ma era davvero buono.

Mi voltai e vidi che Jenna stava trascinando Lion in un angolo buio. Vedere i miei amici abbracciati che si baciavano mi rendeva tristissima.

'Maledizione, Nicholas Leister, ma perché non scompari dalla mia mente anche solo per un secondo al giorno?'

«Ancora uno?» proposi al cameriere; sapevo che stavo esagerando, ma era la mia festa, mi meritavo di bere quello che volevo, no?

Stavo giusto per scolarmene un altro quando, all'improvviso, una mano apparve dal nulla fermandomi e togliendomi il bicchierino.

«Credo tu abbia bevuto abbastanza» disse una voce.

Quella voce.

Alzai lo sguardo ed eccolo lì: Nick. Indossava camicia e pantaloni eleganti, i capelli scuri leggermente spettinati e gli occhi azzurri che brillavano di un'emozione trattenuta, misteriosa e, al tempo stesso, piena di felicità.

«Mio Dio!» esclamai portandomi le mani alla bocca. Sul suo volto si disegnò un sorriso, *il mio sorriso*. Un secondo dopo mi stavo già lanciando tra le sue braccia.

«Sei venuto!» urlai con la guancia appoggiata alla sua, stringendolo contro di me, percependo il suo odore e sentendomi di nuovo completa.

Mi strinse forte; finalmente riuscivo a respirare. Era lì, Dio mio, era lì con me!

«Mi sei mancata, Peldicarota» mi confessò all'orecchio dopo aver tirato indietro la mia testa e aver posato le sue labbra sulle mie.

Tutte le mie terminazioni nervose si risvegliarono: era da quattordici lunghi giorni che le nostre bocche e i nostri corpi non si toccavano.

Mi scostò e i suoi occhi mi percorsero avidi.

«Sei stupenda» mormorò con voce roca, posandomi le mani in vita e avvicinandomi a lui.

«Cosa ci fai qui?» chiesi cercando di controllare la voglia di continuare a baciarlo. Sapevo che non potevamo fare niente, eravamo circondati da gente e i nostri genitori erano lì in giro… Mi innervosii.

«Non avevo nessuna intenzione di perdermi il tuo compleanno» assicurò, e i suoi occhi andarono di nuovo al mio corpo. Percepivo l'elettricità tra di noi. Non eravamo mai stati separati a lungo, almeno da quando avevamo iniziato a uscire insieme. Mi ero abituata ad averlo accanto quasi tutti i giorni.

«Come hai fatto a venire?» chiesi appoggiata al suo petto. Non volevo smettere di abbracciarlo.

«Meglio se non fai domande» disse baciandomi sulla testa. Sentii il suo profumo e chiusi gli occhi estasiata.

«Bella festa» disse ridendo.

Mi scostai e lo guardai in malo modo.

«Non è stata una mia idea».

«Lo so» assicurò con un ampio sorriso.

Sentii il cuore gonfiarsi di felicità. Mi era mancato quel sorriso.

«Vuoi provare il 'cocktail Noah'?» gli chiesi voltandomi verso il barman, che mi sentì e iniziò a prepararlo.

«Hai un cocktail personale, Peldicarota?» domandò accigliandosi quando il barman versò il liquido rosa, fragola compresa, e glielo porse.

Rimase a fissarlo con un'espressione che mi fece ridere.

«Immagino di doverlo provare...»

Lo mandò giù senza batter ciglio, e dire che sapeva di caramella fusa.

Non stavo nella pelle dalla felicità e lui ne fu contagiato. Mi tirò a sé e le sue labbra andarono dritte al mio orecchio. Mi sfiorò appena la pelle sensibile del collo e sentii che mi scioglievo a quel semplice contatto della sua bocca.

«Ho bisogno di entrare dentro di te» disse a quel punto.

Mi tremarono le gambe.

«Qui non possiamo» risposi in un sussurro, cercando di controllare l'agitazione.

«Ti fidi di me?» mi chiese allora.

Ma che razza di domanda stupida! Non c'era nessuno di cui mi fidassi così tanto.

Lo guardai negli occhi, fu quella la mia risposta.

Sorrise nel modo che mi faceva impazzire.

«Aspettami sul retro, alla casetta vicino alla piscina» mi disse dandomi un veloce bacio sulle labbra. Prima che se ne andasse, afferrai con forza il suo braccio.

«Non vieni con me?» chiesi nervosa.

«Credo che il trucco stia nel non far capire che stiamo per fare l'amore» confessò con quel sorrisetto malizioso che mi faceva tremare dalla testa ai piedi.

Lo vidi andare a salutare gli ospiti, sprigionava sicurezza da ogni poro. Rimasi a osservarlo per qualche secondo, sentendo che le farfalle iniziavano a combinarne una delle loro dentro al mio stomaco. Non volevo ammettere di avere paura ad allontanarmi da sola, al buio.

Cercando di controllare il respiro, presi il chupito che era sul bancone e lo mandai giù. Il liquido mi placò per qualche secondo. Respirai a fondo e mi incamminai verso la piscina che era oltre al tendone sotto cui la gente ballava e si divertiva. Camminai lungo il bordo, cercando di non cadere in acqua, fino a raggiungere la casetta che c'era sul retro. Dall'altro lato c'erano gli alberi che la circondavano e, poco oltre, mi arrivò il rumore delle onde del mare che si infrangevano contro la scogliera. Appoggiai la schiena al muro posteriore della casa, continuando ad ascoltare il vociare degli ospiti e cercando di mantenere la calma.

Chiusi gli occhi nervosa e, a quel punto, lo sentii arrivare. Le sue labbra si posarono così in fretta sulle mie che non feci in tempo a dire nulla. Aprii gli occhi e vidi i suoi.

Dicevano tutto.

«Non hai idea di quanto mi è mancato fare questo» disse accarezzandomi il collo e baciandomi delicatamente.

Mi sciolsi, letteralmente, tra le sue braccia.

«Dio... quanto avevo voglia di toccarti!» esclamò e le sue mani scesero lungo il costato mentre con il naso percorreva il mio collo molto lentamente.

Le mie mani andarono verso la sua nuca e lo avvicinai di nuovo a me. Questa volta ci baciammo disperatamente, scaldandoci come al fuoco vivo di un incendio, la sua lingua si avvinghiava feroce alla mia e il suo corpo si stringeva contro il mio. Volevo toccarlo, volevo sentire la sua pelle sotto le dita.

«Ti sono mancato, Peldicarota?» chiese accarezzandomi la guancia con una mano e osservandomi come fossi io il regalo, e non il contrario.

Cercai di annuire, ma avevo il respiro così accelerato che mi uscì un gemito, che andò aumentando quando le sue labbra si avvicinarono al mio collo.

«Non intendo andarmene più» disse tra un bacio e l'altro.

Risi, triste.

«Questo non dipende da te».

Mi cercò con lo sguardo.

«Ti porterò con me… ovunque vada».

«Sembra molto romantico» risposi baciandolo sulla mandibola.

Nick mi prese la faccia tra le mani.

«Sto parlando sul serio, ero in astinenza».

Risi di nuovo e allora mi silenziò con un bacio pieno di passione trattenuta.

«Voglio toglierti questo maledetto vestito» grugnì a denti stretti sollevandolo fin quando non mi rimase arrotolato in vita. I suoi occhi fissarono la mia pelle nuda ricchi di desiderio, di un desiderio profondo alimentato dalla distanza e dal tempo in cui eravamo stati lontani.

«Farei l'amore con te per tutta la notte» sussurrò. Le sue mani si fermarono all'elastico dei miei slip.

Sentii un brivido percorrermi il corpo.

«Preferisci aspettare?» chiese con la voglia che gli brillava negli occhi bui. «Ti porterei nel mio appartamento, ma immagino che sentirebbero la tua mancanza».

«Sì, immagini bene…» dissi mordendomi un labbro. Non l'avevo mai fatto così con lui, ma non volevo aspettare. Nick mi spinse contro il muro e sentii il suo corpo eccitato sfiorare il mio.

«Faremo in fretta, non ci vedrà nessuno» mi assicurò all'orecchio senza smettere di baciarmi.

Alla fine annuii e allora le sue dita mi abbassarono gli slip lasciandoli cadere a terra.

Armeggiai con la cravatta fino a togliergliela.

«Ti voglio vedere» disse scostandomi.

Sorrise con tenerezza e mi baciò la punta del naso. Mi prese le mani e le portò dietro alla sua nuca.

Lo osservai senza muovermi mentre si sbottonava i pantaloni. Un secondo dopo mi aveva imprigionata contro la parete. Mi guardò dolcemente, con le pupille dilatate, preparandomi con lo sguardo, trasmettendomi un milione di cose. Mi baciò e poi mi entrò dentro. Avevo iniziato a prendere la pillola e fui grata di poterlo sentire davvero, senza barriere. Mi sfuggì un urlo soffocato e la sua mano mi coprì la bocca.

«Non puoi fare rumore» mi avvisò, ancora immobile.

Annuii ridotta a un fascio di nervi. Iniziò a muoversi, prima piano e poi accelerando. Dentro di me il piacere cresceva a ogni spinta, la sua mano si scostò dalla mia bocca e andò ad accarezzarmi nel punto in cui desideravo essere toccata.

«Nick...»

«Aspetta...» mi chiese reggendomi con forza dalle cosce. Chiusi gli occhi cercando di trattenermi. «Veniamo insieme...» mi sussurrò all'orecchio.

I suoi denti si impossessarono del mio labbro inferiore, mi morse e il piacere aumentò così tanto che non riuscii a resistere. L'urlo che mi uscì di bocca fu attenuato dalle sue labbra sulle mie. Lo sentii irrigidirsi fin quando grugnì, seguendomi in quel viaggio di infinito piacere.

Spinsi la testa all'indietro, cercando di controllare il respiro, mentre Nicholas mi teneva stretta.

«Ti amo, Nick» dichiarai quando i suoi occhi fissarono i miei.

«Io e te non siamo fatti per stare lontani» rispose.

2
Nick

Cazzo, quanto mi era mancata! Le giornate erano state interminabili, per non parlare delle settimane. Avevo fatto i doppi turni perché mi lasciassero rientrare prima, ma ne era valsa la pena.

«Stai bene?» chiesi con il respiro affannato. Non l'avevamo mai fatto così, mai. Con Noah mi controllavo, cercavo di trattarla come meritava, ma questa volta non ero riuscito ad aspettare. Appena l'avevo vista, avevo voluto farla mia.

I nostri sguardi si incrociarono e apparve un incredibile sorriso sulla sua bocca.

«È stato…» disse, ma la zittii con un bacio. Temevo quello che poteva dire, mi ero fatto trasportare dal desiderio del momento. Quella notte era più spettacolare che mai, il vestito virginale che indossava mi faceva impazzire.

«Ti amo follemente, lo sai, vero?» affermai stringendomi a lei.

«Io di più» rispose e, quando lo fece, notai che aveva un po' di sangue sulla bocca.

«Ti ho fatto male» osservai accarezzandole il labbro inferiore con un dito e pulendo la piccola goccia di sangue che ne era uscita. Merda, ero un cazzo di idiota. «Mi dispiace, Peldicarota».

Lei si leccò il labbro, pensierosa… guardandomi.

«Questa volta è stato diverso» buttò lì un attimo dopo. Eccome se lo era stato.

Mi scostai da lei e mi abbottonai i pantaloni. Mi sentivo in colpa: Noah si meritava di farlo in un letto e non contro un muro, come una botta e via.

«Cosa ti prende?» mi chiese guardandomi preoccupata.

«Niente, scusami» risposi baciandola di nuovo. Le abbassai il vestito dai fianchi, trattenendomi dal riprendere da dove avevamo interrotto. «Buon compleanno» le augurai sorridendo e tirando fuori dalla tasca una scatolina bianca.

«Mi hai portato un regalo?» chiese emozionata. Era così dolce e perfetta... mi bastava vederla per essere di buon umore, e mi bastava toccarla per andare su di giri.

«Non so se ti piacerà...» risposi diventando di colpo nervoso. Quando vide la scatolina, spalancò gli occhi.

«Cartier?» mi chiese, sorpresa. «Ma sei impazzito?»

Feci cenno di no con aria seria, in attesa che la aprisse. Quando lo fece, il piccolo cuore d'argento brillò nel buio. Lei sorrise e io sospirai di sollievo.

«È stupendo!» esclamò toccandolo con le dita.

«Così, ovunque andrai, ti porterai dietro il mio cuore» dichiarai baciandole la guancia. Era la cosa più sdolcinata che avessi mai detto in tutta la mia vita, ma lei riusciva a tirarmi fuori cose del genere, riusciva a trasformarmi in un idiota innamorato.

I suoi occhi mi guardarono e notai che si inumidivano.

«Ti amo, lo adoro!» esclamò prima di baciarmi.

Sorrisi e le chiesi di voltarsi per legarle il ciondolo. Con quel vestito, il collo le restava in vista e non potei fare a meno di baciarla sulla nuca. Ebbe un brivido e dovetti respirare a fondo per non prenderla di nuovo seduta stante. Le agganciai il ciondolo e la osservai mentre si voltava sorridente.

«Come mi sta?» chiese guardando in basso.

«Sei perfetta, come sempre» risposi.

Sapevo che dovevamo tornare ed era l'ultima cosa che mi andava di fare in quel momento. Volevo starmene da solo con lei, a dire il vero volevo sempre stare da solo con lei, ma in quel momento, dopo così tanto che non ci vedevamo, lo desideravo ancora di più.

«Sono presentabile?» disse con aria innocente.

Sorrisi.

«Ma certo» risposi mentre mi abbottonavo la camicia e raccoglievo la cravatta da terra.

«Lascia fare a me» mi chiese, e io scoppiai a ridere.

«Da quando in qua sai fare il nodo alla cravatta?» domandai sapendo che non ne era mai stata capace; e che anzi, ero io a farlo a lei quando abitavo ancora a casa.

«Ho dovuto imparare perché il mio affascinante fidanzato mi ha lasciata da sola in cambio di un appartamento da single» replicò mentre finiva di fare il nodo.

«Attraente, eh?»

Lei alzò gli occhi al cielo.

«Torniamo o tutti capiranno che cosa abbiamo combinato».

Mi avrebbe fatto piacere che tutti lo sapessero, almeno quei bamboccioni si sarebbero tenuti alla larga dalla mia ragazza. Eppure, nonostante quello che avevamo condiviso, per la maggior parte delle persone continuavamo a essere fratellastri.

Lasciai che lei si incamminasse mentre io fumavo una sigaretta. Sapevo che a Noah non piaceva che fumassi, ma se non l'avessi fatto sarei impazzito. Prima di raggiungerla, qualcosa attirò la mia attenzione. I suoi slip erano rimasti a terra.

Se n'era andata senza indossarli.

*

Quando tornai, la vidi parlare con un gruppo di amici. C'erano due ragazzi e uno di loro le teneva una mano appoggiata alla schiena. Respirai a fondo per calmarmi e poi mi avvicinai a loro. Non appena Noah mi vide, mi mise un braccio attorno alla vita e mi appoggiò il viso sul petto.

Mi calmai. Quel gesto era stato sufficiente.

«Hai visto Lion?» le chiesi mentre lo cercavo con lo sguardo. Ero un po' preoccupato per lui. Mentre ero a San Francisco mi aveva chiamato e mi aveva detto che suo fratello Luca stava per uscire di galera. Era in carcere da quattro anni, lo avevano trovato a spacciare erba e nessuno aveva potuto evitare che venisse sbattuto in gattabuia. A essere sincero, non è che mi facesse tanto piacere l'idea che Luca stesse per essere rilasciato; non che non fossi contento per Lion, in fondo era l'unica famiglia che gli restava; ma sapevo come poteva diventare suo fratello e non credevo che per Lion, in quella fase della vita, fosse positivo avere accanto un ex galeotto.

«A dire il vero è da un po' che non lo vedo» disse Noah. «In ogni caso, penso che adesso dovresti andare a salutare i nostri genitori...» aggiunse, e io subito mi irrigidii.

Dopo il rapimento di Noah, era stato piuttosto evidente che tra di noi le cose erano serie, ma i nostri genitori non ne erano affatto felici. E da allora avevano fatto di tutto perché fosse ben chiaro. Sapevo che mio padre non avrebbe permesso uno scandalo del genere: in fin dei conti, eravamo una famiglia in vista e ci aveva fatto chiaramente intendere che, almeno per la gente, dovevamo continuare a essere soltanto due fratelli; quello che mi aveva meravigliato era che Raffaella non si fosse schierata dalla nostra parte. Anzi, da allora mi guardava con una diffidenza che mi innervosiva.

«Non ci credo! Mio figlio è tornato» esclamò mio padre abbozzando un sorriso falso.

«Papà» risposi a mo' di saluto. «Ciao, Ella» salutai nel miglior modo possibile. Raffaella, per mia grande sorpresa, mi sorrise e mi abbracciò.

«Sono contenta che tu sia riuscito a venire» dichiarò spostando lo sguardo verso Noah. «Era molto triste prima del tuo arrivo».

Guardai Noah, che era arrossita, e le feci l'occhiolino.

«Come va in studio?» chiese mio padre.

Quel grande stronzo mi aveva messo a lavorare per Steve Hendrins, un coglione autoritario che si sarebbe occupato dello studio fin quando io non avessi avuto abbastanza esperienza da prenderne il controllo. Tutti sapevano che ero perfettamente qualificato per farlo, ma mio padre continuava a non fidarsi di me.

«Soffocante» risposi cercando di non fulminarlo con lo sguardo.

«Come la vita del resto» disse a quel punto. Le sue parole mi misero di cattivo umore. Ero stanco di sentire quel genere di stronzate, avevo smesso di comportarmi come un ragazzino da mesi, rivestivo il ruolo che mi spettava e non mi fermavo un minuto. Non soltanto lavoravo per mio padre, ma mi restavano un anno di università e parecchi esami da sostenere. La maggior parte dei miei compagni non sapeva nemmeno cosa fosse uno studio legale e io avevo più esperienza di molti laureati. E tuttavia, mio padre continuava a non fidarsi di me.

«Balliamo?» intervenne Noah, evitando così che potessi dire qualche sproposito.

«Certo».

L'accompagnai fino alla pista da ballo. Avevano messo un lento, e la attirai a me dolcemente, cercando di evitare che il mio malumore e il mio nervosismo ricadessero sull'unica persona di cui mi importava a quella festa.

«Non arrabbiarti» mi chiese accarezzandomi la nuca. Chiusi gli occhi lasciando che il contatto con lei mi placasse.

Feci scendere la mano fino alla vita, sfiorandole la parte bassa della schiena.

«È impossibile che mi arrabbi con te sapendo che non hai niente sotto il vestito».

«Non me n'ero nemmeno accorta» rispose fermando la carezza.

La guardai. Era stupenda.

Appoggiai la fronte alla sua.

«Mi dispiace» mi scusai osservandola e perdendomi nei suoi splendidi occhi.

Un attimo dopo mi sorrise.

«Ti fermerai a casa questa notte?» chiese a quel punto.

Cazzo! Di nuovo la stessa discussione. Non avevo nessuna intenzione di fermarmi lì, avevo traslocato da mesi e odiavo sentirmi sotto l'occhio giudicante di mio padre. Non vedevo l'ora che Noah si trasferisse in città, con lei accanto sarebbe stato tutto più facile.

«Lo sai che la risposta è no» dissi spostando lo sguardo verso la gente che, di tanto in tanto, ci osservava. Di certo i fratelli non ballavano così, ma in quel momento non me ne fotteva un cazzo.

«Non ti vedo da due settimane, potresti fare lo sforzo di fermarti» mi chiese cambiando tono di voce. Sapevo che, se fossimo andati avanti così, alla fine avremmo litigato e non era quello che volevo.

«Per dormire separati? No, grazie» buttai lì, scocciato.

Lei abbassò lo sguardo in silenzio.

«Dai, Peldicarota, non prendertela… lo sai che detesto

restare qui, detesto non poterti toccare e detesto stare a sentire le stronzate di mio padre».

«E allora non so quando ci vedremo, perché non riuscirò a venire in città questa settimana. Sono incasinata con gli esami finali e il diploma».

Merda.

«Passerò a prenderti e staremo un po' insieme» proposi placando il mio tono di voce e accarezzandole la schiena.

Lei sospirò e rivolse lo sguardo altrove.

«Ti prego, non farmi sentire in colpa, lo sai che non posso fermarmi» continuai prendendole il viso e obbligandola a guardarmi.

Mi osservò in silenzio per qualche secondo.

«Prima ti fermavi...»

Infine i suoi occhi guardarono di nuovo i miei.

«Prima non stavamo insieme» conclusi.

Noah non aggiunse altro e continuammo a ballare in silenzio. Per tutto il tempo in cui restammo sulla pista, Raffaella non ci tolse gli occhi di dosso.

3
Noah

Ormai quasi tutti gli ospiti se n'erano andati. Jenna stava salutando mia madre e Nick e Lion stavano fumando sul retro. Mi guardai attorno, osservai il caos rimasto dopo la festa, e per la prima volta fui grata che ci fosse qualcuno che si occupava di pulire la casa tutti i giorni.

Dopo tutto quel tempo passato a socializzare, mi fece piacere avere un momento di tranquillità per apprezzare quanto ero fortunata. La festa era stata incredibile: erano venuti tutti i miei amici e mi avevano portato dei regali spettacolari che adesso se ne stavano in un enorme mucchio sul divano della sala da pranzo. Stavo per portarli in camera mia quando qualcuno mi abbracciò dalla vita.

«Ti hanno fatto un sacco di regali» mi sussurrò Nick a un orecchio.

«Sì, ma nessuno è paragonabile al tuo» risposi voltandomi per guardarlo negli occhi. «È il più bello che abbia mai ricevuto e poi significa molto perché viene da te».

Lui parve soppesare le mie parole per qualche istante finché non gli spuntò un accenno di sorriso sulle labbra.

«Lo porterai sempre addosso?» mi chiese a quel punto. Una parte di me capì che per lui era molto importante, in un certo senso aveva messo il suo cuore in quel ciondolo e sentii un immenso calore in mezzo al petto.

«Sempre».

Sorrise e mi attirò a sé. Le sue labbra sfiorarono le mie con estrema dolcezza. Mi avvicinai per approfondire il bacio, ma mi mantenne ferma dov'ero.

«Vuoi di più?» mi offrì stando vicino alle mie labbra socchiuse. Ma perché non mi baciava come Dio comanda?

Aprii gli occhi e vidi che mi guardava. Le sue iridi erano incredibili, di un azzurro così chiaro da farmi venire i brividi.

«Lo sai, sì» risposi con il respiro affannato e i nervi a fior di pelle.

«Vieni da me stanotte».

Sospirai. Volevo andare, ma non potevo. Tanto per iniziare, a mia madre non faceva per niente piacere che mi fermassi a dormire da Nick e la maggior parte delle volte mentivo e le dicevo che ero a casa di Jenna. E poi dovevo studiare, quella settimana avevo quattro esami e rischiavo di giocarmi tutto, se non andavano bene.

«Non posso» risposi chiudendo gli occhi.

La sua mano scese delicatamente lungo la mia schiena, in una carezza talmente delicata che mi venne la pelle d'oca.

«Certo che puoi, e riprenderemo da dove abbiamo interrotto in giardino» rispose raggiungendo il mio orecchio con le labbra.

Sentii le farfalle nello stomaco e il desiderio crescermi dentro. Con la lingua mi accarezzò il lobo sinistro per poi lasciare spazio ai denti... volevo andare... ma non potevo.

Mi scostai e, quando aprii gli occhi e fissai i suoi, mi venne un brivido... quanto mi era mancato quello sguardo buio, quel corpo che mi intimidiva e al tempo stesso mi dava un'infinita sicurezza.

«Ci vediamo, Nick» dissi facendo un passo indietro.

I suoi occhi mi scrutarono tra il divertito e lo scocciato.

«Lo sai che se non vieni stasera vuol dire niente sesso fino al diploma?»

Respirai a fondo: stava giocando sporco, ma era vero. Io non avrei quasi avuto tempo neanche per andare in città a trovarlo e se lui non voleva venire a casa per non imbattersi in suo padre…

«Possiamo andare al cinema» proposi con la voce rotta.

Nick scoppiò a ridere.

«D'accordo, come vuoi, Peldicarota» accettò avvicinandosi e posandomi le labbra sulla fronte in un tenero e casto bacio. Lo faceva apposta, era chiaro. «Ci vediamo tra un paio di giorni per andare al cinema. E per quello che sarà».

Avrei voluto trattenerlo e pregarlo di restare, avrei voluto spiegargli che avevo bisogno di lui perché solo se stavo con lui non avevo incubi, che quello era il giorno del mio compleanno, che questa volta toccava a lui cedere e compiacermi, ma sapevo che nulla di ciò che potevo dire l'avrebbe fatto restare sotto quel tetto.

Lo osservai scendere le scale con scioltezza, entrare nella sua Range Rover e andarsene senza voltarsi.

I due giorni successivi uscii a malapena a prendere una boccata d'aria. Dovevo far stare in testa così tante informazioni che sentivo il cervello sul punto di esplodermi. Jenna non faceva che telefonarmi per lamentarsi dei professori, del suo fidanzato e della vita in generale. Ogni volta che c'erano gli esami diventava isterica e, inoltre, era lei a doversi occupare della festa di diploma e io sapevo che stava ammattendo perché non poteva dedicarci il tempo che meritava.

Quella sera avrei dovuto vedere Nick, in teoria saremmo andati al cinema, ma ero messa molto male per l'esame di venerdì, l'ultimo che mi rimaneva. Volevo vederlo più di qualsiasi altra cosa al mondo, ma sapevo che incontrarlo mi avrebbe destabilizzata del tutto: la sua sola presenza era un disastro per me ed ero certa che, se ci fossimo visti, poi non sarei riuscita a rimettermi a studiare. Avevo paura di chiamare per dirglielo, si sarebbe arrabbiato, non ci vedevamo da due giorni e, sebbene parlassimo al telefono, ero stata piuttosto assente.

Quindi decisi di mandargli un messaggio. Non volevo sentire la sua voce e distrarmi, né volevo discutere, così cliccai su 'invio', misi il cellulare in modalità silenziosa e cercai di dimenticarmi di lui per ventiquattro ore; una volta finiti gli esami l'avrei visto e avrei fatto quello che voleva, ma adesso mi stavo giocando il tutto per tutto con l'ultimo esame e volevo prendere il miglior voto possibile.

Due ore dopo ero ancora in camera con un aspetto disastroso, i capelli ridotti uno schifo e una gran voglia di piangere, o meglio di ammazzare qualcuno. A quel punto la porta della mia stanza si aprì quasi senza fare rumore.

Alzai la testa ed eccolo lì. Con i capelli scompigliati e una camicia bianca, la mia preferita.

Merda! Si era sistemato per uscire con me. Abbozzai un sorriso di circostanza e feci un'espressione da santerellina.

«Sei bello».

Nick alzò le sopracciglia in quel modo che mi rendeva difficilissimo capire cosa gli stesse passando per la testa e poi si avvicinò al mio letto senza togliermi gli occhi di dosso.

«Mi hai dato buca» mi disse con calma e non capii se me lo stava rinfacciando o se ancora non riusciva a crederci.

«Nick...» dissi temendo la sua reazione e sentendomi in colpa.

«Vieni» mi chiese con un tono dolce. Aveva uno sguardo strano, sembrava stesse soppesando qualcosa, e mi stupì che non stesse imprecando.

Volevo baciarlo. Volevo sempre baciarlo. Se fosse dipeso da me, avrei passato tutto il giorno con lui, tra le sue braccia. Mi tirai su e andai in ginocchio fino all'angolo del letto in cui mi aspettava, in piedi.

«Credo sia la prima volta che una tipa mi dà buca, Peldicarota» disse. Mi appoggiò le mani alla vita. «Non so come prenderla».

«Mi dispiace» risposi con voce tremante. «Sono nervosa, Nick, ho paura di non farcela. Non so niente e se l'esame va male non potrò diplomarmi, non andrò all'università e non potrò fare il lavoro che mi piace: sarò un'ignorante, mi ritroverò a vivere con mia madre, ma ci pensi? Credo che...»

Le sue labbra mi zittirono con un veloce bacio.

«Sei la persona più secchiona che conosco, andrà bene». Le sue labbra si scostarono e i suoi occhi mi guardarono con affetto.

«Non ce la farò, Nick, parlo sul serio, prenderò uno zero, ma hai idea? Uno zero! Non sarò più la preferita del professor Lam anche se ho avuto i voti migliori di tutta la classe. Non mi tratterà più in modo diverso e guarda che a me...»

Chiusi la bocca nel notare che mi avvertiva silenziosamente con lo sguardo. D'accordo, stavo esagerando, ma... A quel punto fece un sorrisetto malizioso.

«Vuoi che ti aiuti a rilassarti?»

'Quello sguardo, no, non guardarmi così, ti prego... non quando sei così figo con quella camicia e io sono ridotta uno schifo'.

«Sono rilassatissima» mentii.

«Allora preferisci che ti aiuti a studiare?» mi scostò

una ciocca di capelli dal viso e io sospirai tra me e me per la dolcezza di quel gesto.

Nicholas che mi aiutava a studiare? Non sarebbe andata a finire bene.

«Non è necessario» risposi a denti stretti. Temevo che, se si fosse fermato, ci saremmo ritrovati a fare di tutto tranne che studiare storia e, sebbene Nick fosse davvero bello, non potevo rischiare di essere bocciata.

Fece un mezzo sorriso, uno di quei suoi sorrisi tanto seducenti, poi indietreggiò di un passo. Si tirò su le maniche della camicia, si sfilò le scarpe e si sedette sul letto mentre prendeva il mio libro.

Mi venne un brivido nell'immaginarci su quel letto a fare cose che non avevano niente a che vedere con lo studio. Nick sfogliò le pagine fino al punto in cui mi ero interrotta pochi minuti prima.

Dimenticai tutto, gli esami, il test d'ingresso all'università; improvvisamente, volevo solo sedermi su di lui e passargli la punta della lingua sulla mandibola.

Iniziai ad avvicinarmi e lui fece cenno di no con la testa, guardandomi.

«Stai ferma lì» ordinò divertito. «Adesso studiamo, Peldicarota, e poi, quando saprai la lezione, magari ti darò un bacio».

«Solo uno?»

Scoppiò a ridere e si concentrò di nuovo sugli appunti.

«Iniziamo e, se quando avremo finito sarai preparata, prometto di toglierti di dosso tutto lo stress che hai accumulato».

E lo disse con tutta la calma del mondo mentre il mio corpo rabbrividiva.

Due ore e mezza dopo sapevo tutto alla perfezione. Nick era un bravo insegnante… con mia grande sorpresa, era paziente e mi aveva spiegato alcuni argomenti come fossero una fiaba; in più di un'occasione ero rimasta imbambolata ad ascoltarlo, attenta e davvero interessata alla guerra di secessione americana; mi aveva persino raccontato dati ed eventi che non erano scritti né sul libro né sugli appunti.

Quando chiusi il testo, dopo avergli esposto nel dettaglio tutto quello che avevamo studiato, sorrise orgoglioso, con un guizzo di desiderio in quei suoi occhi azzurri.

«Prenderai il massimo dei voti».

Feci un sorriso a trentadue denti e mi lanciai su di lui, che mi strinse a sé. Rotolammo sul letto e mi baciò, assetato. Gli infilai la lingua in bocca e lui ci giocherellò prima di mordermi il labbro, succhiarlo e infilarselo in bocca.

Gemetti mentre la sua mano iniziava a scendere lungo i miei fianchi e lo feci ancora di più quando mi alzò una gamba per poi mettersela attorno alla vita. Percepii il suo corpo contro il mio e poi una delicata pressione che mi fece toccare il cielo con un dito.

«Il tuo messaggio mi ha fatto arrabbiare» disse sollevandomi la maglietta e baciandomi la pancia.

Chiusi gli occhi e inclinai la testa all'indietro.

«Lo immagino» risposi aprendo gli occhi e guardandolo; aveva alzato la testa e mi osservava tra l'eccitato e il divertito.

«Ma mi è piaciuto studiare con te, Peldicarota... mi sono accorto di quante cose ho ancora da insegnarti».

E, nel dirlo, mi sfilò i pantaloncini e mi ritrovai in biancheria intima sotto di lui, con la sua bocca così vicina al sud del mio corpo da non poter stare tranquilla.

Mi innervosii e mi mossi un po' sul materasso.

Lui mi appoggiò la mano sullo stomaco costringendomi a stare ferma.

«Ti ho promesso un bacio, vero?»

I suoi occhi bruciarono sui miei e per poco non mi sciolsi. Quando capii cosa intendeva fare, mi irrigidii involontariamente.

«Nick...» non sapevo se si stava preparando a quello... non avevamo mai fatto nulla del genere e all'improvviso avrei voluto alzarmi dal letto e andarmene via di corsa.

Nicholas si avvicinò alla mia bocca, con i gomiti ai lati del mio viso e mi guardò con calma.

«Pensa solo a rilassarti» mi disse facendo sprofondare il naso nel mio collo, annusandomi e baciandomi delicatamente.

Chiusi gli occhi e mi contorsi sotto il suo corpo.

«Sei così dolce...» disse scendendo verso il mio stomaco. Le sue labbra mi sfioravano la pelle facendomi venire i brividi.

Quando raggiunse la sua meta, si fermò per qualche istante. Trovai incredibilmente erotico vederlo lì, tra le mie gambe, con quello sguardo che era l'essenza del desiderio, desiderio di me e di nessun'altra.

Mi abbassò gli slip, delicatamente, e io mi vergognai così tanto che chiusi gli occhi, accettando che accadesse quel che doveva accadere anche se non sapevo se mi sarebbe piaciuto o meno; non ci volevo pensare troppo.

La sua bocca iniziò a baciarmi le cosce, prima una e poi l'altra. Scostò le mie gambe con delicatezza mentre si sistemava lì in mezzo. Sentii i brividi.

Ciò che accadde dopo fu peggio, molto peggio.

«Mio Dio...» esclamai senza riuscire a muovermi.

Mi prese con le mani dalla vita e all'improvviso sentii i suoi baci che tracciavano cerchi sulla mia pelle ipersensibile... Chiusi gli occhi e mi lasciai andare alle sue carezze e a quel momento così perfetto. Quando percepii che stava tutto diventando troppo intenso, lo cercai con la mano per chiedergli una tregua.

«È ancora meglio di quanto avessi immaginato» confessò fermandosi un attimo per poi riprendere ad accarezzarmi con estrema delicatezza. Continuò a guardarmi con i suoi occhi brillanti. «Vuoi che vada avanti?»

Cazzo...

«Sì... ti prego» risposi in un sospiro. L'ultima cosa che vidi, prima di chiudere di nuovo gli occhi, fu il suo ampio sorriso. Poi mi lasciai di nuovo andare alle sue carezze fin quando divennero così intense che mi dovetti tenere con forza alle lenzuola.

Mio Dio...! Avevo appena vissuto l'esperienza più erotica della mia vita.

Quando mi ripresi, Nick aveva il mento appoggiato alla mia pancia e mi guardava come chi ha appena trovato un tesoro nelle profondità dell'oceano.

Arrossii e lui rise spingendosi in alto e posizionandosi accanto a me. Mi coprii con il lenzuolo e lui mi attirò tra le sue braccia.

«Cazzo, Noah... dimmi perché non ti avevo fatto questa cosa prima».

Mi voltai e feci sprofondare la faccia nel suo petto. Nicholas era ancora vestito e non avevo bisogno di guardare per sapere che aveva un'erezione nei pantaloni.

Dovevo fare lo stesso anch'io?

Fui di nuovo presa dal nervosismo, ma Nick mi diede un bacio sulla testa e si alzò dal letto.

«Dove vai?» chiesi mentre si incamminava verso la porta.

«Se non me ne vado adesso, non lo farò fino a domattina» mi spiegò e percepii la sua voce un po' tesa.

Presi i pantaloncini che erano lì accanto a me sul cuscino, proprio dove li avevamo lanciati, e li indossai. Scesi dal letto e andai verso di lui.

«Venerdì avrò finito, Nick, e poi avremo tutta l'estate per noi».

Mi avvicinai e lo abbracciai affettuosamente.

Lui mi strinse e sospirò rassegnato.

«Se non prendi il massimo a questo esame, te la dovrai vedere con me».

Risi e mi scostai dal suo petto per osservarlo.

«Grazie… di tutto» dissi percependo che stavo di nuovo arrossendo.

Allungò la mano e mi sfiorò la guancia.

«Sei la cosa più bella che mi sia mai capitata, Peldicarota, non devi ringraziarmi di niente».

Sentii il cuore riempirsi di gioia e una tristezza immensa quando mi baciò la nuca e andò via, allontanandosi da me.

L'esame andò divinamente. Non avrei potuto fare di meglio e, quando m'imbattei in Jenna cinque minuti dopo, ci guardammo e iniziammo a saltare come due matte. La gente cominciò a guardarci, alcuni studenti scoppiarono a ridere mentre altri facevano espressioni scocciate, ma non mi interessava… il mio tempo lì dentro era finito, non mi sarei più dovuta mettere nessuna uniforme, non mi avrebbero più trattata come una bambina, non avrei più dovuto far firmare i voti a mia madre e nessun'altra scemenza del genere: ero libera, eravamo libere e non avrei potuto essere più felice.

«Non ci posso credere!» urlò Jenna abbracciandomi come una matta il giorno in cui andammo a ritirare i risultati. Poi ci dirigemmo al bar e, entrando, sentimmo il gran casino che stavano facendo i nostri compagni che urlavano, ballavano, ridevano, applaudivano: una follia pura, una festa in piena regola. Gli altri alunni ci guardavano come fossimo pazzi, alcuni con invidia, considerato che alla maggior parte di loro mancavano ancora anni per potersene andare da lì.

«Stanno pensando di fare un falò in spiaggia per bruciare le uniformi» ci disse un ragazzo con un sorriso raggiante. «Vi unite?»

Io e Jenna ci guardammo.

«Ovvio!» urlammo all'unisono, cosa che ci fece ridere come due isteriche; sembravamo ubriache, ubriache di felicità.

Un'ora più tardi, dopo aver festeggiato con la classe, aver percorso le aule facendo le sceme e perdendo tempo, uscii da quella scuola che mi aveva portato più cose positive che negative. All'inizio l'avevo odiata, ma se non fosse stato per lei, non sarei stata ammessa all'UCLA per andare a studiare filologia inglese, il mio sogno da sempre.

Non appena ricevetti il messaggio di Nick in cui mi diceva che mi stava aspettando all'entrata uscii di corsa. Era vicino alla sua auto e, nel vedermi così felice, gli si disegnò in volto un sorriso incredibile. Incapace di controllare l'allegria, mi misi a correre e mi lanciai tra le sue braccia. Le sue mani mi sostennero e cercai la sua bocca con la mia fin quando ci unimmo in un bacio degno di una commedia romantica.

Avevo finito la scuola, avevo preso ottimi voti, avrei frequentato un'università che prima non mi sarei mai potuta permettere, avevo il miglior fidanzato del mondo, che adoravo, e da lì a due mesi sarei andata a vivere da sola in un campus universitario con un magnifico futuro davanti a me.

Non poteva andare meglio di così.

4
Nick

La mia ragazza si era diplomata. Non potevo fare a meno di sentirmi l'uomo più orgoglioso del mondo; non solo era stupenda, era anche incredibilmente sveglia. Aveva finito la scuola con ottimi voti, varie università se l'erano contesa e lei alla fine aveva optato per la mia, qui a Los Angeles. Non so come avrei fatto se fosse tornata in Canada come aveva ipotizzato all'inizio.

Non vedevo l'ora che si trasferisse nel mio appartamento; non le avevo ancora detto nulla, ma la mia intenzione era che venisse a stare da me. Ero stanco di dover sopportare tutti i limiti che i nostri genitori ci avevano imposto da quando avevamo iniziato a uscire insieme. Dal rapimento di Noah, sua madre era diventata paranoica e non solo, sia lei che mio padre avevano iniziato a dimostrare quanto poco li entusiasmasse che i loro figli uscissero insieme. La cosa si era via via raffreddata e, ora che non abitavo più con loro, invece di normalizzarsi, come avevo immaginato sarebbe accaduto, era successo l'esatto opposto. Non lasciavano quasi che Noah venisse a casa mia né tantomeno che si fermasse a dormire. Ci eravamo dovuti inventare una sfilza di stronzate pur di potere stare insieme senza interruzioni. A me non interessava quello che mio padre o sua moglie avevano da dire, ero adulto ormai, avevo ventidue anni e a breve ne avrei compiuti ventitré, avrei fatto esattamente quello che mi andava di fare, ma per Noah non era lo stesso. Sapevo che avere cinque anni di differenza avrebbe creato dei problemi, ma non immaginavo così tanti.

Comunque adesso non era il momento di pensarci: dovevamo festeggiare. Avrei accompagnato Noah al dannato falò in spiaggia organizzato dai suoi compagni di classe. Non è che ne avessi molta voglia, ma almeno saremmo potuti stare un po' insieme. Il giorno dopo Noah sarebbe stata piuttosto incasinata con la festa del diploma e in più sua madre voleva cenare con lei dopo la cerimonia. Quindi, o uscivamo quel giorno oppure avrei di nuovo dovuto condividerla con tutto il mondo. Sapevo di poter sembrare un po' egoista, ma in quegli ultimi mesi, tra la scuola, i miei viaggi a San Francisco e i bastoni tra le ruote messi dai nostri genitori non ero riuscito a passare con lei nemmeno la metà del tempo che avrei voluto, quindi avevo tutte le intenzioni di non farmi scappare quell'occasione.

Il tragitto fino in spiaggia fu gradevole, Noah era eccitata per la fine della scuola e non chiuse bocca per tutti i venti minuti che impiegammo ad arrivare. A volte mi faceva sorridere il suo modo di gesticolare quando era emozionata: in quei momenti sembrava che le sue mani avessero vita propria.

Parcheggiai l'auto il più vicino possibile, considerata la calca. Sembrava che in spiaggia non ci fossero soltanto gli alunni del corso di Noah ma tutti i dannati diplomati delle scuole della California del sud.

«In teoria dovevamo essere in pochi» commentò lei guardandosi attorno con aria perplessa.

«Sì, se pochi vuol dire mezzo stato...»

Noah sorrise ignorando la mia risposta e si girò verso Jenna, che spuntò proprio in quel momento: indossava la parte superiore del bikini e un paio di pantaloncini così aderenti da sembrare una seconda pelle.

«Andiamo a bere!» urlò Jenna.

Tutti i tipi nel raggio di mezzo metro l'acclamarono, alzando i loro bicchieri in aria.

Noah la abbracciò piegata in due dalle risate. Quando arrivò il mio turno, approfittai della mia altezza e della mia forza per strappare il bicchiere di mano a Jenna e rovesciare il contenuto sulla sabbia.

«Ehi!» protestò indignata.

«Dov'è Lion? Dovrebbe essere qui» dissi sorridendo apertamente davanti alla sua smorfia scocciata.

«Idiota!» mi urlò per poi ignorarmi deliberatamente.

Noah scosse la testa e poi si avvicinò gettandomi le braccia attorno al collo e mettendosi in punta di piedi per osservarmi meglio.

«Sei sicuro che non ti scoccia stare qui?» chiese accarezzandomi la nuca con le sue lunghe dita.

«Divertiti, Peldicarota, non preoccuparti per me» risposi inclinando la testa per posare le mie labbra chiuse sulle sue. Erano così carnose che mi facevano impazzire. «Vado a vedere se trovo Lion, vieni a cercarmi quando sentirai la mia mancanza».

«Mi manchi già» rispose e, proprio in quel momento, Jenna la tirò per un braccio per portarla a fare Dio solo sa che follie.

Guardai Jenna con aria poco amichevole e lasciai che le due raggiungessero i loro amici che si stavano preparando a bruciare le uniformi. Una vera tradizione... ricordavo ancora il glorioso momento in cui anch'io l'avevo fatto.

Mi avvicinai a uno dei piccoli falò attorno a cui non c'era quasi nessuno e rimasi a osservare il fuoco con le mani in tasca e la testa piena di pensieri; stavo fantasticando su tutto ciò che volevo fare con Noah quell'estate, sulle varie possibilità che avremmo avuto nei mesi successivi.

Di colpo notai Lion: era da solo davanti al falò più isolato. Aveva in mano una birra e fissava le fiamme, proprio come avevo fatto io pochi secondi prima, solo che lui sembrava malinconico e preoccupato. Mi avvicinai.

«Che ti prende, bro?» chiesi dandogli una pacca sulla schiena e prendendo una delle bottiglie ancora chiuse da dentro una scatola ai suoi piedi.

«Sto cercando di fare passare in fretta il tempo a questa cazzo di festa» rispose e, subito dopo, bevve un lungo sorso di birra.

«Ubriacandoti? Jenna è già abbastanza sbronza, uno dei due dovrà guidare quindi, al posto tuo, ci andrei piano» lo avvisai; lui mi ignorò e si portò di nuovo la bottiglia alle labbra.

«Non volevo venire, ma Jenna ha insistito in modo insopportabile» mi spiegò guardando in avanti.

«Si è diplomata, Lion, non colpevolizzarla se non capisce cosa cazzo ti prende, non lo capisco neanche io».

Fece un lungo sospiro e buttò nel fuoco la bottiglia che andò subito in frantumi.

«L'officina non sta più andando bene come prima e l'ultima cosa che voglio è che mio fratello esca di galera e si accorga che non sono riuscito a tenere in piedi l'attività di famiglia...»

«Se hai bisogno di soldi...»

«No, non voglio i tuoi soldi, Nicholas, ne abbiamo già parlato migliaia di volte. Posso farcela, solo che le cose non sono andate come volevo, tutto qui».

Lo guardai attentamente e mi fu chiaro che mi stava nascondendo qualcosa.

«Lion, prima che tu vada a cacciarti in qualche casino...»

Si voltò verso di me.

«Prima non ti facevi nessun problema a cacciarti nei casini. Che cazzo ti è successo, Nicholas?»

Sostenni il suo sguardo senza batter ciglio.

«Hanno rapito la mia ragazza, ecco cosa mi è successo».

Lion sembrò pentito, guardò al di là della mia spalla e tirò fuori una sigaretta dalla tasca posteriore dei jeans.

«Parli del diavolo... sta arrivando Noah» annunciò allontanandosi da me. Mi voltai e, in effetti, vidi che Noah camminava verso di me con un grande sorriso sulle labbra e i capelli ondulati al vento.

Forzai un sorriso e, quando si avvicinò per abbracciarmi, la accolsi. Mi diede un bacio sul petto e poi si rivolse al mio amico.

«Jenna ti sta cercando» lo informò con un sorriso.

«Fantastico» rispose il coglione con un tono molto sgradevole. A Noah sparì il sorriso dalle labbra e a me venne voglia di far passare il cattivo umore di Lion a suon di botte.

Si allontanò senza proferire parola e andò verso il punto in cui c'era il resto della gente. Noah mi guardò negli occhi.

«Ha qualcosa che non va?»

Feci cenno di no e le baciai la nuca.

«Una brutta giornata, lascialo perdere» le consigliai inclinandomi per baciarle la guancia calda per via del fuoco e poi perdermi nel suo collo. Era da giorni che le mie labbra desideravano la sua pelle e l'ultima cosa che mi andava era che adesso fosse dispiaciuta per un'inutile stronzata. «Ti amo» dichiarai scendendo verso la gola, assaporando la sua pelle e godendo nel vedere come si scioglieva a ogni mia carezza.

«Nick» disse un minuto dopo, quando la mia bocca aveva iniziato a spostarsi verso la curva dei seni.

Mi scostai un attimo. Ero incantato da lei ma notai che avevamo risvegliato l'interesse di varie persone attorno a noi che ci guardavano di certo ansiose di assistere a un bello spettacolo erotico.

Imprecai a denti stretti e la presi per mano per allontanarci da lì.

«Facciamo una passeggiata» proposi mentre ci spostavamo dai falò e ci addentravamo nel buio della notte e nell'armonico suono del mare. Non c'era luogo migliore di quello e mi piaceva ascoltare il rumore delle onde con calma, senza tutto il casino di quella stupida festa.

Noah era stranamente silenziosa, immersa nei suoi pensieri, e preferii non darle fastidio. Alla fine si voltò verso di me.

«Ti posso chiedere una cosa?» disse con un accenno di nervosismo nella voce.

Abbassai lo sguardo verso di lei e sorrisi divertito.

«Certo, Peldicarota» risposi fermandomi accanto a un albero che aveva messo radici nella sabbia e si ergeva imponente su di noi. Mi ci sedetti sotto e attrassi Noah tra le mie gambe. Così potevo guardarla negli occhi senza il problema dell'altezza. «Che succede?» chiesi vedendo che non parlava.

Mi osservò e poi fece cenno di no con la testa.

«Niente, lascia stare, era una domanda scema» rispose evitando di fissarmi negli occhi. Vidi che stava di nuovo arrossendo e la mia curiosità crebbe a livelli inimmaginabili.

«Non se ne parla… che ti prende?» insistetti osservandola con interesse.

«No, davvero, è una scemenza».

«Sei diventata rossa come un peperone e questo mi ha fatto incuriosire ancora di più. Sputa il rospo» insistetti di nuovo.

Odiavo quando faceva così, volevo sapere tutto ciò che pensava o provava, non volevo che si sentisse in imbarazzo per nulla; e poi ero così intrigato che non le avrei permesso di farla franca senza dirmi cosa le ronzava per la testa.

I suoi occhi incrociarono i miei per una frazione di secondo e poi si mise a giocherellare con una ciocca di capelli.

«Stavo pensando… sai no, quello che è successo l'altra sera… quando tu…» e iniziò a diventare rossa scarlatta.

Mi sforzai di non sorridere. Non avevamo mai fatto nulla di simile, avevo voluto andarci piano con Noah, avvicinarla al sesso lentamente e, soprattutto, aspettare che si sentisse pronta.

«Quando ti ho iniziata al sesso orale in maniera spettacolare?» chiesi, godendomi la sua reazione.

«Nicholas!» urlò allarmata, guardando a destra e a sinistra, come se qualcuno potesse sentirci lì dove ci eravamo nascosti. «Lascia stare, dimenticalo, non so nemmeno come mi è venuto in mente di parlarne».

La tirai verso di me costringendola a guardarmi.

«Sei la mia fidanzata, devi potermi parlare di tutto quello che vuoi… Cosa c'è che vuoi dirmi sull'altro giorno?» chiesi cercando di calmarla, consapevole che quel tipo di argomento la imbarazzava tantissimo; me n'ero già accorto quando a volte mi sfuggiva qualche volgarità. «Non ti è piaciuto?»

Eccome se le era piaciuto, si era dovuta coprire la faccia per non far sentire le urla. Cazzo, ma ne dovevamo parlare proprio in quel momento? Mi accorsi che il solo ricordo mi stava facendo eccitare.

«Sì che mi è piaciuto, non è quello» rispose guardando da un'altra parte. «Ma… mi stavo chiedendo se anche tu… se insomma volevi che lo facessi a te».

Per poco non mi strozzai con la saliva.

Gli occhi di Noah si posarono sui miei e mi guardarono pieni di imbarazzo e anche di desiderio. Sì, in quegli occhi color miele riuscivo a vedere il desiderio e, mio Dio, non potevo continuare a parlare di sesso con Noah in luoghi pubblici. Mi innervosivo al solo pensiero…

«Cazzo, Noah…» dissi appoggiando la mia fronte sulla sua. «Ma vuoi farmi venire un infarto?»

Lei sorrise divertita e mi fissò dritto negli occhi.

«Quindi ci avevi pensato» rispose e spostai la fronte per guardarla sconvolto.

«Credo che qualsiasi tizio con un paio di occhi e te davanti non potrebbe che pensarlo, amore. Ovvio che ci ho pensato, ma non è che lo dobbiamo fare per forza, a meno che tu non voglia».

Noah si morse il labbro nervosa.

«Ma… non è giusto, voglio dire, tu hai dovuto farlo e io…»

Scoppiai a ridere.

«Ho dovuto farlo? Ma neanche fosse stata una tortura!» risposi cercando di capirla. «Noah… l'ho fatto molto volentieri; anzi, vorrei rifarlo il prima possibile».

Gli occhi di Noah si spalancarono tra il sorpreso e l'eccitato. A volte dimenticavo quanto poteva essere ingenua.

«E allora io farò lo stesso…» affermò decisa, anche se intravidi un accenno di dubbio nel suo sguardo.

«No» risposi guardandola divertito. «Non funziona così. Le cose che ti faccio non c'entrano niente con quello che tu vuoi fare a me; non si tratta di oggi a me e domani a te. Quando lo vorrai fare, lo farai, e se non arriverà mai quel momento, be'… me ne cercherò un'altra» scherzai. Lei mi diede una manata sul braccio.

«Sto parlando sul serio!» rispose richiamando la mia attenzione.

Cercai di diventare serio, come lei.

«Lo so, mi dispiace, ma non voglio che tu faccia nulla che non ti vada di fare, d'accordo?» le risposi baciandola sul naso.

Noah batté diverse volte le ciglia e poi mi guardò di nuovo.

«Allora, va bene lo stesso…? Non intendo dire che non lo voglio fare, ma credo… di non essere ancora pronta».

Ed ecco perché ero innamorato della mia fidanzata. Qualsiasi ragazza senza personalità avrebbe ceduto pur di accontentarmi. Noah non era così, se non era sicura di qualcosa, potevo fare di tutto, ma lei sarebbe rimasta fedele a se stessa.

«Vieni qui» le dissi tirandola a me e baciandola come fosse per l'ultima volta. «Mi basta averti vicina, amore».

Noah sorrise con dolcezza e, qualche istante dopo, ci demmo dentro come se non ci fosse un domani.

5
Noah

Mi stavo diplomando. Non so se avete vissuto una cosa del genere, ma è una sensazione meravigliosa; so che mi mancava ancora la parte più difficile, andare all'università e, in realtà, visto in prospettiva, mi mancava anche la parte peggiore, ma diplomarsi non è paragonabile a niente. È un passo verso la maturità, un passo verso l'indipendenza e una sensazione così gratificante che, mentre me ne stavo in fila con i miei compagni in attesa che pronunciassero i nostri nomi, tremavo come una foglia.

Ci stavano chiamando in ordine alfabetico, quindi Jenna era parecchio dopo di me. Nei giardini della scuola avevano organizzato la cerimonia alla perfezione, con grande eleganza. C'erano grossi pannelli con su scritto: DIPLOMATI DEL 2016. Ricordavo ancora com'erano le cerimonie nella mia vecchia scuola. Si facevano in palestra, con qualche palloncino e poco altro. Qui avevano addobbato persino gli alberi dei giardini. Le sedie su cui stavano i parenti e gli amici erano foderate con stoffe costosissime, di colore verde e bianco – i colori della scuola – e le nostre toghe erano dello stesso verde e le aveva disegnate una famosa stilista. Una follia, un incredibile spreco di soldi, ma con il tempo avevo imparato a non scandalizzarmi: ero circondata da miliardari e per loro era normale.

«Noah Morgan!» dissero a quel punto al microfono. Trasalii e, nervosa, salii le scale per prendere il mio titolo. Guardai raggiante in direzione delle file dei famigliari e vidi Nick e mia madre applaudire, in piedi, emozionati tanto quanto me; mia madre salterellava come una matta, e la cosa mi fece spuntare un grande sorriso. Strinsi la mano alla preside e tornai tra gli altri.

Alla fine della consegna dei diplomi, la ragazza che aveva avuto una media di due decimi più alta della mia salì sul palco e tenne un discorso. Fu emozionante, divertente e molto bello: nessuno avrebbe saputo fare di meglio. A Jenna, accanto a me, scappò qualche lacrimuccia e io risi cercando di evitare di seguire il suo esempio. Sebbene avessi trascorso lì soltanto un anno, era stato uno dei migliori della mia vita. Dopo essermi lasciata alle spalle i pregiudizi, in quella scuola avevo ottenuto non solo una magnifica preparazione pre-universitaria, ma avevo anche trovato delle amiche stupende.

«Auguri! Viva i diplomati del 2016! Libertà!» dissero in coro i professori al microfono.

Ci alzammo tutti e lanciammo in aria il tocco. Jenna mi strinse in un abbraccio che per poco non mi tolse il fiato.

«E ora, festa!» esclamò la mia amica applaudendo e saltando come una pazza. Scoppiai a ridere e, in un batter d'occhio, ci ritrovammo circondate da centinaia di parenti che si avvicinavano per congratularsi con i propri figli. Ci salutammo momentaneamente e andammo alla ricerca dei nostri rispettivi genitori.

Delle braccia mi avvolsero da dietro con forza e mi sollevarono.

«Auguri, secchiona!» mi disse Nick all'orecchio rimettendomi a terra e dandomi un sonoro bacio sulla guancia. Mi voltai e lo abbracciai.

«Grazie! Ancora non ci credo!» ammisi con la faccia immersa nel suo collo e con le sue braccia che mi stringevano forte.

Prima che potessi dargli un bacio, apparve mia madre che si intromise per abbracciarmi.

«Noah! Ti sei diplomata!» urlò come una ragazzina, salterellando e costringendomi a fare lo stesso. Risi mentre vedevo come Nick scuoteva la testa con indulgenza e rideva di me e di mia madre. William ci raggiunse e, dopo che mia madre mi ebbe liberata, mi abbracciò con affetto.

«Abbiamo una sorpresa per te» annunciò.

Guardai tutti e tre con sospetto.

«Cosa avete fatto?» chiesi con un sorriso.

Nick mi prese una mano e mi tirò.

«Andiamo», disse, e seguii tutti e tre nei giardini. C'era così tanta gente attorno a noi che ci impiegammo un bel po' a raggiungere il parcheggio.

Ovunque guardassi c'erano auto con enormi fiocchi, alcune di colori brillanti, altre ancora con palloncini legati agli specchietti. Mamma mia! Ma quale genitore poteva essere così matto da regalare macchinoni del genere a dei ragazzini di diciott'anni?

A quel punto, Nick mi coprì gli occhi con una delle sue grandi mani e iniziò a guidarmi nel parcheggio.

«Ma cosa stai facendo?» chiesi ridendo quando inciampai nei miei stessi piedi. Iniziai a sentire un formicolio di emozione.

'No, non era possibile…'

«Da questa parte, Nick» gli disse mia madre, più emozionata di quanto non fosse mai stata in tutta la sua vita. Nick mi costrinse a voltarmi e si fermò.

Un secondo dopo, la sua mano si scostò dai miei occhi e io rimasi a bocca aperta.

«Dimmi che quella decapottabile rossa non è per me» sussurrai incredula.

«Auguri!» risposero in coro William e mia madre con un sorriso raggiante.

Nick mi mise le chiavi davanti al naso.

«Non hai più scuse per non venirmi a trovare» borbottò contento.

«Voi siete pazzi!» urlai isterica non appena riuscii a reagire.

Cazzo, mi avevano comprato una dannata Audi…

«Mio Dio, mio Dio!» iniziai a gridare come impazzita.

«Ti piace?» chiese William.

«Ma stai scherzando?» risposi saltellando. Mio Dio! Ero così euforica che non sapevo neanche cosa fare.

Corsi verso mia madre e William e li strinsi in un abbraccio tanto forte da togliergli il respiro. Avevo detto in qualche occasione che intendevo risparmiare per comprarmi una macchina. La mia, purtroppo, si era rotta almeno cinque volte negli ultimi tre mesi e alla fine avevo speso così tanti soldi dal meccanico che mi ero convinta a comprarne una nuova. Ma non avrei mai immaginato che mi avrebbero regalato una Audi!

«Non ci credo, giuro» confessai entrando in auto. Era stupenda, rossa e brillante; da qualsiasi parte la guardassi, sembrava splendere.

Accanto a me si sentivano urla di giubilo, non ero l'unica a cui avevano regalato una macchina per il diploma: c'erano più nastri rossi in quel parcheggio che in un negozio di bricolage.

«È una Audi A5 Cabrio» mi informò Nick sedendosi accanto a me.

Scossi la testa, ancora sotto shock.

«È incredibile!» esclamai infilando le chiavi e ascoltando il dolce ruggire del motore.

«Sei tu che sei incredibile» mi corresse lui e, dentro di me, sentii un tepore che mi fece andare al settimo cielo. Mi persi per un attimo nel suo sguardo e nella felicità che provavo. Mia madre mi dovette chiamare due volte perché reagissi. Nick, accanto a me, sorrise.

«Ci vediamo al ristorante?» chiese mentre William le cingeva le spalle.

Mia madre aveva prenotato in uno dei migliori ristoranti della città. Dopo la cena in famiglia, dovevo andare a una festa di diploma al Four Season di Beverly Hills. Non solo avevamo ingaggiato il miglior catering e affittato un enorme salone con una capienza di oltre cinquecento persone, avevamo anche prenotato due piani dell'hotel per poterci fermare lì a dormire e non dover rientrare fino al giorno dopo. Era una follia e, all'inizio, mi ero opposta: pagavamo tutto noi, a un prezzo scontato perché l'hotel era del padre di un nostro compagno, ma era comunque costato una fortuna.

«La mia festa di diploma l'abbiamo fatta su una nave da crociera, siamo tornati dopo cinque giorni» mi aveva raccontato Nick quando gli avevo spiegato quello che stavano organizzando i miei compagni. E dopo la sua risposta avevo preferito tenere per me le mie opinioni.

Annuii entusiasta, non vedevo l'ora di iniziare a guidare quella meraviglia di macchina. I sedili erano di pelle beige ed era tutto fiammante, con quell'odore di macchina nuova... un odore che avevo sentito raramente.

Infilai le chiavi e uscii dal parcheggio lasciandomi alle spalle la scuola... per sempre.

«Noah, rallenta, stai esagerando» mi riprese Nick dal sedile del passeggero. Il vento ci arrivava in faccia, spingendoci indietro i capelli e io non riuscivo a smettere di ridere.

Il sole stava tramontando e c'era una vista mozzafiato, le macchine mi passavano accanto, il cielo era una tavolozza di mille colori nelle tonalità del rosa e dell'arancio, era limpido e privo di nuvole e iniziavano a intravedersi le stelle. Era una perfetta notte d'estate e sorrisi pensando al mese e mezzo che avevo davanti per stare con Nick, davvero insieme, senza esami o lavoro, senza niente di niente... Avevamo sei settimane tutte per noi, prima che mi trasferissi in città, e non riuscivo a smettere di sorridere davanti a un futuro così perfetto.

«Cazzo, non avrebbero dovuto comprarti questa macchina» protestò a denti stretti. Lo guardai alzando gli occhi al cielo e rallentai un po'.

«Contento, nonnetto?» lo punzecchiai. Adoravo andare veloce, non era certo una novità.

«Stai comunque superando il limite di velocità» aggiunse guardandomi serio. Lo ignorai, non avevo nessuna intenzione di andare a cento... centoventi erano perfetti; e poi su quella strada correvano tutti a manetta.

«Senti, non stai partecipando alla Nascar... Rallenta! Capito?» mi ordinò un attimo dopo; lo disse scherzando, lo sapevo, ma il sorriso che aveva sul volto parve congelarsi fino a scomparire.

Avevo provato con tutta me stessa a non ripensare a mio padre, e soprattutto a quel giorno. Ci provavo sul serio, ma bastava poco perché mi tornasse in mente e, in quell'occasione così speciale, non avevo potuto evitare una certa tristezza nel vedere tutte le mie amiche con entrambi i loro genitori. Non riuscivo a smettere di chiedermi come sarebbe stato il mio diploma se mio padre non fosse stato pazzo... e morto. Ero certa che non ci sarebbe stato Nick accanto a me ed ero anche certa che non mi avrebbe chiesto di rallentare...

Ma che idiozie mi frullavano per la testa? Mio padre

era un alcolizzato, un criminale con istinti assassini, aveva cercato di uccidermi... Ma cosa diavolo mi prendeva? Com'era possibile che sentissi la sua mancanza? Come potevo continuare a fantasticare su quella vita che non era esistita e che non sarebbe mai esistita?

«Noah?» sentii che mi diceva Nick. Senza rendermene conto, avevo rallentato quasi a sessanta, le macchine dietro strombazzavano e mi superavano. Scossi la testa: mi ero di nuovo persa nei miei pensieri.

«Sto bene» assicurai sorridendo e cercando di tornare a quello stato di euforia in cui mi trovavo pochi minuti prima. Pigiai sull'acceleratore e ignorai la fitta al cuore che continuavo a sentire.

Non ci impiegammo molto a raggiungere il ristorante. Era stupendo. Non c'ero mai stata e non vedevo l'ora di provarlo. Avevo detto a mia madre che non mi importava dove avremmo cenato, a patto che ci fosse la miglior torta al cioccolato: era la mia unica richiesta.

Mia madre e Will non erano ancora arrivati. Scesi dall'auto e, dopo aver fatto lo stesso, Nick si avvicinò a me. Era bellissimo, con i pantaloni scuri, la camicia bianca e la cravatta grigia. Mi faceva impazzire quando lo vedevo in 'versione imprenditore', era così che gli dicevo. Sorrise come faceva solo quando era con me e mi osservò mentre mi toglievo la toga. Sotto indossavo un vestito rosa chiaro aderente, con delle figure geometriche che lasciavano la schiena in parte scoperta.

«Sei spettacolare» disse appoggiandomi una mano sulla parte bassa della schiena e tirandomi a sé con delicatezza. Nemmeno con i tacchi ero alta quanto lui. Il mio sguardo si posò sulle sue labbra, su tutto l'insieme: era così attraente.

«Anche tu» risposi ridendo, consapevole di quanto

poco gli piaceva che gli facessi dei complimenti. Non capivo perché, ma lo metteva davvero a disagio che gli dicessi quanto era bello. Non era affatto un segreto, eravamo nel parcheggio da solo tre minuti e si erano già girate oltre cinque donne per spogliarlo sfacciatamente con gli occhi.

Prima che potessi aggiungere altro, mi zittì con un bacio.

«Oggi passiamo la notte insieme» affermai quando si staccò, un secondo dopo. Il bacio era durato troppo poco per i miei gusti.

I suoi occhi mi guardarono con desiderio.

«Sto pensando di rapirti e portarti a vivere da me per tutta l'estate» buttò lì a quel punto.

Per un attimo, l'immagine di noi due a vivere sotto lo stesso tetto ma senza genitori tra i piedi mi riempì il cuore… anche se era una vera follia, ovvio.

«Non ti direi di no» risposi ridendo.

«Verresti?» chiese bloccandomi contro la macchina. Alzai le mani fino al suo collo e lo abbracciai. Stavo per dargli un bacio, ma lui si spostò in attesa di una risposta.

Sorrisi divertita, desiderosa di prolungare quel gioco.

«Non mi dispiacerebbe passare le notti con te, nudi… nel tuo letto» riconobbi accarezzandogli i capelli.

Mi guardò con occhi avidi. Lo stavo seducendo, e avevo scoperto che mi riusciva molto bene.

«Non iniziare qualcosa che non puoi portare a termine» mi avvisò, inclinandosi per intrappolarmi le labbra con le sue; a quel punto fui io a decidere di tirare la testa all'indietro.

I nostri sguardi si incrociarono: il mio, divertito; il suo, pericoloso e terribilmente promettente.

Spostai la bocca sul suo collo, osservando come chiudeva gli occhi prima ancora che glielo sfiorassi. Avevo scoperto che bastava che le mie labbra si posassero su un punto concreto di quella parte del suo corpo per metterlo completamente fuori gioco.

Sapevo di non potere esagerare, eravamo nel mezzo di un parcheggio e i nostri genitori stavano per arrivare, ma lo desideravo così tanto...

«Stanotte» dissi appoggiando leggeri baci sul suo mento, scendendo poi fino al collo e facendo scivolare la punta della lingua fino al suo orecchio. «Fammi tua, Nick».

A quel punto mi mise una mano sulla vita, mentre con l'altra raggiungeva la mia nuca, costringendomi a tirare la testa indietro.

«Non devo farti mia, tu sei mia» rispose prima di baciarmi come desiderava fare fin da quando eravamo arrivati. La sua lingua si introdusse nella mia bocca, diretta e senza pudore; andò sfrenata verso la mia, assaporandomi e punendomi, non sapevo bene per che cosa.

Era incredibile ciò che la sua presenza causava al mio sistema nervoso. Il contatto con lui, tutto, tutto mi faceva impazzire. Non importava quanto tempo fosse passato, non importava se il giorno prima eravamo stati sempre insieme. Non mi stancavo mai di lui, non si affievoliva mai quella dolorosa attrazione che sembrava unirci come due calamite.

Ma prima che il mio corpo cedesse, o anzi che fosse oggetto di una spontanea combustione, il suono di un clacson ci fece trasalire, allontanandoci bruscamente l'uno dall'altra.

«Tua madre» disse con aria scocciata.

«Tuo padre» controbattei io.

Fatto sta che entrambi ci fulminarono con lo sguardo.

Mia madre scese dall'auto e venne verso di noi.

«Potreste controllarvi? Siamo in un luogo pubblico» ci rimproverò, guardando Nick con aria accusatrice. A dire il vero, ultimamente lo guardava sempre piuttosto male… Non mi faceva per niente piacere, avrei dovuto affrontare l'argomento con lei. William ci raggiunse poco dopo.

Lo sguardo che lanciò al figlio mi fece venire la pelle d'oca.

Una volta entrati al ristorante, mi accorsi che non eravamo gli unici ad aver scelto quel posto per festeggiare. Quando ci videro passare, diversi miei compagni mi salutarono e io sorrisi a tutti felice. Il maître ci accompagnò a un tavolo che era stato preparato all'esterno. Era vicino alla piscina e c'erano tante candele attorno al nostro tavolo e attorno a quelli di chi aveva deciso di cenare all'aria aperta. Era un posto molto accogliente e, in lontananza, si sentiva il suono del pianoforte; mi accorsi soltanto dopo diversi minuti che stavano suonando dal vivo.

Nicholas si sedette accanto a me, mentre i nostri genitori si sistemarono davanti a noi. Non so perché, ma all'improvviso mi sentii a disagio. Un conto era mangiare tutti insieme una pizza nella cucina di casa, un altro, e molto diverso, era sederci a cena in un posto come quello; inoltre erano mesi che Nick non si fermava a mangiare con noi e riuscii quasi a percepire la tensione nell'aria.

All'inizio andò tutto bene. Mia madre, come sempre, non chiuse bocca un secondo. Parlammo di tutto, della mia auto nuova, dell'università, di Nick, del suo lavoro, della nuova azienda di William, che io sapevo che Nick sperava di poter dirigere un giorno… E piano piano iniziai a sentirmi più a mio agio; e poi mia madre non si rivolgeva a noi come coppia, cosa che, a seconda di come la si vedeva, poteva essere piuttosto gradevole o irritante.

Fu soltanto dopo il dessert, quando ebbi mangiato una bella fetta di una squisita torta al cioccolato, che mia madre decise di comunicare quello che di certo stava tenendo per sé da settimane.

«Ho una sorpresa per te» mi annunciò quando ormai nessuno di noi poteva più ingoiare altro. Mi portai alle labbra il bicchiere d'acqua, così soddisfatta e felice che non mi aspettavo la bomba che avrebbe sganciato pochi secondi dopo: «Andiamo in Europa a farci un viaggio tra ragazze! Quattro settimane!»

'Aspetta... cosa?'

6
Nick

Col cazzo.

Credo che l'occhiataccia che rivolsi a quella donna fu tale che persino mio padre rimase per un attimo senza parole. Accanto a me, Noah era rimasta in silenzio dopo avermi guardato per qualche secondo.

«Mamma, ma sei impazzita?» esclamò in tono delicato.

'Ma perché sta fingendo? Perché diavolo non le sta dicendo che non ci pensa neanche morta ad andarsene per tutta l'estate all'altro capo del mondo senza di me?'

«Stai crescendo e andrai all'università...» iniziò a dire Raffaella senza nemmeno guardarmi; ero certo che, se i suoi occhi si fossero posati su di me, le sue labbra avrebbero immediatamente smesso di muoversi, pietrificate dal terrore. «Credo sia l'ultima occasione che avremo per poter fare qualcosa insieme e so che di sicuro non sarai emozionata quanto me, m-m-ma...» e a quel punto scoppiò a piangere.

Bevvi un sorso di vino cercando di controllare la rabbia. Tenevo così stretta la mano di Noah sotto il tavolo che probabilmente le bloccavo la circolazione, ma o facevo così oppure perdevo le staffe e iniziavo a vomitare le centomila imprecazioni che mi stavo sforzando di trattenere.

Mio padre mi guardò un attimo con la coda dell'occhio e si portò il bicchiere alla bocca. Era stata una sua idea? Era stato lui a mettere quella follia in testa a sua moglie?

Ma che cazzo mi stavo chiedendo! Ovvio che era stata una sua idea, era lui a pagare quella merda di viaggio.

A quel punto, la mia ultima speranza crollò.

«Ma certo che ci voglio venire, mamma» annunciò Noah accanto a me, e le sue parole furono come uno schiaffo.

Ma io non contavo niente in quella decisione? Ma che diavolo ci facevo lì seduto?

Le lasciai la mano sotto il tavolo; mi stavo incazzando sempre di più: o me ne andavo di lì o non sarei riuscito a stare zitto. Ma a quel punto mi accorsi che, se me ne fossi andato, non avrei risolto niente; in un altro momento avrei fatto una scenata, ma ora sarebbe stato controproducente se volevo che mi prendessero sul serio... Se volevo che ci prendessero sul serio dovevo restare ed esprimere con calma la mia opinione: che non mi avrebbero portato via la mia fidanzata per un mese intero.

Noah, sentendo che le avevo lasciato la mano, si voltò verso di me. La guardai per un attimo e mi accorsi che la cosa la turbava tanto quanto turbava me... Be', meglio di niente.

Prima che Raffaella potesse aggiungere altro, la interruppi.

«Non pensi che ce ne avresti dovuto parlare, prima di pagare il viaggio?»

Misi insieme tutta la mia forza di volontà per formulare quella domanda con il tono di voce pacato che avevo appena usato.

Raffaella mi guardò. E, dal suo sguardo, capii che qualsiasi speranza che la madre di Noah mi potesse accettare come il fidanzato della figlia era sfumata. Non mi voleva accanto a Noah, e la sua espressione era chiarissima.

«Nicholas, è mia figlia e ha appena compiuto diciotto anni. È ancora una bambina e voglio passare un mese di vacanza con lei; ci vuole tanto a capirlo?»

E prima che potessi aggiungere altro, Noah mi venne in soccorso.

«Mamma, non sono una bambina, chiaro?» rispose tirandosi i capelli all'indietro. «Non parlare così a Nick, è il mio fidanzato, e ha tutto il diritto di non essere felice di questo viaggio».

'Non essere felice' a dir poco, ma lasciai che proseguisse il suo discorso.

Raffaella guardava sua figlia, aveva ancora gli occhi umidi e la sua espressione da martire mi fece venire voglia di vomitare.

«Verrò con te».

'Cosa?!'

«Ma la prossima volta o ci andiamo tutti o io non ci vengo» aggiunse ignorando come le sue parole, nel momento in cui vennero elaborate dal mio cervello, mi fecero vedere tutto rosso.

Sua madre sorrise e io sentii un tale calore nel corpo che mi alzai.

Mio padre mi guardò, mettendomi in guardia con gli occhi.

«Me ne vado» annunciai cercando di controllare la voce. Avevo così tanta voglia di picchiare qualcuno che le mie mani si erano serrate in due pugni. Anche Noah si alzò. Non ero certo di volere che venisse con me, ero troppo arrabbiato sia con lei che con sua madre.

«Nicholas, siediti» mi ordinò mio padre guardandosi attorno. Sempre le cazzo di apparenze e sempre quello sguardo deluso. Mi incamminai verso l'uscita, non mi fermai nemmeno ad aspettare Noah, avevo bisogno di prendere aria.

Una volta fuori, mi diressi direttamente all'auto, ma mi accorsi che non avevo le chiavi. Quella non era la mia macchina di merda. Mi voltai e appoggiai la schiena alla portiera del guidatore. Noah si stava dirigendo verso di me. I tacchi non le avevano permesso di starmi dietro. Tirai fuori una sigaretta e l'accesi; non me ne fregava una sega che le desse fastidio.

Quando mi raggiunse, si fermò e cercò il mio sguardo con il suo. Io mi misi a guardare la gente che entrava nel ristorante.

«Nicholas...»

Non dissi nulla. Sentii come inspirava a fondo e la guardai.

«Cosa volevi che facessi?» mi chiese piazzandosi davanti a me.

Mi voltai e buttai fuori l'aria che stavo trattenendo. Un mese, un mese senza Noah; tutti i progetti, tutte le cose che volevo fare con lei se ne andavano a farsi fottere. Avevo programmato un viaggio, volevo portarla con me, visitare dei posti insieme, mi ero riproposto di fare l'amore con lei ogni dannato giorno, godermi la sua compagnia, ma lei non aveva esitato nemmeno un secondo ad accettare il regalo di sua madre. Mi faceva male perché pensavo dovesse mettere me davanti a tutto e invece non l'aveva fatto.

La guardai dritto negli occhi.

«Dammi le chiavi, ti porto alla festa».

Rimase a osservarmi in silenzio. Sapevo che lei voleva affrontare il discorso, ma a mano a mano che passavano i secondi mi arrabbiavo sempre di più al pensiero che non l'avrei vista per tutta l'estate, che me l'avrebbero portata via, per un mese intero, e che non c'era niente che potessi fare.

Sospirò e rimase in silenzio. Subito dopo infilò la mano in borsa, mi diede le chiavi e si sedette sul sedile del passeggero.

Meglio così, se avessimo iniziato a discutere non avrei risposto delle mie azioni.

7
Noah

In macchina la tensione si poteva tagliare con il coltello. Era furioso, lo sapevo, lo avevo letto nei suoi occhi.

Capivo perfettamente che non gli facesse per niente piacere che me ne andassi per un intero mese, ma cosa potevo fare? Mia madre aveva organizzato e pagato un viaggio, non potevo rifiutarmi di andarci, era mia madre! Avevamo sempre parlato del mio diploma, dell'università, di come saremmo andate insieme a comprare i mobili per la mia nuova casa, avevamo scherzato dicendo che ce ne saremmo andate con lo zaino in spalla in giro per l'Europa per condividere l'ultima estate mentre ero ancora piccola, come diceva lei. Una parte di me voleva farlo, quel viaggio, non volevo perdere l'occasione di stare da sola con la donna che mi aveva dato la vita e tutto ciò che avevo, non potevo rifiutarla come se niente fosse.

Ma all'altra parte di me, anche quella piuttosto importante, veniva male al solo pensiero di non potere vedere Nicholas per ben quattro settimane. Anch'io avevo fatto dei programmi, anch'io avevo desiderato passare ogni secondo nel suo appartamento, soprattutto ora che avrebbe dovuto iniziare a lavorare e che i viaggi a San Francisco non sarebbero durati solo due settimane come l'ultimo.

Lo guardai. Aveva lo sguardo fisso sulla strada, le mani rabbiose strette al volante. Mi spaventava quello che gli stava frullando in testa, ma non sapevo cosa dire o fare per evitare che si arrabbiasse con me.

«Hai intenzione di non rivolgermi la parola?» chiesi allora armandomi di coraggio. Non mi degnò nemmeno di uno sguardo, vidi solo che le vene del collo gli pulsavano per quanto serrava la mandibola.

«Sto cercando di non rovinarti la serata, Noah» rispose un attimo dopo.

Cercando?

«Nicholas, non è colpa mia, non potevo rifiutare, è mia madre!» replicai con i nervi a fior di pelle.

«E io sono il tuo fidanzato!» urlò spaventandomi. Eccoci, avremmo finito per litigare ed era l'ultima cosa che avrei desiderato quella sera. Si voltò verso di me e vidi nei suoi occhi che avrebbe voluto dirmi di tutto.

«Non farmi questo, non mettermi tra l'incudine e il martello, non farmi scegliere tra te e mia madre» lo pregai controllando il tono di voce.

Nicholas accelerò e mi dovetti tenere alla maniglia della portiera. A quel punto intravidi il Four Season. Una lunga fila di auto stava aspettando il proprio turno per far scendere i vari passeggeri. C'erano già diversi miei compagni con le rispettive fidanzate e i rispettivi fidanzati, e i loro volti sorridenti mi fecero invidia. Sul mio, il sorriso era già svanito, tanto per cambiare.

Nick si fermò dietro a una Mercedes e si voltò di nuovo verso di me.

«Se io dovessi scegliere, sceglierei sempre te» dichiarò con una tale freddezza che mi ghiacciò il sangue. Lo guardai incredula, ferita dal suo tono, ma sentendomi in colpa per quello che significavano le sue parole. Non avrei voluto dover scegliere tra le due persone che più amavo al mondo, erano due tipi di amori diversi, totalmente diversi: amavo mia madre sopra ogni cosa, ma l'amore che provavo per Nicholas era inspiegabile, un amore che faceva male, che adoravo ma che al tempo stesso mi spaventava per la sua intensità. Scesi dall'auto e, nel voltarmi, mi accorsi che lui era ancora seduto al posto di guida.

«N-non intendi fermarti?» chiesi con voce tremante dal finestrino. Merda! Ecco di nuovo quel senso di abbandono, di dipendenza... Non volevo che mi lasciasse, avevo bisogno di averlo accanto, volevo condividere quella serata con lui, una serata in cui avrei dovuto poter contare sul mio fidanzato.

Lui scostò gli occhi da me e guardò la gente che saliva le ripide scale in direzione dell'ingresso.

«Non lo so, ho bisogno di stare da solo» buttò lì con quel tono che odiavo, quel tono che mi ricordava il vecchio Nicholas.

Sentii la rabbia impossessarsi di me. Non era giusto, non era giusto che mi facesse pagare qualcosa di cui non ero stata la diretta responsabile.

«Vai al diavolo, Nicholas! Avremmo passato la notte insieme dopo più di tre settimane e te ne freghi» risposi tirandomi indietro i capelli, sempre più incazzata. «Te ne puoi andare, me la spasserò molto di più senza di te!»

E il grandissimo stronzo non aspettò nemmeno di vedermi entrare. Con una sgommata, accelerò fino a sparire dall'uscita laterale, una sgommata delle mie ruote, considerato che quella era la mia macchina. E quindi, come se non bastasse, mi aveva appena mollata lì senza la possibilità di andarmene nel caso in cui mi fossi stufata di quella dannata festa.

Mi diressi verso le scale, dove diversi alunni chiacchieravano entusiasti. C'erano parecchie compagne di classe a cui mi sarei potuta aggregare, ma non mi andava di avvicinarmi a loro e fingere di essere super felice, perché non lo ero: ero incazzata, incazzata e ferita.

«Ehi, Morgan!»

Mi voltai e vidi la faccia sorridente di Lion. Mi si illuminò lo sguardo. L'ultima volta che l'avevo visto mi era parso un po' distaccato. Mi fece piacere ritrovare il suo sorriso raggiante. Proprio come era successo con Jenna – che era diventata la mia migliore amica e confidente – alla fine mi ero affezionata a Lion: era una persona magnifica, affettuosa, gentile e rassicurante. All'inizio lo credevo un tipo freddo, soprattutto perché era amico di Nicholas, ma non c'era nulla di più lontano dalla realtà: Lion era un tesoro. Quando si avvicinò a salutarmi, gli diedi un forte abbraccio.

«Auguri per il diploma!» disse lasciandomi subito andare.

«Grazie» risposi sorridendo.

«E Nick?» chiese guardandosi attorno. Il mio sorriso svanì.

«Se n'è andato. Abbiamo litigato» risposi stringendo i denti. Per mia grande sorpresa, Lion scoppiò a ridere. Lo fulminai con lo sguardo.

«Gli do mezz'ora, poi tornerà e ti starà addosso come una zecca... è il tempo massimo che riesce a starti lontano» affermò ignorando il mio sguardo assassino e tirando fuori di tasca il cellulare.

«Be', spero non venga, non lo voglio vedere».

Lion alzò gli occhi al cielo mentre guardava lo schermo del telefono.

«Jenna arriverà tra una decina di minuti. Vuoi che iniziamo a entrare?» mi offrì gentile.

Annuii. Avrebbe dovuto essere Nicholas ad accompagnarmi al ballo del diploma, ma al diavolo, peggio per lui; mi ero agghindata apposta per Nick, avevo comprato della biancheria intima in un negozio supercostoso che mi aveva consigliato Jenna e ora non l'avrebbe nemmeno vista. Ero così delusa e arrabbiata che probabilmente mi usciva fumo dalle orecchie.

Quando entrammo, ci trovammo in una hall incredibile. C'era tantissima gente e notai che molti dei genitori dei miei compagni avevano deciso di fare un salto alla festa a bere qualcosa. Diversi uomini in uniforme indicavano da che parte dovevamo andare, e io e Lion seguimmo le loro indicazioni. I miei compagni chiacchieravano e ridevano animatamente, fin quando raggiungemmo i giardini dell'hotel.

Mamma mia, erano un vero spettacolo! Avevano organizzato la più bella festa di diploma di tutti i tempi! Il salone era aperto e si affacciava sull'esterno, c'erano molti tavolini alti con eleganti tovaglie verde satinato che circondavano la pista da ballo al centro. I tavoli erano decorati con squisiti addobbi floreali; mi sembrò fossero peonie bianche. Intanto, eleganti camerieri andavano avanti e indietro con vassoi pieni di stuzzichini e di calici con dentro vai a sapere cosa, visto che non poteva essere alcol.

Guardai Lion, estasiato e intimorito quanto me. Nessuno dei due era cresciuto circondato da tanto lusso ed entrambi, ne ero certa, ci sentivamo fuori luogo tra tutta quella gente così elegante e ricca.

«Certo che questi la sanno proprio organizzare una festa» commentò.

«Eccome» convenni sconvolta dalla bellezza di tutto quello che ci circondava. I giardini erano illuminati da tenui luci bianche e c'erano fiori ovunque; la loro fragranza mi aveva soggiogata fin da quando eravamo entrati. Non si sentiva ancora la tipica musica da festa, ma osservai allucinata come un gruppo formato da violini e violoncelli ci dava il benvenuto.

«Eccovi qui!» esclamò una voce nota alle nostre spalle.

Ci voltammo entrambi e Jenna ci accolse con un sorriso immenso. «Ma avete visto quanta gente?! Che ne pensate? Non ho esagerato, vero? O forse potevo spingermi un po' di più? Oddio, non vi piace!»

Jenna era una delle organizzatrici di quella festa. Sapevo che ci si era impegnata per la maggior parte dell'anno e si era davvero superata. Le nostre facce, la mia e quella di Lion, dovevano essere ben strane se pensava che non ci piacesse quello spettacolo.

«Ma cosa stai dicendo?» risposi ridendo. «È incredibile!»

La abbracciai osservando quanto era bella. Certo, doveva tutto ai geni: sua madre, Caroline Tavish, da giovane era stata Miss California, un titolo che non solo le aveva aperto migliaia di porte, ma aveva anche portato uno degli uomini più ricchi degli Stati Uniti a volerla sposare. Il padre di Jenna era miliardario, possedeva piattaforme petrolifere in tutto il mondo e non trascorreva più di due giorni al mese a casa, ma, secondo Jenna, era innamorato pazzo di sua madre... E come non esserlo? Quella donna lasciava chiunque senza fiato. Jenna aveva ereditato il suo corpo e la statura, anche se il volto era più dolce, più giovane e più delicato di quello della madre, che quasi metteva a disagio per quanto era bello.

«Non posso credere che ci siamo diplomate!» confessò salterellando e depositando un entusiastico bacio sulle labbra di Lion. Lui la guardò con adorazione e le appoggiò una mano alla vita, avvicinandosela. Si dissero qualcosa che non riuscii a sentire e, un secondo dopo, Jenna si voltò verso di me. Si guardò attorno con cipiglio.

«E il tuo Nicholas?»

Alzai gli occhi al cielo per quel suo vizio di chiamarlo così. Nicholas non era mio, o sì? La verità era che in quel momento non ne avevo la più pallida idea.

«Non lo so e non mi interessa» risposi, anche se in realtà mi interessava eccome.

Jenna aggrottò la fronte. Sinceramente non capivo perché, ma Jenna era sempre dalla parte di Nicholas quando litigavamo o avevamo una qualche discussione. D'accordo che lo conosceva da sempre, ma lei era amica mia, era *me* che doveva difendere.

«Jenna, ti sei superata!» disse Lion per cambiare argomento.

La nottata iniziò alla grande. Qualcuno – o meglio molti – avèva portato alcol e, in meno di un'ora, quasi tutti i presenti stavano ballando in pista ubriachi. Le luci erano intermittenti e, all'improvviso, mi vidi circondata da un sacco di gente. Fratelli, cugini e amici dei diplomati erano venuti alla festa e mi sentii soffocare quando mi vidi stretta tra vari tizi che non facevano che starmi appiccicati. Diedi degli spintoni e abbandonai la pista da ballo. Stavo sudando e andai su un lato dove un ragazzo serviva dei chupito ai maggiorenni. Avevo già bevuto parecchi bicchieri... non ero ubriaca, ma un po' alticcia sì.

«Ne vuoi uno?» mi chiese una ragazza quando il cameriere sparì per andare a prendere del ghiaccio. Sul tavolo c'erano diversi bicchieri di vetro con dentro un liquido bianco e denso, e molti cubetti.

«Cos'è?» chiesi diffidente.

La ragazza sorrise divertita, non so perché.

«Black Russian».

Se mi avesse detto Red French sarebbe stato esattamente lo stesso. Non avevo idea di cosa fosse quella roba.

«È un cocktail con vodka e un liquore di caffè e panna. È molto buono; e poi dicono sia afrodisiaco» aggiunse sbattendo più volte le ciglia. Ma ci stava provando con me?

Ecco, giusto quello che ci mancava! Che una ragazza si

mettesse a flirtare con me! Ma siccome aveva menzionato la parola 'caffè', dimenticai il suo orientamento sessuale e presi uno dei cocktail dal tavolo. Mi portai la cannuccia alla bocca e lo assaggiai.

«Mio Dio, ma è buonissimo!» esclamai. La ragazza rise.

La vodka quasi non si sentiva, non bruciava in gola, sembrava di bere un milkshake al caffè.

Guardai più attentamente la ragazza. Non mi ricordava nessuno, doveva essere amica o parente di qualcuno. Aveva i capelli neri raccolti in una coda alta.

Continuai a bere quello che era appena diventato il mio cocktail preferito. Jenna stava ballando con Lion e, senza rendermene conto, mi scolai altri due bicchieri e iniziai a chiacchierare con la ragazza milkshake, che in realtà si chiamava Dana. Era molto simpatica e, o io ero troppo brilla, oppure lei era davvero divertente; ero così presa a ridere di una sua battuta che l'ultima cosa che mi aspettavo era che all'improvviso mi prendesse la nuca e mi stampasse un bacio sulle labbra. Fu così veloce e imprevisto che ci impiegai un attimo ad allontanarla con una spinta.

«Ma cosa fai?» chiesi un po' stordita.

La ragazza rise, divertita.

«Volevo assaggiare la vodka dalla tua bocca» rispose come se niente fosse.

La situazione era talmente surreale che rimasi un attimo in silenzio.

«Ho un ragazzo» dichiarai qualche secondo dopo, o forse qualche minuto, non lo so, l'alcol aveva iniziato a darmi alla testa. Ma avevo appena baciato una ragazza?

«È stato solo un bacetto, stai tranquilla» disse lei fino a scostare lo sguardo per posarlo su qualcosa dietro di me.

Mi sentii attraversare tutto il corpo da un brivido.

Percepii la sua presenza ancora prima di voltarmi per

scoprire se mi stavo sbagliando. Nicholas era lì, i suoi occhi chiari mi attraversarono in lontananza. Si incamminò in fretta verso di me.

«Sarà meglio che tu te ne vada» consigliai in tutta fretta a Dana. Improvvisamente temevo per la sua vita.

Scoppiò a ridere, prese il suo Black Russian e se ne andò verso la pista da ballo. La persi di vista proprio nel momento in cui Nick arrivò davanti a me.

«Adesso ti piacciono le tipe?» chiese con calma, salvando le apparenze.

Non gli permisi di spaventarmi.

«Chi può dirlo» risposi irritata. Ero incazzata nera con lui. Mi aveva piantata in asso, il giorno del mio diploma; mi aveva vista sola e circondata di gente con cui non mi andava di stare e, come se non bastasse, ero stata baciata senza il mio permesso.

«Cosa stai bevendo?» chiese a quel punto, togliendomi il bicchiere di mano.

Pensavo che l'avrebbe posato sul tavolo, invece lo svuotò. All'improvviso, nonostante fossi arrabbiata, pensai che avevo una voglia matta di assaporare quella bevanda dalle sue labbra, come aveva detto quella ragazza. Anch'io volevo assaggiare il Black Russian da quella bocca...

«Ma hai idea della quantità d'alcol che c'è qui dentro?» disse dopo aver finito di bere e aver appoggiato il bicchiere vuoto dietro di me. Lo osservai tastando il terreno, non sapevo di che umore fosse... be', sì, era arrabbiato, ma c'era qualcosa di diverso nel suo sguardo.

«Credo abbastanza: se fossi sobria ti avrei già mandato al diavolo».

Inclinò la testa su un lato, osservandomi, e poi avvicinò il suo corpo al mio. Senza toccarmi, appoggiò le mani sul tavolo che c'era dietro, imprigionandomi tra le sue braccia.

Di colpo mi mancò l'aria. I suoi occhi azzurri cercarono i miei.

«Non hai nessun motivo per essere arrabbiata, Noah» affermò molto serio. «Sono io quello che è rimasto fregato, tu stai per andare in vacanza in Europa».

«E io ti ripeto che non è stata una mia idea» dissi guardandolo fisso.

Nick respirò a fondo e si scostò da me, lasciandomi spazio.

«Immagino che questo si possa definire un punto morto» dichiarò con una faccia da schiaffi.

Una parte di me sapeva che aveva tutte le ragioni per essere dispiaciuto, ma ero arrabbiata comunque. Non volevo calmarmi, non volevo essere comprensiva... Forse perché anche a me dispiaceva tutta quella situazione. Andare con mia madre in Europa non rientrava nei miei piani e mi scocciava e intristiva non potere passare quel mese con Nick. In realtà ero arrabbiata con mia madre, ma lì c'era Nick e avevo bisogno di scaricare la mia rabbia su qualcuno.

«Forse non saresti dovuto tornare. Hai detto che non mi volevi rovinare la serata e lo stai facendo».

Nick alzò le sopracciglia esageratamente.

«Vuoi che me ne vada?»

Era un accenno di delusione quello che avevo appena visto nei suoi occhi azzurri?

«Una cosa è sicura, non intendo restarmene qui a discutere con te».

Nick mi osservò attentamente.

«Mi sa che stanotte hai esagerato con l'alcol, furbetta».

Mi misi bella dritta sui tacchi e lo fulminai con lo sguardo. Sentendomi potente, ma consapevole che in realtà mi stavo comportando come una bambina, allungai il braccio, riempii un bicchiere con del punch che c'era sul tavolo e ne bevvi un sorso. L'avevano caricato così tanto che per poco non mi vennero le lacrime agli occhi, ma immagino ne valse la pena a giudicare dal modo preoccupante in cui le vene di Nick iniziarono a gonfiarsi.

«Ti stai comportando da idiota e finirà che dovrò essere io a occuparmi di te».

Feci spallucce e mi allontanai. Raggiunsi i miei amici in pista e, senza voltarmi, iniziai a ballare entusiasta. A un certo punto mi cadde il bicchiere e bagnai i piedi di qualcuno, ma non ci diedi nessuna importanza. Poco dopo mi raggiunse Jenna e continuammo a ballare. Quando i vari sobbalzi sembrarono far salire il mio stomaco su una montagna russa, mi costrinsi a fermarmi. I miei occhi iniziarono a cercare qualcuno in sala.

Sapevo che Nick non se n'era andato; non solo, l'avevo seguito con lo sguardo per tutta la durata di quella mia sceneggiata. Non aveva avuto la reazione che mi aspettavo, ma almeno non stavamo litigando.

A un certo punto ondeggiai pericolosamente su un lato e un braccio mi tenne dalla vita. Un braccio forte, muscoloso, bellissimo… Nick.

Mi voltai e intrecciai le mani dietro alla sua nuca.

«Vedo che sei ancora qui» commentai con gli occhi fissi sulle sue labbra.

«E io vedo che non ti reggi quasi in piedi. Se il tuo obiettivo di stanotte è starmi sulle palle e farmi saltare i nervi, bene, ci sei riuscita. Complimenti».

Risi nel sentire la faccenda del 'starmi sulle palle'.

«Non era quella la mia intenzione, ma quanto allo starti sopra… si può fare». Nick non rise; anzi, sembrava stesse riflettendo su cosa fare di me.

Gli passai le dita tra i capelli, facendole sprofondare nella sua nuca, sapendo quanto gli piaceva che lo accarezzassi proprio lì. E tuttavia, mi afferrò per i polsi e mi costrinse a fermarmi.

«Lascia che ti porti di sopra, Noah» mi chiese serrando con forza la mandibola.

Mi guardai attorno. Alcuni avevano già deciso di salire nelle stanze per andare avanti con quello che stavano facendo.

«D'accordo... può essere divertente» accettai con un sorriso.

Nick espirò l'aria che stava trattenendo e mi portò fuori dalla sala.

«Sarà tutto meno che divertente» disse tra sé e sé, ma io lo sentii perfettamente.

Si era controllato solo perché c'erano altre persone attorno a noi?

Oh, cazzo!

8
Nick

Uscimmo dal salone della festa e, siccome avevo già preso le chiavi, la portai direttamente nella nostra stanza. Quando entrammo, ci guardammo negli occhi. Uno davanti all'altra, senza sapere cosa fare o dire. Io non sapevo se continuare a essere arrabbiato o se riempirla di baci. E Noah sembrava pensare lo stesso.

«Quindi non sarà divertente, eh?» chiese mentre tirava giù abilmente la cerniera del vestito lasciandolo cadere a terra.

Rimase in biancheria e con quei tacchi da urlo che si era messa. Notai il completino intimo… non gliel'avevo mai visto prima; rimasi senza parole.

Barcollò leggermente. In due passi superai lo spazio che ci divideva. La tenni dalla vita e la sollevai fino a entrare in bagno e farla sedere accanto al lavandino.

«Noah, sei sbronza».

Si strinse nelle spalle.

«Non abbastanza da non rendermi conto che mi hai portata qui per punirmi perché vado in Europa».

Aggrottai la fronte.

«Guarda che sono io quello che stasera viene punito, Peldicarota, non il contrario».

«Be', mi vengono in mente molte cose che potremmo fare per punirci reciprocamente».

Non potei fare a meno di sorridere. Era lì, mezza nuda,

di una bellezza abbagliante e con le guance rosse per via dell'alcol, della situazione o di qualsiasi altra cosa: fatto sta che non resistetti oltre e le misi le mani attorno al volto appiccicando le mie labbra alle sue. Fu un bacio senza lingua, soltanto un gioco di labbra, ma un gioco di cui avevo bisogno in quel momento per non perdere la testa.

Quando le sue mani iniziarono a sbottonarmi la camicia, mi scostai.

«Credo che prima dovresti farti una bella doccia fredda...»

Noah fece cenno di no.

«No, no, niente freddo, sto bene» disse tirandomi di nuovo a sé.

Ci baciammo, questa volta con maggiore intensità. Le mie mani risalirono lungo la sua schiena nuda per sganciarle il reggiseno. Rimasi imbambolato a guardarla, le lentiggini le punteggiavano i seni e la parte superiore delle spalle. Portai le mie labbra in quel punto e poi iniziai a baciarla fino ad arrivare al lobo dell'orecchio. Lo presi tra i denti e lo succhiai come una caramella.

Noah rabbrividì al mio tocco e la scostai un po' per guardarla negli occhi.

«Non voglio che te ne vada» confessai prendendola in braccio e uscendo dal bagno. Le sue gambe mi cinsero con forza la vita e sentii che tutti i miei muscoli si tendevano.

Noah non rispose, si limitò a baciarmi di nuovo. La posai sul letto e non mi appoggiai a lei per non schiacciarla, rimasi sospeso lì sopra. Le baciai la mandibola fino a raggiungere la cavità tra collo e spalla.

Noah si mosse sotto di me, cercando un contatto che placasse entrambi. Mi spostai e mi distesi accanto a lei. La osservai imbambolato. Il suo respiro era affannato e i suoi seni andavano su e giù ritmicamente.

«Potrei passare tutta la notte a guardarti» dissi appoggiandomi al braccio destro. Con l'altra mano le accarezzai delicatamente il costato, passando sulla pancia piatta e risalendo fino a imprigionare tra le dita il seno sinistro.

«Nick, vieni sopra di me» mi chiese con gli occhi chiusi, agitata sotto al tocco della mia mano.

«Voglio vedere come arrossisce il tuo corpo a ognuna delle mie carezze, Noah».

A quel punto i suoi occhi color miele si aprirono e fissarono i miei.

«Ma...»

La zittii con un bacio mentre la mia mano scendeva fino a fermarsi all'elastico dei suoi slip.

«Non voglio che tu vada in Europa» ripetei mentre facevo scivolare la mia mano sotto alla stoffa.

Si contorse e chiuse di nuovo gli occhi.

Iniziai a giocare con le dita e mi accorsi subito della tensione che provavo al solo vedere l'espressione del suo viso. Non c'era niente che mi piacesse di più che stare così, a osservare come il suo corpo reagiva alle mie carezze, come si mordeva il labbro o ad ascoltare i leggeri sospiri di piacere che le sfuggivano.

Non potevo stare un mese senza di lei, non avrei retto. Adoravo vedere come stava godendo. Farlo solo una volta da quando ero tornato da San Francisco non era stato sufficiente per nessuno dei due e pensare che se ne sarebbe andata per un mese intero mi fece venire voglia di dimostrarle quanto avrebbe sentito la mia mancanza.

«Allora te ne andrai?» le chiesi all'orecchio mentre aumentavo il ritmo delle mie carezze.

«Sì...» rispose, e la cosa mi fece di nuovo arrabbiare.

«Ne sei sicura?» insistetti a denti stretti mentre i movimenti della mia mano si facevano più decisi.

Sapevo che era vicinissima alla conclusione, ma decisi di fermarmi all'apice del suo desiderio.

Lei aprì gli occhi come se non capisse cosa stesse succedendo. Aveva le pupille dilatate e la bocca socchiusa, in attesa di un gemito di piacere che non arrivò.

Non potevo guardarla, chiusi gli occhi e mi lasciai andare sulla schiena. Mi faceva male tutto il corpo, stavo punendo anche me stesso, ma la rabbia mi consumava in un modo tale che non riuscivo nemmeno a spiegarmi.

«Perché ti sei fermato?» mi accusò senza capire.

Come facevo a dirle quanto mi sentivo perso in quel momento? Come potevo farle capire che, se andava via, avrei vissuto un inferno?

Non dissi nulla e Noah si avvicinò appoggiandomi la testa sulla spalla. Poi, mi accarezzò da sopra la camicia.

«Non voglio che questo stupido viaggio diventi un problema per noi due, Nick» sussurrò.

Le passai la mano sul volto e infine la guardai senza proferire parola.

«Se è così importante per te, parlerò con mia madre, potremmo...»

«No» la interruppi categorico. «Dammi solo il tempo di abituarmi all'idea... Per quanto voglia che tu stia con me a ogni ora, so che non è possibile, ma non riesco comunque a non incazzarmi... tantissimo».

Si morse il labbro pensierosa e vidi, nel suo sguardo, che nemmeno lei era così contenta della situazione... Si chinò e mi diede un bacio sulla guancia.

«Ti amo, Nick. Tu mi ami?» chiese in attesa di una mia risposta.

«Ti amo più di quanto non ami me stesso» le dissi senza scostare lo sguardo, mentre le accarezzavo la schiena nuda.

«Mi sembra difficile» rispose sorridendo come una bambina.

«Molto divertente» replicai mettendomi sopra di lei e intrappolandola tra le mie braccia.

La baciai muovendo lentamente le mie labbra sulle sue, mentre lei affondava le dita nei miei capelli.

«Sei stanca?» chiesi, appoggiandole la bocca sul collo.

«Finisci quello che hai iniziato» sussurrò.

Avevo bisogno di lei, ne avevo bisogno fin da quando avevamo litigato in macchina, volevo che mi facesse sentire che ero l'unico, l'unico che amava, l'unico che desiderava.

«Vuoi fare l'amore, Peldicarota?» le chiesi con un sorriso.

Mi tolse la camicia con le guance rosse e il desiderio riflesso nei suoi bellissimi occhi. Mi appoggiò le labbra proprio in mezzo al petto e risalì fino a baciarmi il collo. Mi irrigidii quando mi accarezzò la mandibola con la lingua e le immobilizzai le mani sopra la testa quando mi morse l'orecchio con una pressione squisita.

Allungò la testa alla ricerca della mia bocca, e le permisi di baciarmi. Introdussi la lingua con movimenti leggeri mentre facevo pressione con i fianchi.

«Ti amo, Nick» disse tirando indietro la testa quando la mia mano iniziò a muoversi lungo il suo corpo.

«Io sì che ti amo».

E la nostra notte si concluse così... facendo l'unica cosa che non ci causava alcun problema.

9
Noah

Mi svegliò la luce intensa del mattino. Avevo lasciato aperte le spesse tende e potevo godermi una vista privilegiata sulle eleganti case di Beverly Hills. In lontananza, si intravedevano anche gli alti edifici della città che spiccavano al centro, circondati da altri di media altezza.

Nicholas mi teneva ben stretta contro il suo petto con un braccio, e aveva le gambe avvinghiate alle mie. Non riuscivo quasi a respirare, ma lo adoravo, adoravo dormire con lui: erano le mie notti migliori. Da settimane non riuscivo a passare una notte intera senza risvegli, senza incubi.

Mi voltai piano fino a mettermi su un fianco, davanti a lui. Era adorabile quando dormiva, i lineamenti sereni, le palpebre chiuse dolcemente… Sembrava davvero tanto giovane quando l'avevo accanto addormentato. Avrei voluto sapere cosa gli passava per la testa. Per esempio: chissà cosa stava sognando in quel preciso istante. Alzai piano la mano e gli accarezzai il sopracciglio sinistro, senza svegliarlo. Dormiva così profondamente che nemmeno se ne accorse. Feci scivolare le dita sullo zigomo, fino ad arrivare al mento. Com'era possibile che fosse tanto bello?

A quel punto mi venne in mente un pensiero del tutto inaspettato: come sarebbero stati i nostri figli?

Lo so, sragionavo, ci sarebbero voluti ancora parecchi anni prima che decidessi di metter su famiglia, e tuttavia immaginai un piccoletto con i capelli neri. Era chiaro che sarebbe stato bellissimo, con i geni di Nick qualsiasi bambino lo sarebbe stato... Come si sarebbe comportato lui con un neonato? Sapevo che l'unica bambina che sopportava era sua sorella minore, in più di un'occasione l'avevo sgridato per come si rapportava con i bambini, in spiaggia o al ristorante. In ogni caso, mancava davvero tanto prima che potesse accadere una cosa del genere; e inoltre, c'era il piccolo dettaglio che, per colpa del vetro che mi ero piantata in pancia quella fatidica notte, probabilmente non avrei potuto avere figli. Pensarlo mi rattristò e fui grata quando Nick aprì un occhio assonnato e mi guardò.

Sorrisi.

«Ciao, bello» lo salutai con un sorriso quando vidi che aggrottava la fronte e cercava di svegliarsi. Eccolo lì, quello era il mio Nicholas. Nick senza il cipiglio non era Nick.

Allungò un braccio e mi attirò a sé con parecchia forza per uno che si era appena svegliato.

«Cosa stavi facendo, Peldicarota?» disse affondando la testa nel mio collo e facendomi il solletico con il respiro.

«Stavo ammirando quanto sei incredibilmente carino».

Emise un grugnito.

«Mio Dio non chiamarmi carino, qualsiasi cosa ma non quello!» mi supplicò alzando la testa.

Gli scoppiai a ridere in faccia, aveva i capelli spettinati e la sua espressione arrabbiata ricordava quella di un bambino imbronciato.

«Stai ridendo di me?»

Il suo sguardo scuro mi distrasse, ma lui mi si lanciò addosso e iniziò a farmi il solletico.

«No, no, no» urlai ridendo e contorcendomi tra le sue mani. «Nicholas!»

Rise insieme a me, ma subito contrattaccai e gli pizzicai

l'addome compatto con le dita, lui fece un tale balzo che cadde giù dal letto.

«Mamma mia!» dissi lasciando andare una risata isterica. Dio mio, avevo le lacrime agli occhi e male alla pancia per quanto stavo ridendo.

A quel punto si alzò, mi tirò per un piede e mi fece scivolare fin sulla punta del materasso; prima che cadessi, mi prese in braccio, mi caricò su una spalla a mo' di sacco e si diresse verso il bagno.

«Adesso ti faccio vedere io» mi minacciò mentre apriva lo sportello della doccia.

«Scusa! Scusa!» lo pregai continuando a ridere.

Non si impietosì e mi infilò sotto l'acqua fredda. La maglietta mi si appiccicò al corpo.

«Ah! È gelata!» urlai allontanandomi dal getto e iniziando a tremare. «Nicholas!» gridai, ma lui entrò con me nella doccia, girò la leva e l'acqua calda iniziò a scendere su di noi.

«Silenzio. Ti sei divertita abbastanza alle mie spalle, ora tocca a me divertirmi» annunciò prendendo la maglietta e sfilandomela. Rimasi nuda davanti a lui.

I suoi occhi percorsero le curve del mio corpo.

«Credo sia il modo migliore di svegliarsi» disse inclinandosi e impossessandosi delle mie labbra.

Mezz'ora dopo ero avvolta in un asciugamano, con i capelli bagnati e seduta in terrazza. Nicholas stava ordinando la colazione in camera. Sinceramente era piuttosto strano che non si sentisse nessuno parlare nei corridoi: avevo immaginato che sarebbe stato impossibile dormire circondata da studenti ubriachi, ma mi ero sbagliata; o era così o le pareti di quell'hotel erano insonorizzate.

Mi voltai quando Nick finì di parlare. Anche lui aveva i capelli umidi, era a petto nudo e indossava un paio di pantaloni della tuta che cadevano perfettamente sui fianchi, lasciando intravedere la peluria scura che saliva dall'ombelico. Mio Dio, che corpo spettacolare! Aveva gli addominali in vista e gli obliqui perfettamente scolpiti. Ma come diavolo faceva? Sapevo che andava in palestra e faceva surf, ma cazzo, quel corpo era un'opera magistrale proveniente da un altro mondo.

«Mi stai facendo una radiografia?» chiese divertito, sedendosi accanto a me.

Sentii che arrossivo.

«Qualche problema?» chiesi, ignorando come il sole si rifletteva sui suoi occhi azzurri in quel preciso istante.

Mi dedicò quel mezzo sorriso malizioso che adoravo.

«Vieni qui» mi chiese tirandomi e costringendomi a sedermi sul suo grembo. Nell'aprire le gambe per poggiarmi su di lui, l'asciugamano che indossavo risalì lungo le cosce.

«Non hai niente sotto?» chiese allora con un tono che passò dallo stupore al rimprovero in meno di un secondo. Alzai gli occhi al cielo.

«Non c'è nessuno, Nicholas» risposi esasperata.

Lui si guardò attorno: eravamo da soli, davanti a noi si apriva solo una spettacolare vista sulla città.

«Ci potrebbe essere un maniaco con un binocolo in quegli edifici laggiù» disse tenendo l'asciugamano che mi avvolgeva. Non si vedeva nulla, era un esagerato.

«Peggio per te. Vado a vestirmi» annunciai alzandomi ed entrando in camera.

Mi guardai allo specchio. Com'era possibile che una persona passasse dall'essere profondamente triste all'essere quella che vedevo riflessa in quel preciso istante? Immagino che fosse l'effetto dell'amore, una montagna russa di emozioni e sentimenti: l'attimo prima sei al settimo cielo e poi, un momento dopo, ti trascini a terra e non sai nemmeno come hai fatto ad arrivarci.

Mi chinai sulla valigia. Non so perché vedere i miei abiti vicino ai suoi mi fece sorridere come una stupida, ma adorai che la sua maglietta di Marc Jacobs fosse accanto al mio vestito.

Lo presi e lo indossai. Era un semplice abito blue navy con dei fiori gialli che mi aveva comprato mia madre e che di sicuro costava un occhio della testa.

Quando iniziai a truccarmi allo specchio, il mio sguardo si posò su una specifica parte del mio corpo… brontolai quando mi raccolsi i capelli e vidi il mio collo: c'erano due succhiotti.

Uscii dal bagno come una furia.

«Nicholas!» urlai. Stava parlando al cellulare. Avevano portato la colazione e seduto in terrazzo come se niente fosse, mangiava e chiacchierava serenamente con qualcuno.

Il suo sguardo si diresse verso di me.

«Aspetta» disse alla persona all'altro lato del telefono.

Mi indicai il collo e parte della clavicola. Sul suo volto comparve un sorriso da emerito idiota. Mi girai arrabbiata e gli lanciai contro un cuscino.

Alzò un braccio per proteggersi mentre imprecava.

«Ti richiamo» disse chiudendo la conversazione. «Che diavolo succede?»

Odiavo che mi marchiassero, odiavo con tutte le mie forze che mi lasciassero segni sulla pelle. Brutti ricordi, tutto qui.

«Sai che odio i succhiotti, Nicholas Leister» affermai cercando di controllare la voce.

Lui si avvicinò piano, allungò un braccio e mi scostò i capelli per potermi guardare la pelle.

«Mi dispiace, non me ne sono reso conto» si limitò a rispondere.

Alzai gli occhi al cielo.

«Certo, come no» protestai scostando la sua mano proprio quando stava iniziando ad accarezzarmi. «Te l'ho detto, Nicholas, non mi piacciono i marchi, non sono una vacca».

Scoppiò a ridere e per poco non gli rifilai un cazzotto.

«Dai, Peldicarota, abbiamo già litigato abbastanza ieri, cerchiamo di non continuare» mi propose tirandomi e abbracciandomi.

Rimasi immobile come un palo, ma a quel punto la sua mano andò fino alla mia nuca, mi tirò piano i capelli all'indietro costringendomi a guardarlo.

«Se mi perdoni, farò tutto quello che vuoi» disse.

«Come?» risposi incredula.

Il suo sguardo si rabbuiò.

«Tutto quello che vuoi, parlo sul serio, chiedi e sarà fatto».

Sapevo a cosa stava pensando la sua mente perversa. Sorrisi godendomi la situazione e sentendomi potente.

«D'accordo» convenni portando le mani al suo collo. «C'è una cosa che voglio che tu faccia».

10
Nick

«Scordatelo» dissi deciso.

Stavamo parcheggiando davanti a un negozio di animali.

«Hai detto qualsiasi cosa» rispose quella pazza della mia fidanzata scendendo dall'auto, felice come una pasqua, come avesse cinque anni.

«Parlavo del sesso».

Noah scoppiò a ridere, come se avessi appena detto qualcosa di molto insolito.

«Lo so» affermò a quel punto. «Ma siccome si tratta di me e non di te, mi comprerai un gattino».

Ma porca puttana! Di nuovo con la faccenda del cazzo di gatto! Odiavo i gatti, animali idioti a cui non si può insegnare nulla, oltre al fatto che sono pesanti, ti stanno appiccicati tutto il tempo. Preferivo i cani, merda, preferivo il mio cane! Il cane che avevo dovuto lasciare a casa di mio padre perché nel mio condominio non si potevano tenere animali di grossa taglia.

«Ti ho già detto mille volte che non intendo mettermi in casa un cazzo di gatto».

Noah mi fissò con uno sguardo furibondo, tirò i capelli all'indietro e, prima che iniziasse a parlare come una macchinetta, la intrappolai contro il mio petto tappandole la bocca con la mano.

«Non comprerò un gatto. Punto».

Iniziò a leccarmi la mano perché la lasciassi andare, la strinsi sul costato e mi ricordò me stesso quella mattina. Soffrivamo entrambi tremendamente il solletico.

La lasciai andare prima che mi saltassero i nervi.

«Nicholas!» urlò esausta con le guance rosse.

Alzai le sopracciglia in attesa di ascoltare quello che aveva da dirmi; era così adorabile con quel vestito... gliel'avrei strappato via all'istante, ma mi trattenni.

«Mi hai riempito di bava» l'accusai pulendomi la mano sui pantaloni.

Ignorò il mio commento e mi fulminò con i suoi occhi felini.

«D'accordo, va bene, se non mi vuoi comprare un gatto, me lo prenderò da sola» replicò e, subito dopo, girò sui tacchi per addentrarsi in quello che, senza dubbio, era l'inferno per qualsiasi uomo.

La seguii esasperato e, immediatamente un odore di stalla ed escrementi mi colpì. Versi di animali, di criceti che correvano, di gatti che miagolavano mi invasero le orecchie e mi dovetti trattenere per non trascinare Noah via di lì con la forza.

Ignorandomi alla grande, si diresse verso il commesso che era dietro al bancone. Era giovane, sicuramente aveva la stessa età di Noah e, non appena la vide, i suoi occhi si illuminarono.

«Come posso aiutarti?»

Noah mi rivolse uno sguardo e, nel vedere che non avevo intenzione di fare nulla, si voltò con indifferenza verso il ragazzo.

«Voglio un gatto» disse decisa.

Quando il commesso, con un enorme sorriso, passò dall'altra parte del bancone, chiaramente disposto a venderle il mondo, mi avvicinai a lei.

«Da questa parte» disse indicandole un corridoio. «Proprio ieri abbiamo trovato dei gattini in un parcheggio, sono stati abbandonati e non devono avere più di tre settimane».

Noah emise un lungo 'oh!' pieno di tristezza. Alzai gli occhi al cielo mentre lo stronzetto ci portava in una zona piena di gabbiette con gatti di tutte le dimensioni e i colori. Alcuni erano addormentati, altri giocavano, altri ancora miagolavano e si agitavano.

«Sono questi qui» annunciò il tizio indicando una gabbia in fondo. Noah si diresse lì come si trattasse di un tesoro meraviglioso.

«Sono minuscoli» commentò con il tipico squittio che usano le ragazze quando parlano con cuccioli o con neonati.

Mi avvicinai e guardai in direzione di quei quattro gatti rognosi su una copertina. Tre erano grigi con delle macchioline bianche sulle zampe e sulla testa, il quarto era completamente nero. Non mi ispiravano per niente.

«Guarda come giocano» disse il commesso facendo una voce da femmina. Lo fulminai con lo sguardo e mi avvicinai a Noah.

«Posso prenderne uno?» chiese Noah sfoggiando tutto il suo fascino femminile. L'avrei voluta trascinare via di lì all'istante.

«Certo, quello che vuoi».

E ovviamente quale scelse Noah?

Ma chiaro, quello nero.

«È il più tranquillo, non l'ho ancora visto giocare da quando l'abbiamo preso».

Gli altri tre non stavano fermi, si lanciavano l'uno sull'altro e si davano delle zampate sul muso. Era evidente che quel poveretto era stato tormentato alla grande.

Noah se lo portò al petto e iniziò ad accarezzarlo come una madre che culla il proprio bambino. Non appena il dannato gatto iniziò a fare le fusa, mi fu chiaro che non avrei più potuto fare nulla.

Sospirai profondamente.

«Nick, guarda» mi disse con uno sguardo tenero.

Il gatto era brutto come la morte, era nero e aveva il pelo ispido, ma sapevo che Noah non avrebbe scelto quello più carino o più giocherellone: avrebbe scelto quello sfigato, quello messo da parte, quello che nessuno voleva… e mi ricordò me stesso.

«E va bene, cazzo, puoi tenerti il gatto» cedetti.

Sul suo viso comparve un enorme sorriso.

Il commesso ci condusse fino al bancone e dovetti firmare una tonnellata di fogli in cui mi impegnavo a prendermi cura del gatto, a occuparmi dei vaccini e di tutta un'altra serie di stronzate. Noah iniziò a girare nel negozio e, quando tornò, era piena di cazzatine per quell'animale senza nome.

«Queste cose le paghi tu, vero?» la stuzzicai. Non me ne fregava una sega dei soldi, volevo solo smorzarle l'entusiasmo.

«Avevi detto tutto quello che volevo» mi ricordò appoggiando sul bancone un collarino, delle ciotole e una morbida cuccia blu.

Il gattaccio era in un piccolo trasportino che ci diedero per portarlo via.

«Spero che si abitui bene a voi e che tutto proceda a gonfie vele» ci augurò il commesso guardando soltanto Noah. «Ricordatevi di portarlo dal veterinario tra qualche settimana per vaccinarlo e castrarlo».

Quell'animale mi faceva sempre più pena.

Dieci minuti dopo ci stavamo dirigendo a casa mia. Finalmente sarei stato con lei e le avrei potuto proporre quello a cui stavo pensando da mesi.

Mi voltai a guardarla e, involontariamente, mi spuntò un sorriso. Sembrava la mia sorellina con una bambola nuova.

«Come lo chiamerai?» chiesi mentre uscivo dall'autostrada e mi dirigevo verso il mio appartamento.

«Uhm... non lo so ancora» rispose accarezzando dolcemente Senza Nome.

«Non chiamarlo Nala o Simba, evita stronzate del genere, ti prego» le chiesi parcheggiando. Poi scesi dall'auto e andai ad aprirle la portiera.

Noah era così imbambolata che nemmeno mi guardava. Fulminai con lo sguardo quell'animaletto che si era preso tutta la scena.

«Credo che lo chiamerò N» annunciò a quel punto, mentre entravamo in ascensore.

«N?» ripetei incredulo. Mio Dio, aveva perso la testa!

Noah mi guardò con aria offesa.

«N, per te e per me, Nick e Noah» chiarì.

Scoppiai a ridere.

«Credo che il caffè di oggi ti abbia fatto male».

Mi ignorò mentre entravamo nel mio appartamento. Finalmente a casa. Era l'unico posto in cui mi sentivo in pace e adoravo avere Noah tutta per me.

«Dovrai occupartene tu, quando io non ci sarò» commentò liberando il gatto in mezzo alla sala e osservando come studiava l'ambiente.

«Scordatelo. Il gatto è tuo, è una tua responsabilità» affermai posando tutte le cianfrusaglie per terra.

Mi guardò con aria di circostanza e la attirai a me prima che riprendessimo a discutere.

«Solo tu riesci a farmi cedere su questo genere di cose» affermai inclinandomi per baciarle il collo. Noah si mosse per permettermi un migliore accesso. La sua pelle era così morbida e profumata... Vidi i succhiotti che le avevo fatto… mi piaceva, adoravo vedere i segni dei miei baci sulla sua pelle, ma non l'avrei mai ammesso ad alta voce perché mi avrebbe causato parecchi problemi.

«E se ti dicessi che mi fa impazzire l'idea di condividere un animale con te?» disse a quel punto e io mi tirai un po' indietro per poterla guardare bene in faccia. Si strinse nelle spalle sentendosi in colpa. «Sarà nostro. Il nostro gattino, di noi due, saremo i suoi genitori».

Quando le sentii pronunciare quelle parole, feci un lungo respiro. Sapevo che dietro a quella frase c'era qualcosa di molto più profondo, qualcosa che aveva sempre in mente, qualcosa che mi faceva ribollire il sangue.

Le diedi un tenero bacio sulle labbra.

«D'accordo, mi occuperò di K» cedetti prendendola in giro e cercando di sdrammatizzare.

Mi diede una manata.

«Si chiama N!»

Risi e la sollevai fino a farla sedere sul bancone della cucina.

«C'è una cosa di cui vorrei parlarti» iniziai a dire, improvvisamente nervoso.

Noah mi guardò curiosa.

Cazzo, non avevo la più pallida idea di come avrebbe reagito.

«Voglio che tu venga a vivere con me quando inizierai l'università».

11
Noah

«Dici davvero?»

Andare a vivere con lui? Il modo in cui mi guardò fu abbastanza eloquente: dovevo prendere la cosa con calma, perché stava parlando sul serio, non c'era alcun dubbio.

Si mise davanti a me e mi prese il volto tra le mani.

«Ti prego, dimmi di sì».

Quello era troppo, non poteva mettermi in una situazione del genere. Scesi dal bancone della cucina e iniziai a camminare su e giù per la stanza.

«Nicholas, ho diciott'anni» mi voltai per guardarlo dritto in faccia. Lui era lì in piedi che mi osservava con aria corrucciata, «diciotto» ripetei, nel caso in cui non gli fosse chiaro. Sentii crescere il nervosismo, perché la sensazione che non fossimo allo stesso livello, che lui avesse bisogno di qualcosa che io non gli potevo dare, mi spaventava più di tutto.

«Sei più matura di qualsiasi ragazza della mia età, non sembra neanche che tu abbia diciott'anni. Dai, Noah, questa è una sciocchezza. Se vivessi qui, ci vedremmo tutte le notti, tutti i giorni» rispose appoggiandosi al bancone e mettendosi a braccia conserte. «Non vuoi vivere con me, è questo?» disse qualche secondo dopo.

Uff... come facevo a fargli capire che non c'entrava niente con il volere o il non volere? Come facevo a spiegargli che avevo paura a fare un passo del genere così giovane? O che ciò che in realtà mi faceva fare un passo indietro era che, se fossimo andati a convivere, alla fine avrebbe scoperto quanto ero ancora ferita da tutto ciò che mi era accaduto in passato e che per questo temevo che si sarebbe stancato di me o, peggio ancora, che mi avrebbe lasciata?

«Ma certo che voglio» dissi avvicinandomi con cautela a lui. Mi osservò senza muovere un solo muscolo. «La mia paura è che, se facciamo le cose troppo in fretta, quello che abbiamo si possa rovinare».

Nicholas fece no con la testa.

«Questa è una stupidaggine, Noah, io e te ci muoviamo già alla velocità della luce. Io faccio le cose così e tu pure. Mi conosci, sai che non farei un passo del genere con nessun'altra a parte te, e se te l'ho proposto è perché so che è la cosa giusta, perché non riesco a starti lontano... e nemmeno tu da me».

Respirai a fondo cercando di calmarmi... vivere con Nicholas... sinceramente sarebbe stato un sogno, vederlo tutti i giorni, sentirmi sempre al sicuro, poterlo amare a ogni ora.

«Ho paura di non essere quella che immagini» ammisi con voce tremante.

La sua immobilità scomparve e allungò una mano per accarezzarmi la guancia. I suoi occhi percorsero i miei lineamenti, con calma, come se ammirasse ogni mio tratto.

«Voglio vedere questo viso al mio risveglio» confessò facendo scivolare un dito sul mio labbro inferiore, «voglio baciare la tua bocca prima di addormentarmi» continuò con voce roca, «voglio che sia il tuo corpo quello che sento prima di andare a letto. Voglio sognare con te tra le mie braccia. Guardarti mentre dormi e prendermi cura di te ogni minuto del giorno».

Alzai lo sguardo e lessi nei suoi occhi che ogni parola gli usciva dal cuore. Diceva sul serio, mi amava, e mi voleva con lui; sentii il mio cuore accelerare, qualcosa dentro di me che si gonfiava di gioia, si scioglieva. Ma come potevo amarlo così tanto? Come riusciva a ottenere tutto da me senza che mi sembrasse difficile darglielo?

«D'accordo. Verrò a vivere con te» gli dissi, incredula.

Sul suo viso si fece largo un sorriso raggiante.

«Dimmelo di nuovo» mi chiese scostandosi dal bancone della cucina e prendendomi il viso tra le mani.

Basta incubi, basta paure; con lui al mio fianco mi sarei piano piano ripresa, con lui avrei superato ogni cosa. Si avvicinò e posò le sue labbra sulle mie; e sentii che sorridevano, lo rendevo felice, era proprio così e adoravo questa sensazione.

«Mio Dio quanto ti amo!» esclamò stringendomi a sé. Lo abbracciai e risi nel vedere, al di là della sua spalla, che N ci osservava dal corridoio, piccolo, nero e con i suoi occhietti chiari. Avremmo vissuto insieme: io, Nick e N.

Sfortunatamente, i giorni successivi passarono in fretta; mia madre non aveva ancora la più pallida idea che, non appena tornate dal nostro viaggio, sarei andata a vivere con Nick e non avevo intenzione di dirglielo fin quando non fosse stato strettamente necessario. Lui era stato di ottimo umore, ma pian piano le cose erano cambiate con l'avvicinarsi della partenza che mi avrebbe tenuta lontana per un mese intero. Aveva preso molto sul serio la convivenza: aveva svuotato metà del suo armadio e una parte della cassettiera perché avessi spazio per i miei vestiti, che avevo iniziato a portare di nascosto quando andavo a trovarlo. L'appartamento, che prima mi sembrava troppo maschile, era diventato più allegro: eravamo andati insieme a comprare dei cuscini colorati e l'avevo costretto a sostituire le lenzuola scure con altre bianche e più accoglienti. Nick era estasiato, ovvio, fosse stato per lui avrei potuto dipingere le pareti di rosa: l'importante era stare insieme. Avevo anche portato alcuni dei miei libri preferiti e mia madre sembrava non essersi accorta di nulla.

Il caldo si era ormai impossessato della città, ci eravamo lasciati alle spalle le giornate da maglioni e pantaloni lunghi. Nick mi aveva portata in spiaggia quasi tutti i giorni, avevamo fatto il bagno insieme e aveva provato, inutilmente, a insegnarmi a surfare... e tuttavia arrivò il momento della partenza per quel viaggio che mi avrebbe fatta tornare solo a metà agosto.

Non vedevo l'ora, ma al tempo stesso non sapevo come avrei potuto restare così a lungo lontana da Nick!

Eravamo in camera mia, con la valigia aperta sul letto e Nicholas seduto alla scrivania che giocava con N e mi ignorava deliberatamente. Aveva il broncio da due giorni, non voleva sentire parlare del viaggio né di niente che lo riguardasse, ma sarei partita da lì a due ore quindi era meglio che iniziasse a entrare nell'ottica. Aveva tolto e rimesso a posto almeno cinque cose che io avevo infilato in valigia e il tutto senza che me ne rendessi conto; nei giorni precedenti mi aveva persino nascosto il passaporto, che avevo poi ritrovato. Aveva minacciato di legarmi al letto e persino di affamare N, se non fossi rimasta. Avevo ignorato, nel miglior modo possibile, ogni suo tentativo di sabotare il mio viaggio perché sapevo che lo feriva tanto quanto feriva me, se non di più.

«Ti avviso solo che in Spagna fa un caldo infernale e, tra l'altro, considerato che non ti piacciono i frutti di mare la vedo dura. Quanto alla Torre Eiffel, è sopravvalutata... Quando ci sali sopra non puoi che chiederti: è tutto qui? Ah, e dall'Inghilterra non ti aspettare chissà che cosa, il clima è orribile e la gente è seria e noiosa...»

«Intendi continuare a essere così insopportabile?» lo interruppi perdendo la calma. Mi avvicinai a lui e gli strappai dalle mani N a cui aveva comprato uno stupido gioco che lo faceva impazzire: Nick aveva già tipo dieci graffi sul braccio.

Prima che mi voltassi, mi afferrò e mi costrinse a sedermi sul suo grembo con in mezzo N.

Mi guardò serio, come se stesse decidendo se dire o meno ciò che davvero gli passava per la testa.

«Non partire» buttò lì. Alzai gli occhi al cielo. No, di nuovo no.

«Forza, N. Attaccalo!» chiesi al gatto, prendendolo e mettendoglielo davanti alla faccia. Nick si accigliò. «Uhm, forse è meglio che ti comporti bene, gattino, non vogliamo che questo pazzo ti butti giù per lo scarico». Me lo avvicinai e gli baciai la testolina scura e pelosa.

Nicholas mi osservò, teso.

«Adesso mi ignori?»

«Ho già risposto almeno diecimila volte alla stessa domanda, sì» risposi fissandolo dritto negli occhi. Mio Dio quanto mi sarebbero mancati quello sguardo, quelle mani, quel corpo, lui, tutto lui...! «Non mi piace ripetermi».

Alzò un sopracciglio, scocciato dalle mie parole.

«Lascia perdere il cazzo di gatto e guardami» mi chiese togliendomi N di mano e posandolo a terra. Lo guardai pronta a litigare.

«Non voglio che tu faccia niente di stupido o di pericoloso» mi avvisò tenendomi dai fianchi con forza, come se in quel modo mi potesse obbligare a restare con lui. «Non bere, non parlare con gli sconosciuti».

«Ma ti senti?» mi liberai dalla sua presa e mi scostai. Ma perché diavolo doveva essere così geloso e avere quelle manie di controllo? Non lo sopportavo. Ma cazzo, non si fidava di me?

Iniziai a infilare cose in valigia senza nemmeno guardarlo e, una volta piena, tirai la cerniera… cazzo! Non si chiudeva!

Mi scostò la mano e la chiuse al posto mio.

Lo sentii sospirare accanto a me.

«Mi mancherai».

Lo guardai e vidi che era abbattuto.

«Come farò senza di te?» chiese smarrito.

Respirai a fondo per calmarmi. Gli presi il viso tra le mani, alzandomi in punta di piedi per guardarlo negli occhi.

«Sarò di ritorno in un batter d'occhio e a quel punto sarò tutta tua; appena tornata mi trasferirò da te» gli promisi sperando che la cosa lo tirasse su di morale.

Le sue mani mi accarezzarono le braccia, dall'alto al basso, con delicatezza. Come faceva a cambiare atteggiamento così in fretta?

«Ti amo, Peldicarota, non voglio che ti succeda niente di male e mi fa impazzire l'idea di non potermi prendere cura di te quando sarai via».

Sentii un tepore dentro di me. Mi sarebbe mancato, tantissimo.

Gli diedi un tenero bacio sulle labbra.

«Anch'io ti amo, e andrà tutto benissimo…»

Vidi nei suoi occhi che le mie parole non erano state sufficienti e a quel punto capii che quel viaggio sarebbe stata una prova del fuoco per il nostro rapporto. Non sapevo come avremmo reagito a stare lontani per così tanto tempo.

12
Nick

Le accompagnai io in aeroporto. Mio padre le salutò a casa, doveva andare a lavorare. Non mi faceva piacere l'idea di dover passare l'ultima ora insieme a Noah con sua madre sul sedile posteriore, ma questa volta dovetti tenere la bocca chiusa. Detestavo l'idea di quel cazzo di viaggio, l'avevo chiarito per bene, ma non potevo fare niente per evitarlo.

Guardai Noah con la coda dell'occhio; se ne stava in silenzio e pensierosa. Aveva insistito nel portarsi dietro il dannato gatto e lo accarezzava distratta mentre guardava fuori dal finestrino. Allungai il braccio e le presi la mano per portarla sulla leva del cambio. Avvertivo un vuoto in mezzo al petto e detestavo sentirmi così. Cazzo, era solo un mese, non dovevo esagerare! Ma da quando in qua ero diventato così fottutamente dipendente da lei?

Non era possibile, non potevo dare di testa perché non l'avrei vista per un mese, dovevo darmi una calmata. Quella separazione sarebbe stata una prova per vedere come gestivamo la lontananza. La osservai con la coda dell'occhio e mi sorrise, anche se questa volta vidi la tristezza nel suo sguardo.

Sua madre aveva un sorriso a trentadue denti, era felicissima. Perché per lei non era un problema passare un mese lontana da suo marito? Non capivo e, inconsapevolmente, strinsi con forza la mano di Noah.

Quando arrivammo all'aeroporto, parcheggiai e tirai fuori dalla macchina le valigie mentre Raffaella cercava un carrello. Noah si avvicinò in fretta a me e mi baciò le labbra.

«Cosa fai?» chiesi cercando di sembrare divertito anche se non lo ero.

«Ti bacio prima che torni mia madre» rispose. Aveva intenzione di non baciarmi più per via di sua madre?

Tenni per me le mie opinioni, deciso a baciarla tutte le volte che avessi voluto e dove avessi voluto.

Mezz'ora dopo stavamo imbarcando le valigie e Raffaella insisteva per dirigersi al gate nonostante mancasse ancora un'ora alla partenza dell'aereo. Quella donna era esasperante.

«Mamma, inizia ad andare, ho bisogno di restare un attimo da sola con Nick, prima di partire» le disse. Sua madre, in tutta risposta, si accigliò. Guardò me, poi Noah e, infine, il gatto. Il suo modo di guardarlo, scocciata, mi fece saltare fuori l'istinto di protezione.

Era il nostro gatto.

Finalmente mi salutò e ci lasciò da soli.

Le cinsi le spalle con un braccio e la attrassi a me. La baciai sulla nuca mentre ci dirigevamo come due lumache al controllo passeggeri.

«Non dovrei sentirmi così triste, Nick» confessò a quel punto.

Abbassai lo sguardo e la fissai. Cazzo, era vero! Non ci saremmo dovuti sentire così abbattuti, si trattava solo di un mese... c'erano coppie che non si vedevano per un anno intero. Non volevo che Noah se ne andasse via triste, non volevo vederla soffrire, tantomeno per qualcosa che in teoria doveva renderla felice. Mi rimproverai per aver insistito tanto per farla rimanere. Se avessi appoggiato quel viaggio fin dall'inizio forse ora non sarebbe stata così cupa e non avrebbe avuto quella tristezza nello sguardo.

«Non esserlo, Peldicarota» dissi abbracciandola. N miagolò nel sentirsi stringere tra noi due. «Il caldo che fa in Spagna è fantastico e la Torre Eiffel è splendida, ti piacerà» le assicurai e lei sorrise. «Ci vediamo quando torni, ti aspetterò con questa bestiaccia» aggiunsi indicando N.

«Per favore, prenditene cura, Nicholas, guai a te se ti dimentichi di dargli da mangiare... e guai se gli dai di nuovo da bere del vino, santo cielo!» raccomandò sinceramente preoccupata.

«L'ho fatto solo una volta ed era super felice» risposi stuzzicandola.

Alzò gli occhi al cielo e si strinse il gattino al petto.

«Tieni, prendilo» mi disse passandomelo. Lo tenni con una mano e, con l'altra, presi la faccia di Noah e le diedi un bacio sulle labbra.

«Ti amo» dichiarai dopo aver assaporato la sua bocca per l'ultima volta da lì a un mese.

Lei sorrise.

«Io di più».

La vidi andare via e sentii un nodo allo stomaco. I suoi capelli lunghi raccolti in una coda alta, le sue gambe strette in un paio di pantaloncini... avrebbe fatto girare la testa a tutti i tipi in cui si fosse imbattuta. Respirai a fondo cercando di calmarmi. Ora eravamo solo io e N.

Non appena entrato in casa fui colto dalla tristezza. Posai il gatto a terra perché facesse quello che voleva e osservai nostalgico l'appartamento. Non avevo idea di come avrei fatto a stare senza di lei per quattro settimane; sapevo che la mia vita era cambiata in modo inimmaginabile, non riuscivo nemmeno a ricordare cosa volesse dire essere single e senza nessuno accanto. Mi sembrava di osservare le cose da un vetro appannato, quasi ci fossero un prima e un dopo Noah Morgan.

L'appartamento era impeccabile. Non che Noah fosse una maniaca della pulizia, ma il giorno prima di andarsene era stata presa dal sacro fuoco del riordino e aveva iniziato a sistemare tutto come una matta, una cosa strana che faceva solo quando era davvero stressata, come avevo potuto constatare nel corso di quegli ultimi mesi.

Mi innervosiva sapere che era a migliaia di chilometri di distanza, che in quel preciso istante stava attraversando il Paese in direzione New York dove avrebbe fatto scalo per poi ripartire verso l'Italia. Non ho mai avuto paura degli aerei, ne ho presi così tanti che non saprei nemmeno dire quanti, ma ora che lassù c'era Noah... mi sorprendeva constatare quante immagini e pensieri terribili alloggiassero nella mia mente. Immaginavo che l'aereo potesse avere un'avaria, che cadesse in mezzo al mare, che ci fosse un attentato... le possibilità erano infinite e non potevo fare nulla per placare la paura che sentivo in mezzo al petto.

Cinque ore dopo, il suono del cellulare mi risvegliò dal sonno agitato in cui ero sprofondato senza nemmeno rendermene conto. Mi svegliai disorientato.

«Nick?» disse la sua voce dall'altro lato della linea.

«Siete arrivate?» chiesi cercando di tornare in me.

«Sì, siamo in aeroporto. Questo posto è immenso, mi dispiace un sacco non potermi fermare a visitare la città, deve essere splendida». Noah sembrava contenta e la cosa mi tirò un po' su di morale, anche se sentivo la sua mancanza.

«Mi prenoto per New York» dissi. Noah scoppiò a ridere.

«Cosa?» chiese e riuscii a sentire il caos attorno a lei. Potevo immaginarlo: uomini in giacca e cravatta con le loro ventiquattrore che arrivavano nella città che non dorme mai, madri con bambini piagnucolosi e seccanti, quella voce di donna che parla dagli altoparlanti e si rivolge ai ritardatari che rischiano di perdere il volo…

«Ho detto che voglio fartela visitare io New York» mi affrettai a chiarire. Mi alzai dal divano e mi avvicinai al lavello della cucina.

«Promettimi che ci verremo insieme, Nick, in inverno, con la neve» esclamò emozionata.

Sorrisi come un ebete nell'immaginarmi con Noah a New York, insieme, a percorrere le sue strade, a fermarci in qualche caffetteria… avremmo bevuto cioccolata calda e l'avrei portata all'Empire State e, una volta in cima, l'avrei baciata a perdifiato.

«Te lo prometto, amore mio» sussurrai.

Sentii qualcuno che chiamava Noah da lontano: sua madre, ovvio.

«Nick, ti devo lasciare» disse in tutta fretta. «Ti chiamo quando arriviamo in Italia. Ti amo!»

Riagganciò prima che facessi in tempo a risponderle.

Noah arrivò sana e salva in Italia, ricevetti solo una breve telefonata visto che, secondo lei, se avessimo continuato a parlare le sarebbe costato una fortuna. Avrei voluto dirle di non preoccuparsi per il conto telefonico, ma mi assicurò che ci saremmo sentiti via Skype una volta che si fosse collegata al Wi-Fi dell'hotel. Il problema era il fuso orario tremendo per cui quando io ero a letto, lei era in giro, e viceversa.

I giorni passarono e le chiamate su Skype si trasformarono in brevi riassunti di quello che aveva fatto. Quando mi telefonava era stanca, per cui parlavamo a malapena cinque minuti. Lo detestavo, detestavo stare lontano da lei, non poterla toccare, non poter chiacchierare per ore, ma mi ero ripromesso di non rovinarle il viaggio. Quindi, quando ci sentivamo, cercavo di essere allegro, anche se dentro di me maledivo il giorno in cui l'avevo lasciata partire.

Occupai la maggior parte del tempo andando in palestra e a fare surf e, nel weekend, andavo a trovare mia sorella Madison. Il sabato successivo alla partenza di Noah presi la macchina diretto a Las Vegas. Lion volle venire con me e, siccome non ci vedevamo da una settimana, accettai volentieri. Maddie conosceva già il mio migliore amico e andavano molto d'accordo.

Saremmo arrivati a Las Vegas di notte per cui avremmo visto mia sorella il giorno dopo. Avevamo prenotato una stanza all'hotel Caesars perché, anche se eravamo lì per la mia sorellina di sei anni, non ce ne saremmo andati senza fare un salto al casinò e a bere qualcosa... in fondo eravamo pur sempre a Las Vegas.

«Non so come farai a sopportare altri venti giorni senza Noah» disse Lion durante il viaggio.

Quando mi ricordò le faticose settimane che mi aspettavano, lo fulminai con lo sguardo.

«Cosa vuoi che ti dica?» affermò alzando le mani. «Jenna è partita per quella stupida crociera con i suoi genitori due giorni fa e io sto già andando fuori di testa, per fortuna torna tra cinque giorni».

Era la prima volta che Jenna lasciava Lion a casa. L'anno prima erano venuti in vacanza con noi alle Bahamas e lei era stata via con i suoi genitori solo un weekend nella loro casa negli Hamptons. Sembrava che quell'anno tutti i genitori si fossero messi d'accordo per rovinarci l'estate portandoci via le nostre fidanzate.

«Non vedo l'ora che Noah venga a vivere con me. Quando succederà, finiranno queste cazzate e sua madre dovrà prendere sul serio la nostra relazione» dissi stringendo con forza il volante. A Los Angeles erano le tre del pomeriggio, quindi Noah doveva essere a letto. Quanto mi sarebbe piaciuto essere accanto a lei adesso...!

Lion rimase in silenzio, cosa strana per lui, e lo osservai curioso con la coda dell'occhio.

«Che ti prende?» gli chiesi notando che il suo umore era peggiorato. In quel momento nessuno dei due era propriamente una buona compagnia.

Lui continuò a guardare fuori dal finestrino.

«Mi piacerebbe avere un posto in cui poter andare a vivere con Jenna, sai no, qualcosa che sia alla sua altezza, non quella merda di appartamento in cui vivo» disse.

Le sue parole mi sorpresero. Lo conoscevo da oltre cinque anni e non l'avevo mai sentito lamentarsi dei soldi, mai. Venivamo da mondi completamente diversi: io avevo un fedecommesso a mio nome e stavo guadagnando un bello stipendio con il mio lavoro allo studio. Non mi ero mai dovuto preoccupare davvero di queste faccende, non ero stato educato in quel modo, non mi era mai mancato niente, ma immaginavo quanto fosse dura farcela senza un padre miliardario che ti copre le spalle. L'anno durante il quale avevo vissuto con Lion avevo capito che non tutto cadeva dal cielo, che c'erano persone che dovevano faticare tanto per guadagnarsi i soldi per mangiare. Lion lavorava gran parte del giorno nell'officina che gli aveva lasciato suo nonno. Non poteva contare su suo fratello maggiore che da lì a poco sarebbe uscito di galera, dove era già stato due volte; quindi, doveva farsi carico di tutte le spese di casa e dell'officina.

Prendevo parte alle corse di macchine, alle lotte e a tutto il resto non solo perché mi piaceva ma anche perché così potevo aiutare Lion. Eravamo come fratelli anche se provenivamo da luoghi diversi e a volte, come adesso, l'abissale differenza tra noi era palpabile.

«Lo sai che a Jenna non importa dove abiti, Lion» dissi, sentendomi male. Lion non meritava di provare tutto quello, non doveva avere quel tipo di pensieri, non c'era nessuno al mondo che meritasse più di lui di vivere in pace e senza problemi. Inoltre, Jenna non sarebbe mai stata un peso per lui; proprio come me, di sicuro Jenna aveva un conto a suo nome e a partire dai ventuno anni non si sarebbe dovuta preoccupare di niente. Dio santo, suo padre era un magnate del petrolio!

«Importa a me. Pensi che non sappia com'è o a cosa è abituata?» mi rinfacciò alzando il tono di voce. «Io non potrò mai darle nemmeno la metà di quello di cui ha bisogno».

«Nella vita non ci sono solo i soldi» dissi.

Lion scoppiò a ridere.

«Parola di riccone».

D'accordo, stava esagerando e, in una qualsiasi altra occasione, l'avrei mandato a farsi fottere, ma sapevo che dietro a quelle parole c'era qualcosa di sincero e profondo, qualcosa che lo stava ferendo sul serio.

Non gli risposi e lui non aggiunse altro. Proseguimmo in silenzio, ascoltando musica e non ci fermammo nemmeno a mangiare.

Quando arrivammo, il nostro umore era già diverso: era impossibile non farsi contagiare dall'atmosfera di Las Vegas, dalla gente, dai posti, le luci, l'hotel... Il Caesars era impressionante, praticamente una città, inclusi negozi delle migliori marche... Le ragazze impazzivano. Non era come essere in Italia, ma bisognava ammettere che non era niente male. La nostra stanza era nella parte ovest dell'albergo, che era immenso, e dovemmo camminare un bel po' per raggiungerla.

«Cosa vuoi fare?» chiese Lion uscendo sul balcone e accendendosi una sigaretta.

«Beviamo qualcosa» gli risposi. Non glielo volevo dire, ma ogni volta che andavo a trovare Madison il mio umore ne risentiva un po'; semplicemente odiavo accorciare le distanze con mia madre, non lo sopportavo.

Scendemmo e andammo in uno dei tanti bar dell'hotel, uno vicino al casinò. Lion era molto bravo con le carte ed ero sicuro che avrebbe voluto giocare qualche partita prima di tornare in camera. Era già piuttosto tardi ed ero stanco perché avevo guidato fin lì, ma mi divertii più del dovuto bevendo qualche bicchiere di Rum Anejo che mi placava l'ansia e il cattivo umore.

«Ti va di giocare?» mi chiese il mio amico mezz'ora dopo, quando entrambi eravamo un po' più su di giri.

«Vai tu, io preferisco restare qui» risposi tirando fuori il cellulare e controllando se Noah mi avesse scritto.

Poco prima le avevo inviato un messaggio chiedendole, a metà tra l'ironico e il serio, se avesse bisogno che le mandassi qualcosa perché si ricordasse di me. Era da quasi due giorni che non parlavamo e, se non ricordavo male, doveva essere arrivata a Londra da poco.

Mi aveva risposto.

Conservare qualcosa che mi aiuti a ricordarti sarebbe come ammettere che posso dimenticarti.

Alzai gli occhi al cielo.

Adesso hai bisogno di citare Shakespeare per parlare con me? Non riesci a dirmi qualcosa che sia farina del tuo sacco?

Un secondo dopo vidi che era online e sentii un tepore dentro di me che provavo solo quando si trattava di lei.

Sono qui da appena due ore e sono già immersa nella cultura letteraria di questo Paese... se non apprezzi i miei messaggi romantici allora smetterò di mandarteli, idiota.

Il messaggio era seguito da una sfilza di emoticon arrabbiate. Mi fece sorridere.

Ti darò ben altro che messaggi romantici quando tornerai da questo stupido viaggio. Non abbiamo bisogno di nessuno scrittore morto. Io e te, amore mio, siamo pura poesia.

Non avevo la più pallida idea di come affrontare le restanti due settimane e mezzo.

La mattina dopo mi alzai presto e mi buttai sotto la doccia deciso ad apparire al meglio quando fossi andato a prendere mia sorella. Poi avremmo raggiunto Lion in albergo e avremmo deciso cosa fare.

Guidai fuori dalla zona turistica di quella città di pazzi fino a raggiungere il parco dell'area residenziale di riccони in cui abitava mia sorella. Scesi dall'auto e inforcai gli occhiali da sole, pentendomi di aver bevuto un po' troppo la sera prima. Il mio umore era già di suo appeso a un filo, negli ultimi giorni non ero in vena di stupidaggini e tantomeno di sgradevoli sorprese; ecco perché, quando i miei occhi videro la donna che si stava dirigendo verso di me tenendo per mano mia sorella, per non risalire in macchina e andarmene senza guardarmi indietro, dovetti inspirare a fondo e ricordare a me stesso che avevo davanti una bambina di sei anni.

La donna alta e bionda che mi veniva incontro era l'ultima persona che mi andava di vedere.

«Nick!» urlò mia sorella liberando la mano e mettendosi a correre per raggiungermi. Ignorai la fitta di dolore alle tempie causata da quel tono acuto che solo Madison sembrava riuscire a raggiungere e, non appena fu alla mia portata, la presi in braccio.

«Ciao, principessa!» la salutai abbracciandola e ignorando mia madre che si era fermata accanto a noi.

«Ciao, Nicholas» disse lei timidamente, ma restando rigida come sempre. Non era cambiata molto dall'ultima volta che l'avevo vista, circa otto mesi prima, quando lei e quello stupido di suo marito erano stati così negligenti da causare il ricovero in ospedale di mia sorella per una chetoacidosi diabetica.

«Cosa ci fai qui?» le dissi mettendo giù Maddie lì accanto a me.

Mia sorella si mise tra noi due, mi afferrò la mano e allungò l'altro braccio per prendere quella di mia madre.

«Finalmente siamo tutti e tre insieme!» esclamò felice. Non so quante volte mi aveva pregato di andarla a trovare a casa, quante aveva insistito perché giocassi con lei in camera sua o quante mi aveva chiesto di andare a una sua festa di compleanno. E lo scopo era sempre e soltanto uno: che io e mia madre ci ritrovassimo insieme nella stessa stanza.

«Volevo parlare con te» disse mia madre, tesa, ma cercando di nasconderlo. Era vestita in modo impeccabile, con i capelli biondi e corti pettinati all'indietro e con un ridicolo cerchietto in testa. Era uguale alle donne che abitavano nel mio quartiere, uguale a tutte le donne che odiavo e disprezzavo per la loro banalità. Anche se il suo aspetto non le aveva mai impedito di essere trattata dagli uomini che aveva conosciuto come un'ape regina: tutti la idolatravano e se la volevano scopare.

«Non mi interessa quello che hai da dirmi» risposi cercando di nascondere quanto mi turbava la sua presenza, quanto odiavo averla davanti.

La mia mente iniziò a essere attraversata da ricordi d'infanzia: mia madre che mi metteva a dormire la sera, mia madre che mi difendeva da mio padre, mia madre che mi aspettava con dei dolci la domenica… ma poi, subito dopo, arrivavano altri ricordi… ricordi che non volevo rivivere.

«Per favore, Nick…»

«Nick!» la interruppe Madison. «Mamma vuole venire con noi, me lo ha detto».

I miei occhi andarono verso quella donna e immagino che lo sguardo che le lanciai la fece tornare subito sui suoi passi, perché si affrettò a dire: «Madison, tesoro, forse è meglio che andiate voi due, io ho appuntamento dalla parrucchiera. Ci vediamo stasera» le disse chinandosi per darle un bacio sulla testa. Mi fece strano vedere come la trattava, immagino che una parte di me sperasse che fosse fredda con lei o che, semplicemente, mostrasse indifferenza. Insomma, qualsiasi cosa a parte la dolcezza con cui le parlò. Mia madre poteva essere dolce, sì, e anche una stronza.

Maddie non disse nulla, si limitò a guardarci. Volevo andarmene da lì il prima possibile, e dovetti chiamare a raccolta tutto il mio autocontrollo quando mia madre fece un passo avanti e mi diede un veloce bacio sulla guancia. Ma perché cazzo l'aveva fatto? Che diavolo voleva da me?

«Abbi cura di te, Nicholas» disse prima di voltarsi e tornare da dove era venuta.

Non le dedicai un solo secondo in più della mia attenzione. Guardai la mia sorellina e abbozzai un sorriso nel migliore dei modi possibili.

«A quale incredibile tortura intendi sottopormi oggi, nanetta?» le chiesi sollevandola da terra e appoggiandomela su una spalla. Iniziò a ridere e seppi che l'ombra di tristezza che aveva attraversato il suo sguardo poco prima era già scomparsa. Con me non sarebbe mai stata triste, me l'ero ripromesso anni prima, nell'esatto istante in cui l'avevo conosciuta.

Lion ci aspettava all'entrata dell'hotel; sul suo viso vidi gli stessi effetti del post sbornia che avevo io e non potei evitare di ridere quando Maddie gli corse incontro per abbracciarlo, urlando con una vocina infernale.

Lion la sollevò e la tenne appesa a testa in giù da un piede. Risi mentre mia sorella urlava come una matta. Solo a un pazzo poteva venire in mente di lasciare una nanetta come mia sorella in mano a due disperati come me e Lion.

«Cosa facciamo, signorina?» chiese il mio amico a quel mostro dai grandi occhi azzurri e i capelli biondi come l'oro.

Maddie mi osservò emozionata, guardandosi attorno senza decidersi. Le possibilità erano infinite, eravamo nella capitale del divertimento.

«Possiamo andare a vedere gli squali?» domandò saltellando.

Alzai gli occhi al cielo.

«Di nuovo?» Eravamo stati all'acquario almeno mille volte, ma mia sorella, a differenza di qualsiasi bambina della sua età, adorava provocare squali assassini dall'altra parte del vetro.

Dopo pranzo, la accontentammo. Maddie correva felice da una parte all'altra. Mentre Lion la controllava e insieme facevano gli stupidi davanti a uno squalo bianco, che faceva una paura del diavolo, tirai fuori il cellulare per vedere se la mia fidanzata mi aveva mandato qualche messaggio, ma niente.

Decisi di usare la mia carta più adorabile per ammorbidirla.

«Ehi, nanetta, vieni qui!»

Maddie mi fulminò con i suoi occhi azzurri.

«Non sono una nanetta» protestò imbronciata.

'Come vuoi' pensai.

«Dai, vieni, mandiamo una foto a Noah».

Quando la menzionai, i suoi occhi si illuminarono. Immagino che quella fosse l'espressione che avevo io ogni volta che parlavo o stavo con lei.

Preparai il cellulare per scattare un selfie e presi la piccoletta in braccio.

«Fai la linguaccia, Nick» mi disse la furbacchiona mentre tirava fuori la sua lingua minuscola. Risi, ma la imitai e scattammo il selfie.

Mi manchi, Peldicarota, e manchi anche a questo mostriciattolo che ho qui con me. Ti amo.

13
Noah

La prima cosa che feci, al mio risveglio, fu accendere il cellulare. La notte precedente mi ero addormentata prima di riuscire a rispondere all'ultimo messaggio di Nick.

Controllai e vidi che, quattro ore prima, me ne aveva mandato un altro. Sorrisi come un'idiota nel vedere la foto che mi aveva inoltrato: lui e Maddie che facevano le boccacce e mi sorridevano. Era così bello con quei capelli spettinati… e insieme a quella bambina così uguale e così diversa da lui… Sapevo che, ogni volta che rivedeva Maddie, poi si abbacchiava e passava diverse ore triste e di cattivo umore.

Mi mancava. Avevo una voglia terribile di sentire la sua voce e di averlo accanto.

Per fortuna mia madre aveva la sua camera, quindi ero da sola quando presi il telefono e digitai il suo numero. Attesi in ansia che mi rispondesse… negli Stati Uniti era tardi, probabilmente stava dormendo, ma aspettai comunque impaziente di sentire la sua voce.

«Noah?» rispose al quinto squillo.

«Mi manchi» mi limitai a dire.

Sentii che si tirava su e lo immaginai accendere la luce sul comodino e passarsi una mano in faccia per svegliarsi apposta per me.

«Non svegliarmi per dirmi questo, Peldicarota» protestò grugnendo. «Dimmi che te la stai spassando, che nemmeno mi pensi, o se no questo stupido viaggio non ha alcun senso».

Sorrisi triste, appoggiando la testa sul cuscino.

«Lo sai che mi sto divertendo, ma senza di te non è lo stesso» risposi, consapevole che, al di là di quello che mi diceva, gli faceva piacere sapere che sentivo la sua mancanza. «Com'è andata con Maddie?» gli chiesi, pensando a quanto avrei voluto essere con loro. Adoravo passare del tempo con lui quando aveva a che fare con sua sorella: era un Nick completamente diverso, dolce e paziente, divertente e protettivo.

Ci fu un attimo di silenzio, poi riprese a parlare.

«Me l'ha portata mia madre» disse in un tono che conoscevo fin troppo bene. «Avresti dovuto vederla… sembrava una Barbie di quarant'anni e dato che c'era la bambina mi ha costretto a trattarla meglio di come si merita».

'Merda, sua madre'. Ricordavo ancora quanto era stato male dopo quel breve incontro in ospedale la volta in cui avevano ricoverato Maddie. La disperazione nella sua voce, gli occhi umidi per averla rivista dopo tanti anni…

«Non avrebbe dovuto forzare le cose» commentai. Capivo che sua madre volesse riallacciare i rapporti con Nick, in fondo era pur sempre suo figlio, ma non in quel modo, non mettendolo alle strette.

«Non so cosa diavolo vuole, ma io non voglio rivederla, non mi interessa sapere nulla di lei o della sua vita». Il suo tono era chiaramente arrabbiato, ma credo fosse anche triste, sebbene lo nascondesse alla grande; e tuttavia, ormai lo conoscevo abbastanza da sapere che una parte di lui desiderava scoprire cosa aveva da dirgli la madre.

«Nicholas… non credi che…?» azzardai con cautela, ma lui mi interruppe all'istante.

«Non ci provare, Noah, non provarci proprio. Non intendo parlare con quella donna, non intendo ritrovarmi mai più nella stessa stanza con lei». Il suo tono di voce faceva paura. Solo una volta avevo insinuato che forse avrebbe dovuto incontrarla, permetterle di spiegarsi o, quantomeno, cercare di avere con lei un rapporto cordiale, ma era andato su tutte le furie. C'era dell'altro, qualcosa che non mi diceva: sapevo che non la odiava solo perché l'aveva abbandonato quando era un bambino, cosa già di per sé orribile, era successo altro, qualcosa che intuivo non mi avrebbe raccontato.

«D'accordo, mi dispiace» dissi cercando di calmare le acque.

Lo sentii respirare affannosamente dall'altra parte del telefono.

«Ora mi piacerebbe sprofondare dentro di te, dimenticare tutta questa merda e far l'amore per ore; maledetto il giorno che te ne sei andata».

A quelle parole sentii le farfalle nello stomaco; era incazzato, ma mi eccitai. Anch'io avrei voluto essere tra le sue braccia, lasciare che mi percorresse il corpo con le labbra, sentire le sue mani che mi immobilizzavano contro il materasso, con decisione, e infinita tenerezza e dolcezza allo stesso tempo...

«Mi dispiace che questo viaggio sia così terribile per te, davvero, anche a me piacerebbe essere lì con te» gli risposi cercando di raggiungerlo con le mie parole, anche se sapevo che Nicholas era una persona che aveva bisogno del contatto fisico per sentirsi bene, per sentirsi amato... Non sapevo se la mia voce sarebbe bastata a fargli capire quanto lo amavo e quanto mi sentivo male all'idea che stava soffrendo per via di sua madre e che non aveva nessuno su cui contare, a parte me, perché di questo argomento non parlava con anima viva, nemmeno con Lion.

«Non preoccuparti per me, Noah, sto bene» affermò

un secondo dopo. Una parte di lui voleva aiutarmi a rendere il viaggio piacevole e un'altra, invece, voleva rinfacciarmi di essermene andata.

Sentii mia madre svegliarsi nella camera accanto. Avevamo dormito fino a tardi e, se volevamo fare tutto quello che avevamo programmato per la giornata, dovevamo andare.

«Ora ti devo lasciare» gli dissi sperando di poter parlare con lui da lì a qualche ora.

Dall'altra parte della linea si fece silenzio.

«Fai attenzione. Ti amo» disse infine, e riagganciò.

Quel viaggio si stava dimostrando davvero incredibile. Per quanto sentissi la mancanza di Nick, non potevo credere di avere la fortuna di trovarmi in quei luoghi stupendi. L'Italia mi era piaciuta tantissimo, eravamo andate al Colosseo, avevamo passeggiato lungo le strade di Roma, mangiato tortellini e il miglior gelato alla fragola che avessi mai provato in tutta la mia vita. Ora eravamo a Londra da due giorni ed ero follemente innamorata della città. Mi sembrava tutto uscito da un romanzo di Dickens; inoltre, i libri che avevo letto nel corso degli anni erano ambientati proprio lì, erano per la maggior parte storie romantiche d'epoca, in cui le donne passeggiavano per Hyde Park a piedi o a cavallo, ovviamente sempre accompagnate da *chaperon*. Gli edifici erano eleganti, antichi ma stupendi e di classe. Piccadilly, un crogiolo di gente: manager in giacca e cravatta con le loro ventiquattrore, hippy con berretti colorati oppure semplici turisti come me che percorrevano quel caos urbano e ammiravano le luci di quella splendida strada. Harrods mi aveva affascinata, ma ne ero anche uscita sconvolta dai prezzi, sebbene immagino che per i Leister il fatto che un cioccolatino costasse dieci sterline non sarebbe stato alcun problema.

Mia madre era entusiasta di tutto, proprio come me, ma lei era più abituata perché aveva già fatto diversi viaggi con William. Erano stati in luna di miele a Londra e poi a Dubai per due settimane. Era evidente che lei era un gradino più in su di me; me ne accorsi dal diverso modo che avevamo di reagire davanti a ciò che vedevamo. Io mi esaltavo per tutto e mi sconvolgevano anche le cose più semplici; mia madre rideva di me, ma in fondo, per quanti posti avesse già visto, si sarebbe sempre sentita fortunata per quello che ora avevamo.

I giorni passavano e ormai eravamo in viaggio già da due settimane; dovevamo ancora andare in Francia e in Spagna e fino a quel momento – erano trascorsi tre giorni dalla conversazione con Nicholas – non avevo dovuto condividere la stanza con lei. Dormivamo sempre in suite con camere separate, ma in Francia a causa di un pasticcio con la prenotazione ci ritrovammo a condividere non solo la camera, ma persino il letto.

«Ti piace Parigi?» mi chiese mia madre mentre mi vestivo. Con indosso la biancheria intima, mi voltai verso lo specchio davanti a cui lei si stava spazzolando i capelli e notai che il suo sguardo si era posato per qualche secondo sulla mia cicatrice.

Non sarei dovuta restare seminuda quando c'era lei; sapevo che la intristiva avere davanti la prova che, quella fatidica notte, avevo rischiato di essere uccisa. Vidi i brutti ricordi attraversare il suo sguardo e desiderai riportarla verso qualsiasi pensiero gioioso prima che si sentisse in colpa per qualcosa di cui non era responsabile.

«Hai parlato con Nicholas?» mi chiese un minuto dopo quando, ormai in pigiama, mi infilai a letto in attesa che lei finisse di spalmarsi tutte le creme che si era portata dietro.

«Sì, ha detto di salutarti» mentii sperando che non si

notasse. Il rapporto tra mia madre e Nicholas non stava attraversando un gran momento, motivo per cui, quando parlavo con uno dei due, cercavo di evitare di nominare l'altro.

Mia madre annuì, pensierosa.

«Sei felice con lui, Noah?» mi chiese all'improvviso.

Non mi aspettavo quella domanda e rimasi per un attimo in silenzio. La risposta era facile: ovvio che ero felice, più che con qualsiasi altra persona. A quel punto mi ricordai che, tempo prima, quando eravamo stati alle Bahamas e non uscivamo ancora insieme, Nick mi aveva posto la stessa domanda: se ero felice; e, in quell'occasione, gli avevo risposto che lì, insieme a lui, lo ero. Ma... e quando non eravamo insieme? Ero felice quando non stavo con lui? In quel preciso momento, in quella camera, a chilometri di distanza, pur sapendo che mi amava e che presto saremmo stati di nuovo insieme: ero felice?

«Il tuo silenzio è preoccupante».

Alzai lo sguardo da dove era rimasto incantato e mi accorsi che mia madre aveva interpretato male il mio mutismo.

«No, no, certo che sono felice con lui; lo amo, mamma» mi affrettai a chiarire.

Mia madre mi osservò con la fronte aggrottata.

«Non sembri molto convinta» affermò e mi parve di intuire un certo sollievo nel suo sguardo.

«Il problema è che lo amo troppo» dissi allora. «Non potrei vivere senza di lui e questo mi spaventa».

Mia madre chiuse gli occhi un secondo e si voltò per guardarmi dritta in faccia.

«Quello che hai appena detto non ha alcun senso».

Ovvio che l'aveva, era davvero così: con Nicholas mi sentivo al sicuro, mi proteggeva dai miei incubi, mi dava la sicurezza che mi era sempre mancata; era l'unica persona a cui potevo parlare dei miei problemi. Quindi, quando non eravamo insieme, avevo la sensazione di perdere il controllo di me stessa, venivo invasa da pensieri che non sarebbero dovuti esistere e provavo cose che non avrei dovuto provare.

«Certo che ce l'ha, mamma, e credevo che tu potessi capirmi meglio di chiunque altro, visto quanto sembri innamorata di William».

Mia madre fece cenno di no con la testa.

«Ti sbagli, nessun uomo dovrebbe essere la ragione della tua esistenza, chiaro?» era improvvisamente impallidita e mi osservava con una fermezza inquietante. «La mia vita è ruotata a lungo attorno a un uomo che non si meritava nemmeno un minuto del mio tempo. Quando stavo con tuo padre ero convinta che soltanto lui mi potesse sopportare, sono arrivata a credere che mai nessuno mi avrebbe potuta amare, che non potevo stare senza di lui».

Il mio cuore iniziò a battere all'impazzata. Mia madre mi aveva parlato di mio padre in ben poche occasioni.

«Il dolore che mi causava non era niente se paragonato alla paura che provavo di stare senza di lui... Uomini come tuo padre ti si infilano in testa e ne fanno quello che vogliono. Non permettere mai che un uomo si impossessi della tua anima, perché non sai cosa ne farà, se ne avrà cura e la venererà o se invece la lascerà marcire tra le sue mani».

«Nicholas non è così» affermai con le emozioni a fior di pelle. Non volevo sentire dire quelle cose a mia madre, non volevo che mi spiegasse che le possibilità che mi spezzassero di nuovo il cuore erano così tante. Nicholas mi amava e non mi avrebbe mai lasciata, lui non era come mio padre, non lo sarebbe mai stato.

«Ti sto solo dicendo che ci sei prima tu, gli altri vengono dopo... Devi sempre mettere te stessa davanti, e se la tua felicità dipende da un ragazzo, allora c'è qualcosa che devi rivedere. Gli uomini vanno e vengono, ma la felicità è qualcosa che puoi coltivare soltanto tu».

Cercai di non farmi toccare dalle sue parole, provai a evitare che mi entrassero dentro, ma lo fecero, eccome se lo fecero. Quella notte ne ebbi una chiara dimostrazione.

Mi avevano legato le mani e un pezzo di stoffa mi bendava gli occhi, impedendomi di percepire la luce. Il cuore mi batteva all'impazzata, un sudore freddo mi percorreva la pelle e il mio respiro, affannato per via della paura, dimostrava che stavo per avere un attacco di panico.

Ero sola, non c'era nessuno; ero circondata da un buio infinito e dalla ragione di tutti i miei timori. Poi, all'improvviso, mi tolsero la benda, le mani non erano più legate da una corda e la luce penetrava da un grosso finestrone. Uscii di corsa percorrendo un lunghissimo corridoio mentre una voce interiore mi ripeteva di non continuare a correre perché, dall'altra parte, non c'era niente di buono ad aspettarmi.

In ogni caso uscii e, una volta fuori, mi vidi circondata da un mucchio di Ronnie che mi puntavano contro le loro pistole. Mi fermai, spaventata, tremante, percependo il sudore che mi bagnava la maglietta.

«Sai già cosa devi fare...» mi dissero tutti i Ronnie all'unisono.

Mi voltai verso una pistola appoggiata su una scatola di legno rotta, lì a terra. La presi con le mani tremanti e, dopo qualche secondo di tentennamento, e quasi fossi una professionista, tolsi la sicura, la alzai e mi girai per affrontare la persona che era lì inginocchiata davanti a me.

«Ti prego, Noah, non farlo...» mi supplicò mio padre, a terra, guardandomi terrorizzato.

La mano iniziò a tremare, ma non mi tirai indietro.

«Mi dispiace, papà...»

Il fragore dello sparo mi fece aprire gli occhi anche se a svegliarmi era stata mia madre, scuotendomi.

«Mio Dio, Noah!» esclamò sospirando.

Mi tirai su disorientata. Stavo sudando, e tremavo come una foglia. Le coperte erano arrotolate attorno a me, come se avessero provato a soffocarmi durante il sonno e mi accorsi di avere pianto solo quando mi portai le mani al volto.

«Ho fatto un incubo...» dissi tremante.

Mia madre mi osservò con la paura riflessa nei suoi occhi azzurri.

«Da quando hai questo genere di incubi?» chiese guardandomi come se all'improvviso qualcosa fosse cambiato. I suoi occhi non erano più sereni, era riapparso quello sguardo, proprio... *quello* sguardo.

Non intendevo dirle che gli incubi erano parte integrante della mia vita, qualcosa che riuscivo a evitare solo quando ero con Nicholas. Non volevo che si preoccupasse, non volevo ammettere che sognavo di ammazzare mio padre, che ero io a premere il grilletto, che ero io la causa di tutto quel sangue a terra...

Mi alzai e andai dritta in bagno. Ma mia madre mi fermò tenendomi forte per un braccio.

«Da quando, Noah?»

Avevo bisogno di allontanarmi da lei, di cancellare dalla mia mente la sua espressione preoccupata, non volevo che stesse di nuovo male, non volevo che scoprisse cosa mi stava accadendo.

«È la prima volta che succede, mamma, probabilmente

perché siamo in una stanza diversa… lo sai, mi innervosisco sempre quando mi trovo in posti che non conosco».

Mia madre mi osservò con la fronte aggrottata, ma non mi fermò quando mi liberai dalla sua presa e mi chiusi in bagno.

Volevo chiamare Nicholas, solo lui riusciva a calmarmi, ma non volevo raccontargli l'accaduto, non mentre eravamo così lontani soprattutto considerando che lui non aveva idea dei miei incubi.

Mi sciacquai il viso con l'acqua fresca e simulai un'espressione tranquilla. Quando tornai nella stanza, ignorai lo sguardo indagatore di mia madre e mi infilai di nuovo sotto le lenzuola.

'Ti prego, Noah, non farlo…'

Le parole di mio padre mi risuonarono in mente finché, non so come, riuscii di nuovo ad addormentarmi.

Mancavano cinque giorni al ritorno. Ero esausta, non solo fisicamente ma anche mentalmente. Avevo un disperato bisogno di dormire ventiquattr'ore di fila e sarei riuscita a farlo solo tra le braccia di Nick. Per fortuna non avevo più dovuto condividere la camera con mia madre, ma le mie occhiaie erano un perfetto promemoria che le impedivano di dimenticare l'accaduto.

C'era anche un altro dettaglio: non le avevo ancora detto che intendevo trasferirmi da Nick. Sapevo che sarebbe andata su tutte le furie, ma ormai avevo preso la mia decisione e non c'era nulla che potesse dirmi per farmi cambiare idea.

Mia madre era più diffidente del solito, sembrava intuire che qualcosa non stava andando come sperava, che qualcosa non quadrava. Deviavo le sue domande indiscrete su terreni neutri, ma sapevo che una volta in California sarebbe scoppiato il finimondo. Ecco perché contavo i giorni che mi separavano da Nick. Accanto a lui sarei riuscita ad affrontarla.

Dopo tanti anni, e con mio padre ormai morto, mia madre non era in grado di proteggermi perché era tutto nella mia mente, era tutto dentro di me... e non avevo idea di come fare.

14
Nick

Mancavano solo due giorni al ritorno di Noah. In tutta la mia vita non avevo mai avuto così tanto bisogno di rivedere qualcuno. I miei sentimenti andavano dalla voglia di divorarla di baci a quella di strangolarla per avermi lasciato da solo, e non sapevo cosa avrei fatto prima.

Nelle ultime telefonate mi era sembrata un po' strana. Mi aveva detto di essere stanca e che non vedeva l'ora di rivedermi, e io contavo i secondi. Avevo sistemato casa – era ridotta uno schifo –, avevo comprato da mangiare e avevo persino lavato il gatto con delle salviettine umide: il risultato era un braccio tutto graffiato e il fatto che dovessi contare fino a cento per evitare di scaraventare quella palla di pelo giù dal balcone.

Volevo che, una volta tornata, potessimo trascorrere la migliore notte della nostra vita, volevo ricordasse cosa si perdeva quando se ne andava e mi lasciava da solo, volevo che la sua vita dipendesse dalla mia quanto la mia dipendeva dalla sua.

Avevo trascorso quasi tutto il mese tra casa e lavoro, portandomi avanti con lo studio; volevo laurearmi il prima possibile. Se ci davo dentro, sarei riuscito a finire in anticipo e, se tutto fosse filato liscio, forse mio padre mi avrebbe preso sul serio.

La notte dopo, mentre uscivo dalla doccia avvolto in

un asciugamano per evitare di allagare il pavimento, suonò il campanello.

Imprecai a denti stretti e, bagnando dappertutto, andai ad aprire: era Lion.

«Mi devi dare una mano» disse entrando senza aggiungere altro.

Mi voltai verso di lui mentre chiudevo la porta con un calcio. Lion aveva un aspetto terribile. Non lo vedevo da una settimana e la persona che avevo davanti non aveva niente a che fare con il mio amico.

«Ma cosa diavolo ti è successo?» chiesi mentre mi avvicinavo al divano su cui si era seduto. Non mi guardò e, anzi, si portò le mani alla testa in un gesto disperato.

Era spettinato e sporco, come se non si facesse una doccia da giorni. Lo sguardo che mi rivolse mi fece capire che, pur non essendo ubriaco, aveva bevuto.

«Mi sono cacciato nei guai».

Merda... non prometteva niente di buono. I guai di Lion erano guai seri, non delle cazzate.

«Lo sai che da un anno e mezzo ho smesso di vendere...» iniziò a dire e, quando sentii pronunciare il verbo 'vendere', ebbi chiaro dove stava andando a parare.

Presi un paio di pantaloni che avevo lasciato sul divano e me li infilai.

«Non dirmi che hai ripreso con quella merda, Lion!» esclamai categorico.

Lion si passò la mano sulla nuca e mi fulminò con lo sguardo.

«Cosa vuoi da me? Non potevo rinunciare all'occasione di guadagnare tutti quei soldi... Adesso Luca vive con me, doveva occuparsene lui, ma lo stronzo sarebbe finito in galera e non poteva correre quel rischio...»

«Lui non poteva correre il rischio e tu sì? Sei un idiota! Quello che finirà dentro, se non fai attenzione, sarai tu!»

«Non provare a giudicarmi!» urlò a quel punto, alzandosi in piedi. «Tu hai tutto!»

Mi alzai trattenendo la voglia di rifilargli un calcio; era mio amico e sapevo che aveva problemi di soldi, ma per quello c'erano sempre le corse e i combattimenti. Erano clandestini, è vero, ma non era lo stesso che mettersi a spacciare… si rischiavano più di dieci anni.

«In che razza di casini ti sei ficcato?» chiesi cercando di mantenere la calma.

Lion si guardò attorno e, pochi secondi dopo, i suoi occhi verdi, che erano in netto contrasto con la sua pelle abbronzata, mi fissarono.

«Stasera devo consegnare un pacchetto a Gardens, in teoria doveva essere una cosa veloce in spiaggia, ma mi hanno chiamato e ora devo andare in quella merda di quartiere».

Cazzo, Nickerson Gardens era uno dei posti più malfamati di Los Angeles e io e Lion non eravamo per niente ben visti da quelle parti perché una volta eravamo finiti in una rissa di quelle serie. Se non fosse stato per mio padre, ci avrebbero fatto la festa; avevamo giurato di non tornarci.

«Non vorrai che ti accompagni…»

«Sarà una cosa veloce, bro, consegniamo questa merda e torniamo qui».

Cazzo! Non volevo problemi, non più, non ora che avevo raddrizzato la mia vita. Da quando era successa quella cosa con Ronnie e con il padre di Noah, mi ero ripromesso di non cacciarmi più nei guai, e tantomeno trascinarci dentro la mia fidanzata. La faccenda di Ronnie e tutto quello che ne era seguito erano state colpa mia. Non sarebbe successo nulla se non avessi lasciato che Noah entrasse in quel mondo con me.

«No, Lion, non ci vengo» annunciai fermandomi e fissandolo perché gli fosse ben chiaro.

Di primo acchito sembrò sorpreso e poi, subito dopo, incazzato.

«Entrare lì dentro da solo è un suicidio, e tu lo sai... Almeno resta a controllare dalla macchina mentre faccio la consegna. Hai detto che eravamo fratelli, nel bene e nel male, e adesso ho bisogno di te».

'Cazzoooooo'.

«Devi solo consegnare un pacchetto?» chiesi sapendo già che me ne sarei pentito.

Il suo viso si illuminò.

«Lo consegno e ce ne andiamo, bro, te lo giuro» disse e si alzò dal divano. Quella situazione mi ricordava quando mi ero trasferito a vivere con lui e avevo iniziato ad accompagnarlo a fare quelle stronzate. All'epoca eravamo più giovani e irresponsabili; io non volevo mandare di nuovo tutto a puttane, questa volta c'era tanto in gioco, non potevo rientrare in quei giri, non più.

«Guido io» mi offrii prendendo le chiavi e desiderando di mandarlo a quel paese. Ma Lion c'era sempre stato quando avevo avuto bisogno. Avrei preferito che non continuasse a stare in quel mondo, ma non ci potevo fare niente. Mio padre gli aveva offerto un lavoro nella sua azienda ma lui aveva rifiutato, l'officina di suo nonno era lì da sempre e non ci avrebbe rinunciato. Nel declinare la proposta di mio padre era sfumata l'unica occasione di poter condurre una vita migliore, senza problemi.

Noah sarebbe arrivata la notte dopo, quindi avevo tempo a sufficienza per fare quello che mi aveva chiesto Lion, tornare a casa, farmi una doccia ed essere pronto per andare ad accoglierla in aeroporto. Presi le chiavi e uscii dall'appartamento senza guardarmi indietro.

Mentre salivamo in auto lasciandoci alle spalle il parcheggio, rimanemmo in silenzio.

«Grazie di essere venuto con me, Nick» mi disse a quel punto Lion con lo sguardo fisso sul finestrino.

«Jenna lo sa che spacci?»

Sentii come si irrigidiva nel sentire nominare la sua fidanzata.

«No, e non lo saprà» rispose con voce dura. Era chiaramente un avvertimento. Non intendevo farmi coinvolgere dai suoi affari, ma mi rompeva parecchio che mi creasse dei problemi.

A mano a mano che mi addentravo a Gardens, mi vennero in mente ricordi che avrei preferito dimenticare... Ronnie, i suoi amici, le corse, il rapimento di Noah, quel figlio di puttana di suo padre che le puntava contro la pistola... cazzo, tutta quella merda era in quel quartiere e io avevo giurato a me stesso che non ci avrei mai più messo piede.

«Gira a destra» mi disse quando arrivammo a un incrocio che conoscevo molto bene.

«Non dobbiamo andare al Midnight, vero?» commentai nervoso mentre svoltavo.

Il Midnight era il locale notturno in cui si trovavano tutti gli spacciatori della città. Era una specie di bar-discoteca pieno di gentaglia. Quando eravamo più giovani avevamo iniziato a frequentare quel gruppo e avevamo fatto le cose peggiori fino a quando la situazione non era precipitata. Ci eravamo ritrovati entrambi con un'arma e un tizio che passava della coca a gente piena di soldi. Era stato allora che avevo detto basta. Certo non era stato facile staccarsi. Ancora ricordavo la lezione che ci avevano dato; mi avevano rotto tre costole e quella era stata la goccia che aveva fatto traboccare il vaso. Poco dopo era successa la faccenda di mia madre e di mia sorella ed ero dovuto tornare a vivere da mio padre. Da allora non avevo più messo piede al Midnight.

«Sì, ma te l'ho già detto, sarà questione di un attimo. Consegno il pacchetto, mi pagano e ce ne andiamo».

Fermai la macchina all'angolo. Da lì potevo vedere la gente che entrava e usciva. Non mi interessava minimamente imbattermi in qualche coglione del passato. Strinsi con forza il volante mentre Lion scendeva e si incamminava verso la porta.

A volte ripensavo a quel periodo della mia vita e non riuscivo a capire come fossi arrivato a rovinarmi fino a quel punto, e adesso che avevo tutto quello di cui avevo davvero bisogno, che sapevo cosa significasse amare, ecco che mi ritrovavo invischiato in quella merda.

Aspettai impaziente che Lion uscisse, ma non arrivava e iniziai a innervosirmi. Erano già passati quindici minuti e, se era stato sincero, avrebbe dovuto mettercene al massimo cinque.

Imprecando tra me e me, presi le chiavi e uscii dall'auto sbattendo la portiera. Mentre mi avvicinavo all'ingresso del locale, i due buttafuori mi fissarono.

«E tu dove pensi di andare?» disse uno piazzandosi proprio davanti a me.

«Non roviniamoci la serata, ok?» risposi trattenendomi e contando fino a dieci. «Sono venuto a prendere un amico».

Prima che facesse in tempo a rispondere, un tizio con la faccia piena di piercing uscì e mi guardò.

«Lascialo entrare».

Il buttafuori mi osservò dall'alto al basso e si spostò. Mi arrotolai le maniche della camicia consapevole che sarebbe andata a finire male. E i miei sospetti non erano infondati; seguii il tizio coi piercing fino a una sala in fondo alla discoteca e ci trovai Lion, buttato a terra con un occhio nero e il labbro rotto.

Sentii come tutto il corpo si irrigidiva e i miei pugni si serravano automaticamente.

«Guarda un po' chi si rivede» disse una voce che conoscevo molto bene. Cruz, l'amico di Ronnie, lo stesso che mi aveva riempito di botte la notte in cui ero stato così stupido da andare da solo in un vicolo di un quartiere come quello. Mi bastò vederlo perché riaffiorassero tutti i ricordi di quanto vissuto con Noah. Avevo provato con tutte le mie forze a lasciarmi alle spalle quella merda, a pensare al mio futuro, a Noah, a proteggerla, ad aprirci una strada diversa da quella che avevo imboccato quand'ero un adolescente... ma vederlo lì, vedere Lion disteso a terra, vedere quel gran figlio di puttana circondato da altri bastardi come lui... sembrò che tutta la rabbia trattenuta in quei mesi riprendesse vita dentro di me.

«Sapevo che era solo questione di tempo e che saresti riapparso da queste parti» disse Cruz appoggiandosi al tavolo dietro di lui. Non aveva più i capelli rasati a zero, ora li portava raccolti in un codino. Aveva le braccia completamente tatuate e dal suo sguardo si intuiva che era fatto, chissà cosa si era preso. «Il tuo amico ci deve dei soldi, figlio di papà, e ha fatto bene a portarti qui per saldare i debiti».

Il mio sguardo andò da Cruz a Lion in una frazione di secondo. Lui non mi guardava, aveva gli occhi gonfi rivolti a terra.

«Io non ti devo proprio un cazzo, coglione. Inizia pure a pensare a un altro modo per recuperare i tuoi soldi perché da me non vedrai un centesimo».

Controllai ogni mia parola. Non avevo idea di come avrei fatto a uscire da lì. Lion sembrava distrutto, e in fondo a tutta la mia rabbia, in un qualche angolo della mia mente, mi sentii male per lui che era ancora in mezzo alla merda da cui io ero uscito; e tuttavia in quel momento ero talmente incazzato che avrei voluto suonargliele io stesso perché era un idiota e perché mi aveva invischiato nei suoi cazzo di problemi.

Cruz si allontanò dal tavolo e si avvicinò a me lentamente.

«Sai... è un vero peccato che Ronnie sia finito in galera; certo a me è andata di lusso perché adesso tutto quello che era suo è mio... ascoltami bene» disse fermandosi a mezzo metro dalla mia faccia, «io non sono stupido come lui. Il coglione del tuo amico mi deve tremila dollari, tremila dollari che mi farò restituire o in banconote o in sangue, quindi decidi: o me li dai tu o risolviamo la faccenda in altro modo... mi occupo di lui e nessuno riconoscerà mai più la sua cazzo di faccia».

Serrai la mandibola, trattenendomi. Riuscivo a pensare solo a una cosa: Noah. Non mi sarei cacciato nei guai, non avrei litigato con quello stronzo... pensai a Jenna, a come avrebbe reagito se avesse visto Lion in uno stato peggiore rispetto a quello in cui era in quel momento.

«Non ho tremila dollari in contanti, non sono un cazzo di spacciatore come te».

Cruz scoppiò a ridere e i suoi amici lo seguirono a ruota.

«Non preoccuparti, qui di fianco c'è un bancomat, ci andiamo tutti insieme. Che ne pensi?»

Respirai a fondo per non spaccargli la faccia e mi voltai in direzione della porta. Sapevo che mi seguivano, la cosa migliore era allontanarci da quel posto. Non c'erano grandi possibilità di uscirne illesi, neanche dopo avergli dato i soldi. Ma in strada... era un'altra cosa.

Una volta fuori, quando sentii il freddo della notte, mi diedi una rapida occhiata attorno. C'erano alcuni tizi che facevano capannello agli angoli, qualche barbone e due prostitute che parlavano con tre tipi dentro a una macchina. Non vedevo l'ora di andarmene.

Lion si mise accanto a me e tutti e sei – noi, Cruz e tre dei suoi amici – ci incamminammo verso il bancomat che era due strade più in là.

«Sei un coglione» gli dissi a bruciapelo trattenendomi dallo spaccargli la faccia; non mi importava che fosse il mio migliore amico.

«Mi hanno fregato» si scusò e, subito dopo, sputò a terra. «Mi avevano detto che la coca che non vendevo la dovevo portare a loro e basta, e invece ora mi chiedono dei soldi anche per quella che è avanzata. Sono degli stronzi di merda».

«Tu hai un problema più grande di questi idioti e ti conviene iniziare a trovare il modo di risolverlo» risposi superandolo quando arrivammo al bancomat.

Cruz si avvicinò a me. Stavo perdendo la pazienza, per cui lo affrontai con calma per non rifilargli un pugno.

«Mi stai rompendo il cazzo... spostati o giuro che ti rifaccio i connotati».

Cruz sorrise, ma alzò le mani e si scostò. Sapevo che si stava trattenendo perché aveva bisogno dei soldi. Tirai fuori il bancomat e digitai il PIN. Poi mi augurai di poter prelevare in un colpo solo e senza problemi. E così fu: tremila dollari. Tremila dollari che avevo guadagnato nelle due dannate settimane in cui ero stato lontano da Noah.

«Eccoli qui. Vedi di non farti più vedere sulla mia strada» lo minacciai mentre gli davo i soldi.

Cruz li contò e poi fece un sorriso divertito.

«Non saresti dovuto uscire dal giro, Nick, ti si addice più di quanto credi... tutta questa storia del ragazzo perbene che stai cercando di sembrare ultimamente non fa per te».

Sorrisi trattenendomi con tutte le forze e mi voltai deciso ad andarmene.

«Tra l'altro...» aggiunse. «È stato facile scappare dalla

porta davanti prima che la polizia arrivasse dove tenevano la tua fidanzata... come sta Noah?»

E a quel punto persi l'autocontrollo.

Il mio pugno volò così veloce che mi resi conto che era andato contro la sua mascella solo quando lo vidi a terra. I suoi piedi si mossero in fretta e mi trascinarono giù con lui. Il primo colpo arrivò un secondo dopo prendendomi in pieno l'occhio sinistro.

«Non pronunciare mai più il suo nome, figlio di puttana!»

Feci lèva con il corpo e mi posizionai su di lui. E iniziai a prendere quello stronzo a pugni in faccia.

Poi un calcio da dietro mi colpì all'altezza delle costole.

«Ti ammazzo, bastardo!»

Sentii le parole di Cruz ma non feci in tempo a reagire. Mi ritrovai disteso a terra con tre tizi che mi prendevano a calci. Afferrai la prima caviglia che trovai alla mia portata e tirai con tutte le forze. Era un insieme di braccia e gambe, botte e sangue. L'adrenalina mi scorreva nelle vene impedendomi di sentire il dolore. Ero accecato dalla rabbia, il nome della mia fidanzata sulla bocca di quello stronzo non aveva fatto altro che ravvivarla.

Mi misi sul tizio che avevo preso per la caviglia e iniziai a riempirlo di colpi allo stomaco. Con la coda dell'occhio, vidi che Lion si stava azzuffando con altri due. Non saremmo durati molto, eravamo due contro quattro e Lion era ai minimi termini. Con due non avevo problemi, con tre nemmeno, ma... quattro? Anch'io avevo i miei limiti.

Una ginocchiata mi colpì in pieno la mandibola e mi si annebbiò la vista. Caddi a terra a pancia in su e ricevetti un calcio allo stomaco che mi tolse il fiato. Cercai di inalare ossigeno, ma fu impossibile.

«Non farti più vedere da queste parti... se ti rivedo sarà l'ultima cosa che farai».

15
Noah

Il mio viaggio era giunto al termine. Avevo visitato luoghi magnifici, avevo nuotato nelle acque più cristalline e avevo mangiato ogni sorta di piatto tipico, ma quando l'aereo proveniente da New York appoggiò le ruote nell'aeroporto di Los Angeles, non potei provare altro che gioia, gioia e un nervosismo che mi attanagliava lo stomaco.

Non appena si sentì il suono che indicava che ci si poteva slacciare la cintura di sicurezza scattai in piedi. Mia madre alzò gli occhi al cielo, ma la ignorai; fui grata di viaggiare in prima classe e di poter scendere tra i primi. Quando gli sportelli si aprirono andai diretta verso il tunnel che mi avrebbe portata al terminal. Vedendo che mia madre non arrivava, mi voltai impaziente. Ma cosa diavolo stava facendo?

Per fortuna, siccome avevamo fatto scalo a New York, non ci fu bisogno di aspettare o mostrare di nuovo il passaporto: non dovetti far altro che percorrere un lungo corridoio e poi scendere con le scale mobili. A Los Angeles erano le sette del pomeriggio e la prima cosa che vidi fu la luce accecante del tramonto, che per un attimo mi annebbiò la vista. William era lì.

Ma dov'era Nick?

Il mio sguardo percorse tutto l'aeroporto mentre le scale continuavano a scendere e a scendere fino a quando non ebbi alternativa se non quella di avvicinarmi al padre del mio fidanzato.

Mi sorrise e aprì le braccia, ma anche se non volevo essere maleducata, non era lui che volevo abbracciare.

«Come va, forestiera?» mi chiese dopo il mio veloce abbraccio.

«E Nicholas?»

Mi osservò un attimo, ma quando stava per rispondermi, vide mia madre.

Lei corse finché non si ritrovò stretta tra le braccia di lui. Rimasi a osservarli senza capire assolutamente nulla. Dopo che William le ebbe dato un bacio sulle labbra, costringendomi a distogliere lo sguardo, si separarono e mi guardarono.

«E Nicholas?» chiese mia madre proprio come avevo fatto io un attimo prima.

Will mi guardò di nuovo negli occhi e poi si strinse nelle spalle come a dire: 'Cosa ti aspettavi?'

«Mi ha mandato un messaggio dicendomi che non sarebbe riuscito a venire a prenderti e che ti avrebbe chiamata appena possibile».

Non aveva alcun senso.

«Non ti ha detto nient'altro?» buttai lì, incredula. La mia gioia si stava sgonfiando come un palloncino punto da un ago… ero delusa.

William fece cenno di no e mi voltai mentre lui e Steve prendevano le valigie. Estrassi il cellulare e feci la prima telefonata.

Scattò la segreteria telefonica. Riagganciai prima che venisse registrato il mio assordante silenzio.

Ma perché non era lì? Stava lavorando? Se fosse stato così, avrebbe comunque trovato il modo di venire, l'aveva fatto al mio compleanno, aveva lasciato tutto pur di vedermi…

Queste settimane di lontananza avevano fatto sì che non gli importasse più così tanto di me?

Ma santo cielo, a cosa diavolo stavo pensando? Ovvio che gli importava! Avevamo parlato, aveva voglia di vedermi, me l'aveva detto…

Digitai di nuovo il suo numero.

«Nicholas, sono in aeroporto e non ci sei, cosa è successo?»

Registrai il messaggio in segreteria e misi il telefono nella tasca dei jeans. Mi voltai verso mia madre che non si staccava da William e mi avvicinai a Steve mentre uscivamo dall'aeroporto e ci incamminavamo verso la macchina. Steve sapeva sempre dov'era Nick, a dire il vero sapeva sempre dove eravamo tutti, era l'agente di sicurezza della famiglia Leister.

«Tu sai cos'è successo, Steve?» gli chiesi guardandolo fisso negli occhi. Sapevo che Nicholas si fidava di lui, ogni volta che succedeva qualcosa lo chiamava e lo mandava anche a prendermi se lui non poteva farlo, anche quando voleva assicurarsi che arrivassi a casa sana e salva.

Steve distolse lo sguardo e a quel punto capii che era successo qualcosa che nessuno voleva dirmi. Lo afferrai per un braccio costringendolo a guardarmi.

«Che diavolo sta succedendo?»

«Non agitarti, Noah, Nicholas sta bene, si metterà in contatto con te non appena ti avrò portata a casa».

Ero arrivata da meno di mezz'ora e avevo già voglia di strangolarlo. Ma a che gioco stava giocando?

Il viaggio verso casa mi parve eterno e inoltre sarei voluta andare direttamente all'appartamento di Nick. Non avevo idea di cosa gli stesse succedendo, ma non mi piaceva per niente. Sapevo che Steve non mi diceva niente perché ormai era tardi ed ero certa che Nicholas voleva che quella notte restassi a casa… iniziò a passarmi per la mente ogni tipo di immagini, per la maggior parte orrende.

Quando arrivammo era ormai notte. Una parte di me sperava di trovarlo lì ad aspettarmi e che si fosse solo trattato di uno scherzo di cattivo gusto. Non aveva risposto alle mie telefonate e stavo iniziando a preoccuparmi… o ad arrabbiarmi, non ne ero ancora sicura.

«Noah, per favore, cambia espressione. Sei tornata da un viaggio non da un funerale».

Ero certa che mia madre fosse felice di quello che stava succedendo. Una parte di lei voleva vedere quante volte poteva deludermi Nicholas, aspettava solo il momento in cui l'avrei lasciato, che arrivasse la famosa goccia che avrebbe fatto traboccare il vaso, ma si sbagliava alla grande.

Salii in camera mia senza nemmeno risponderle. Presi il cellulare e lo chiamai di nuovo. Gli avevo telefonato durante tutto il tragitto in auto. La cosa peggiore era che non mi rispondevano nemmeno Lion e Jenna.

Al quinto squillo, finalmente rispose.

«Noah» disse solo.

«Dove sei?»

Ascoltai attentamente, ma non sentii altro se non il suo respiro, il suo respiro profondo, come stesse soppesando ciò che mi avrebbe detto. Provai un senso di paura in mezzo al cuore… una paura irrazionale perché non riuscivo a capire cosa stesse accadendo.

«Sto bene, mi dispiace, è successa una cosa e non sono riuscito a passare a prenderti». La sua voce suonava triste, triste e dura.

«Ma stai bene? State tutti bene? Non rispondono né Lion né Jenna» dissi sedendomi sul letto. Sentire la sua voce mi aveva un po' calmata.

«Sto benissimo» rispose, ma non gli credetti. C'era qualcosa che non andava e che non mi voleva dire.

«Ti raggiungo subito» dissi alzandomi determinata.

«No».

Il suo tono fu così duro che rimasi ferma dov'ero con la mano sulla maniglia.

«Nicholas Leister, o mi dici subito cosa sta succedendo o giuro su Dio che ti strappo tutti i capelli che hai in testa».

Dall'altra parte ci fu silenzio.

«Mi dispiace, ma non sono in vena» disse a quel punto con una voce che non mi piacque per niente. «Resta a casa e aspetta che ti chiami».

E riagganciò.

Guardai il cellulare come se mi avesse dato uno schiaffo. Digitai il suo numero così in fretta che per poco non ruppi lo schermo.

Era occupato.

Ma con chi diavolo stava parlando? Come osava riattaccarmi il telefono in faccia?

Andai dritta al comodino, dove tenevo le chiavi dell'Audi. Non c'erano.

Ma era uno scherzo?

Uscii dalla mia stanza e corsi in cucina. Aprii il cassetto in cui c'erano le chiavi di riserva, ma non ne vidi nessuna della mia macchina. Di mia madre e di William non c'era traccia e non volevo immaginare cosa stessero facendo.

Ma la mia macchina era parcheggiata fuori? Non avevo nemmeno controllato. Mi incamminai verso la porta di casa, ma proprio in quell'istante Steve uscì dal suo ufficio con il telefono in mano e uno sguardo di avvertimento.

«Stai parlando con lui?» chiesi, accusandolo subito dopo, mentre gli puntavo un dito contro.

«Noah, mi ha chiesto di non farti uscire, ti spiegherà tutto domani».

Feci una risata che suonò strana persino a me. Steve

appariva imbarazzato, ma sapeva che avrei dato retta a Nicholas.

«È tardi, riposati e domani lo vedrai».

Col cazzo.

«Va bene, hai ragione».

Steve sembrò sollevato, mi osservò mentre mi voltavo e iniziavo a salire le scale. Quel tizio era pazzo se credeva di potermi costringere a non uscire dalla mia stessa casa. Entrai in camera, decisa ad aspettare il tempo necessario. Andai avanti e indietro nervosa e poi tirai fuori il cellulare.

Non c'è niente che possa giustificare il tuo comportamento. Aspetta che ti abbia davanti e vedrai.

Per fortuna, mi rispose all'istante.

Non ti arrabbiare, ti amo, riposati e poi ci vediamo.

'Poi ci vediamo?'

Entrai in bagno per sistemarmi, dopo tutte quelle ore di volo ero ridotta uno schifo. Guardai l'orologio, erano le nove, e non avevo intenzione di scappare almeno fino alle undici. Risi della mia stessa espressione, 'scappare', nemmeno fossi stata in galera.

L'avrei ucciso…

Quando fui mediamente presentabile, sebbene con i capelli ancora bagnati, mi affacciai al corridoio. Non si sentiva nulla. A dire il vero non si sentiva mai nulla, quella casa era enorme. Il mio piano consisteva nell'andare in garage a prendere la mia vecchia auto. Sì, proprio quella che mi aveva lasciato a piedi un migliaio di volte ma che mi dispiaceva vendere, o meglio, rottamare. Sapevo che prima o poi quel ferrovecchio mi sarebbe tornato utile.

La porta del garage era sul retro della casa, per cui non dovevo passare né dall'ingresso né davanti all'ufficio di Steve. Scesi le scale senza fare rumore e sorrisi nel vedere la mia auto accanto alla BMW di mia madre. C'era anche una moto; a dire il vero non avevo mai chiesto di chi fosse ed ebbi la tentazione di prenderla, ma non sapevo dove fossero le chiavi ed ero certa che Nicholas mi avrebbe uccisa se mi avesse vista arrivare a quell'ora di notte su una moto che non avevo mai guidato.

Salii in auto e tirai fuori il telecomando del garage. E di nuovo fui grata di vivere in una casa enorme perché nessuno mi sentì uscire.

Mi aspettava un viaggio di quasi un'ora, così alzai il volume della musica e aprii i finestrini; avrei preferito guidare la mia decapottabile e non quella macchina che non faceva più dei novanta all'ora.

Sapevo che percorrere l'autostrada così tardi essendo sveglia come minimo da venti ore era un'imprudenza; ma non mi interessava, volevo vedere Nicholas e avevo la sensazione che qualcosa non andasse.

La strada mi parve eterna e, quando finalmente raggiunsi il suo condominio, sentii che diventavo sempre più nervosa. Non solo perché l'avrei rivisto dopo un mese, ma perché sapevo che si sarebbe arrabbiato con me per essere andata fin lì da sola così tardi.

Entrai in ascensore e solo a quel punto mi accorsi che non avevo preso le chiavi di casa che mi aveva dato. Merda… ora avrei dovuto suonare il campanello, all'una di notte. Con il cuore che mi batteva all'impazzata, bussai alla porta… non suonai. Non so perché, ma mi parve la cosa più sensata da fare. Bussai piano, in modo per niente drammatico. Una parte di me stava cercando di calmare le acque prima ancora di vederlo.

Non mi aprì nessuno.

Bussai di nuovo, questa volta più forte, e vidi una luce filtrare da sotto la porta. Stava dormendo? Lo sentii imprecare dall'altra parte e poi sentii un insulto. Finalmente la porta si aprì e apparve.

Credo che nulla mi avrebbe potuta preparare a ciò che mi ritrovai davanti. Dovetti trattenere il fiato. Mi portai le mani alla bocca, soffocando un urlo. Non si aspettava di vedermi lì e ora capivo perché.

«Cazzo, Noah» borbottò mentre appoggiava la fronte allo stipite della porta. «Ma non puoi fare quello che ti chiedo almeno una dannata volta?»

«Cosa ti hanno fatto?» domandai in un sussurro soffocato. Mio Dio... aveva la faccia piena di lividi, l'occhio sinistro stava suppurando ed era verde. Il labbro rotto, completamente distrutto.

Si portò la mano alla testa e a quel punto allungò un braccio, mi tirò per poi chiudere la porta alle mie spalle, sbattendola.

«Ti avevo detto di restare a casa!»

Ora che ero lì, ora che lo vedevo, capivo come mai non fosse venuto a prendermi in aeroporto. Era distrutto, l'avevano picchiato brutalmente... Sentii il cuore in gola, non solo per la paura data dal vedere il suo corpo maltrattato in quel modo, ma anche perché la gioia di vederlo, il sogno del nostro ritrovarci dopo settimane, sparì in modo desolante.

Guardai il suo corpo nudo e la benda attorno alle costole.

Lo avevano ferito in modo orrendo. Avevano ferito Nick, il mio Nick.

«Non guardarmi così, Noah» mi chiese a quel punto. Subito dopo si voltò e si portò una mano alla testa.

Non sapevo cosa dire. Ero senza parole. Era l'ultima cosa di cui avevo bisogno, l'ultima cosa che i miei occhi volevano vedere era il mio fidanzato ridotto in quello stato. Per me le botte non erano semplicemente botte: per me erano qualcosa di ancora più grande, qualcosa di ancora peggio... mi risvegliavano ricordi che, maledizione, volevo cancellare.

Si avvicinò a me.

«Cazzo, non piangere!» esclamò e sentii le sue dita sulla guancia che mi asciugavano le lacrime.

«Non capisco...» confessai. Ed era vero: non capivo cosa fosse successo, perché fosse ferito. Ero confusa, niente era andato come mi aspettavo.

Nicholas mi prese e mi strinse tra le sue braccia. Avevo paura a toccarlo, non volevo fargli male, ma le mie braccia lo cinsero istintivamente e avvertii le sue labbra sulla testa.

«Mi sei mancata così tanto...» disse, e sentii che con l'altra mano mi accarezzava i capelli mentre annusava l'odore del mio shampoo... mi prese il volto tra le mani e aprii gli occhi per guardarlo. Aveva la palpebra sinistra mezza chiusa, cosa che mi impediva di scorgere l'azzurro che tanto amavo; non vedevo altro che dolore e sofferenza... Quando si chinò per baciarmi, mi scostai.

«No» dissi spaventata.

Chiusi forte gli occhi: ricordi, maledetti ricordi... mia madre picchiata, mio padre in fin di vita, io che perdevo sangue a terra, aspettando che lei tornasse...

Mi girai e mi portai le mani alla faccia, nascondendo il viso.

«Perché lo fai, Nicholas?» chiesi attutendo la voce con i palmi.

Mi voltai verso di lui. Odiavo piangere, odiavo farlo davanti alla gente, e soprattutto per qualcosa che si sarebbe potuto evitare. Mi osservò immobile, probabilmente ancora turbato per il mio rifiuto.

«Non puoi essere un fidanzato normale?» lo rimproverai con tono triste. Ero ferita, ferita da tutto, ferita perché lo vedevo in quello stato e perché le mie fantasie erano sfumate via.

Il dolore che apparve sul suo volto a quelle mie parole mi fece sentire in colpa, ma non intendevo rimangiarle. Di sicuro aveva di nuovo combattuto per soldi, o magari si era ubriacato e si era ritrovato coinvolto in una rissa. Probabile che anche Lion e Jenna avessero qualcosa a che fare con tutto quello. Nessuno dei due rispondeva al telefono.

«Non saresti dovuta venire» mi sgridò controllando il tono di voce. Adesso si controllava? Ormai era tardi. «Avrei voluto evitartelo, ma non mi ascolti mai!»

«Non puoi ordinarmi qualcosa e aspettarti che io obbedisca senza una dannata spiegazione, Nicholas. Ero preoccupata».

«Cazzo, Noah! Avevo i miei motivi!»

«I tuoi motivi sono che ti sei fatto pestare a sangue?»

Mi guardò con il respiro affannato e mi voltai senza sapere cosa fare: mi dibattevo tra la rabbia che fosse tornato nel mondo che tanto odiavo e la mia voglia di abbracciarlo forte e non lasciarlo più. Sapevo che sarei crollata da un momento all'altro e non intendevo farlo davanti a lui.

Quando andai verso la porta, mi afferrò il braccio con una mano ma io tirai perché mi lasciasse.

«Ora non mi toccare, Nicholas, parlo sul serio!»

Nel sentire quelle parole, i suoi occhi si infiammarono.

«Stai scherzando? Non ci vediamo da un mese...»

«Non mi interessa! Non ti riconosco nemmeno. Pensavo di trovarti in aeroporto, ad attendermi con un sorriso, ma sono un'idiota, una stupida che si aspetta qualcosa da qualcuno che evidentemente non potrà mai dargliela».

«Non mi hai lasciato nemmeno spiegarti!»

«E che spiegazione mi vuoi dare? Che sei andato a sbattere contro una porta?»

Mi fulminò con lo sguardo e io mi misi a braccia conserte in attesa che mi spiegasse. Uno strano silenzio si impossessò della stanza fin quando Nick cercò di accorciare la distanza che ci separava.

«Non mi toccare» ripetei, questa volta in modo davvero serio.

Rimase fermo; restammo a fissarci, ma senza sapere cos'altro dire.

«Non è come credi» sussurrò a quel punto. «Ho dovuto aiutare Lion, si era cacciato nei guai».

Le sue parole mi penetrarono piano nella mente.

«Che tipo di guai?» chiesi mentre fissavo la ferita aperta che aveva sulle nocche.

Fece un passo avanti avvertendomi con lo sguardo. Glielo lasciai fare e, nel vedere che non mi tiravo indietro, mi raggiunse e mi posò le mani sul viso.

«Di soldi. Ascoltami, Noah, non volevo che succedesse tutto questo, te lo giuro, Peldicarota» sussurrò abbassandosi e guardandomi dritto negli occhi. «Aspettavo questo giorno da quando sei partita, avevo comprato da mangiare, sistemato casa, persino il cazzo di gatto è bello pulito. Ti prego, volevo solo vederti, è l'unica cosa che mi importa».

Sentii la fragranza del suo corpo inondarmi i sensi, il tepore del suo tocco sulle guance e quel dolore che percepivo nel petto si attenuò un po' perché, sebbene fosse lui la causa di ciò che stavo provando, era anche l'unico in grado di placarmi.

Respirai a fondo e, quando avvicinò la sua fronte alla mia, chiusi gli occhi cercando di calmarmi. Tentennante, posai le mani sul suo viso.

«Amarti è la cosa più complicata che abbia mai fatto in vita mia» ammisi.

«E amare te è la cosa più bella che abbia mai fatto nella mia».

Sospirai. Era impossibile arrabbiarsi con lui.

«Ho una voglia matta di baciarti» mi disse allora. Mi stava chiedendo il permesso.

Ci impiegai un secondo a rispondere.

«Allora fallo».

E un attimo dopo sentii il suo sorriso sulla mia bocca.

16
Nick

Avevo mandato tutto a puttane; lo confermava la paura riflessa sul suo volto nel vedermi. A quel punto, però, non mi interessava più niente, era di nuovo lì con me, e morivo dalla voglia di baciarla.

Quando appoggiai le mie labbra sulle sue, così morbide, sentii una fitta di dolore a causa del dannato taglio. Ma non mi allontanai. Noah, però, dovette accorgersene perché si scostò.

«Ti ho fatto male?» chiese allarmata, controllando il mio viso con quei suoi occhi felini, quegli occhi adorabili incorniciati da ciglia umide, umide per via delle lacrime che, ancora una volta, aveva versato per colpa mia.

«No» risposi distratto, abbassando le mani verso la sua vita e avvicinandola di nuovo a me. «Questo è un nettare degli dei, sono settimane che aspetto di baciarti così».

Noah mi guardò con aria accigliata e si tirò un po' indietro per impedirmi di raggiungere la sua bocca.

«Ti ho sentito gemere di dolore» affermò trattenendo il mio volto tra le mani.

Cosa?

«No».

«Sì» insistette e il suo dito scese sul mio zigomo per poi percorrere delicatamente il labbro inferiore. Serrai forte la mandibola. Sì, mi faceva male, ma non era niente paragonato al dolore causato dal non poterla toccare, baciare o farci l'amore per giorni. «Ora ti medico la mano» disse a quel punto, categorica.

Mi scostò liberandosi dalla mia presa. Mi sarebbe piaciuto essere più agile, afferrarla, mettermela in spalla e portarla in camera mia, ma avevo una costola rotta, i medici mi avevano detto di non alzarmi dal letto... e invece ero lì che, come sempre, facevo di testa mia. Finalmente il mio appartamento sembrava rinato. Il gatto uscì da chissà dove e iniziò a strusciarsi contro i piedi di Noah.

«Ciao N, bello!» esclamò lei, affettuosa, chinandosi per prendere la bestiaccia. Mi sedetti sulla sedia della cucina mentre osservavo come la mia fidanzata coccolava il nostro gatto e intanto cercava il kit del pronto soccorso. Quando lo trovò, venne verso di me e si sedette girando la sedia per potermi stare proprio davanti.

«Sei stupenda» dichiarai e mi piacque vederla arrossire.

«Non posso dire lo stesso di te».

Sorrisi e sentii dolore a parti del viso che nemmeno sapevo di avere.

«Dammi la mano» mi chiese dolcemente.

Seguii le sue indicazioni e, mentre la guardavo disinfettare la ferita che si era riaperta, notai che era ancora più bella di quando era partita. I capelli erano più rossi, con qualche ciocca bionda qua e là, e la pelle, abbronzata, aveva assunto una tonalità ambrata che faceva spiccare ancora di più i lineamenti del viso. Le sue labbra si gonfiavano sempre quando piangeva... e dopo che ci baciavamo; non potevo fare a meno di pensare a tutto quello che avrei voluto farle. Volevo sentire la sua bocca sul mio corpo, le sue mani sulla schiena...

«Nicholas, ti sto parlando» mi disse più ad alta voce, riportandomi alla realtà.

«Scusami, dicevi?» chiesi cercando di controllare il desiderio che si stava risvegliando in me.

«Ti stavo chiedendo come sta Lion».

Lion… non volevo nemmeno sentir pronunciare quel cazzo di nome.

«È stato parecchie ore al pronto soccorso, ma sta bene, è a casa».

Lo sguardo di Noah era fisso sulla ferita che stava pulendo…

«E Jenna?» chiese mentre si chinava sul bancone della cucina per prendere le forbici.

Nel farlo mi offrì un primo piano dei suoi seni e dovetti inspirare a fondo per calmarmi. Ma dovevamo proprio parlarne in quel momento? Sinceramente, non me ne fregava un cazzo di Jenna. Sì, sapeva cos'era successo – anche se non le avevamo detto che stavamo spacciando, o meglio, che il suo fidanzato stava spacciando – e si stava prendendo cura di Lion.

«È con lui, di sicuro gli sta facendo il culo» risposi impaziente che concludesse le operazioni con la ferita e si decidesse a guardarmi. Sembrava nervosa, lo notai da come rimise le cose nel kit.

«Voglio sapere cos'è successo esattamente, dimmi chi è stato, Nick. Chi ti ha ridotto così?»

«Noah, non preoccuparti, davvero, non ricapiterà».

«Non m'importa, voglio che mi racconti» rispose guardandomi fisso.

«E io voglio fare l'amore» dissi senza girarci troppo attorno.

Ed ecco il suo sguardo, i suoi occhi che osservavano i miei, proprio come volevo.

«Non puoi» rispose alzandosi in piedi, la voce incerta.

La tirai fino a metterla tra le mie gambe aperte. I suoi occhi erano all'altezza dei miei.

«Lo sai che posso sempre» affermai mettendole una mano sulla schiena e avvicinandola a me.

Mi guardò dubbiosa, osservando le mie ferite e fermandosi sul mio stomaco bendato.

«No, Nicholas, sei ferito, sono sicura che non riesci nemmeno a respirare senza che ti faccia male» disse fermandomi le mani quando iniziai a tirarle su la maglietta.

Cazzo, non me ne fregava niente del dolore fisico. Volevo placare un dolore ben più forte.

«Non preoccuparti per me, Peldicarota, il piacere sarà più forte del dolore, te lo assicuro» affermai sfilandole la maglietta e lasciandola in reggiseno davanti a me. Mi bastò guardarla per eccitarmi.

Quando iniziai a baciarle il seno sentii come il suo cuore batteva all'impazzata. Il suo battito, sul collo, era talmente forte che riuscivo persino a vedere il sangue che le pulsava in tutto il corpo, preparandola per me.

Le accarezzai la schiena, avevo dimenticato quanto fosse morbida, quanto fosse perfetta... a volte non riuscivo a credere a quanto ero fortunato. Quando la mia mano si fermò sulla chiusura del reggiseno, si tirò indietro, scostandosi, allontanandosi dalle mie braccia.

«Cazzo» dissi senza nemmeno pensarci.

«No, dai, Nicholas, non ti voglio fare male» insistette fissandomi con aria martoriata.

Risi.

«Smettila di guardarmi così» disse indicandomi con un dito, un dito che catturai all'istante.

Presi la sua piccola mano e me la portai alle labbra. Le baciai e le morsi un polpastrello e vidi la risposta del suo corpo. Quando fece un tentativo di allontanarsi, le mie braccia la trattennero. Con la forza delle gambe, la costrinsi a restare davanti a me, proprio dove la volevo. La mia bocca andò diretta al suo collo e la baciai nel punto in cui sapevo che adorava essere baciata. Quando la mia lingua sostituì le labbra, sentii un gemito.

Le sue dita raggiunsero il mio collo e si avvinghiarono ai miei capelli e a quel punto seppi di aver vinto la battaglia. Presi a baciarle il seno e le sue mani scesero lungo la mia schiena. Allungai le braccia per raggiungere la sua, di schiena, e posizionarla in modo che il suo seno restasse proprio dove lo volevo; rabbrividì e mi conficcò le unghie nella pelle. Gemetti, non so se di dolore o di piacere allo stato puro, ma non ebbi tempo di verificarlo perché si divincolò dalle mie braccia.

«Nicholas, non puoi!» esclamò eccitata e arrabbiata, proprio come me.

Merda! Allungai un braccio per raggiungerla, ma si allontanò con una decisione evidente riflessa nei suoi dannati occhi color miele.

«Sai benissimo come andrà a finire, Peldicarota, quindi puoi decidere di allontanarti da me e costringermi a inseguirti, cosa che mi farà solo sentire peggio, oppure puoi venire subito qui e smetterla con le stronzate».

Un lampo d'ira le attraversò il viso.

«Vuoi vedere quanto velocemente esco da quella porta?»

«No, voglio scopare».

Le sue guance divennero ancora più rosse. Era chiaro che non si aspettava una risposta del genere, e una parte di me sorrise nel notare il suo sguardo.

«Stai diventando un cafone, lo sapevi?» contrattaccò, continuando a non avvicinarsi.

Sul mio volto apparve un sorriso diabolico.

«Lo sono sempre stato, Peldicarota, solo che con te cerco di controllarmi, ma non mi rendi le cose facili».

Stavo arrivando al limite della pazienza.

Le presi le mani con forza, mi alzai in piedi, mi chinai e le infilai la lingua in bocca. Il labbro mi faceva male, ma non mi interessava, mi ero procurato ferite peggiori di quella e niente mi avrebbe impedito di baciare Noah quella notte. Lo aspettavo da troppo tempo.

Un secondo dopo, rispose con il mio stesso entusiasmo. La sua lingua iniziò ad accarezzare la mia, prima facendo dei lenti cerchi e poi con disperazione. Le sue piccole mani fecero pressione sul mio petto e mi scappò una smorfia di dolore.

Smise di baciarmi e mi guardò allarmata.

«Smettila» le chiesi prima che potesse dire qualcosa. «In meno di cinque minuti staremo facendo l'amore, per cui non sprecare parole».

Rimase zitta e capii che aveva la mia stessa voglia. Sembrò pensarci un attimo, ma alla fine si accorse che non c'era niente da fare. Invece di andare in camera, mi prese per mano e mi costrinse a sedermi sul divano.

«Cosa stai facendo?» le chiesi più eccitato che mai.

«Faremo a modo mio».

E i suoi occhi felini brillarono di desiderio.

«Sai farlo solo come ti ho insegnato io, Peldicarota».

Mi appoggiai allo schienale e lei si sedette a cavalcioni su di me. Si raccolse i capelli con una mano e li appoggiò sulla spalla.

«Sono stata in Francia, ho imparato cose nuove».

Quel commento non mi fece un cazzo piacere. La fulminai con lo sguardo.

«Non essere stupido» disse a quel punto e poi, con un rapido movimento, si tolse il reggiseno. Le sue tette rimasero proprio davanti a me e persi il controllo dei miei pensieri. «E adesso stai fermo».

17
Noah

Era vero che non volevo fargli male, ma anch'io avevo bisogno di stare con lui. Volevo che mi accarezzasse con le sue mani, con le sue dita esperte, che mi baciasse dappertutto, in tutti i luoghi proibiti. Che mi facesse sua e che si dimenticasse di tutte le altre.

«Questa è la prima e ultima volta che avrai il controllo, per cui goditela» mi disse quello sbruffone. Ma era super eccitato, lo sentivo sotto di me, duro come una pietra.

«Questo si vedrà» gli dissi chinandomi per baciargli la mascella. Avrei cercato di evitare le labbra, non volevo fargli male, ma non sarebbe stato facile. Il fatto di doverci andare piano mi diede coraggio, volevo che potessimo fare l'amore liberamente, che mi dominasse con il suo corpo, come piaceva a me, che mi sollevasse, che la vicinanza tra la nostra pelle ci procurasse piacere e non dolore; ma anche avere il controllo per una volta poteva essere eccitante.

Passai la lingua sulla sua barba incipiente fino a raggiungere l'orecchio destro. Aveva un profumo squisito, sapeva di Nick, sapeva di uomo…

Le sue mani si impossessarono dei miei seni e lasciai andare un sospiro affannato quando li strinse con forza causandomi un intenso piacere che mi fece tremare.

Le mie mani invece scesero verso il suo stomaco. Mio Dio, che corpo scolpito! Sentivo i suoi muscoli sotto i polpastrelli, volevo baciare ogni centimetro della sua pelle. Le mie dita si fermarono sopra i suoi pantaloni e, quando tutto il suo corpo tremò mentre con le labbra gli mordicchiavo il collo e la mandibola, sorrisi.

«Non essere crudele, Peldicarota, non credo di poter aspettare ancora per molto» mi avvisò portandomi le mani in vita, ma io lo fermai prima che facesse ciò che sapevo avrebbe fatto.

Sorrisi e mi scostai. Mi abbassai i pantaloni restando in biancheria intima. I suoi occhi si rabbuiarono in preda al desiderio.

«Se non ricordo male, c'era qualcosa che volevi ti facessi» commentai sperando di innervosirlo, di fargli perdere il controllo.

A quel punto vidi come i suoi occhi fissarono i miei, trattenendomi per un attimo con lo sguardo.

«Non oggi» sussurrò, ma vidi che faticava a dirmelo.

Iniziai a sbottonargli i pantaloni.

«E perché no?»

Perse completamente il controllo del respiro.

Gli sfilai i pantaloni e iniziai ad accarezzarlo lentamente. Chiuse forte gli occhi, sapevo che non sarebbe durato a lungo se continuavo così: era da un mese che non lo facevamo ed ero certa che non avrebbe resistito ancora per molto.

«Perché quando lo farai non ti lascerò più andare via».

Nel sentire le sue parole, mi fermai cercando di riprendere il controllo della situazione.

Si chinò in avanti mentre sul suo viso si dipingeva un sorriso, un sorriso diabolico.

«È meglio se fai come ti dico io» affermò e, con la mano, mi sfilò gli slip lasciandomi completamente nuda davanti a lui.

Sembrava che i suoi occhi perforassero ogni centimetro

del mio corpo e fui felice di non provare più l'imbarazzo degli inizi. Non c'è nulla come fidarsi totalmente di una persona, mostrarle tutte le tue insicurezze e vedere che non solo le accetta ma addirittura le adora.

«Prima o poi avrò io il coltello dalla parte del manico e ti farò impazzire» dissi affannata mentre le sue labbra iniziavano a baciarmi all'altezza dello stomaco e le sue dita toccavano il mio punto più sensibile.

«Mi fai impazzire anche solo quando respiri» ammise avvicinandosi ancora di più.

Lo spinsi leggermente indietro facendolo risedere sul divano e gli appoggiai le mani sulle spalle. Mi sedetti sul suo grembo, tremando per quel contatto. La sua bocca pretese la mia e, quando ci unimmo per baciarci disperatamente, mi tirò su con cura dalla vita e mi guidò fino a entrare lentamente dentro di me. Chiusi gli occhi con forza godendomi quel contatto, godendomi il fatto che fosse di nuovo dentro di me...

«Ora tocca a te» disse a denti stretti costringendomi ad aprire gli occhi.

Tenendomi a lui, iniziai a salire e a scendere, all'inizio lentamente, lasciando che il mio corpo si abituasse alla sensazione di averlo di nuovo dentro dopo un mese.

«Mi stai uccidendo, Noah» grugnì appoggiandomi le mani sui fianchi e costringendomi ad accelerare.

Cercai di evitare la forza delle sue braccia, volevo andare piano, godermela e prolungare il piacere il più a lungo possibile, ma non me lo permetteva; la sua presa e il suo corpo, pur non essendo al massimo delle condizioni, continuavano a essere più forti di me.

«Cazzo, Nicholas» protestai quando fui sul punto di raggiungere l'orgasmo. «Più piano!»

Si scostò dal divano e unì il suo viso al mio. I suoi occhi

mi piegarono, mi zittirono e la sua mano si intromise per toccare proprio il punto in cui morivo di piacere.

«Così» mi disse e si inclinò per mordermi il labbro.

Mio Dio… era tutto troppo, le sue parole, la sua mano che mi accarezzava, lui che entrava e usciva da me… Il mio corpo aveva bisogno di liberarsi, tutte quelle settimane senza di lui, con quegli incubi, con la delusione di non averlo trovato in aeroporto, la paura che avevo avuto nel vederlo con la faccia pesta… Alla fine fui io stessa ad accelerare. Emise un profondo gemito di piacere mentre io emettevo un urlo disperato e, con varie ondate di infinito godimento, raggiungemmo insieme l'orgasmo.

«Voglio stare qui dentro tutti i giorni».

Abbassai lo sguardo e lo attirai verso la mia bocca. Mi baciò indifferente al dolore, indifferente a tutto. Eravamo di nuovo insieme, e quella era l'unica cosa che importava.

Quando quella mattina aprii gli occhi, sentii il solletico al naso. N mi stava leccando la faccia. Sorrisi e, quando mi tirai su, vidi che ero da sola in camera e che la luce che filtrava nella stanza lo faceva con una strana angolazione… Mi strofinai gli occhi, confusa, cercando di ricordare dov'ero, in quale Paese, in che letto e com'ero arrivata fin lì.

La comparsa di Nick, a petto nudo e con i pantaloni della tuta, fu la migliore visione che potessi avere.

«Menomale, stavo iniziando a preoccuparmi» disse con la spalla appoggiata allo stipite della porta.

Guardai la finestra, poi lui e poi di nuovo la finestra.

«Che ore sono?»

«Le sette» rispose entrando in camera, «di sera» aggiunse con un sorriso.

Spalancai gli occhi sorpresa.

«Ma stai scherzando?»

Nick si sedette sul letto, accanto a me.
«Hai dormito più o meno quattordici ore».
Mio Dio... mi girava la testa, dannato jet lag!
«Cavoli, ho bisogno di fare una doccia».
Mi alzai dal letto e andai dritta in bagno. Avevo un aspetto orribile, così tanto che chiusi la porta a chiave per evitare che Nick si infilasse sotto la doccia con me. Vivere con lui sarebbe stato complicato, al mattino non sembravo un essere umano e temevo si potesse disinnamorare vedendo che aspetto avevo appena sveglia. Lui, invece, sembrava sempre un dio greco; anzi, con la faccia addormentata era ancora più attraente.
Mi buttai sotto l'acqua calda e lasciai che baciasse di nuovo i miei capelli. Piano piano mi risvegliai e, mentre l'acqua riscuoteva i miei sensi, iniziai a liberarmi di quella sensazione di stupore.
Quando uscii dalla doccia trovai soltanto un asciugamano con cui coprirmi. Andai fuori gocciolando alla ricerca dei miei vestiti e a quel punto sentii sbattere la porta e subito dopo delle urla.
«Dov'è?!»
'Merda, mia madre?'
Cercai di correre di nuovo in bagno per evitare che mi vedesse nuda, ma mi intercettò a metà strada. Ci ritrovammo una davanti all'altra, aveva un'espressione molto alterata, era fuori di sé.
«Ma come hai osato?!» urlò. «Come diavolo ti è venuto in mente di scomparire così per tutte queste ore?»
La guardai terrorizzata. Avevamo discusso spesso, ma non l'avevo mai vista così arrabbiata. Nicholas spuntò e si mise davanti a me, coprendomi.
«Calmati, Raffaella. Noah non ha fatto niente di male».
Vidi i muscoli delle sue spalle tesi come le corde di un violino e l'aria si fece densa e irrespirabile.

«Allontanati da lei, Nicholas» ordinò mia madre cercando, inutilmente, di mantenere la calma.

Feci un passo di lato e mia madre mi guardò con gli occhi pieni di rabbia.

«Vestiti subito ed esci da quella porta».

Non sapevo cosa fare, ero sconvolta nel vedere che aveva perso il controllo per la prima volta dopo anni.

«Noah non se ne va proprio da nessuna parte» affermò Nick tranquillo. A quel punto apparve William, che era appena arrivato.

«Ma cosa diavolo sta succedendo qui?» chiese furibondo guardando prima mia madre e poi noi. «Chi ti ha ridotto così, Nicholas?» disse osservando con orrore i suoi lividi.

«Tuo figlio è una mina vagante e non voglio che stia vicino a Noah» disse a quel punto mia madre. All'improvviso si voltò verso Nick con la stessa ira con cui si era rivolta a me e gli disse: «Sei un violento! Fai a botte, frequenti della gentaglia e non ti permetterò di trascinare mia figlia in mezzo a tutta quella merda. Scordatelo!»

«Mamma, smettila!» urlai trattenendomi dalla voglia di dirle qualcosa di peggio. «Mi dispiace di non averti avvisato che uscivo, ma non puoi irrompere qui e...»

«Ma certo che posso, e continuerò a farlo. Sei mia figlia quindi prendi le tue cose, vestiti e sali sulla maledetta macchina!»

«NO!» urlai, sentendomi una viziata, ma rifiutando di ubbidire. Non accettavo che mi dicesse cosa potevo o non potevo fare. Non ero più una bambina.

«Noah, ti hanno rapita!» blaterò mia madre in tutta risposta. «Ti hanno rapita e oggi ho temuto che ti fosse successo qualcosa di simile, per poco non mi è venuto un infarto» confessò e i suoi occhi si riempirono di lacrime.

«Mi dispiace, mamma» le dissi, ed era vero, ma non

poteva sclerare in quel modo, non più. «Ma tra poco non potrai sapere sempre dove mi trovo, non puoi fare così ogni volta».

Mia madre mi fissò dritto negli occhi.

«Vestiti e andiamo a casa» e scandì ogni parola in un modo che non ammetteva repliche.

Non me ne volevo andare, era l'ultima cosa che volevo fare, ma mia madre era sull'orlo di una crisi di nervi. Dovevo allontanare lei e Nick, soprattutto perché a breve le avrei dovuto dire che mi sarei trasferita da lui.

«Aspettatemi in macchina, arrivo subito» dissi infine. Nicholas, accanto a me, imprecò. Mia madre finse di non sentirlo e uscì in corridoio con William. Sentii come chiudevano la porta un secondo dopo.

«Non andartene, Noah. Se lo fai gliela dai vinta» mi disse Nicholas fuori di sé.

«Hai visto, no? Se non vado sarà peggio».

Lui sospirò, rassegnato.

«Non vedo l'ora che tu venga a vivere qui».

Avevo paura di dirlo a mia madre.

«Non manca molto».

Mi strinse tra le sue braccia e, con la guancia appoggiata al suo petto, non potei evitare di pensare che una parte di me gli stava mentendo.

18
Nick

Quando la vidi andare via sentii che la rabbia trattenuta fuoriusciva come la lava di un vulcano. Ero così stanco di tutta quella merda... continuavano a risuonarmi in mente le parole di Raffaella.

'È una mina vagante e non voglio che stia vicino a Noah'.

Andai dritto in cucina per cercare di calmarmi.

'Sei un violento. Fai a botte'.

Maledetto il giorno in cui avevo deciso di aiutare Lion.

'Non ti permetterò di trascinare mia figlia in mezzo a tutta quella merda. Scordatelo!'

Se volevo che tra me e Noah funzionasse, sarei dovuto cambiare. Stavamo per fare un passo importante, un passo decisivo per la nostra relazione e in quel modo avremmo dimostrato a tutti che non era un gioco. Ecco perché non vedevo l'ora che venisse a vivere con me, perché nessuno sembrava prenderci sul serio. A volte avevo la sensazione che i pochi a conoscenza della verità scommettessero alle nostre spalle contro di noi, e si chiedessero quanto ci avremmo messo a lasciarci, o quante pressioni saremmo riusciti a sopportare.

Presi il cellulare dal bancone della cucina.

C'era un messaggio di Jenna.

Lion sta bene. Dobbiamo parlare. Sai benissimo che non credo a una sola parola di quello che mi avete detto. So che sarai con Noah, ma ho bisogno di vederti. Chiamami appena hai un momento.

Sapevo che sarebbe successo, e sapevo anche che era relativamente facile mentire a Jenna, avrei potuto inventarmi qualsiasi scemenza e lei ci sarebbe cascata... ma non quella volta. Lion stava camminando nelle sabbie mobili, in un terreno troppo pericoloso per far finta di niente. E Jenna doveva sapere.

Le mandai un messaggio dicendole che ci potevamo vedere da lì a un'ora e poi mi infilai sotto la doccia. Ero ridotto uno schifo e le ferite sembravano peggiorare con il passare delle ore. Provai un senso di tenerezza nel ricordare come Noah si era preoccupata per me, come mi aveva medicato e quanto soffriva nel vedermi così malmesso... Nessuno mi aveva mai fatto sentire in quel modo. Quando tornavo a casa con i chiari segni di una rissa, mio padre si incazzava e di solito non mi rivolgeva la parola fin quando i lividi non erano scomparsi; in quel periodo mi cacciavo spesso in quel genere di problemi proprio per dare fastidio a mio padre e per tenerlo alla larga da me.

Dopo la doccia, indossai un paio di jeans e una maglietta e, prima di uscire di casa, presi un antidolorifico. All'entrata era parcheggiata la macchina di Noah.

Cazzo, sua madre l'aveva costretta ad andare via con loro, non volevo nemmeno immaginare cosa le stessero dicendo di me... Sentii un fastidio allo stomaco, detestavo che le facessero il lavaggio del cervello. La mia più grande paura era che Noah finisse per cedere ai desideri di sua madre, che alla fine vedesse in me una persona con cui non doveva stare. E proprio in quel momento mi arrivò un messaggio di Jenna.

Sto arrivando.

Poco dopo stavo parcheggiando davanti allo Starbucks del centro commerciale a quindici minuti da casa mia.

Vedendo Jenna dalla vetrina, seduta su uno dei divanetti, ebbi chiaro che avrei dovuto essere molto cauto nel spiegarle le cose. Quando entrai, mi fulminò con uno sguardo pieno d'ira. Mi sedetti davanti a lei, cercando di evitare qualsiasi smorfia di dolore, ma i suoi occhi erano super attenti a ogni cenno del mio volto.

«Siete due idioti fatti e finiti, lo sai vero?» disse posando sul tavolo il suo frappè o qualsiasi cosa fosse quel liquido verde.

«Non so perché ti stupisci» mi limitai a rispondere. Mi ribolliva il sangue, non volevo che pensasse fossi lo stesso Nick di un anno prima. Io ero cambiato, o almeno era quello che volevo credere; il suo fidanzato, invece, continuava a essere un coglione.

«Ma pensate davvero che creda che vi siete ridotti così per una partita di poker con quegli idioti?» disse a bruciapelo, cosa che mi zittì per qualche secondo. Poker? Ma di cosa diavolo stava parlando? «A maggior ragione sapendo quanto male giocate… dovete stare alla larga dalle bande, Nicholas!»

Lion le aveva raccontato una cazzata… fantastico!

«Ascolta, Jenna, non è giornata» iniziai a dire cercando di non alterarmi e soprattutto di non farla pagare a lei. «Lion è abbastanza cresciuto da sapere quello che fa, è preoccupato per i soldi, per l'officina e per te» aggiunsi senza guardarla negli occhi. «Prima o poi si renderà conto di cosa è giusto e cosa no; nel frattempo, devi lasciarlo perdere, non è facile uscire da tutto questo; e poi tra poco ci saranno le corse e sai che ci mettono in tensione… Lion sa cosa deve fare».

«Corse? Credevo che quest'anno le avreste evitate, Nicholas!»

'Merda, avrei dovuto stare zitto!'

«E le eviteremo, infatti, ma voglio dire che le bande sono nervose, ieri si è trattato di una rissa stupida che è andata a finire peggio di quanto immaginassimo. Non preoccuparti».

Mi osservò con cipiglio, ma parve accettare la mia spiegazione. Poi si guardò attorno, come se si fosse resa conto che mancava qualcuno o qualcosa.

«Dov'è Noah?»

«Come vedi, non è con me» dissi scocciato.

Jenna si fece ancora più seria.

«Cosa le hai fatto?»

Emisi un'amara risata.

«Dai subito per scontato che sia stato io a fare qualcosa?»

Lo sguardo di Jenna era sufficiente a farmi capire che non era solo la madre di Noah a credere che non facessi per lei, e dire che di solito Jenna si schierava dalla mia parte.

«Ma ti sei visto la faccia? È distrutta, sembra che tu non capisca, Nicholas...» disse fermandosi un attimo. Immagino che il mio sguardo sortì un qualche effetto su di lei, ma parve comunque armarsi di coraggio per continuare a parlare: «Se continui così finirà per lasciarti».

«Stai zitta».

Jenna abbassò lo sguardo, ma subito dopo mi fissò di nuovo negli occhi.

«Noah è la mia migliore amica, nel corso di quest'anno mi ha raccontato cose che forse tu nemmeno sai, ma la violenza è qualcosa che proprio non riesce a sopportare. Il tuo viso, le tue ferite... sai perfettamente che ricordi le risvegliano».

«Cazzo, non l'ho fatto apposta, d'accordo?»

«Nicholas, sveglia!» rispose alzando la voce. «Noah non sta bene, ha degli incubi. Poco tempo fa mio fratello minore mi ha centrato un occhio con quei pallini di plastica e mi è diventato nero. Quando Noah mi ha vista, per poco non le è venuto un colpo, credeva mi avessero picchiata. Quella notte è rimasta da me e avresti dovuto vedere come si rigirava nel letto. Io non le ho detto nulla, ma credo sospetti che lo sappia perché non si ferma quasi mai a dormire a casa mia».

Scossi la testa.

«Ho passato la notte con lei migliaia di volte. Dorme come un neonato, sono tutte tue fantasie. Noah sta benissimo».

Sentivo il sangue ribollirmi nelle vene... non ero andato fin lì per ascoltare tutte quelle stronzate. Noah stava bene, sì, le davano fastidio le ferite, lo sapevo, cazzo, ecco perché non ero andato a prenderla in aeroporto, ecco perché avevo pianificato di non incontrarla per giorni, perché non mi vedesse in quello stato, ma Noah non aveva nessun incubo, l'avrei saputo. Era Jenna a doversi preoccupare del suo fidanzato, non io della mia ragazza; era Lion quello invischiato nel giro della droga, e tutto perché Jenna non si rendeva conto che la sua vita e quella di Lion erano incompatibili.

Prima di dire qualcosa di cui mi sarei pentito, mi alzai.

«Io avrò anche dei problemi con Noah, Jenna, ma i tuoi con Lion sono palesi» dichiarai guardandola negli occhi. «Al posto tuo non mi intrometterei nella vita degli altri e mi preoccuperei del mio fidanzato».

«Il mio fidanzato è ridotto così perché ti frequenta».

Espirai tutta l'aria trattenuta.

«Vaffanculo, Jenna». E me ne andai.

Dopo aver vagato in macchina per un'ora, ripensando a tutto quello che mi avevano detto Jenna e la madre di Noah... giunsi alla conclusione che dovevo fare orecchie da mercante. Non potevo aspettarmi altro dalle persone che mi circondavano: ero stato io a creare quell'immagine di me e sarebbe stato difficile cambiarla e farmi prendere sul serio. In ogni caso, anche se Noah non si fidava del tutto, sapevo che lei credeva che sarei migliorato. Noah mi amava, era innamorata di me, non la pensava come Jenna o come sua madre e non mi avrebbe mai detto le cose che mi avevano detto loro. Io le avevo dimostrato che potevo essere migliore...

Parcheggiai vicino alla spiaggia e mi misi a camminare sul bagnasciuga mentre il sole tramontava all'orizzonte. C'erano persone che passeggiavano con i cani e qualche coppia che approfittava della solitudine della zona. Lasciai che il suono delle onde mi tranquillizzasse, lasciai che tutte le mie paure, tutte le mie insicurezze circa il rapporto con Noah tornassero nel punto in cui le avevo nascoste.

Più tardi, quando ormai pensavo che le mie emozioni fossero sotto controllo, mi squillò il cellulare. Risposi senza guardare chi era, pensando fosse Noah. Dall'altra parte si sentì silenzio.

«Ciao, Nicholas».

Non poteva essere vero. Tra tutte le persone...

«Cosa cazzo vuoi e perché mi chiami sul cellulare?»

«Sono tua madre e avevo bisogno di parlarti».

Mi venne in mente Madison e dovetti fermarmi, con il cuore in gola.

«È successo qualcosa a mia sorella?»

«No, no, Maddie sta bene» rispose Anabell.

«E allora non abbiamo niente da dirci».

Stavo per riagganciare.

«Aspetta, Nicholas!» mi chiese e aspettai senza proferire parola.

«Che cazzo vuoi?» ripetei.

Ci fu un silenzio di qualche secondo prima che mi rispondesse.

«Voglio parlare con te. Solo un'ora, il tempo di un caffè. Ci sono molte cose ancora da chiarire e non sopporto che vivi la tua vita odiandomi in questo modo».

«Ti odio perché mi hai abbandonato. Non c'è nient'altro da aggiungere». Riagganciai prima di sentire la sua reazione.

E tutta la rabbia che stavo trattenendo emerse di nuovo. Mia madre era la cosa peggiore che mi fosse capitata, io ero così per colpa sua. Il mio rapporto con Noah sarebbe stato completamente diverso se avessi avuto un altro modello a cui ispirarmi. Sarei stato capace di relazionarmi con le donne, avrei saputo fidarmi di loro. Anabell Grason aveva ben poco da dirmi, nessuna ragione per parlarmi... e ora mi telefonava perché ci vedessimo?

La tensione che avevo accumulato nel corso di quel mese maledetto, tutte le liti, le insicurezze, la tristezza e la solitudine che avevo provato lontano da Noah, il fatto di averla delusa per non essermi presentato in aeroporto come lei avrebbe voluto, cazzo, ebbero la meglio. Mi misi a correre come un pazzo sulla spiaggia fin quando riuscii a smettere di pensare.

19
Noah

Percorremmo la strada di ritorno a casa immersi in un imbarazzante silenzio.

Non appena Will parcheggiò all'entrata, scesi dall'auto e me ne andai di corsa al piano di sopra. Non volevo parlare con mia madre; in realtà non volevo parlare con nessuno. Da quando ero tornata, era andato tutto male: non vedere Nick in aeroporto, trovarlo in quelle condizioni, la nostra discussione, poi la lite con mia madre e sentire in modo così palese cosa pensava di Nick… avevo bisogno di stare da sola, avevo bisogno di spazio.

Quando entrai in camera, la prima cosa che vidi fu una grande busta sul mio letto: era dell'università. La aprii e sentii un nodo allo stomaco nel vedere i fogli relativi al campus. Quando avevo fatto domanda, mesi prima, avevo segnato con una crocetta la possibilità di condividere la stanza; inizialmente l'idea era quella di avere una compagna, ma adesso era tutto cambiato, avevo deciso di andare a stare da Nicholas, dovevo chiamare l'università e chiarire la situazione.

Temevo il momento in cui l'avrei detto a mia madre. Mi avrebbe uccisa e, una parte di me, quella che continuava a essere bambina, aveva paura di rivelarle che al primo anno di università avrei condiviso l'appartamento con il mio fidanzato.

Non riuscivo a credere che me ne sarei andata da lì a

due settimane… Avrei voluto poter fare le valigie in quel momento e scappare, ma dovevo resistere ancora qualche giorno. Mia madre doveva imparare a stare senza di me; inoltre ero sicura che William desiderava poter vivere da solo con lei visto che, da quando eravamo tornate, non avevamo fatto altro che creare problemi, soprattutto io.

Presi i fogli e li ficcai nel cassetto della scrivania. Mi infilai il pigiama, anche se, considerata la quantità di ore che avevo dormito, non avevo sonno; tuttavia mi misi a letto decisa a non pensare a niente.

Ovviamente faticai ad addormentarmi e, quando lo feci, tornarono gli incubi. Sapevo che stavo cercando Nick tra le lenzuola, sapevo che non appena l'avessi sentito accanto a me, le mie paure sarebbero scomparse, ma non era lì, non era lì a proteggermi…

C'era un sole accecante; per un attimo non capii dove mi trovavo, ma durò poco.

C'era mio padre con me.

«Nella vita, Noah, ci saranno volte in cui le persone faranno cose che non ti piacciono… per esempio, quando la mamma non fa quello che papà le chiede, allora papà la punisce, vero?» mi disse mio padre mentre ce ne stavamo seduti in riva al mare e guardavamo le onde infrangersi contro la falesia.

Annuii, dicevo sempre di sì a tutto quello che mi chiedeva e non era difficile: le sue domande erano quasi sempre retoriche, non era necessario pensare alla risposta giusta perché era sempre implicita nella domanda.

«Questo succede perché tua madre non sa quello che è giusto per lei, non capisce che solo io sono in grado di decidere cos'è meglio».

Mio padre mi prese dalla vita e mi fece sedere sul suo grembo.

«Tu sei la mia bambina, Noah, sei la mia piccolina e farai sempre quello che ti dirò, vero?»

Annuii guardando mio padre negli occhi, occhi come i miei, dello stesso colore del miele, solo che i suoi erano arrossati per via dell'alcol.

«Allora, dimmi, la prossima volta che ti dirò di toglierti di mezzo, di lasciare tua madre lì dov'è, cosa farai?»

«Me ne andrò in camera mia» risposi con un quasi inudibile sussurro.

Mio padre annuì soddisfatto.

«Non mi disobbedire mai, piccolina… non voglio farti qualcosa di cui poi pentirmi… non a te, in fondo noi due siamo uniti, vero?»

Annuii e sorrisi quando mio padre prese una corda da terra e iniziò a legarla velocemente e senza alcuna difficoltà.

«Ecco, questo sarà sempre il nostro legame, così forte che mai nessuno lo potrà spezzare».

Guardai il nodo a otto che mio padre mi aveva costretta a fare più e più volte…

Andavo avanti fin quando non risultava perfetto.

Il giorno dopo mi alzai con le occhiaie. Avevo passato una nottataccia e l'imbarazzante colazione non fu d'aiuto. William non proferiva parola e mia madre mi guardava in cagnesco senza aprire bocca, sfogliando il giornale che nemmeno leggeva. Una parte malvagia del mio cervello si immaginò cosa sarebbe successo se, proprio in quel preciso istante, avessi sganciato la bomba relativa all'andare a convivere con Nicholas, ma il solo pensiero mi fece venire voglia di vomitare.

Ringraziai che il mio telefono si mettesse a squillare. Stavo aspettando che Nick mi chiamasse, per cui uscii dalla cucina ignorando lo sguardo di rimprovero di mia madre mentre rispondevo.

«Sì?»

«Sei Noah Morgan?» chiese una voce femminile all'altro capo della linea.

«Sì, chi parla?» risposi salendo le scale in fretta.

Ci fu un breve silenzio che mi fece fermare un attimo davanti alla porta della mia stanza.

«Sono Anabell Grason, la madre di Nicholas».

A quel punto fui io a rimanere in silenzio. Anabell, la stessa donna che ritenevo in parte responsabile dei miei problemi, dei miei e di quelli della persona che amavo alla follia, la stessa che lo aveva abbandonato, la stessa che il mio ragazzo non voleva vedere nemmeno in fotografia.

«Cosa vuole?» chiesi chiudendomi nella mia stanza.

Il silenzio si prolungò per qualche secondo e fu seguito da un sospiro.

«Ho bisogno di chiederti un favore» rispose infine. «So che Nicholas non mi vuole vedere, ma è ridicolo, devo parlare con lui e tu puoi aiutarmi. Sei la sua fidanzata, vero?»

Il suo tono era talmente gentile che mi insospettii. Mi sedetti sul letto sentendomi improvvisamente nervosa.

«Non intendo fare nulla che Nick non voglia, è una cosa che dovete risolvere tra di voi. Mi dispiace, signora Grason, ma come potrà capire non sono propriamente una sua fan e, a essere sincera, credo che Nicholas stia meglio senza di lei».

Fatto, l'avevo detto, non avevo nessuna intenzione di tirarmi indietro... Quella donna aveva abbandonato Nick, il mio Nicholas, quando aveva dodici anni, lo aveva lasciato da solo con un padre troppo occupato a creare un impero, aveva lasciato il suo bambino senza dare alcun tipo di spiegazione e adesso voleva riallacciare i rapporti? Quella tizia non stava bene.

«Sono sua madre, è impossibile che stia meglio senza di me. Le cose sono cambiate e voglio rivederlo».

Non intendevo cedere. Avevo già provato ad affrontare l'argomento con Nick e mi aveva fatto chiaramente capire che dovevo starne fuori. La questione Anabell era un no deciso per lui, e lo conoscevo abbastanza da sapere che non avrebbe cambiato opinione.

«Mi dispiace, ma Nicholas è categorico in merito, non vuole mettersi in contatto con lei, signora Grason».

«Allora vediamoci noi due, io e te. Non c'è motivo che Nicholas lo venga a sapere, possiamo incontrarci dove vuoi tu».

Cosa? Non potevo farlo, Nicholas mi avrebbe uccisa, si sarebbe sentito tradito se avessi parlato di lui alla donna che più odiava al mondo, la donna che più l'aveva ferito… Neanche morta.

«Non capisce, non la voglio vedere e non intendo mentire a Nicholas».

Mi stavo comportando in modo duro e chiaro, immagino che stesse venendo a galla tutto lo stress degli ultimi giorni. E poi sentivo il bisogno di difendere il mio fidanzato, di evitare che qualcuno gli facesse del male, me compresa.

Sentii Anabell respirare profondamente prima di continuare a parlare.

«Ecco come stanno le cose» disse cambiando tono e passando a uno piuttosto sgradevole. «Mia figlia di sei anni ha un padre che passa metà della settimana in giro per il mondo, io non posso stare tutto il giorno con lei e so che Nicholas vorrebbe che restasse qualche settimana a casa sua; per me non c'è nessun problema, ma mio marito non ne vuole sapere. Se fai quello che ti chiedo, se accetti di vedermi e mi aiuti a trovare un modo per riallacciare i rapporti con mio figlio, lascerò che Nicholas porti Madison a casa sua quando mio marito è fuori. Ma se non lo fai, farò di tutto perché non riveda sua sorella».

Cazzo. Maddie era tutto per Nicholas. Non potevo credere che quella donna mi stesse ricattando in quel modo. Era quello il tipo di rapporto che voleva instaurare con suo figlio? Basato su bugie e minacce? Sentii il sangue ribollire per la rabbia. Avrei voluto riagganciarle in faccia e che le fosse ben chiaro ciò che pensavo della sua proposta, ma stavamo parlando di Maddie. Se fosse dipeso da Nicholas, l'avrebbe portata a vivere con lui. Aveva parlato con degli avvocati, suo padre aveva cercato di fare in modo che gliela lasciassero tenere per qualche settimana, ma non c'era stato modo: se sua madre non voleva, non si poteva fare niente... Sapevo che stavo andando a cacciarmi nella tana del lupo e che me ne sarei pentita, ma non potevo permettere che quella donna separasse Maddie e Nick.

«Dove vuole che ci vediamo?» chiesi odiandomi perché stavo permettendo a quella donna di manipolarmi.

Riuscii quasi a vederla sorridere dall'altra parte del telefono.

«Dirò a Nicholas che può tenere Maddie la settimana prossima. Noi ci vedremo quando la porterò da lui; non preoccuparti, sarà il nostro segreto, non c'è motivo di farlo sapere a nessuno».

«Non voglio mentirgli e alla fine glielo dirò. E le assicuro che non gli farà piacere. Ricattandomi così otterrà l'effetto opposto. Nicholas non perdona facilmente e lei è la persona che l'ha più ferito in tutta la sua vita».

Anabell Grason si prese qualche secondo, prima di rispondere.

«Non hai sentito tutte le versioni della storia, Noah.

Le cose non sempre stanno come uno crede o come gli sono state raccontate».

Non volevo continuare a parlare con quella donna.

«Mi mandi l'indirizzo di dove vuole che ci vediamo».

Riagganciai senza aspettare la sua risposta e poi mi buttai sul letto, guardando il soffitto e sentendomi più in colpa che mai.

Dopo un po' mia madre fece capolino per dirmi che quella notte lei e Will sarebbero andati a un galà dall'altra parte della città e che non avrebbero passato la notte a casa. Mi propose di invitare Jenna per non restare da sola e io annuii senza prestarle molta attenzione. Era Nick che volevo invitare a dormire, ma una parte di me aveva paura di chiamarlo perché temevo notasse che gli stavo nascondendo qualcosa. Passai il resto della giornata con il cuore diviso, ma nel vedere che nemmeno lui mi chiamava, me ne andai a letto decisa a trascorrere la notte da sola in compagnia dei miei incubi.

20
Nick

Dopo le parole di Raffaella, la conversazione con Jenna e la telefonata di mia madre, passai due giorni in uno stato di totale blocco. La cosa che più mi spaventava era che avessero ragione. Io non ero un fidanzato perfetto. Cazzo, ma se fino a poco prima non ero stato il fidanzato di nessuno! Quando mia madre mi aveva abbandonato, mi ero ripromesso che non avrei mai più provato niente per nessuno, non avrei mai più dato a qualcuno il potere di farmi del male, non avevo alcuna intenzione di sentirmi di nuovo rifiutato.

Ma con Noah tutto era cambiato e una parte di me moriva al pensiero che qualcosa potesse andare storto, che lei non stesse bene con me e che alla fine facesse quello che aveva fatto mia madre: lasciarmi.

La cosa che in quei giorni non mi telefonasse non aiutò a placare questo genere di pensieri. Non capivo perché Noah non mi avesse chiesto di andarla a trovare, avevo saputo dal mio capo che mio padre era dall'altra parte della città e una telefonata me lo aveva confermato; avevo anche scoperto che Raffaella sarebbe andata con lui, per cui Noah era da sola a casa. Non posso negare che all'inizio me la presi, ma poi, quando si fece notte, iniziarono a venirmi in mente le parole di Jenna: 'Noah non sta bene, ha degli incubi'. L'unico modo che avevo per togliermele dalla mente era dimostrarle che non era vero, per cui presi le chiavi e uscii.

Scesi dall'auto che era buio pesto. La casa di mio padre era in penombra, nessuno aveva acceso le luci del portico e la cosa non mi fece per niente piacere. Entrai usando il mio mazzo di chiavi. Mi affrettai a salire al piano di sopra e, nel vedere che dalla porta della sua camera non filtrava luce, pensai che Noah non fosse in casa; ma a quel punto la sentii piangere. Aprii con il cuore stretto in una morsa. Non poteva essere vero. La sua stanza era al buio e lei si stava divincolando tra le coperte. Mi affrettai a premere l'interruttore, ma la luce non si accese. Merda, era saltata.

Mi avvicinai a Noah e così da vicino mi accorsi che aveva le guance bagnate dalle lacrime e le dita erano serrate tanto forte contro i palmi che si era ferita con le unghie. La osservai sconvolto. Ignorai l'allarme che si attivò dentro di me e mi sedetti accanto a lei.

«Noah, svegliati» le chiesi scostandole i capelli appiccicati alla faccia per via delle lacrime.

Non servì a nulla, non si svegliava e si agitava come se una parte di lei volesse smettere di vedere ciò che stava sognando, qualsiasi cosa fosse ad averla precipitata in quello stato di desolazione e paura.

La scossi, prima piano e poi con insistenza: sembrava non essere disposta a svegliarsi.

«Noah» dissi avvicinandomi al suo orecchio. «Sono Nicholas, svegliati, sono qui».

Fece un rumore e mi accorsi che le sue dita si stringevano ancora di più contro il palmo. Cazzo!

«Noah!» dissi alzando la voce.

A quel punto i suoi occhi si spalancarono di colpo. Era assolutamente terrorizzata; l'avevo vista in quello stato solo la volta in cui i suoi compagni l'avevano rinchiusa al buio in un armadio. I suoi occhi percorsero tutta la stanza fino a posarsi su di me, e a quel punto parve capire che qualsiasi cosa avesse sognato non era altro che un incubo. Si lanciò tra le mie braccia e sentii il suo cuore che batteva all'impazzata.

«Tranquilla, Peldicarota» la calmai stringendola forte, «sono qui, è stato solo un brutto sogno».

Noah affondò il viso nel mio collo e mi venne il panico quando il suo corpo iniziò a tremare mentre singhiozzava in un modo che mi spezzò l'anima. Ma cosa cazzo stava succedendo? La presi e me la misi in braccio, avevo bisogno che mi guardasse, avevo bisogno di capire cosa le stava succedendo.

«Noah, che ti prende?» chiesi cercando di evitare di far trapelare la paura dalla mia voce. «Noah, Noah, smettila!» le ordinai quando mi accorsi che la mia domanda la stava facendo sentire ancora peggio. Era da tantissimo tempo che non la vedevo piangere così.

La spinsi all'indietro e le presi il volto tra le mani. I suoi occhi evitarono i miei per qualche secondo, ma le sollevai il mento e la costrinsi a guardarmi.

«Da quando hai questi incubi?» chiesi rendendomi conto che quello che mi aveva detto Jenna era vero: Noah non stava bene. Mi maledissi per aver pensato che entrambi avessimo archiviato il passato.

«È successo solo una volta» rispose con la voce spezzata «non so cosa mi prende...»

Le pulii le lacrime con le nocche e mi accorsi subito che stava mentendo.

«Noah, puoi parlare con me» le dissi odiando il fatto che non si fidasse di me.

Fece cenno di no e sembrò calmarsi.

«Sono contenta che tu sia qui» sussurrò.

«Davvero?» chiesi. Non riuscivo ancora a capire perché non mi avesse chiamato.

Noah mi rivolse uno sguardo interrogativo.

«Certo che lo sono...» affermò appoggiando la guancia sulla mia mano e guardandomi come se fosse davvero convinta delle sue parole. «Mi dispiace per quello che ti ha detto mia madre. Lo sai che non è vero» mormorò alzando le braccia e mettendomele attorno al collo.

La osservai insicuro, non mi interessava quello che pensava sua madre, quello che invece mi preoccupava era che Jenna avesse ragione, che Noah non stesse bene, e in più che non si fidasse abbastanza di me da confidarmi quello che le stava succedendo...

Le presi la mano e la misi tra di noi perché vedesse le ferite sui suoi palmi. Abbassò lo sguardo, confusa, ma per niente sorpresa. Le era già capitato.

«È per me?» le chiesi lottando per mantenere la calma, cercando di accantonare tutte le cose che facevano rivivere a Noah i brutti ricordi della sua infanzia... il mio viso era ancora segnato dalle botte che mi avevano rifilato mentre lei stava tornando dall'Europa. Le ricordavo costantemente che la violenza non era scomparsa dalla sua vita, e dovetti trattenermi per non andarmene, visto che era evidente che la mia presenza le faceva più male che bene.

«Ma certo che no» rispose automaticamente. «Nicholas, non darci troppa importanza, non ne ha, è solo stato un incubo e...»

«Non è stato solo un incubo, Noah» replicai cercando di controllare il mio temperamento. «Ti saresti dovuta vedere, sembrava ti stessero torturando... ti prego, dimmi cosa stavi sognando, perché lo so che è successo altre volte».

A quelle parole i suoi occhi si spalancarono. Si alzò e si allontanò di qualche passo.

«È successo solo una volta» assicurò dandomi le spalle.

Mi alzai dal letto.

«Ma col cazzo una volta, Noah!» urlai.

Perché mi mentiva?

«Nick!» disse voltandosi. Eravamo immersi nel buio, illuminato in modo tenue solo dalla luce che filtrava dalla finestra. «Questo non ha niente a che fare con te».

Volevo crederle; non solo, una parte di me sapeva che era collegato a ciò che aveva vissuto da piccola, solo che pensavo fosse tutto finito con la morte di quel figlio di puttana di suo padre. Scoprire che c'erano ancora dei fantasmi che la perseguitavano mi stava uccidendo. Mi avvicinai cercando di calmarmi e di calmarla. Mi guardò con sospetto, ma non mi fermò.

«Ascoltami» le dissi appoggiandole le mani sulle spalle. «Quando te la sentirai, voglio che me ne parli». E odiai che non fosse quello il momento. «Sai che sono qui per te, odio vederti stare male, Noah, voglio solo sapere cosa devo fare per farti sentire meglio».

I suoi occhi si inumidirono. Negli ultimi due mesi, Noah aveva pianto più di quanto avessi mai potuto immaginare… prima non piangeva quasi… e, sinceramente, non sapevo cosa fosse peggio.

La strinsi tra le braccia. Era così piccola rispetto a me… Non sopportavo che qualcosa la stesse turbando. Si allontanò di qualche centimetro e, con le mani sul mio viso, mi costrinse ad abbassare lo sguardo per osservarla dritto negli occhi.

«Smettila di pensare che sia colpa tua, Nick» sussurrò con gli occhi umidi, ma sempre luccicanti. Quando ci guardavamo in quel modo, sentivo di far parte di qualcosa di unico, che lei mi apparteneva: avrei ucciso per quello sguardo. «Tu sei l'unico che porta pace nella mia vita, sei l'unico con cui mi sento al sicuro».

«Ma cos'è che ti spaventa?» non potei evitare di chiederle.

Il suo sguardo cambiò e vidi come quella trasparenza di pochi attimi prima si rabbuiava a causa del muro che si stava alzando tra noi, nonostante tutte le volte che avevo provato ad abbatterlo: compariva sempre in modo deciso quando affioravano certi argomenti.

Ma non potei insistere e nemmeno sperare che mi rispondesse, perché il rumore di qualcosa che si rompeva al piano di sotto fece trasalire entrambi.

«Cos'è stato?» mormorò Noah deviando lo sguardo verso l'entrata e con la paura dipinta sul viso.

Mi voltai mettendomi tra lei e la porta. Dovevano di sicuro essere stati o Steve o Prett.

«Chi c'è in casa?» le chiesi mantenendo la calma.

Rimase in silenzio per qualche secondo.

«Soltanto noi» rispose e sentii che si stringeva alla mia schiena.

'Merda'.

21
Noah

Sebbene aver sentito un rumore dal piano di sotto mi avesse pietrificata dalla paura, per un attimo fui grata di quell'interruzione.

'Cos'è che ti spaventa?'

Quella domanda era troppo complicata, riguardava così tanti ambiti della mia vita e poteva avere così tante risposte da essere la peggiore domanda che mi si potesse rivolgere, soprattutto se a porla era Nick. Se avessi iniziato a snocciolare tutte le paure che continuavo ad avere, mi sarei potuta cacciare nei guai perché c'erano cose che era meglio lasciare ben sepolte, anche se alcune facevano di tutto per venire a galla e rovinarmi la vita.

«Dimmi che hai inserito l'allarme, Noah» mi chiese Nicholas avvicinandosi alla porta chiusa e aprendola leggermente per potersi affacciare in silenzio e ascoltare.

«Abbiamo l'allarme?» chiesi sentendomi una vera idiota e iniziando a spaventarmi sul serio.

Nicholas mi fulminò con lo sguardo.

«Cazzo, Noah!» esclamò e poi uscì in corridoio facendo cenno di non muovermi.

Non gli diedi retta e mi attaccai a lui. Per qualche secondo non si sentì nulla, a parte i nostri respiri, ma poi udimmo delle voci... voci maschili.

Nicholas si voltò di fretta, mi prese per un braccio e si

infilò di nuovo in camera con me. Lo guardai terrorizzata quando si portò un dito alle labbra per farmi stare zitta.

«Dammi il tuo cellulare» chiese sussurrando e cercando di sembrare calmo, anche se gli costava parecchia fatica.

Annuii e subito dopo imprecai.

«Merda! L'ho dimenticato in piscina!» mi lamentai a bassa voce.

Ma come potevo essere così stupida? Avevo sempre il cellulare con me e proprio ora che ne avevamo bisogno l'avevo lasciato in giardino.

«Be', il mio è sotto, sul tavolino vicino alla porta».

Il suo cervello iniziò ad andare a mille all'ora.

«Ascolta» mi disse a quel punto prendendomi il volto tra le mani. «Voglio che resti qui». Feci cenno di no. «Cazzo, Noah! Resta qui, raggiungo il telefono che c'è in camera di mio padre e chiamo la polizia!»

«No, no, resta con me» lo supplicai disperata.

Dio mio! Avevo così tanta paura… non mi era mai capitato di ritrovarmi in mezzo a un furto o a qualcosa del genere; certo il rapimento era stato orribile, ma non significava che ora fossi più forte davanti a quel tipo di situazioni, anzi, era l'esatto opposto. Ero così terrorizzata che mi tremavano le mani.

«Nicholas, hanno staccato la luce, non ci sarà linea» dissi mettendo insieme tutti gli elementi.

Prima che mi potesse rispondere, sentimmo di nuovo delle voci, questa volta più vicine. Nicholas mi fece tacere mettendomi una mano davanti alla bocca e a quel punto udimmo chiaramente le voci di due tizi che stavano salendo le scale.

Rimanemmo in silenzio per un eterno minuto, fin quando parve che le voci si allontanassero. Questo significava che, invece di proseguire lungo il corridoio, si stavano dirigendo in camera dei nostri genitori.

Nick si voltò verso di me, mi osservò per un istante e a quel punto, guardandomi, si accorse che qualsiasi cosa avesse deciso di fare, avrebbe dovuto portarmi con lui.

«Stai dietro di me e non fare rumore» mi avvisò. Subito dopo aprì la porta e uscì nel corridoio buio. Era troppo, e mi sentii di nuovo avvolta da situazioni di penombra che era meglio non ricordare e che non facevano altro che aumentare la mia paura dell'oscurità. A pensarci, non accadeva mai niente di buono al buio... be', solo una cosa, ma non era il momento di pensare a quello.

Per fortuna la stanza di Nicholas era proprio al di là del corridoio. Entrammo in fretta e lui chiuse la porta a chiave. Rimasi ferma in mezzo alla stanza mentre lo osservavo frugare nel suo armadio. A quel punto tirò fuori un astuccio da una specie di cassaforte.

«Cos'è?» chiesi sentendo che la paura mi faceva respirare a fatica.

«Niente» rispose avvicinandosi alla finestra e aprendola. Si affacciò e vidi ciò che gli spuntava dalla parte superiore dei jeans.

«Ma che diavolo ci fai con un'arma, Nicholas?» dovetti ricorrere a tutto il mio autocontrollo per evitare di urlare.

Si voltò, mi guardò serio.

«Devi scendere da questa finestra, Noah» mi ordinò ignorando la mia domanda. «L'albero ha parecchi rami, non sarà difficile».

Le lacrime minacciarono di ricominciare a scendere sulle mie guance. Lo guardai facendo cenno di no con la testa... Non potevo rischiare, non potevo cadere di nuovo da una finestra... no, semplicemente non potevo farlo.

«Nicholas, non posso» confessai in un sussurro inudibile soffocato dalle lacrime.

Perché il destino si intestardiva a farmi rivivere eventi che desideravo disperatamente lasciarmi alle spalle?

«Perché no?» chiese incredulo, osservandomi come fossi matta, come se non fossi consapevole del pericolo che stavamo correndo, come non sapessi che ci trovavamo nella casa di un miliardario e non di una persona qualsiasi, che avevano staccato la corrente e questo dimostrava che stavano pianificando il colpo da tempo perché probabilmente sapevano che William e il personale di servizio non sarebbero stati in casa.

Mi limitai a guardarlo e lui capì al volo. Si avvicinò e mi prese il viso tra le mani.

«Noah, amore, non è come saltare da una finestra» disse con voce pacata, anche se i suoi occhi andarono verso la porta della stanza per un impercettibile secondo. «Sono sceso un milione di volte da quell'albero quando ero bambino, non ti farai male».

Sapevo che quello che mi stava dicendo era vero, ma ero paralizzata dalla paura. Le finestre, saltare giù… in passato l'avevo fatto e le conseguenze erano state devastanti. Le mani andarono a posarsi sulla pancia, quasi in automatico, proprio all'altezza della cicatrice.

Nicholas lo notò, seguì quel gesto con lo sguardo e vidi la tristezza attraversargli il viso, anche se cercò di nasconderlo. Per ora quell'argomento era tabù, io non ne parlavo, lui non ne parlava… anche se avremmo dovuto farlo, prima o poi.

«Per favore, Noah, fallo per me» mi chiese disperato. «Non posso permettere che ti facciano di nuovo del male».

Cercai di mettermi nei suoi panni… se mi fosse successo qualcosa, se quelli che erano entrati in casa ci avessero visti, non avevo idea di cosa sarebbe potuto accadere. All'improvviso ebbi paura per Nicholas, lo conoscevo ed ero certa che in quel preciso istante si stava controllando per non uscire là fuori e mettersi in pericolo; il fatto che fosse ancora con me aveva un'unica spiegazione: gli importavo più io di quello che quei tizi potevano fare o rubare.

«Vai avanti tu, io ti seguo» gli dissi cercando di controllare le mie emozioni. Sapevo che, se fossi scesa per prima, probabilmente Nicholas sarebbe andato a cercarli e, considerato che aveva un'arma, la paura che gli potesse accadere qualcosa era più forte di qualsiasi altro timore avessi avuto fino a quel momento.

Mi fulminò con i suoi occhi chiari e seppi che avevo indovinato. Non aveva intenzione di uscire con me da quella finestra.

«A volte mi viene voglia di strozzarti» mi minacciò, anche se subito dopo mi diede un veloce bacio sulle labbra.

Ringraziai che la casa fosse abbastanza grande da non permettere che ci sentissero, anche se stavamo sussurrando. L'albero era alto circa tre metri. Non appena mi affacciai, i ricordi dell'incidente tornarono a tormentarmi. Quando ero saltata giù dalla finestra non avevo avuto tempo di capire ciò che stavo facendo... ero così spaventata che nulla mi era sembrato più importante che evadere da quell'inferno di buio e maltrattamenti. Mio padre si era trasformato nel mostro di cui tutti i bambini hanno paura, solo che in quel momento non c'era nessuna madre pronta a dire che era stato soltanto un incubo: il mostro esisteva davvero e io avevo dovuto saltare per scappare da lui.

Nick non impiegò molto a raggiungere il prato sotto di noi e mi fece cenno di affrettarmi a seguirlo. Guardai indietro spaventata quando sentii un rumore dall'altra parte della stanza. Senza pensarci, misi le gambe fuori dalla finestra e mi tenni ai rami. Dovevo scendere prima che ci trovassero. Vedere Nick là sotto, pronto a prendermi nel caso in cui fossi caduta, mi aiutò a calmarmi. Quando, poco dopo, mi strinse tra le sue braccia, sentii che potevo riprendere a respirare serena.

«Andiamo» mi disse guidandomi verso il giardino sul retro. «Dov'è il tuo cellulare?»

Guardavamo entrambi da tutte le parti per paura che qualcuno sbucasse dal buio.

Grazie a Dio, il mio telefono era dove l'avevo lasciato, su una sdraio, ma non trovammo solo quello. Thor, il cane che entrambi adoravamo, era disteso a terra vicino alla piscina, poco più in là. Non avevo notato che in effetti non aveva abbaiato e all'improvviso sentii un nodo di paura alla bocca dello stomaco. Nicholas corse subito verso di lui e gli appoggiò l'orecchio sul petto. Mi portai la mano alla bocca.

«È vivo» disse e lasciai andare tutta l'aria trattenuta. Mi avvicinai e mi inginocchiai accanto a lui. Il cane respirava in modo ritmico, come stesse dormendo, non sembrava ferito.

«Gli avranno dato un sedativo» commentò Nick accarezzandogli la testa.

Io mi chinai e diedi un bacio a quel collo peloso.

«Andiamo, Noah, potrebbero vederci» disse a quel punto Nick prendendomi per mano e costringendomi a lasciare lì Thor.

Nick afferrò il cellulare e mi trascinò fin sul retro della casetta della piscina. Mi tirò fino a farmi appoggiare la schiena contro il muro e poi si mise davanti a me, proteggendomi con il suo corpo. Trovarmi in quella situazione mi fece ricordare la mia festa di compleanno e pensai all'ironia della sorte che ci aveva riportati proprio in quel luogo per non essere visti.

I suoi occhi si staccarono dai miei mentre digitava il numero di emergenza. Nicholas spiegò cos'era successo, che si erano introdotti a casa nostra e dove ci eravamo nascosti. Gli dissero che stava arrivando una pattuglia e di non muoverci da dove eravamo. Quando riagganciò, mi abbracciò e mi diede un bacio sulla testa.

«Stai bene?» chiese tirandosi indietro per potermi guardare in faccia. «Qui non ci vedranno, non ti succederà niente».

Ero così nervosa che iniziarono a tremarmi le mani. Sapere che Nicholas mi aveva vista mentre mi agitavo in preda agli incubi, quello che mi aveva detto e poi aver dovuto saltar giù da quella finestra... mi sarei voluta rannicchiare a terra in attesa che tutto tornasse alla normalità. Avevo bisogno di scappare dai brutti ricordi.

«Mi dai un bacio?» chiesi evitando di rispondere alla sua domanda. Sentivo l'adrenalina scorrermi nelle vene e non mi sarei calmata fino all'arrivo della polizia.

Sembrò stupito dalla mia richiesta, ma si chinò e posò le sue labbra sulle mie. La sua intenzione era darmi un semplice bacio, ma io intrecciai le dita dietro alla sua nuca e lo costrinsi ad approfondirlo. Nicholas mi afferrò e mi mise di nuovo con la schiena contro il muro. Sapevo cosa stava succedendo, tutta la frustrazione accumulata dal giorno in cui ci eravamo rivisti dopo un mese, la discussione con mia madre, i dubbi... si stava tutto risolvendo in quel preciso istante.

Rendendosi conto che la situazione ci stava sfuggendo di mano, Nick rallentò il bacio e io lo abbracciai tenendolo attaccato a me. Le mie mani sfiorarono qualcosa sopra la cintura dei suoi jeans e a quel punto fece un passo indietro allontanandosi.

Ci guardammo per un attimo in silenzio, ma con i polmoni che lavoravano affannosamente. Lo vidi armeggiare con le mani dietro la schiena. Tremai nel vedere la pistola argentata.

«Non dovresti averla» gli dissi quando si scostò.

Non fece in tempo a rispondermi che sentimmo le sirene della polizia. Si avvicinò e mi prese il volto tra le mani.

«Ora, per favore, non allontanarti da me».

Annuii e gli presi la mano per affrontare insieme quello che ci aspettava.

Nicholas mi restò accanto per tutto il tempo. Quando uscimmo dal nostro nascondiglio, ci ritrovammo davanti due pattuglie della polizia; sulla porta si era formato un bel trambusto e alcuni vicini, spaventati, erano venuti a vedere cosa fosse accaduto. A essere entrati in casa a rubare erano in due, li avevano presi con le mani nel sacco e non erano potuti scappare. Il peggio è che erano armati e questo mi ricordò che lo era anche Nick.

Lo osservai in silenzio, accanto a lui mentre spiegava l'accaduto alla polizia. Gli agenti presero nota e ci dissero che saremmo dovuti andare in commissariato per fare denuncia.

«Può venire domani, signor Leister» puntualizzò il poliziotto guardandomi con aria preoccupata. «Forse è meglio che ora riposiate».

«Spero che marciscano in carcere» disse Nicholas spostando lo sguardo dall'agente alla macchina della polizia che in quel momento stava uscendo da casa nostra.

Poi, dopo una serie di convenevoli con i vicini, i poliziotti se ne andarono, come tutti gli altri. Chiamai mia madre per spiegarle cos'era successo.

«Di' a Nick che resti con te stanotte» mi chiese e, sebbene mi sorprese, sentii un tepore e un senso di gratitudine da tempo dimenticati. «Noi arriveremo il prima possibile».

Quando riagganciai, Nick mi trascinò dentro, chiuse la porta a chiave, digitò il codice di attivazione dell'allarme di cui ignoravo l'esistenza. Mi spiegò come si inseriva. Io, dal canto mio, mi ripromisi di attivarlo sempre.

«Andiamo a letto» disse prendendomi per mano e salendo le scale.

Andammo in camera sua e mi diede un pigiama pulito. Ci cambiammo in silenzio, tutti presi dai nostri pensieri.

«Se non avessi deciso di venire...» disse all'improvviso e vidi la paura attraversargli il volto. Le immagini che poco prima avevano attraversato la mia mente, ora erano riflesse nella sua. «Ecco perché voglio che andiamo a vivere insieme, per proteggerti, per esserci ogni volta che ne avrai bisogno».

Ora tutto mi era così chiaro... la sicurezza che mi trasmetteva, quanto mi sentivo bene quando era lì. Era vero ciò che diceva, avevo bisogno di lui, mi fidavo di lui ed era la cura per i miei incubi: lui spaventava i miei demoni.

«Lo dirò a mia madre, Nick, te lo prometto» assicurai, cancellando ogni dubbio dalla mia mente. Ormai mi era chiaro: era con Nicholas che volevo stare. Sul suo volto apparve un sorriso genuino, mi baciò le labbra e mi strinse forte. Era strano stare lì, in camera sua. Avevamo condiviso pochi momenti tra quelle quattro mura perché lui si era trasferito poco dopo che avevamo iniziato a uscire, ma mi venne in mente la prima volta che eravamo stati a letto insieme... quanto ero nervosa e quanto era stato bello. Mi aveva trattata come fossi stata di cristallo... ora i nostri rapporti erano così diversi... a mano a mano che il tempo passava, tutto sembrava farsi più intenso, come se avessimo bisogno di qualcosa di più e non sapessimo come gestirlo.

«Vieni» si limitò a dirmi.

Feci ciò che mi chiedeva, mi infilai nel suo letto e mi accoccolai sotto le lenzuola; mi appiccicai a lui come una cozza, lasciando che mi abbracciasse, appoggiando la testa sul suo petto. Nicholas spense la luce e l'ultima cosa che ricordo è che stavo sognando, ma questa volta qualcosa di molto più gradevole: lui.

22
Nick

Mi svegliai con Noah che mi sussurrava all'orecchio.

«Nick» disse a bassa voce «sveglia».

Non aprii gli occhi, mi limitai a grugnire e, in tutta risposta, la sua lingua iniziò a percorrermi la mandibola in modo delicato e seduttivo.

'Oh merda'.

«Nick» ripeté mentre mi accarezzava il petto fermandosi sulla peluria scura che andava fino all'ombelico.

Sentii un brivido, ma decisi di andare avanti con quel gioco.

«Sono a pezzi, Peldicarota. Se vuoi qualcosa, dovrai sforzarti di più».

In genere Noah non cercava di attirare la mia attenzione in quel modo; anzi, di solito ero io a saltarle addosso ogni volta che potevo e mi piacque quel rovesciamento di ruoli.

«Dovrò cercarmene un altro» buttò lì a quel punto, attirando subito la mia attenzione e mettendomi in allerta. La sentii scostarsi, aprii gli occhi e mi misi sopra di lei così in fretta che non avrebbe potuto sfuggirmi nemmeno se l'avesse voluto. Mi strinsi forte contro di lei e mi godetti il modo in cui la mia erezione sfiorava la sua biancheria intima.

Noah respirò a fondo e mi guardò negli occhi. Feci

scivolare una mano sotto la sua maglietta e le strinsi dolcemente uno dei seni.

«Non abbiamo quasi dormito, Peldicarota» dissi accarezzandola mentre affondavo piano la bocca nel suo collo. «Cos'è quest'attacco mattutino?»

«Pretendo che adempia a uno dei tuoi doveri da fidanzato» rispose muovendo i fianchi verso l'alto e sospirando affannosamente contro la mia spalla nuda.

«Puoi pretendere che adempia ai miei doveri da fidanzato ogni volta che vuoi; adesso stai ferma» le ordinai immobilizzandola sul letto. Mio Dio, la sentivo così piccola sotto di me! Volevo mangiarmela lentamente di baci, fino a farle dimenticare persino il suo nome. «Lo sai che i nostri genitori potrebbero arrivare da un momento all'altro, vero?»

Non me ne fregava niente di loro, ma volevo farla aspettare ancora un po', prima di darle ciò che voleva. In tutta risposta, mi cinse la vita con le gambe e si strinse dolcemente a me.

«Da quando in qua ti interessa?» rispose scocciata.

Sorrisi in penombra e, prima che me ne potessi rendere conto, la sua mano scese fino a raggiungere i miei pantaloni. Cercò di infilarla dentro, ma la fermai prima di perdere il controllo.

«Se non ricordo male, l'ultima volta sei stata a tu a tenere le redini, Peldicarota, e mi pare che ora ci stai riprovando. Chi ti ha dato il permesso?»

«Permesso?» chiese alzando le sopracciglia. «Alla fine, a forza di fare il furbo, resterai a bocca asciutta».

Risi facendo sprofondare la faccia nella sua spalla, la morsi e per un attimo persi la ragione.

«Non ti pentirai di avermi svegliato, amore mio» le assicurai sfilandole il pigiama e accarezzando il suo corpo fino a posizionarmi proprio dove volevo stare. Le baciai dolcemente le gambe, le cosce e contai fino a dieci cercando di controllarmi. Noah si mosse inquieta, sospirando piano e notai che le sue mani stringevano con forza le lenzuola, confermando che ciò che avevo detto si sarebbe trasformato in realtà. «Guardami» le chiesi.

Quando i nostri occhi si incontrarono, non riuscii più a smettere di guardarla.

«Mio Dio...!» esclamò.

«Ti piace?» le chiesi e, a quel punto, sentii un rumore dietro alla porta.

Imprecai a denti stretti e mi misi sopra Noah, coprendola del tutto con il mio corpo. Poi tirai su il piumino.

«Ma cosa stai facendo? Stavo per...» le tappai la bocca con la mano proprio quando la porta della mia stanza si aprì cigolando.

«Nicholas?» chiese la voce di Raffaella nella penombra.

Cazzo!

«Stavo dormendo» risposi cercando di nascondere l'agitazione nel tono di voce. Noah si irrigidì sotto di me, come un bastone.

«Scusami, volevo solo ringraziarti per essere rimasto con Noah».

Strinsi con forza il mio corpo contro il suo e notai che tremava. Chiuse forte gli occhi.

«Non c'è di che. Non l'avrei lasciata da sola» affermai sorridendo nel buio e accarezzandola con una mano. Mi guardò allarmata e dovetti ricorrere a tutto il mio autocontrollo per non scoppiare a ridere.

«Lo so» disse calma Raffaella. «Va bene, ti lascio dormire. A me e a tuo padre piacerebbe fare colazione tutti insieme oggi. Adesso vado a svegliare Noah».

«Perfetto» risposi mentre facevo una smorfia di dolore nel sentire i denti di Noah conficcarsi nel braccio. Sua madre chiuse finalmente la porta e lei mi diede una forte pacca su una spalla.

«Idiota!» mi riprese, arrabbiata.

Risi di nuovo e la zittii con un bacio. Infilai la lingua tra le sue labbra serrate e l'assaporai mentre le mie dita continuavano a giocherellare con la sua pelle. La sua arrabbiatura scomparve tanto veloce quanto i movimenti della mia mano.

«Sei un cretino» disse chiudendo forte gli occhi e godendosi le mie attenzioni.

«Un cretino fortunato. Vieni qui» le dissi mentre mi toglievo i boxer e l'abbracciavo forte. Grugnii sul cuscino nel sentirla contro di me. Noah mormorò qualcosa di incomprensibile e iniziai a muovermi senza perdere altro tempo.

«Per favore, Nicholas, ho bisogno di venire...» mi sussurrò conficcandomi le unghie nella schiena. L'avevo lasciata a metà, quindi ripresi ad accarezzarla mentre continuavo a muovermi sul suo corpo.

Quando la sentii sospirare, mi fermai un secondo e mi concentrai per prolungare il momento e venire insieme a lei.

Le tappai la bocca con la mano perché nessuno la sentisse e ricominciai, questa volta più lento, aspettando che si riprendesse.

Non c'era nulla di paragonabile al sentirla così, senza nessuna barriera, pelle contro pelle. Da quando Noah prendeva la pillola, era una meraviglia.

«Ancora un attimo, Noah» le chiesi andando sempre più in fretta, «facciamo insieme».

E così fu... raggiungemmo insieme quella spettacolare liberazione che ci lasciò esausti per qualche minuto. Rimanemmo fermi sul letto, respirando affannosamente e cercando di riprendere fiato.

«Ecco cosa succede se mi stuzzichi di prima mattina» le dissi vicino al collo.

«Lo terrò a mente per la prossima volta».

Erano passati mesi dall'ultima volta che avevo fatto colazione con mio padre in cucina. Credo fosse stato poco dopo il ritorno di Noah dall'ospedale in seguito al rapimento. Ritrovarmi lì fu davvero strano. C'era anche Raffaella per cui fu una vera colazione in famiglia.

Non volevo che notassero quanto poco mi facesse piacere, inoltre Noah soffriva nel vedere che le cose tra me e sua madre non andavano, per cui cercai di mostrarmi tranquillo. Noah, accanto a me, più che mangiare, giocherellava con i cereali. Come sempre, la radio era accesa in sottofondo e, quando mio padre e Raffaella si sedettero davanti a noi, ebbi chiaro che non si sarebbe trattato solo di una colazione in famiglia.

«Bene...» iniziò a dire mio padre, con lo sguardo che passava alternativamente da Noah a me. «Come vanno le cose? Tra poco, Noah, andrai all'università. Hai preparato tutto?»

«Ma va, non ho ancora iniziato» rispose portandosi alla bocca un'enorme cucchiaiata di cereali.

Mi irrigidii nell'accorgermi che non faceva riferimento al fatto che sarebbe venuta a vivere con me... Quel momento valeva come qualsiasi altro per parlarne, ma non diede alcun segno di volerlo fare.

«Sai già chi sarà la tua compagna di stanza?» chiese sua madre e lei per poco non si strozzò. Allungai la mano e iniziai a darle piccoli colpetti sulla schiena.

«Non ancora» rispose con voce un po' gracchiante.

Merda, volevo andarmene.

Raffaella guardò mio padre e poi entrambi si concentrarono su di noi.

«Volevamo parlarvi» iniziò lui. «Suppongo che in questi ultimi mesi non ci siamo comportati come una famiglia… Abbiamo avuto parecchie discussioni e volevamo chiarire perché tutto possa andare meglio».

Non me l'aspettavo. Guardai mio padre e appoggiai la tazza sul tavolo. Ero tutto orecchi.

«Intendete accettare una volta per tutte che stiamo insieme?» dissi senza giri di parole.

Raffaella si raddrizzò sulla sedia e mio padre le lanciò uno sguardo di avvertimento.

«Accettiamo il fatto che siete giovani e che vi piacete e che…» disse Raffaella.

«Noi ci amiamo, mamma, credo sia più di un semplice piacersi» dichiarò Noah intervenendo nella conversazione.

Sua madre strinse le labbra e annuì.

«Lo capisco, Noah, davvero, so che pensate che voglia rovinarvi la vita e che non accetto la vostra relazione, e forse è vero… ma siete molto giovani e cinque anni di differenza sono tantissimi, soprattutto a diciott'anni appena compiuti» puntualizzò concentrandosi su di lei. «Vi chiedo solo di andarci con calma. Nick, io spero che tu capisca che mia figlia ha ancora tante esperienze da fare, che sta per iniziare l'università e che voglio che sperimenti e si diverta, che tragga tutto quello che può da ciò che pensavo di non poterle mai dare».

Mi irrigidii e sentii la rabbia iniziare a cuocere a fuoco lento.

«Stai dicendo che con me non si diverte, che non le permetterò di godersi l'università?»

«Sta dicendo che non dovete concentrare le vostre vite solo l'uno sull'altra, avete ancora tante cose da fare e da vedere, non vogliamo che corriate troppo» intervenne mio padre cercando di calmare le acque. «Dicevamo» proseguì sospirando profondamente «pensavamo di fare un accordo, una specie di trattato di pace. Che ve ne pare?»

«Non ho intenzione di fare nessun accordo: Noah è la mia fidanzata e non c'è niente da aggiungere o da negoziare».

Mio padre respirò a fondo ed ebbi chiaro che si stava trattenendo dal mettersi a imprecare.

«Allora ho bisogno che ci facciate un favore e, in cambio, vi promettiamo di non intrometterci più nella vostra relazione».

«Che tipo di favore?» lo interruppi sperando che si decidesse ad andare al sodo una cazzo di volta.

Mio padre sembrò soppesare il modo in cui formulare la sua richiesta.

«Tra un mese ci sarà il sessantesimo anniversario della Leister Enterprises; daremo una festa a cui parteciperanno moltissime persone, penso anche il presidente. Tutto il denaro raccolto verrà dato a una ONG che lotta per sradicare la fame nel mondo. È un evento molto importante per l'azienda. Nicholas, tu sai perfettamente di cosa sto parlando, e ora che stiamo avviando nuovi progetti è importante dare un'immagine forte e unita, presentarci come una squadra davanti alla stampa e agli ospiti».

«So quant'è importante, ho partecipato all'organizzazione» dissi con la fronte corrugata, «ma non capisco cosa abbia a che fare con il mio rapporto con Noah».

«Be', è molto semplice: se vi presentate alla festa come coppia, puoi immaginare gli articoli che usciranno... il vostro rapporto e lo scandalo implicito in questa relazione catalizzeranno l'attenzione. No, Nicholas, non interrompermi» mi disse notando che stavo per ribattere. «So perfettamente che il vostro rapporto, per quanto non ci entusiasmi, è assolutamente accettabile, siete solo fratellastri, ma molte persone non la vedrebbero così. Ho bisogno di trasmettere l'immagine di una famiglia solida e, se vi presentate come coppia, quell'immagine verrà cancellata dalla confusione e dal dispiacere di molte delle persone che prenderanno parte all'evento. Sto parlando di persone anziane, di persone piene di soldi che non accettano certi comportamenti».

«È ridicolo, nessuno farà caso a noi, Dio mio, a nessuno interessa quello che facciamo o non facciamo».

«Questo sarebbe vero se non fosse che, negli ultimi anni, ti sei fatto vedere con il tipo di ragazze che finiscono sulle riviste di gossip. Nicholas, sai bene che hai sempre attirato l'interesse della stampa, basta vedere come diavolo ti accolgono ogni volta che prendi parte a un qualche evento mondano».

Noah mi guardò con la coda dell'occhio e io imprecai mentalmente. Cazzo!

«Mi stai chiedendo di venire da solo alla festa e di comportarmi come se Noah fosse la mia cazzo di sorella minore?»

«Ti sto chiedendo di venirci con un'amica e di stare lontani per una sera. Anche Noah ci verrà con qualcuno, poseremo come una famiglia davanti alla stampa, ceneremo, chiacchiereremo, stringeremo qualche accordo e poi ognuno a casa propria e avanti con la nostra vita di sempre».

Prima che potessi esplodere, Noah decise di intervenire.

«Mi sembra possa andare» affermò e la fulminai con lo sguardo.

«Ma non scherzare, non ti presenterai a una festa così importante con un coglione qualsiasi che pensa tu sia single. Non ci sto».

Raffaella, che fino a quel momento era rimasta in silenzio, aprì bocca.

«Nicholas, è proprio questo quello che intendo quando dico di andarci con calma, è soltanto una festa. Tuo padre ti sta spiegando quant'è importante, non è che Noah si sposerà con un altro, ma santo cielo, per noi può anche venirci da sola, non importa».

Respirai a fondo diverse volte e mi alzai.

«Verremo, poseremo davanti alle macchine fotografiche proprio come vuoi tu, ma ti avviso che, quando tutto questo verrà alla luce, passerai per un bugiardo di merda».

Uscimmo insieme nel giardino sul retro, in silenzio. Io ero così incazzato che, per calmarmi, iniziai a osservare le onde che si infrangevano sulle rocce proprio sotto casa nostra. Sentii che Noah mi abbracciava da dietro e poi che appoggiava teneramente la sua guancia sulla mia schiena. Misi le mie mani sulle sue e mi sentii un po' meglio.

«Non è così importante, Nick» disse a quel punto, cancellando ogni possibilità che mi calmassi. Mi voltai e la guardai molto seriamente.

«Sì che lo è, per me lo è… Noah, non sopporto che la gente creda che non sei mia».

«Ma lo sono, sai che lo sono, è una stupida festa, saranno al massimo un paio d'ore, non darci troppa importanza».

Feci cenno di no e le presi il viso tra le mani.

«Per me è importante. È l'ultima volta che accetto una cosa del genere». La baciai prima che potesse dire qualcosa. «Io vorrei urlare al mondo che sto con te, non riesco a capire perché tu no».

Si strinse nelle spalle sorridendo.

«A me non importa quello che pensa il mondo. Tu sai che sono tua e dovrebbe bastarti».

Sospirai e la baciai sulla punta del naso. 'Dovrebbe, ma non mi basta…' mi dissi. Le cose dovevano iniziare a cambiare.

23
Noah

Quel pomeriggio dovevo andare da Jenna. Era da più di un mese che non la vedevo, da quando ero partita per l'Europa, e avevo la sensazione che mi stesse evitando. Finalmente aveva accettato che andassi a trovarla a casa sua ed era proprio quello che stavo facendo.

Aspettai all'entrata e non potei fare a meno di ammirare l'immenso giardino. A differenza di quello dei Leister, loro non avevano un cancello privato, ma dava direttamente sulla strada, sebbene bisognasse camminare per un bel po' prima di raggiungere la porta di casa. Avevano anche un sacco di alberi altissimi con altalene gialle e un piccolo stagno con rane e bei fiori proprio sulla destra della casa, cosa che le dava un aspetto da favola. Quasi tutte le ville di quel complesso residenziale erano incredibili, ma quella di Jenna aveva un tocco speciale, un tocco di cui ero certa lei fosse responsabile.

«Entri, signorina Morgan» disse Lisa, la donna di servizio. Le risposi con un sorriso.

«Jenna è in camera sua?» chiesi. In lontananza si sentiva il suono dei videogiochi, cosa che mi confermò la presenza in casa dei suoi fratelli minori.

«Sì, la sta aspettando» rispose. Quando il rumore di qualcosa che si rompeva riempì la stanza, se ne andò via di corsa.

Risi e mi diressi verso il piano superiore. A differenza

di casa mia, qui le scale si trovavano in una stanza separata, una sala elegantemente arredata con un bar e centinaia di liquori che sembravano volerti tentare a rimanere lì.

Quando bussai alla camera della mia amica ed entrai, la trovai circondata da valigie e da mucchi di abiti sul pavimento, mentre lei se ne stava seduta come un'indiana sul tappeto zebrato. Nel vedermi sorrise e si alzò per abbracciarmi.

«Mi sei mancata, biondina» mi confessò per lasciarmi un secondo dopo senza aggiungere altro. Mi sorprese che non si mettesse a saltare come una matta o che non mi trascinasse subito sul suo letto per iniziare a chiacchierare e a riempirmi di domande. Vidi nell'espressione del suo volto che qualcosa la preoccupava, qualcosa che non le permetteva di mostrarsi per come era di solito: energica e divertente.

«Cosa stavi facendo?» le chiesi cercando di nascondere la mia preoccupazione.

Jenna si guardò attorno, confusa.

«Ah, questo!» rispose sedendosi di nuovo a terra e invitandomi a fare lo stesso. «Sto decidendo cosa mi porterò all'università. Non è incredibile che manchi così poco?»

A differenza di tutte le volte che avevamo parlato dell'università, della nostra indipendenza e di come avremmo fatto per andare a trovarci reciprocamente, sembrava più preoccupata che emozionata all'idea.

«Io non ho nemmeno iniziato a preparare le valigie...» le confessai e mi innervosii sapendo che in breve avrei dovuto affrontare mia madre e dirle che sarei andata a vivere con Nick. Anche a Jenna non l'avevo ancora raccontato, ma qualcosa mi disse che quello non era il momento giusto per farlo.

La aiutai a piegare qualche maglietta e, mentre impazzivo dalla voglia di scoprire cosa le fosse successo, iniziai a guardarmi attorno, disattenta.

La camera di Jenna era l'opposto della mia: mentre la mia era blu e bianca e invitava alla tranquillità e alla calma, quella della mia amica era fucsia e aveva i mobili neri. Appoggiato a una parete c'era un grande manichino con tantissime collane avvinghiate tra di loro e che, in più di un'occasione, avevamo provato a districare perché erano fighissime e avremmo voluto indossarle. Tuttavia i nostri tentativi erano stati vani e alla fine le collane si erano trasformate in un elemento d'arredo. Su un altro lato, un divano zebrato bianco e nero abbinato al tappeto invitava a sedersi a guardare il televisore al plasma che era lì davanti. Proprio come me, anche Jenna aveva una cabina armadio, solo che in quel momento era ridotta un disastro.

In sottofondo si sentiva la musica di Pharrell Williams e mi stupii di nuovo perché non la stava nemmeno canticchiando. La osservai ancora qualche secondo. Da quando Jenna Tavish rimaneva in silenzio per più di cinque minuti? Lasciai la maglietta che stavo piegando sul pavimento.

«Avanti, dimmi cosa ti prende» dissi con un tono un po' più duro di quello che avrei voluto usare.

Jenna, sorpresa, sollevò lo sguardo e mi fissò.

«Ma cosa stai dicendo? Non mi prende niente» rispose. Tuttavia, si alzò, dandomi le spalle e raggiunse il letto, un letto immenso che in quel momento era colmo di biancheria intima e riviste di moda.

La guardai crucciata.

«Jenna, ti conosco… non mi hai neanche chiesto del viaggio, so che c'è qualcosa che non va, avanti, parla» insistetti, alzandomi e raggiungendola. Non mi piaceva vederla così, non mi piaceva che la mia amica, la mia migliore amica, allegra e vivace, fosse tanto giù.

«Ho litigato con Lion… non si era mai comportato così, non aveva mai urlato in quel modo con me». Le scese una lacrima e mi avvicinai, sorpresa dalle sue parole.

Lion era una persona splendida, a volte un po' coglione, come Nick, ma comunque una persona splendida. Trattava Jenna come una principessa, non riuscivo a capire cosa potesse essere successo per farli litigare.

«Perché avete discusso?» chiesi temendo fosse per la rissa dell'altro giorno o per i casini in cui Lion era andato a cacciarsi… e in cui alla fine aveva coinvolto anche il mio fidanzato. Ma questo decisi di accantonarlo.

Jenna si abbracciò le gambe appoggiando la testa sulle ginocchia.

«Ho deciso di non andare alla Berkeley» disse di colpo, a bruciapelo.

Spalancai gli occhi dallo stupore. Jenna aveva lavorato sodo per poter frequentare la stessa università di suo padre che, detto tra parentesi, è una delle migliori del paese.

«Ma cosa stai dicendo? E perché?»

Jenna sbuffò arrabbiata.

«Mi guardi come avessi commesso un crimine, proprio come Lion» rispose sciogliendosi i capelli e legandoseli subito dopo sulla testa, in alto. Lo faceva sempre quando era nervosa o arrabbiata. «La UCLA è un'ottima università, tanto quanto moltissime altre, tu andrai lì, Nicholas si laurea lì…»

«Sì, ma Jenn, entrare alla Berkeley non è facile… e poi potresti continuare a vedere Lion nei weekend. San Francisco non è così lontana…»

«Non posso andarmene a San Francisco!» disse disperata. «Non so cos'ha Lion ultimamente, ma è strano… e non intendo trasferirmi in un'altra città se non sono sicura che tra di noi sia tutto a posto».

Annuii. Capivo perfettamente il suo punto di vista.

«Cosa ti ha detto Lion?» le chiesi.

«Ha dato di matto, mi ha detto che ero una scema a cambiare università solo per lui, che non avrebbe permesso che mi rovinassi il futuro per la nostra storia...» Le si spezzò la voce e la guardai angosciata. «Ha minacciato di lasciarmi!»

Aprii gli occhi stupita. Ma cosa...?

«Non ti lascerà, Jenna, tu sei libera di fare quello che vuoi; e poi è pazzo di te, non ti lascerà mai e di sicuro non per questo».

Jenna fece cenno di no con la testa, asciugandosi le lacrime con il dorso della mano.

«Non capisci, è cambiato, è diverso, non so cosa gli prende, ma è ossessionato dai soldi... quello che è successo l'altro giorno...» disse soffocando un singhiozzo. «Avresti dovuto vedergli la faccia, Noah, anche se, per carità, non è che Nicholas fosse messo molto meglio, ma avrebbero potuto ammazzarlo e tutto per colpa...»

I suoi occhi incrociarono i miei e lasciò la frase a metà.

«Per colpa di cosa, Jenna?»

La mia amica si girò dall'altra parte, prima di alzarsi, prendere un mucchio di roba e posarlo accanto a una delle valigie aperte che erano lì per terra. Ebbi la sensazione che non volesse guardarmi in faccia.

«Niente, semplicemente non mi va che Lion si cacci in guai di quel tipo, non mi piace che continui a fare le cose che lui e Nick facevano l'anno scorso...»

«Non le fanno più, Jenna, sono cambiati, Nicholas è cambiato» affermai cercando di ignorare la vocina che mi diceva che Jenna aveva appena fatto riferimento a Nick.

Lei si voltò verso di me e scoppiò a ridere.

«Non l'hanno fatto!» rispose guardandomi incredula. «Nicholas continua a essere immischiato negli stessi casini di sempre...»

Rimasi ferma, percependo una pressione nel petto che mi lasciò senza fiato per qualche secondo.

«Ma di cosa diavolo stai parlando?» chiesi arrabbiata e senza sapere bene perché. Non intendevo permettere a Jenna di sfogare il suo cattivo umore su di me e tantomeno su Nick. Mi stava dicendo una sfilza di bugie.

Jenna parve pentita per aver sganciato quella bomba, ma in ogni caso continuò a parlare.

«I nostri fidanzati sono due idioti, continuano a essere invischiati in tutta quella merda e ci vogliono far credere di esserne usciti per merito nostro!»

«E lo hanno fatto, Jenna! Nicholas non frequenta più quella gentaglia, è cambiato!»

Lei scoppiò in una risata che suonò persino crudele. In quel momento faticavo a riconoscere la mia amica, non sapevo chi era: stava accusando il mio fidanzato senza motivo, come se fosse colpa di Nick se Lion criticava la sua decisione di andare in un'altra università.

«Sei più ingenua di quanto pensassi, Noah, davvero, non ti accorgi di niente».

Mi avvicinai a lei, la mia pazienza era al limite.

«Di cosa non mi accorgo?»

Jenna chiuse la bocca per qualche secondo.

«Intendono riprendere con le corse» rispose con voce amareggiata. «Tutti e due. La prossima settimana. Scommetto che non te l'aveva detto».

Rimasi in silenzio.

«Nick non riprenderebbe mai con le gare, non dopo quello che è successo l'anno scorso» affermai secca un secondo dopo.

«Vabbè, è solo questione di tempo e te ne renderai conto da sola».

*

Alla fine tornai a casa. Non riuscivo a continuare a parlare con lei, non mi andava di farlo. Nicholas non avrebbe ripreso con le corse. Ci eravamo ripromessi di non commettere nuovamente quell'errore. Era per colpa delle corse che avevo attirato l'odio di Ronnie che per poco non mi aveva ammazzata, per non parlare del fatto che aveva aiutato mio padre a rapirmi. Una cosa che, inizialmente, era sembrata divertente si era poi trasformata in una situazione molto pericolosa… ecco perché non credevo a una sola delle parole di Jenna.

Quando arrivai a casa era quasi ora di cena. Entrai cercando di non fare rumore e sentii che mia madre era in sala. Non avevo voglia di parlare con lei, per cui andai in cucina, presi un'insalata già pronta dal frigorifero, una Coca Zero e salii le scale quasi di corsa. E proprio quando posai tutto sul letto, iniziò a squillarmi il cellulare.

Di nuovo un numero sconosciuto.

Merda, poteva essere solo una persona. Lo lasciai suonare e percepii il cuore battere all'impazzata. Mi sentivo ancora terribilmente in colpa per aver accettato di incontrare la madre di Nicholas, di andare a bere qualcosa con lei e di parlare di Nick alle sue spalle; intanto, però, l'assistente sociale lo aveva già contattato per dirgli che Anabell aveva deciso di lasciargli passare qualche giorno con sua sorella e lui ne era felicissimo. Ormai non potevo tornare sui miei passi. Maddie sarebbe arrivata quel giovedì, mancavano due giorni, ma sapevo che non appena quella donna avesse messo piede a Los Angeles avrebbe voluto vedermi.

Il telefono squillò di nuovo e di nuovo preferii non rispondere. A quel punto mi arrivò un messaggio.

Ci vediamo all'Hilton di LAX a mezzogiorno.
A.

Merda! Anabell Grason mi aveva appena inviato un messaggio. Lo cancellai subito dopo averlo letto, non volevo rimanesse alcuna prova di ciò che stavo per fare. Mi sentivo malissimo e, in più, mi sembrava di tradire Nick, e in fondo era proprio quello che stavo facendo. Tuttavia, una parte di me, oltre a desiderare che sua sorella trascorresse qualche giorno con lui senza assistente sociale né orari da rispettare, voleva anche scoprire cosa avesse da dirmi quella donna, perché mi volesse incontrare, a parte il fatto che ovviamente voleva conoscere il suo stesso figlio tramite me.

Presi il cellulare e digitai una semplice e monosillabica risposta.

Ok.

Poi persi l'appetito e la poca dignità che mi restava, quantomeno davanti a quella donna.

«Forza Noah, scegline uno» mi chiese Nicholas esasperato dopo un bel po' che tenevo in mano la mazzetta dei colori, incapace di decidermi.

«Io la farei beige» proposi dopo averci pensato parecchio.

Nick alzò gli occhi al cielo.

«Piuttosto che dipingerla di beige, la lasciamo verde» rispose togliendomi la mazzetta di mano.

«Verde?» risposi schifata. «Ma come possiamo lasciare verde la stanza di una bambina?»

La signora che ci stava aiutando e che aspettava con pazienza che scegliessimo un colore per la cameretta di Maddie, decise di intervenire.

«Il verde va molto di moda, ma se non siete sicuri... di

quanti mesi è?» mi chiese a quel punto guardandomi la pancia con un sorriso.

Ci impiegai qualche secondo a rendermi conto di cosa stesse insinuando.

«Cosa? No, no!» mi affrettai a dire.

Nicholas, accanto a me, divenne improvvisamente serio e guardò la commessa dritto negli occhi.

«Credevo...» disse lei passando da Nick a me e poi alla mia pancia.

Quella donna pensava fossi incinta e che stessimo decidendo il colore per la stanza della nostra bambina. La nostra bambina... Dio mio, ma che razza di idea! Mi venne un nodo allo stomaco.

«Stiamo scegliendo il colore della stanza di mia sorella di sei anni» le disse Nicholas lasciando la mazzetta sul bancone. «Per caso le sembriamo due che stanno per diventare genitori? La mia ragazza ha solo diciott'anni e io ne ho ventidue. Perché non pensa prima di dire stupidaggini?»

Spalancai gli occhi stupita. Ma perché le aveva risposto così?

«Io... mi dispiace, io non...»

Capii la confusione della donna. Nicholas le aveva lanciato quel suo sguardo, lo stesso che rivolgeva a me quando facevo qualcosa che lo mandava fuori di testa.

«Non importa. Guardi, prendiamo il bianco, può dire agli imbianchini di venire domattina presto» affermai cercando di placare gli animi. Nicholas mi perforò con i suoi occhi azzurri, ma non aggiunse altro.

Dopo aver pagato, uscimmo dal negozio avvolti da un imbarazzante silenzio. Non resistetti a lungo, e quando raggiungemmo la macchina lo presi per il braccio costringendolo a guardarmi.

«Puoi dirmi cosa ti prende?»

Nicholas evitò il mio sguardo, cosa che fece crescere l'angoscia che già sentivo in modo vertiginoso. Quella paura… quella paura di non essere abbastanza per lui era sempre in agguato. L'argomento figli mi ibernava la mente, non ci potevo pensare, o almeno non ancora, perché nell'attimo in cui l'avessi fatto sarei crollata e non sapevo se sarei riuscita a venir fuori da quel pozzo, una volta cadutaci dentro.

«Non sopporto che la gente si impicci, tutto qui» mi rispose prendendomi il viso e dandomi un dolce bacio sulla fronte.

Sapevo che mi stava nascondendo qualcosa; anzi, sapevo esattamente cosa lo preoccupava… ma non volevo sentirlo, non in quel momento.

Lo abbracciai appoggiandogli la guancia sul petto e poi feci la migliore delle mie espressioni. Ignorai la paura che, in circostanze come quella, minacciava di venire alla luce e salii in auto come se le parole dette non fossero mai state pronunciate.

Passammo il pomeriggio a comprare mobili per la stanza. Sarebbero arrivati il giorno dopo e avremmo dovuto montare tutto in ventiquattro ore, se volevamo che la camera fosse pronta per giovedì. Nick era emozionato, glielo leggevo negli occhi, nella sua gioia nello scegliere le cose. A parte l'incidente sulla gravidanza, era stato molto divertente fare shopping con Nick, in particolare nei negozi di articoli per bambini.

Comprammo qualche giocattolo e un letto singolo azzurro. Nick aveva deciso che la cameretta doveva avere gli stessi colori della mia, perché era piuttosto neutra e non troppo eccentrica. Quando arrivammo a casa sua, ero distrutta e mi buttai subito sul letto. Sentii come il suo corpo si posava piano sulla mia schiena, stringendomi contro il materasso ma lasciandomi lo spazio per respirare. Mi avvicinò la bocca all'orecchio facendomi rabbrividire.

«Grazie di aver condiviso tutto questo con me» mi sussurrò dandomi caldi baci sul collo.

Con la guancia appoggiata al materasso non riuscivo a vedergli la faccia, per cui mi lasciai portare semplicemente dalla sensazione della sua bocca sulla pelle. Mi scostò i capelli da un lato e iniziò a baciarmi la nuca...

Sospirai godendomi il contatto con lui, come sempre.

«Ieri sono stata da Jenna» buttai lì all'improvviso, in attesa di vedere come avrebbe reagito nel sentire nominare la mia amica. La sua bocca si fermò, si irrigidì e poi sentii di non avere più addosso il suo peso. Mi girai sul letto e mi appoggiai ai gomiti per osservarlo. Era di schiena, si stava sfilando la maglietta lasciandola cadere a terra.

«Mi fa piacere» rispose qualche secondo dopo.

Quando si chiuse in bagno sbattendo la porta, aggrottai la fronte. Mi alzai e lo raggiunsi senza bussare e senza che mi importasse non farlo.

Aveva le mani appoggiate al lavandino e, quando mi sentì entrare, alzò lo sguardo.

«Sai...?» proseguii, inizialmente dubbiosa. «Abbiamo parlato».

«E allora?» rispose fulminandomi con i suoi occhi azzurri.

'Ma perché mi parla con questo tono?'

«Se ti metti sulla difensiva non fai che confermare che quello che Jenna mi ha detto che intendi fare è vero» dissi imitando la sua voce.

Si mise davanti a me.

«E si può sapere cos'è che intenderei fare?» chiese di pessimo umore.

Odiavo quando mi parlava così. Mi stavo pentendo di aver tirato fuori l'argomento, ma se era vero che voleva riprendere a correre...

Guardai il suo petto nudo, i segni che ancora c'erano... quella roba doveva finire.

«Non puoi continuare a fare quello che stai facendo, Nicholas» gli dissi misurando le parole. «Jenna mi ha detto che Lion vuole riprendere a fare gare...»

Mi passò accanto per uscire dal bagno senza nemmeno rivolgermi lo sguardo.

«Lion può fare il cazzo che vuole, è piuttosto grandicello, non ti pare?»

«Quindi tu non ci andrai?» insistetti per mettermi il cuore in pace.

Mi fulminò con lo sguardo.

«No, non ci andrò» disse fissandomi. «E sinceramente ora come ora non me ne frega un cazzo di quello che Jenna può dire di noi o del nostro rapporto».

La cosa mi infastidì.

«Il problema non è Jenna! Il problema è che non saresti mai dovuto andare a cacciarti in quella rissa con Lion! Mi avevi giurato che era acqua passata!»

«Ed è passata! Noah, davvero, te l'ho già spiegato. Lion era in difficoltà e gli ho dato una mano» Nick sospirò e si avvicinò a me. Mi abbracciò forte e poi sussurrò: «Non pensavo che ci sarebbe sfuggita di mano, ma non intendo commettere lo stesso errore, d'accordo?»

«Niente più casini, Nick, niente più situazioni pericolose. Me lo prometti?» gli chiesi, arcuando il corpo non appena iniziò a baciarmi il collo.

«Te lo prometto».

24
Nick

La prima cosa che vidi quella mattina nell'aprire gli occhi fu il volto di Noah a pochi centimetri da me. Aveva la testa appoggiata sulla mia spalla e quasi tutto il corpo sul mio. Dovetti trattenermi per non scoppiare a ridere, sembrava avesse cercato di scalare il mio corpo e che fosse rimasta a metà strada.

Le scostai delicatamente una ciocca dal viso e lasciai che il mio pollice le sfiorasse dolcemente la pelle piena di lentiggini… quelle lentiggini che mi facevano impazzire, quelle lentiggini che non erano solo sul viso ma anche sui seni, sulle spalle snelle, sulla parte bassa della schiena… adoravo sapere di essere l'unico che conosceva il suo corpo alla perfezione, l'unico che conosceva la collocazione esatta di ogni neo, di ogni segno, di ogni curva e di ogni ferita.

Guardai il suo tatuaggio, quel piccolo tatuaggio sotto all'orecchio, lo stesso che io avevo sul braccio. Me l'ero fatto fare solamente perché mi piaceva l'idea della forza che poteva possedere un oggetto così semplice se viene intrecciato nel modo giusto, ma adesso significava molto di più, ora volevo credere che era stato per lei che avevo deciso di tatuarmelo… Era un pensiero ridicolo, ma continuavo a credere che ci eravamo fatti entrambi quel disegno perché in fondo sapevamo che prima o poi ci saremmo incontrati…

Il mio cellulare iniziò a squillare. Allungai il braccio e lo presi. Era Anne, l'assistente sociale di Maddie. Non riuscivo ancora a credere che alla fine mia madre avesse deciso di lasciarmi mia sorella nel weekend del mio compleanno, ma non intendevo lamentarmi. Quest'anno non ci sarebbero state feste, o striptease né niente dell'altro mondo: avrei trascorso quella giornata speciale con le due ragazze che più mi amavano.

La piccoletta era emozionata di venire da me e io non stavo nella pelle dalla felicità. Parlai qualche minuto con Anne per sapere a che ora sarebbe arrivato il volo e dove ci saremmo incontrati; poi riagganciai sorridente. Finalmente sarei stato con mia sorella, proprio come avevo sempre desiderato.

Poco dopo arrivarono gli imbianchini: li avevo fatti venire prima delle sette perché alle otto e mezza dovevo essere in studio a lavorare. Quando mostrai loro la piccola stanza, mi dissero che avrebbero finito in un paio d'ore.

Non mi faceva per niente piacere lasciare la mia fidanzata addormentata con quei tizi nell'appartamento, e così, mentre loro si preparavano, andai a svegliarla.

«Noah, sveglia» dissi dandole qualche colpetto sulla spalla.

Lei emise un grugnito e continuò a dormire. Iniziai a vestirmi controllando l'orologio sul comodino. Se non volevo fare tardi, dovevo andare via subito.

«Noah!» insistetti alzando il tono di voce. I suoi occhi si aprirono, stanchi e scocciati dopo che l'avevo chiamata quasi urlando.

«Ma lo sai cosa vuol dire la parola 'vacanze'?» chiese girandosi nelle lenzuola e infilando la testa sotto il mio cuscino.

Cazzo. Non avevo tempo.

Presi il cellulare. Al terzo squillo, Steve mi rispose, sveglio e pronto, come sempre.

«Nicholas».

«Ho bisogno che tu venga nel mio appartamento e stia con Noah fin quando gli imbianchini non avranno finito».

Nel sentirmelo dire, Noah spalancò gli occhi.

«Stai scherzando, vero?» affermò tirandosi su e sfregandosi gli occhi come se avesse quattro anni.

No, non stavo affatto scherzando.

«Arrivo subito» mi disse Steve.

«Ti aspetto» risposi e staccai.

Noah si mise a braccia conserte guardandomi arrabbiata.

«Tu sei da psichiatria».

Sorrisi ignorando il suo cattivo umore e continuai a vestirmi. Sarei arrivato in ritardo, ma non aveva importanza: non intendevo lasciare Noah da sola con due tizi qualsiasi.

«Mi sto solo prendendo cura di te» affermai finendo di farmi il nodo alla cravatta.

«So farlo da sola» rispose alzandosi dal letto e superandomi per poter andare in bagno.

Sospirai nel sentire l'acqua della doccia che iniziava a scendere. Poteva arrabbiarsi quanto voleva, ma c'erano troppi pazzi al mondo perché corressi qualche rischio, a maggior ragione con lei. L'avevano già rapita una volta, non avrei permesso che succedesse di nuovo.

Uscì cinque minuti dopo avvolta nell'asciugamano e con i capelli gocciolanti.

«Sei ancora qui?»

Sorrisi divertito. Da arrabbiata era molto sexy.

«Steve sta parcheggiando, quindi posso andarmene tranquillo... non mi dai un bacio?»

Era terribilmente seducente. Mi avvicinai per darle un bacio che le facesse tremare le gambe.

«Guarda che ti bagni» mi avvisò facendo un passo indietro.

«Come sempre» risposi con un sorriso malizioso.

«Fai schifo» disse, ma vidi che le stava passando l'arrabbiatura e che mi guardava per bene con quei suoi occhi color miele.

La presi per la nuca e la attirai a me. Le infilai la lingua in bocca ma, quando la situazione iniziava a scaldarsi, suonò il campanello. Noah provò a trattenermi tirandomi per la cravatta, ma mi scostai: avevo fretta, non potevo perdere altro tempo.

«Devo andare» annunciai dandole la schiena e dirigendomi verso la porta. Quando stavo per chiuderla, mi guardò dritto negli occhi e, un secondo dopo, lasciò cadere l'asciugamano sul parquet.

Cazzo!

Arrivai al lavoro appena in tempo. Il mio ufficio era in fondo al corridoio e ci andai difilato, senza fermarmi nemmeno a prendere un caffè. Sapevo che quel giorno sarebbe venuto mio padre e ci mancava solo che mi vedesse arrivare in ritardo... se fosse successo, mi avrebbe messo a servire caffè a tutto il personale.

Ma non mi aspettavo di trovarlo nel mio ufficio... a chiacchierare amabilmente con una ragazza che non avevo mai visto prima. Lei era seduta sulla mia sedia e sorrideva in modo educato per qualcosa che mio padre le aveva appena detto. Quando entrai, si voltarono entrambi verso di me. Il mio sconcerto si trasformò in rabbia quando vidi una seconda scrivania dall'altra parte della stanza, vicino alla finestra... la mia finestra.

«Ciao, figliolo» mi salutò mio padre con un sorriso amichevole.

Almeno era di buon umore, una vera novità!

«E questo cosa significa?» chiesi indicando prima la ragazza e poi la scrivania.

Mio padre aggrottò la fronte.

«Sophia è la figlia del senatore Aiken, Nicholas. Ha deciso di fare il tirocinio qui da noi; anzi, sono stato io stesso a offrirle il posto».

Guardai la figlia del senatore con gli occhi socchiusi. Non avevo idea dell'offerta che le aveva fatto mio padre, immagino gli interessasse essere in buoni rapporti con il suo, anche se non capivo cosa centrassi io.

«Tu hai fatto un lungo tirocinio, stai per laurearti e ho detto a Sophia che sarai felicissimo di darle una mano, di aiutarla a inserirsi nell'ambiente».

'Cazzo, merda, no!'

Sophia mi rivolse un secco sorriso che intuii essere di antipatia, più che altro. Fantastico, era reciproca. Mio padre ci osservò per qualche istante, immagino fosse scocciato dal mio silenzio, ma era troppo educato per farlo notare.

«Bene, Sophia, spero che ti troverai a tuo agio e, per qualsiasi cosa, hai il mio numero di telefono oppure puoi parlare direttamente con Nick».

«Grazie, signor Leister, lo terrò a mente e la ringrazio ancora tantissimo per questa opportunità: ho sempre desiderato poter lavorare per la Leister Enterprises, credo che i settori a cui l'azienda ha deciso di aprirsi siano fondamentali per espandere gli affari e ingrandirsi. Conoscere bene le leggi del mercato permette di conquistarne di nuovi e sono certa che, con l'aiuto di suo figlio, otterremo grandi cose».

E in più una leccapiedi, anche se il discorso le era riuscito bene. Mio padre la guardò soddisfatto e se ne andò, non senza scoccarmi uno sguardo d'avvertimento.

«Si vede che sei figlia di un politico» le dissi guardandola fissa. «Sei seduta al mio posto, inizia pure a sloggiare».

Sophia sorrise e si alzò lentamente. Non potei fare a meno di guardarla. Capelli neri, pelle abbronzata, occhi castani e lunghe gambe. Indossava una gonna a tubino grigio perla e una camicetta di un bianco immacolato. Sissignore, avevo davanti un perfetto esemplare di figlia di papà.

«Non farti ingannare dal mio aspetto, Nicholas, sono venuta qui per restarci».

Aggrottai la fronte, ma decisi di ignorare il suo commento. Mi sedetti sulla sedia, aprii la mail e mi misi al lavoro.

25
Noah

Maddie sarebbe arrivata da lì a due giorni e bisognava finire di sistemare la sua stanza. Avevo detto a mia madre che mi sarei fermata da Nick quando ci fosse stata la bimba e, siccome non volevo complicare le cose, mi comportai da brava ragazza e tornai a casa dopo essermi assicurata che nella stanza di Madison non ci fossero inutili cianfrusaglie e che fosse pronta per poter disporre i mobili. Nicholas avrebbe dovuto controllare il resto perché io non mi sarei più fatta vedere fin quando non avessi parlato con Anabell Grason.

I due giorni successivi trascorsero in fretta. Immagino che quando vuoi che il tempo non passi, che le ore si allunghino il più possibile, alla fine volano. Quindi, senza avere nemmeno il tempo di entrare nell'ottica, quella mattina arrivavano Maddie e sua madre. Ero nervosa e sapevo che anche Nicholas lo era. Mi aveva mandato un mucchio di foto chiedendomi se la stanza mi piaceva, se sarebbe piaciuta a sua sorella, se doveva cambiare la posizione dei mobili, se era meglio mettere il letto sotto la finestra invece che nell'angolo, se magari la cassettiera era troppo piccola e chissà se il trenino elettrico le sarebbe piaciuto quanto era piaciuto a lui.

Risi divertita all'altro capo del telefono.

«Nick, la adorerà; inoltre a tua sorella interessa vedere te, non la sua nuova cameretta».

Si fece silenzio.

«Sono molto nervoso, Peldicarota, non ho mai passato più di un giorno con mia sorella… e se scoppia a piangere all'improvviso perché le manca casa sua? È una nanetta e io sono un maschio, non so come gestirle queste cose».

Sorrisi allo specchio che avevo davanti a me. Adoravo vedere Nick preoccupato, proprio lui che era sempre così sicuro di sé, autoritario e prepotente; ecco, quando abbassava la guardia e mi dimostrava che sotto alla corazza c'era qualcosa di tenero e fraterno, mi veniva una gran voglia di abbracciarlo.

«Cercherò di esserci per la maggior parte del tempo» gli risposi sedendomi sul letto e osservando le travi del soffitto.

«Come? Non resterai tutto il weekend?» rispose cambiando di colpo tono di voce e facendosi serio.

Mi morsi la lingua. E proprio in quel momento bussarono alla porta.

«Possiamo parlare un attimo?» mi chiese mia madre mentre entrava e mi osservava calma.

Annuii, ringraziando per la prima volta che mia madre interrompesse una conversazione con Nick.

«Mia madre mi deve parlare, ti chiamo domani, ok?»

Riagganciai prima di pentirmi. Lasciai il cellulare accanto a me, sul materasso, e la osservai iniziare a gironzolare nella mia stanza. Sembrava assorta e anche un po' abbattuta. Non era un bel momento per nessuna delle due. Nelle ultime settimane ci eravamo a malapena rivolte la parola e la situazione sarebbe solo peggiorata non appena le avessi parlato dei miei progetti.

«Ti manca molto per finire di preparare le valigie?»

Sapevo che mia madre stava tastando il terreno. Io non facevo mai le valigie prima del giorno precedente a una partenza ed era un'abitudine ereditata da lei. Non capivamo come mai la gente passasse settimane per scegliere i vestiti, infilarli in valigia e chiuderla. Feci cenno di no, decisa ad approfittare del suo tentativo di avvicinamento per comunicarle che mi sarei fermata da Nick dato che arrivava sua sorella.

«Sono quasi pronte. Senti, mamma...» iniziai a dire, ma mi interruppe.

«So che non vedi l'ora di andartene da qui, Noah» dichiarò prendendo una mia maglietta e iniziando a piegarla, assorta.

Quando vidi che i suoi occhi iniziavano a inumidirsi, respirai a fondo.

«Mamma, io non...»

«No, Noah, lascia che ti dica una cosa: so che gli ultimi giorni sono stati difficili, che tra noi le cose non sono andate bene da quando siamo tornate dall'Europa, credimi lo so che sei innamorata e che vuoi passare più tempo possibile con Nicholas... è solo che mi sarebbe piaciuto che questo» disse indicando noi due, «non si fosse rovinato. Io e te abbiamo sempre avuto un bel rapporto, ci siamo sempre raccontate tutto, anche quando uscivi con Dan» feci una smorfia nel sentire il nome del mio ex, ma la lasciai andare avanti, «correvi in camera mia per dirmi com'era andata la serata, che cose romantiche ti aveva detto, ricordi?»

Annuii con un mezzo sorriso, intuendo dove voleva andare a parare.

«Ora che si sta avvicinando per te il momento di partire, volevo solo dirti che ho provato a fare del mio meglio; davvero, speravo che riuscissi a sentirti a casa qui, ho sempre voluto che vivessi in un posto del genere, con tutte queste opportunità. Anche quand'eri piccola sognavo di vederti in una stanza come questa, circondata da più giocattoli e libri di quanti avessi mai immaginato di poterti dare...»

«Mamma, lo so che sono stata insopportabile quando hai deciso di venire a vivere qui, ma adesso capisco perché l'hai fatto e non mi devi nessuna spiegazione, d'accordo? Mi hai dato tutto quello che potevi e so che per te è difficile vedermi insieme a Nicholas, ma io lo amo».

A quelle parole, mia madre chiuse gli occhi e forzò un sorriso.

«Spero che un giorno tu possa diventare una magnifica scrittrice, Noah. So che ce la farai ed è per questo che voglio che sfrutti ogni occasione che ti offrirà la vita. Studia, impara e divertiti all'università, perché saranno i migliori anni della tua vita».

«Lo farò» sussurrai con un sorriso, anche se mi sentivo un po' in colpa perché non riuscivo a essere del tutto sincera e a dirle di Nick.

La mattina dopo mi alzai presto. Ero molto nervosa e scesi per la colazione cercando di non pensare troppo a quello che stavo per fare. Maddie sarebbe arrivata nell'arco di poche ore e non c'era nessuna possibilità che sua madre facesse un passo indietro. Mi ripetei mille volte che lo stavo facendo per lui, che non era nulla di imperdonabile, ma una parte di me, una parte molto nascosta e profonda, desiderava conoscere Anabell e sapere cosa voleva da Nick e cosa l'aveva portata ad abbandonare suo figlio.

Non feci quasi colazione: mordicchiai una fetta di pane tostato, che lasciai a metà, e buttai giù del caffellatte. Nick mi aveva detto che avrebbe visto Maddie alla stessa ora in cui io avrei incontrato sua madre, per cui avevo un po' di tempo da lì a quando Nicholas avrebbe iniziato a chiedermi dove mi fossi cacciata. Lui sarebbe stato impegnato con il pranzo di Maddie e io avrei potuto concludere il prima possibile quel dannato incontro clandestino.

Sapevo che il ristorante dell'Hilton era di classe ed ero anche al corrente dello stile di vita della madre di Nick. Era una delle tante miliardarie snob e repellenti a cui piaceva ostentare quanti yacht, cavalli e tenute aveva in giro per il mondo. Proprio per quello, e per non attirare l'attenzione, scelsi una gonna azzurra a vita alta con le balze e un top giallo di Chanel che avevo nell'armadio da parecchio. Jenna mi aveva regalato dei sandali di Miu Miu bianchi, molto belli e molto costosi che, va detto, stavano divinamente con quel completo. Credo che quella fu una delle poche volte in cui decisi di vestirmi firmata dalla testa ai piedi, non volevo sentirmi a disagio davanti ad Anabell. Tutti sanno che una donna ben vestita è una donna potente.

Quando arrivai all'Hilton, un uomo molto elegante si avvicinò alla mia decapottabile. Scesi e gli diedi le chiavi, pregando che non le facesse una sola riga. I miei sandali ticchettarono sul pavimento piastrellato e salii i gradini che mi avrebbero condotta alla porta girevole dell'hotel. Una volta dentro, mi trovai davanti a una reception molto elegante con piccole poltrone sparse strategicamente su fini tappeti beige e marrone chiaro. In fondo alla sala c'era un'enorme scalinata che si divideva, proprio come a casa mia. Non avevo idea di dove andare, per cui mi avvicinai alla reception dove due ragazze ben vestite mi sorrisero gentili.

«Come possiamo esserle utili, signora?» mi chiese una e notai l'ammirazione con cui osservava il mio abbigliamento. Immagino si stesse chiedendo come fosse possibile che una ragazza della sua età potesse stare dall'altra parte del bancone, davanti a lei, e avere tutto ciò che io avevo. A volte ringraziavo di non essere il tipo di persona a cui interessano solo i vestiti firmati e i soldi. Non li avevo mai desiderati, ero semplice di natura e avrei dato tutto ciò che indossavo a quella ragazza senza pensarci nemmeno un secondo.

«Ho appuntamento per pranzo con Anabell Grason... Non so se ha lasciato un messaggio per me o altro...» spiegai dubbiosa. La ragazza controllò sul computer e annuì con un sorriso.

«La signora Grason la aspetta all'Andiamo. Deve proseguire lungo quel corridoio e troverà le porte sulla destra. Le auguro un buon pranzo».

Le sorrisi grata e camminai sperando di non vacillare. Proprio nel momento in cui raggiunsi le porte che mi aveva indicato la ragazza, ricevetti un messaggio. Lo guardai prima di entrare: era una foto di Nicholas con Maddie, stavano mangiando al McDonald's. Sorrisi nel vedere che a Maddie mancavano i due denti davanti. Mio Dio, non osavo nemmeno immaginare le battute che probabilmente Nick stava rivolgendo a quella povera bambina! Ancora sorridente, risposi dicendo che li avrei raggiunti a breve. E poi spensi il cellulare.

Quando entrai nel ristorante, mi guardai attorno nervosa. L'Andiamo era un luogo accogliente ma molto elegante: sedie color caffellatte, tovaglie bianche su tavoli quadrati con sopra posate in tinta e tovaglioli granata, il tutto abbellito da piantine. Non appena entrata, l'odore di pasta fresca e di pesto appena fatto mi inondò le narici.

Quando vidi Anabell feci un respiro profondo e le andai incontro. Come immaginavo, era molto elegante; indossava un tailleur con i pantaloni beige e sotto, una bella maglia nera. Ai piedi aveva dei tacchi da urlo e risultava più alta di me di parecchi centimetri. Quando mi avvicinai, mi sorrise e io le porsi la mano prima che la situazione si facesse imbarazzante: non avevo idea di come si doveva salutare quando ci si incontrava per pranzare di nascosto con la madre del proprio fidanzato che lei aveva abbandonato dieci anni prima.

«Ciao, Noah» mi disse gentile.

«Signora Grason» risposi con educazione.

Lei si sedette indicandomi di fare lo stesso.

«Sono contenta che tu abbia accettato il mio invito» affermò. Poi si portò il calice di vino alla bocca truccata di rosso.

Bene, si poteva iniziare a dare fuoco alle polveri. Respirai a fondo.

«Più che un invito è stato un ricatto» replicai fingendomi calma.

Non intendevo vacillare.

I suoi occhi azzurri fissarono i miei, proprio come facevano quelli di suo figlio, e sentii un brivido percorrermi la schiena.

«Sei molto bella, Noah, ma di sicuro lo sai già. Se non lo fossi, mio figlio non ti avrebbe notata, è evidente».

Forzai un sorriso cortese. Il suo commento mi aveva dato fastidio, come se stesse insinuando che il mio rapporto con Nick era qualcosa di superficiale e vuoto, anche se di certo per quella donna i rapporti non andavano oltre… e tutto il denaro investito per avere l'aspetto di una trentenne ne erano la dimostrazione.

«Sono sicura che potremmo parlare di banalità per ore, signora Grason, ma mi ha fatta venire qui per un motivo e mi piacerebbe arrivare al sodo» dissi cercando di essere il più educata possibile, anche se non era per niente facile. I miei sospetti non erano infondati: quella donna non mi piaceva, no, e non mi sarebbe mai piaciuta. «Voleva che le facessi un favore. Mi dica di cosa si tratta».

Anabell sorrise, forse con ammirazione. Mi parve che apprezzasse che fossi diretta quanto lei.

«Voglio recuperare il rapporto con mio figlio e tu mi aiuterai a farlo» disse senza girarci attorno. Tirò fuori dalla sua borsetta firmata una busta con un francobollo e me la porse. La carta era spessa e pregiata, color avorio, e sopra c'era scritto il nome di Nicholas in una grafia squisita. «Devi solo assicurarti che Nicholas legga questa lettera».

Guardai la busta con diffidenza. Non avevo idea di come fare a convincere Nick a leggerla. E poi, consegnargliela voleva dire ammettere che avevo incontrato sua madre, cosa che non avrei fatto neanche morta.

«Mi dispiace ma non capisco come una semplice lettera la possa aiutare a recuperare suo figlio. Lei lo ha abbandonato» risposi, e sapevo che la stavo guardando con odio: con lo stesso odio che provavo quando qualcuno feriva le persone che amavo, non potevo proprio farne a meno.

«Quanti anni hai, Noah?» mi chiese a quel punto, appoggiando la busta sul tavolo.

«Diciotto».

«Diciotto» ripeté assaporando la parola, sorridendo in modo angelico, un modo che si addiceva a una bambina di sei anni, non a una persona come lei. «Io ne ho quarantaquattro... sono in questo mondo da molto più tempo, ho vissuto molte più esperienze; quindi prima di giudicarmi come stai facendo, fermati a pensare che sei solo una ragazzina e che il peggio che può esserti successo è che ti abbiano portato via da casa per farti vivere in una villa in California».

«Lei non sa niente della mia vita» dichiarai con voce gelida.

Mi venne in mente l'immagine di mio padre morto e sentii una fitta di dolore in mezzo al petto.

«So molto più di quanto credi» affermò. «So persino cose che tu non sai e che non vorresti mai sapere, ma posso cambiare tutto con un paio di telefonate».

E sul volto le si dipinse un sorriso diabolico. Prese la lettera che aveva lasciato sul tavolo, si alzò e si mise accanto a me. Con un movimento lento ed elegante, la infilò nella mia borsa, appesa allo schienale della sedia.

«Tu assicurati che Nicholas la legga» sussurrò. «Se no, farò in modo che il sogno che pensi di vivere e tutte le ricchezze che ti sono piovute addosso svaniscano nel nulla».

Mi alzai come se avessi preso la scossa.

«Non provi mai più a cercarmi» dissi sforzandomi di controllare le emozioni, perché mi aveva appena minacciata e non capivo bene in che modo.

«Non preoccuparti, non ho alcuna intenzione di farlo. Ma te lo ripeto: se non vuoi vivere il peggiore dei tuoi incubi, assicurati di fare quello che ti ho chiesto».

Mi voltai e uscii dal ristorante; non mi fermai nemmeno a pensare all'implicita minaccia contenuta nelle sue ultime parole. Attraversai la reception e me ne andai.

Ero stata una stupida, una vera imbecille, ad accettare di incontrare quella donna. Nicholas mi aveva avvertita, mi aveva parlato di lei, di quanto era crudele e io, come un'idiota, mi ero lasciata abbindolare; inoltre, come se non bastasse, mi aveva detto tutte quelle bugie, perché non erano altro che quello: bugie con cui non intendevo spendere un solo secondo del mio tempo. Una volta uscita dall'Hilton, tirai fuori la lettera, la strappai in mille pezzi e li sparpagliai in tutti i cestini della spazzatura che trovai.

Per me quell'incontro non c'era mai stato.

26
Nick

Noah aveva il cellulare spento. Era così da tutto il pomeriggio e mi stavo preoccupando... provai a non far salire l'ansia a livelli che non avrebbero di certo migliorato la situazione. Proprio come promesso, Anne mi aveva portato mia sorella ed ero con lei, felice di poterla avere per qualche giorno tutta per me. Non avrei permesso a niente di rovinare quei momenti con la mia nanetta, no, non l'avrei fatto e quanto a Noah... preferii pensare che il suo cellulare si fosse semplicemente scaricato.

«Nick!» urlò Maddie attirando la mia attenzione con quella sua vocina particolare. Mi voltai verso di lei; eravamo a Santa Monica, al porto. Avevo parlato spesso a Maddie di quel posto, della spiaggia, delle giostre, di come i bambini salivano sulla ruota panoramica e di come osservavano il mare da lassù... A quel punto, la mia sorellina, a differenza di qualsiasi altro bambino normale, aveva la faccia appiccicata al vetro di un acquario in cui erano esposti molluschi e animaletti marini. Mi avvicinai a lei.

«Mad, se li tocchi possono farti male con le chele» la avvisai.

Eravamo nella parte del negozio in cui vendevano alcuni di questi animaletti. La presi dalla vita e la allontanai da lì. Fuori stava imbrunendo e, insicuro, iniziai a chiedermi a che ora dovesse cenare e andare a dormire.

«Hai freddo, nanetta?» le domandai mentre mi toglievo la giacca e mi chinavo per mettergliela.

Sulle sue labbra carnose spuntò un sorriso divertito.

«Sei contento che sono qui?» chiese a sua volta e lessi, nei suoi occhi innocenti, che la mia risposta le importava più di quanto avrebbe dovuto.

Sorrisi mentre le chiudevo la cerniera. La giacca le stava così grande da toccare terra, sembrava un fantasmino, ma meglio quello che rischiare che si ammalasse.

«E tu, sei contenta di essere qui?» le dissi mentre gliela sistemavo un po'.

«Certo che sì!» rispose emozionata. «Sei il mio fratello preferito, te l'ho mai detto?»

Scoppiai a ridere. Neanche avesse altri fratelli…!

«No, non me l'avevi detto, ma anche tu sei la mia sorella preferita, quindi perfetto, no?»

Mi rivolse un sorriso che mi arrivò dritto al cuore.

«Saliamo sulla ruota panoramica?» le proposi e la sua risposta entusiasta mi perforò di nuovo il timpano.

Il porto traboccava di gente, e lo sciabordio delle onde in lontananza invitava a restare e a non andarsene mai più. C'era uno splendido tramonto e, proprio quando stavo per tirare fuori il cellulare per riprovare a sentire Noah, la vidi. Il mio sguardo la individuò in mezzo alla folla. Fece un sorriso a trentadue denti e seppi che lo stavo facendo anch'io.

«Ehi, Maddie!» la chiamò Noah, splendida come sempre.

Mia sorella ci mise meno di un secondo a precipitarsi verso di lei. «Noah!» urlò entusiasta e risi nel vederla correre così. La gioia dentro di me aumentò ancora di più quando Noah si abbassò e la sollevò da terra in un dolce abbraccio.

La facilità con cui Maddie si era abituata a Noah era stata al di sopra delle mie aspettative e non perché Noah non fosse un amore, lo era, ma Mad, va detto, non era una personcina semplice. Io la adoravo, era mia sorella, ma a volte sapeva essere insopportabile e scontrosa: non andava d'accordo con tutti, non le piaceva che invadessero il suo spazio personale – soprattutto quando si trattava di persone con cui non era in confidenza – e poi, a essere proprio sincero, era un pelino viziata... be', come qualsiasi bambina di sei anni a cui i genitori comprano tutto. Era la mia principessa delle tenebre, come mi piaceva definirla. Ma lei e Noah si adoravano, quindi non c'era alcun problema.

Quando le raggiunsi, Noah mi rivolse uno sguardo un po' strano, come fosse sollevata di vedermi o qualcosa del genere. Le sorrisi e la attirai a me, con Maddie nel mezzo.

«Noah, saliamo sulla ruota, saliamoci tutti e tre!» Maddie spinse verso il basso scuotendo le gambe per scendere e poi andò di corsa verso le giostre. Senza toglierle gli occhi di dosso, cinsi le spalle di Noah e le baciai la testa mentre seguivamo mia sorella.

«Stai bene?» le chiesi.

«Certo! Tua sorella è uno splendore» rispose cambiando argomento.

«Anche senza due denti?» dissi divertito. «Ho dovuto ricorrere a tutto il mio autocontrollo per non prenderla in giro, Peldicarota».

Noah rise, ma non fece alcun commento in merito. C'era qualcosa di strano in lei, ma per il momento decisi di lasciar correre. Mia sorella iniziò a parlare a macchinetta e a raccontarle, nel suo modo infantile, tutto quello che aveva fatto, com'era stato il viaggio in aereo e quanto era contenta di essere lì. Noah la ascoltava divertita e, ogni volta che si girava verso di me, mi dedicava un sorriso.

Ormai era quasi buio e non faceva freddo, c'era solo un po' di frescura. Il cielo era terso e quindi, da dove eravamo, si riusciva a vedere un magnifico tramonto. Senza dire nulla, Noah si avvicinò a me e si sedette sulle mie gambe, con lo sguardo fisso sul mare e sul sole che scompariva. La abbracciai stretta. Osservare Noah era la cosa più bella del mondo, meglio di qualsiasi tramonto sul mare. Consapevole del mio sguardo, mi fissò negli occhi e mi sorrise come lei sola sapeva fare.

Maddie si addormentò in macchina. Non era strano, si era alzata presto e in più era stata una giornata piena di novità. Era notte e, mentre guidavo con Noah accanto e in silenzio, non potei evitare di ricordare la conversazione tra me e Lion di quella mattina.

Il mio amico mi aveva telefonato per dirmi che le corse si sarebbero svolte il lunedì successivo. Dopo il rapimento di Noah mi ero allontanato dalla mia banda e dai problemi della strada: non volevo che certi rapporti complicassero la mia vita e men che mai che mettessero in pericolo la vita della mia fidanzata o della mia famiglia. Ma restava Lion, e Lion, sfortunatamente, faceva parte di quel mondo e io non potevo tirarlo fuori se lui non decideva di cambiare. Non è che gli piacesse, ma erano soldi facili e veloci ed ecco perché mi aveva chiesto di andare a correre per lui come avevamo sempre fatto. Gli avevo offerto un prestito, ma era troppo orgoglioso per accettare. Avevo deciso di aiutarlo solo perché sapevo che aveva bisogno di soldi e anche perché, a eccezione dell'anno prima, non avevo mai avuto nessun tipo di problema. Avevo sempre amato le macchine e correre di notte, in mezzo al deserto, sentire l'adrenalina, la velocità, la vittoria… lo adoravo.

Se Noah l'avesse scoperto mi avrebbe ucciso. A Jenna si era già messa la pulce nell'orecchio e, sebbene credessi di averla convinta di non aver nulla a che fare con i guai di Lion, dovevo inventarmi qualcosa per placarla. Lion mi aveva assicurato che Jenna non sapeva quando ci sarebbe stata la gara e che, inoltre, sarebbe stata una cosa veloce: andare, correre, vincere e tornare a casa. Senza problemi.

L'unica cosa che mi veniva in mente per evitare che Noah potesse aver qualche sospetto era vedermi con lei quello stesso lunedì. Darle appuntamento per cena in qualche ristorante all'altro capo della città, il più lontano possibile dalle corse e poi… darle buca. Mi sarei inventato una qualche scusa per giustificarmi, ma almeno così l'avrei tenuta il più lontano possibile da me, al sicuro in qualche bel posto. Si sarebbe incazzata come una iena, ma l'avrei calmata al mio ritorno.

Soddisfatto del mio piano, parcheggiai, scesi dall'auto e le aprii la portiera.

«Tutto bene, Peldicarota?» mi interessai accarezzandole la guancia e scostandole una ciocca di capelli dal viso. Era stata silenziosa per tutto il pomeriggio e ora che mia sorella si era addormentata potevo dedicarmi del tutto a lei. Notai quanto era vestita elegante.

«Sono stanca, tutto qui» rispose scendendo dall'auto senza nemmeno guardarmi.

«Cos'ho combinato questa volta, Noah?» le chiesi analizzando mentalmente tutto ciò che avevo detto e fatto da quando ci eravamo incontrati sul molo.

Sul suo volto affiorò un sorriso divertito e mi tranquillizzai un po'.

«Non hai fatto niente, scemo» rispose e respirai con calma; quando si girò, mi prese il viso tra le mani e si mise in punta di piedi per baciarmi sulle labbra. Prima che si scostasse, feci scendere la mano fino alla sua vita e la strinsi forte contro di me. Non approfondì il bacio e così lo feci io: le aprii le labbra e la assaporai con piacere.

Rispose al mio bacio, ma mi parve assente.

Quando mi allontanai, la guardai di nuovo.

«Mi stai nascondendo qualcosa e scoprirò cosa» dissi tra il serio e il faceto e poi la lasciai andare.

Aprii la portiera posteriore e risi come uno stupido nel vedere quella bambina così bella addormentata accanto a un enorme coniglio di peluche. Le slacciai la cintura di sicurezza e la presi in braccio. Dopo aver preso la sua piccola valigia, chiusi la macchina e, insieme a Noah, salimmo al mio appartamento.

Non volevo svegliare mia sorella per cui la misi direttamente a letto.

«Dormi, principessa» le dissi baciandole la guancia.

Quando uscii e chiusi la porta trovai Noah ad aspettarmi, appoggiata alla parete davanti alla stanza. Dovevamo parlare e fui contento che fosse lei a fare il primo passo.

«Ci facciamo un bagno insieme?» mi propose con un sorriso dolce.

Sorrisi, le presi la mano e la portai in bagno. Aprii l'acqua calda e lasciai che la vasca iniziasse a riempirsi. Mi voltai e mi avvicinai a lei.

«Oggi sei molto bella... molto elegante» osservai e le tolsi l'elastico dai capelli che caddero subito come seta attorno al suo collo. «Cos'hai fatto questa mattina? A parte ignorarmi, ovvio».

I suoi occhi andarono ai bottoni della mia camicia e, con dita tremanti, iniziò a sbottonarli a uno a uno. Le presi le mani, fermandola e sentendo una fitta d'ansia sapendo che mi stava nascondendo qualcosa.

«Sono andata in giro con mia madre» rispose alzando la testa e guardandomi dritto negli occhi. «Mi si è scaricato il telefono, per quello non ho risposto alle tue chiamate».

Annuii e lasciai che proseguisse con quello che stava

facendo. Quando mi tolse la camicia, si chinò in avanti e chiusi gli occhi nel sentire le sue labbra proprio sul cuore.

Le carezze di Noah non erano paragonabili a niente, era una sensazione davvero incredibile... mi faceva sentire così bene... in pace con me stesso. Era la mia droga personale, fatta appositamente per farmi impazzire. Aprii gli occhi e le afferrai le mani mentre risalivano fino al mio collo. La volevo nella vasca con me, rilassata, e chissà, magari avrei scoperto cosa diavolo le succedeva.

Le sfilai il top e quella gonna che le faceva brillare la pelle. Poi mi chinai e le tolsi i sandali. Aveva un corpo incredibile, atletico, né troppo in carne ma nemmeno magro: era fatta perché passassi ore a guardarla.

Con un sorriso che mi fece smuovere qualcosa dentro, si slacciò il reggiseno e si tolse gli slip per poi entrare nella vasca. Avrei voluto dirle che l'acqua era molto calda, ma non fece alcuna espressione infastidita, si immerse fino alle spalle. La seguii subito e, quando si spostò perché mi potessi sedere dietro di lei abbracciandola, strinsi forte i denti per via della temperatura.

«Cazzo, Noah!» protestai resistendo per qualche secondo finché il mio corpo non si abituò, «ma non ti brucia?»

«Oggi no» rispose con aria assorta mentre prendeva la schiuma con le mani e la osservava distratta.

Appoggiai la guancia al suo orecchio e rimanemmo un attimo in silenzio, godendoci la gradevole sensazione di essere insieme, rilassati e tranquilli. Sapevo che aveva qualcosa. A volte era talmente immersa nei suoi pensieri che avrei dato tutto pur di sapere cosa le passava per la testa.

«Ti posso fare una domanda?» mi disse a quel punto, riportandomi alla realtà.

«Certo».

«Ma mi devi promettere che risponderai».

La mia mano, che era appoggiata sul suo stomaco, iniziò a tracciare piccoli cerchi attorno all'ombelico. Sapevo cosa stavo facendo, ma ero curioso di sapere cosa mi voleva chiedere, per cui accettai, non senza prima godermi un attimo di piacere. Sorrisi nel sentire come espirava quando la mia mano scese un po' più del dovuto. «Secondo te tuo padre amava tua madre? Prima che divorziassero, ovvio».

Non mi aspettavo quella domanda e, invece di chiarirmi cosa le passava per la testa, mi causò ancora maggiore confusione.

«Immagino di sì, immagino l'abbia amata… anche se io ricordo solo che litigavano oppure che mio padre era via per lavoro… Mia madre non era una donna facile, ma lui non era da meno» risposi e mi tornarono in mente tutte le volte che se n'era fregato di noi perché o doveva lavorare o era troppo stanco. «Quando ero piccolo pensavo che tutti i padri vivessero lontano da casa e che tornassero solo quando avevano fame o sonno. Ovviamente, crescendo e frequentando le case dei miei amici, mi accorsi che mi sbagliavo e che i padri potevano essere fantastici. Uno dei miei compagni di scuola aveva un padre che lo portava e lo andava a prendere tutti i giorni e, al ritorno, si fermavano sempre a mangiare qualche dolcetto e a giocare a baseball nel parco… Lo invidiavo: fu allora che capii che molti padri facevano delle cose con i propri figli».

Mantenni lo sguardo in avanti, perso nei ricordi e solo quando Noah si voltò mi accorsi che la mia mente era andata in un altro tempo. Forzai un sorriso e lasciai che mi baciasse quando mi prese per il collo finché le nostre labbra si unirono.

«Non avrei dovuto chiederti nulla» si scusò.

Tirai la testa indietro e la guardai.

«Puoi chiedermi quello che vuoi, Noah, la mia vita non è stata una fiaba ma... quasi, se paragonata a tutto quello che succede là fuori. Non tutti nascono con il desiderio di essere genitori e la maggior parte, quando ci prova, ci riesce male».

Non mi sarei lamentato perché avevo avuto dei genitori che litigavano: la mia non era stata certo un'infanzia ideale, ma non intendevo lagnarmi, tantomeno davanti a lei. Noah era triste per me, glielo leggevo negli occhi, e questo considerato che a vincere il premio della storia horror era lei. Mio padre era stato uno stronzo egoista quando io ero un bambino, ma di certo non aveva provato ad ammazzarmi. A volte la mia testa mi giocava brutti scherzi facendomi immaginare Noah piccolina, poco più grande di Maddie, che si nascondeva dal suo stesso padre, vedendosi costretta a saltare da una finestra... come poteva dedicare anche solo un secondo a dispiacersi per me?

«Secondo te esistono famiglie normali?» mi chiese. «Sai cosa intendo, tipo quelle che si vedono nei film, con genitori tranquilli, che lavorano e la cui principale preoccupazione è pagare la rata del mutuo a fine mese».

Era quello che l'aveva impensierita tutto il pomeriggio? Non è che magari sua madre le aveva detto qualcosa quella mattina? Al solo pensare che Raffaella l'avesse tormentata di nuovo sulla nostra relazione, mi sentii invadere dalla rabbia. Ci pensai per qualche secondo.

«Io e te saremo quel tipo di famiglia. Che ne pensi? Ovviamente senza la preoccupazione per il mutuo».

Noah scoppiò a ridere e mi venne voglia di dimostrarle quanto stessi parlando sul serio.

«Ora tocca a me farti una domanda» dissi, e i suoi occhi cercarono di nuovo in miei. Sorrisi. «Dove lo vuoi fare? Nella vasca o a letto?»

27
Noah

Non riuscivo a togliermi di testa le parole della madre di Nicholas.

Mi spaventava il fatto che mi avesse minacciata, ma non intendevo andare oltre, non volevo imboccare una strada che non sapevo se sarei riuscita a percorrere da sola. Mi sentivo in colpa per aver stracciato la lettera. Non avevo il diritto di farlo, ma non volevo che quella donna facesse ancora del male a Nick. Cosa aveva detto quella mattina Nicholas riguardo gli imbianchini? Che voleva proteggermi. Bene, era esattamente quello che io stavo facendo con lui.

Mi concentrai su Nick, come sempre: lui era la mia medicina, la mia distrazione, il mio luogo sicuro. Mi costrinse a voltarmi e fui grata delle dimensioni della vasca da bagno.

«Dove lo vuoi fare? Nella vasca o a letto?» mi chiese con quel suo sguardo scuro, anche se percepii che aveva bisogno del mio contatto, soprattutto dopo aver rovistato nel suo passato. Anch'io ne avevo bisogno perché, se avessi continuato a frugare, avrei scoperto delle verità che era meglio restassero segrete… quantomeno per il momento.

Mi fece sedere sulle sue gambe e le nostre bocche si unirono di nuovo dolcemente. Entrambi ne avevamo bisogno, perché era stata una giornata intensa, anche se in modi molto diversi.

Tenendomi le mani sulla schiena, si inclinò su di me e assaporò le mie labbra con venerazione. Le mie mani risalirono lungo le sue spalle fino a posarsi sulle sue guance, ruvide e umide per via dell'acqua. La sua fragranza mi inondò i sensi e sentii che mi riscaldavo interiormente.

«Sei così bella» disse a voce bassa sulla mia pelle che bruciava. La sua bocca si scostò dalle mie labbra e percorse la mia mandibola, dando piccoli morsi fino a raggiungere il collo. Le mie mani scesero sul suo torace, sugli addominali, fin quando lui non mi strinse dalla schiena perché i nostri petti si unissero, pelle contro pelle, senza alcuna separazione. «Così dolce, così delicata...» diceva a mano a mano che la sua bocca e la sua lingua assaporavano la mia pelle nuda e umida.

Mi inclinò all'indietro mentre io emettevo un sospiro spezzato nel sentire le sue mani salire e scendere sulla mia schiena, e la sua bocca che si impossessava del mio seno sinistro assaporando la mia pelle sensibile, avida delle sue carezze. Mi tirai su e gli strinsi i fianchi con le gambe. Lui cercò la mia bocca e insieme riprendemmo quella danza così antica, mentre le nostre lingue giocavano insieme...

«Guardami» disse a quel punto, staccandosi da me e, quando aprii gli occhi, vidi che i suoi mi fissavano, azzurri come sempre ma con qualcosa di diverso e di difficile da spiegare a parole. «Ti amo e ti amerò per tutta la vita» dichiarò, e sentii il cuore paralizzarsi, fermarsi per poi riprendere la sua corsa frenetica; senza staccare gli occhi dai suoi, mi sollevò piano con il braccio che mi cingeva la vita e mi mise proprio sopra di lui, muovendosi poi con un'infinita lentezza e con una dolcezza palpabile quasi quanto le sue parole. Quando mi penetrò, aprii la bocca per urlare, ma le sue labbra mi zittirono con un bacio profondo.

«La senti? La senti la connessione? Siamo fatti l'uno per l'altra, amore mio» mi sussurrò all'orecchio mentre si muoveva piano, con un ritmo lento che mi stava facendo impazzire. Le sue parole mi risuonarono in testa mentre mi faceva provare un piacere che solo lui riusciva a darmi e che solo lui mi avrebbe dato.

'Ti amo e ti amerò per tutta la vita'.

«Promettimelo» dissi quando una terribile paura si impossessò del mio corpo e della mia anima, la paura di perderlo, un'infinita paura di non avere ciò che stavo sperimentando per il resto della vita.

I suoi occhi bui di desiderio tornarono ai miei, confusi, senza sapere a cosa mi stessi riferendo.

«Che mi amerai per sempre, promettimelo» lo pregai quasi.

Senza rispondermi, si alzò dalla vasca portandomi con sé, tenendomi con forza dalle cosce. Lo abbracciai e affondai la faccia nel suo collo, mordendomi il labbro inferiore per non urlare mentre lo sentivo così tanto dentro di me; mi portò in camera, gocciolavamo tutti e due e bagnammo dappertutto. Mi posò sul letto senza scostarsi di un solo centimetro.

«Non c'è promessa che valga» affermò mentre i nostri respiri affannati sembravano essere in sincronia. Stavo per raggiungere l'orgasmo e lui lo sapeva, le sue mani toccavano ogni parte del mio corpo che avesse bisogno di un contatto, «perché mi hai rapito… sono più tuo che mio; farò quello che vuoi, tutto quello che mi chiedi» disse guardandomi fisso negli occhi. «Te lo prometto, amore mio».

E così, con le sue parole e il suo corpo attaccato al mio, smisi di avere freddo.

*

I giorni successivi furono spettacolari. Fu incredibile condividere tutti i momenti che stava vivendo con sua sorella, momenti che non aveva mai avuto per via della distanza e delle poche ore che gli concedevano per vederla. Il giorno del compleanno di Nick andammo a Disneyland e, sebbene fosse un posto per bambini che ci costrinse a passare tutto il giorno dietro a Maddie, adorai vedere come Topolino e tutta la sua truppa cantarono 'Tanti auguri a te' per Nick. In quel periodo, un anno prima, avevamo appena iniziato a uscire insieme e se qualcuno mi avesse detto che, un anno dopo, avrei visto Nick con delle orecchie da topo a mangiare una torta di cioccolato a forma di principessa Disney, avrei detto che era pazzo.

Ma i giorni trascorsero in fretta e arrivò presto il momento di riaccompagnare Maddy in aeroporto. La hostess che l'avrebbe presa in carico fino a Las Vegas ci aspettava al controllo passeggeri. Dopo aver passato così tanto tempo insieme, i saluti furono più difficili del previsto.

«Stai bene?» gli chiesi mentre ci dirigevamo di ritorno alla macchina. Mi teneva la mano molto stretta.

«Starò bene» rispose semplicemente.

Preferii non insistere perché ero consapevole che a Nick non piaceva molto parlare, soprattutto quando c'erano di mezzo i suoi sentimenti. Sua sorella era uno dei suoi punti deboli e sapere che se ne stava andando da dei genitori che non avevano quasi tempo per lei non era d'aiuto. Salimmo in auto in silenzio e riprese a parlarmi solo una decina di minuti dopo.

«Ti lascio a casa tua?» chiese.

Dentro di me si accese un campanello d'allarme. Il giorno prima, mentre Nick stava facendo il bagno a Maddie, mi aveva chiamata Jenna dicendomi di aver scoperto che le corse sarebbero state quel lunedì. Non avevo voluto crederle, ma se aveva ragione, allora Nick non avrebbe voluto avermi vicina. Fui sul punto di dirgli di no, che mi sarei fermata a dormire da lui, ma non volevo abusare della pazienza di mia madre che era già abbastanza arrabbiata. Inoltre, dovevo finire di fare le valigie visto che mancavano solo cinque giorni alla partenza per l'università. Dovevo parlare con mia madre, anche se avevo pensato di dirglielo dopo essermi trasferita, a cose fatte. Era un'idea rischiosa, ma preferivo affrontarla da lontano piuttosto che dirle tutto di persona.

«Sì, lasciami a casa» risposi guardando dal finestrino mentre cercavo di capire cosa fare in merito alle corse. Quando arrivammo e parcheggiò la macchina all'entrata, pensai che sarebbe sceso, almeno per salutare suo padre, ma non spense nemmeno il motore. Eppure non fu quello a confondermi, ma la frase che pronunciò subito dopo: «Ci vediamo a cena domani?»

Mi voltai sorpresa.

«Come?»

Lui abbozzò un sorriso.

«Io e te… in un bel ristorante… ti va?» mi chiese allungando il braccio e mettendomi una ciocca di capelli dietro l'orecchio. Ne fui sorpresa, non me l'aspettavo, non se Jenna aveva ragione e il giorno dopo intendeva correre con la macchina.

«Mi passi a prendere tu?»

Il suo sguardo andò verso la casa.

«Non credo di farcela, lavoro tutto il giorno… sarebbe meglio vederci direttamente al ristorante».

Quando mi guardò di nuovo, non vidi alcun cenno di dubbio nel suo sguardo, sembrava sincero. Forse in fondo Jenna si stava davvero sbagliando. Sorrisi, odiavo aver dubitato di Nick, lui non mi avrebbe mentito, non sarebbe andato a correre, non senza dirmelo e a maggior ragione dopo tutto quello che era successo.

«Perfetto, allora ci vediamo lì» dissi appoggiando una mano sulla portiera.

«Ehi!» esclamò prima che scendessi dall'auto. «Grazie di essere stata con me in questi giorni, non sarebbe stato lo stesso senza di te».

Gli misi una mano sulla guancia e gliela accarezzai fino a chinarmi per baciarlo. Quando approfondii il bacio, non potei fare a meno di pregare mentalmente che non mi stesse mentendo.

Il pomeriggio del giorno dopo, Jenna passò a casa mia. Non l'avevo mai vista così abbattuta. Lei e Lion non stavano attraversando un gran bel momento e il fatto che la mia amica fosse convinta che quel giorno sarebbero andati alle gare non era certo di aiuto. Quando le dissi che Nick mi aspettava a cena al Cristal, un elegante ristorante della città, si mostrò incredula.

«Io so quello che dico, Noah, e sono certa al cento per cento che quei coglioni dei nostri fidanzati faranno un gran casino stanotte».

Sospirai mentre cercavo un vestito carino da indossare. Mi ero stufata di dover convincere Jenna che Nicholas non mi avrebbe mentito; di certo non mi avrebbe invitata ad andare al ristorante se non aveva intenzione di cenare con me.

«Come va con Lion? È ancora arrabbiato con te?» le chiesi più che altro per cambiare argomento.

Jenna, che era seduta sul divano nella mia cabina armadio, aveva il viso del colore opposto alle sue unghie.

«Se con 'essere arrabbiato' ti riferisci al fatto che al momento la nostra relazione si basa sull'urlarci addosso e poi scopare come due antilopi, be', sì, immagino sia ancora arrabbiato con me».

«Ma quanto sei grezza!» risposi sorpresa dal suo modo di parlare, anche se non è che mi sconvolgesse più di tanto: Jenna non era così snob come tutti pensavano. Ma al di là di quel suo atteggiamento, sapevo che non stava bene, che era distrutta e che la faccenda di quella notte la innervosiva molto più di quanto volesse mostrare. Se la sua teoria era vera, Lion intendeva fare tutte le gare per tirare su un bel po' di soldi; e non gli importava che le persone che frequentavano quelle corse clandestine ci avessero quasi ammazzati l'ultima volta che eravamo stati lì. E non era solo quello: da allora io e la mia amica eravamo ancora più consapevoli che, se Lion non avesse cambiato strada, si sarebbe ritrovato in gattabuia come suo fratello Luca.

«Ah, l'altro giorno ho visto Luca» commentò alzandosi dal divano e iniziando a scorrere le grucce come se niente fosse. Mi fermai un attimo e la guardai dal riflesso dello specchio.

«Com'è?» chiesi delicatamente.

«Se devo essere sincera, mi è sembrato piuttosto simpatico, ha un'aria... non lo so, quando l'ho conosciuto mi è venuta la pelle d'oca» ammise fermandosi su una maglietta semplice e bianca. Jenna era ovunque tranne lì a guardare vestiti e questo le succedeva da oltre un mese. «È molto bello, non quanto Lion, ma è chiaro che i loro genitori devono essere attraenti... ha i suoi stessi occhi verdi, ma il suo sguardo nasconde molte cose, cose che Lion non vuole che sappia perché, quando l'altro giorno sono andata da lui, per poco non mi ha cacciata via a pedate».

E, nel pronunciare quell'ultima frase, la sua voce tremò. Mi avvicinai a lei, odiando vedere la tristezza nello sguardo della mia amica; la Jenna di un tempo era l'esatto opposto di quella che avevo davanti. Ma dov'erano finiti il suo perenne sorriso, la luce dei suoi occhi e le idiozie che sparava ogni due secondi? Avrei voluto dare un bel calcio nel culo a quell'idiota di Lion.

«Perché stasera non vieni a cena con me e Nick?» le proposi, sapendo che a lui non avrebbe dato fastidio. Jenna era una sua amica, e di sicuro mi avrebbe aiutato a tirarle su il morale.

Lei mi guardò e scosse la testa frustrata.

«Continui a credere che ti porterà a cena fuori?»

Respirai a fondo, prima di risponderle.

«Jenna, Nicholas non mi mentirebbe, e non mi lascerà lì da sola».

Soppesò un attimo la mia risposta.

«D'accordo… ma lo faccio solo perché tu non ti ritrovi abbandonata quando quell'idiota non si presenterà come ha promesso di fare; così potremo andare subito a cercarli».

Scossi la testa, anche se non riuscii a evitare di sentire una fitta di incertezza in mezzo al petto.

Qualche ora dopo avevamo fatto una doccia e stavamo finendo di agghindarci. Jenna non sembrava molto propensa a farlo; avevo dovuto insistere, ricordandole che non stavamo andando al McDonald's. Alla fine aveva indossato un paio di pantaloncini di pelle nera e una camicia bianca con sandali senza tacco. Io avevo optato per un abito nero attillato e delle scarpe con un po' di zeppa. Mi lasciai i capelli sciolti e mi truccai, questa volta sottolineando le labbra.

Nel guardarmi, Jenna alzò gli occhi al cielo, ma mi risparmiò i suoi commenti. E proprio a quel punto mi arrivò un messaggio di Nick.

Ho prenotato a mio nome. Aspettami dentro e beviamo qualcosa.

Mentre uscivamo dalla mia stanza, mostrai il messaggio alla mia amica che mi ignorò.

Per arrivare al ristorante impiegammo circa un'ora. Come mi aveva detto Nick, c'era una prenotazione a suo nome. Il posto era molto gradevole, con piccoli tavolini in stile francese e una luce tenue e romantica. Mi fece sorridere essere lì con Jenna e feci anche fatica a immaginare Nick in un posto del genere, un po' troppo snob per i suoi gusti. Mentre le coppiette attorno a noi ci osservavano un po' scocciate, Jenna iniziò a scherzare.

«Dai, Noah, prendimi la mano, magari da quelle lampade che abbiamo sopra la testa scendono i coriandoli» disse avvicinandosi a me e giocando a fare la gattamorta. Risi mentre ci bevevamo un calice di vino bianco in attesa di Nick.

Quando ormai lo stavamo aspettando da oltre quaranta minuti, le battute smisero di farmi sorridere e iniziai a sentire un malessere alla bocca dello stomaco.

La vibrazione del mio cellulare mi tirò fuori da quello stato di mutismo e lessi il messaggio con la fronte aggrottata.

Scusami, Peldicarota, non riuscirò a raggiungerti, sono presissimo e, se non finisco le relazioni che mi hanno chiesto, addio lavoro. Ti prego, non ti arrabbiare, mi farò perdonare... cena con Jenna e divertitevi.

Sentii il fuoco provenire da dentro, un fuoco che stavo cercando di tenere sotto controllo fin dai suoi primi venti minuti di ritardo. Non potevo credere che fosse così deficiente da pensare che quello stratagemma avrebbe funzionato.

Alzai lo sguardo verso Jenna che, nonostante tutto, mi fissava con una certa tristezza.

«Dove cazzo le fanno quelle corse?»

28
Nick

Non appena premetti 'invio', mi fu chiaro che i guai non sarebbero mancati. A quel punto uscii dal mio appartamento. Non ero per niente contento, ma una parte di me sentiva l'adrenalina scorrere in tutto il sistema nervoso, e questo in fondo mi era mancato. Non che ora non mi sentissi alla grande, ma i combattimenti, le gare e le follie che ero solito fare avevano rappresentato una valvola di sfogo che era difficile lasciarsi alle spalle. Mi ripetevo che lo stavo facendo per Lion, ma in realtà lo facevo anche per me, lo volevo fare; anzi, ne avevo bisogno. Tutti i ricordi che mi aveva smosso parlare di mia madre, mia sorella che mi salutava all'aeroporto, la sensazione che Noah mi stesse nascondendo qualcosa, sapere che non ero riuscito a liberarla dai suoi incubi… tutto questo mi faceva stare in un perenne stato d'agitazione e in più non aiutava di certo sapere che tutti speravano ci lasciassimo.

Mi ripetei più volte che lei era in salvo con Jenna, lontana da quella merda e al sicuro da tutti e da me. Non volevo averla accanto quella sera… c'erano momenti in cui avevo bisogno di stare da solo e basta.

Mi infilai il casco e salii sulla moto. Le macchine le avrebbero portate fin lì Lion e Luca e così avevamo deciso di incontrarci direttamente sul posto. Quest'anno le corse non si sarebbero tenute nel deserto, ma in città. Non si trattava di un percorso molto lungo, ma le scommesse erano alle stelle; se avessimo vinto, ci saremmo intascati una bella somma e Lion ne aveva bisogno.

Quando passai con la moto in mezzo a tutta quella gente, c'era la musica a palla. Non appena mi videro arrivare, in molti si misero a esultare e l'adrenalina iniziò a scorrermi più veloce nelle vene non appena percepii che ero di nuovo insieme alla mia banda. Non potevo negare che tutto quello mi era mancato.

«Guarda un po' chi c'è qui!» urlò Mike, il cugino di Lion, avvicinandosi.

Facemmo pugno contro pugno, mentre scendevo dalla moto e lasciavo il casco sul sedile.

«Come butta, amico?» chiesi soppesando ciò che mi circondava. Era da tempo che non vedevo quella gente e, dopo poco, ne fui circondato. Tutti facevano battute e scherzavano, tutti bevevano come matti e la musica era così alta da far male alle orecchie.

Dopo pochi minuti apparve Lion e i presenti si misero ad acclamarlo nel vederlo arrivare con quella macchina: una Lamborghini che avevo affittato per l'occasione. Mi vennero in mente le corse dell'anno prima, il modo in cui il mio diavolo biondo aveva sconfitto Ronnie stupendo tutti e facendomi quasi venire un infarto, ovvio. Non avrei mai dimenticato quanto era stata incredibile in quella corsa: Noah gareggiava molto bene e vederla così mi aveva eccitato e fatto incazzare al tempo stesso.

Mentre attorno a me tutti ballavano e facevano i coglioni in attesa che arrivassero gli altri, tirai fuori una sigaretta e mi appoggiai alla moto. Avevo bisogno di sapere che Noah stava bene e che era arrivata a casa.

Non aveva risposto al messaggio e la cosa non mi piaceva. Di certo era arrabbiata, ma era con Jenna e non era come se l'avessi piantata da sola in un ristorante romantico… no?

Non potevo telefonarle perché avrebbe sentito tutto il casino in sottofondo, quindi provai a mandarle un altro messaggio.

Com'è andata la cena? Sei già a casa?

Feci un tiro dalla sigaretta e, un attimo dopo, vidi che era online.

A letto, in pigiama.

Sospirai sollevato di essermi tolto quel peso di dosso. Ora che sapevo che Noah era a casa, potevo rilassarmi e concentrarmi su quello che intendevo fare quella notte, e cioè: correre, vincere e dire definitivamente addio a quel mondo.

Lion mi fece un cenno e raggiungemmo un tizio di nome Clark che aveva ideato il percorso di quella sera. Questa volta avremmo corso in quattro: era una corsa di quelle serie, bisognava pagare per gareggiare – ben cinquemila dollari a testa – ma il vincitore si sarebbe intascato tutto, oltre, ovviamente, ai soldi delle scommesse.

«Se tutto va bene, dovrebbe essere questione di dieci minuti, siamo pronti. Ma gli sbirri potrebbero presentarsi di colpo, io su quello non ho nessun potere» disse Clark guardando noi quattro partecipanti. Gli altri due erano abbastanza bravi, e uno di loro apparteneva alla banda di Ronnie, che ora era di Cruz.

L'avevo già visto, era in un angolo circondato dai membri del suo gruppo, tutti fuori di testa, proprio come lui. Odiavo quella gente, e una parte di me voleva vendicarsi per quello che era successo qualche notte prima; ma non a suon di botte, volevo farlo con i soldi, che era quello che a loro importava di più e a cui aspiravano.

«Ci vediamo qui tra dieci minuti» disse Clark. Subito dopo mi avvicinai a Lion e a suo fratello.

«Non credo che vincere sarà molto difficile, ma non voglio casini, se le cose si complicano molliamo tutto, chiaro?» gli dissi. Luca voleva salire in auto con Lion, da copilota. Io, invece, preferivo correre da solo: odiavo avere qualcuno accanto in quelle situazioni, mi distraevo e non riuscivo a tenere del tutto sotto controllo la macchina. Annuirono e ci voltammo, pronti ad andare a prendere le nostre auto.

Ma a quel punto, un luccichio attirò la mia attenzione. Il mio corpo lo percepì ancor prima che i miei occhi notassero l'Audi rossa che era appena arrivata. Mi si fermò il cuore e, quando le sue gambe lunghe scesero dall'auto, tutta l'adrenalina che avevo sentito circolare in corpo invase il mio intero sistema nervoso.

«Porca puttana!» esclamò Lion da dietro di me.

Sentii i miei piedi accelerare il passo e il mio respiro affannarsi nel vedere lì Noah, circondata da tutta quella gente di merda. Le falcate si fecero sempre più ampie; volevo accorciare il prima possibile la distanza tra di noi, volevo raggiungerla prima di chiunque altro. I suoi occhi mi fissarono in lontananza. Si mise a braccia conserte e mi fulminò con uno sguardo carico d'odio. Quando l'ebbi davanti, dovetti trattenermi per non ricacciarla in auto e andarmene di lì nell'arco di un secondo, ma la sua mano volò così in fretta e mi colpì il viso con uno schiaffo secco.

«Sei un bugiardo di merda!» urlò più forte della musica e del casino della gente.

Respirai a fondo diverse volte, cercando di calmarmi, ma fu inutile.

«Sali in macchina» le ordinai a denti stretti, provando a non innervosirmi.

«Col cazzo, Nicholas!» rispose mettendo le mani avanti decisa a darmi uno spintone. La fermai afferrandola per i polsi. «Non ci provare! Non provare a dirmi cosa devo fare!»

La spinsi contro l'Audi e la immobilizzai con il mio corpo.

«Voglio che risali su quest'auto e te ne vai da qui in meno di tre secondi, è chiaro? Non mi importa quanto sei incazzata, porca puttana! Non dovresti essere qui. Devo forse ricordarti cos'è successo l'ultima volta?»

I suoi occhi erano infuocati, era così arrabbiata che dovetti trattenere la voglia di scuoterla per essere sempre così testarda. Non importava che io fossi lì, a me non potevano fare male; io ero in grado di sopportare qualsiasi merda, ma Noah? Il terrore che qualcuno la potesse notare, che qualcuno la riconoscesse… I miei occhi andarono automaticamente verso Cruz che stava bevendo con i suoi amici e non si era ancora accorto di lei.

«Ovvio che non mi devi rinfrescare la memoria! C'ero! Hai presente?» rispose lottando con il corpo per scostarsi da me, senza riuscirci. Nonostante la lotta e la tensione del momento, notai com'era vestita… ma non poteva essere un po' più discreta?

«Smettila, maledizione» le ordinai tenendole i polsi con una mano mentre con l'altra le prendevo il viso perché mi guardasse. «Questo non è un gioco, Noah, ho bisogno che tu te ne vada».

«Non mi muovo da qui se non vieni con me» disse a mo' di sfida, mentre sollevava il mento per costringermi a lasciarla.

Appoggiai entrambe le braccia sulla macchina, respirando a fondo mentre Noah se ne stava protetta da quella specie di scudo che stavo innalzando con il mio corpo tra lei e la gente. Mi voltai e annusai il suo profumo, più che altro per cercare di calmarmi. Questa volta, le sue mani decisero di non toccarmi e di restare ai lati del corpo, come fossero morte.

«Non dovresti essere qui» sussurrai avvicinando la bocca al suo orecchio, ed entrambi percepimmo il brivido che la percorse.

«Nemmeno tu».

Mi allontanai abbastanza da poterla guardare. Era leggermente truccata e si era messa un vestitino corto che le lasciava le gambe esposte alla vista di tutti. Si era agghindata per me… e io l'avevo piantata per partecipare a delle corse clandestine.

Respirai a fondo diverse volte.

«Mi dispiace, Peldicarota» mi scusai mettendole le mani sulla vita. La stoffa di quel dannato vestito era così sottile che sembrava di toccare la pelle nuda. Tra quello e quanto sembrava incazzata, morivo dalla voglia di baciarla per essere sicuro che mi avrebbe perdonato.

Quando mi inclinai per farlo, scostò il viso da un lato.

«Non sopporto le bugie» disse.

«Lo so, non te ne dirò più».

«Non ti credo» rispose.

Respirai di nuovo a fondo sperando che non si accorgesse di quanto mi facevano male quelle parole.

«Queste sono le ultime corse che farò, puoi chiedere a Lion, gliel'ho detto stamattina. Ho chiuso, Noah… lo faccio solo per dire addio a tutto questo e per dare una mano a Lion».

«Non puoi continuare a fare queste cose per lui, Nick» rispose, ma nella sua voce non c'era rabbia, c'era preoccupazione. «So che per te è come un fratello, ma ho parlato con Jenna, non è più lo stesso di prima; se continui a sostenerlo in tutto questo, le cose non faranno che peggiorare».

Aveva ragione. Io facevo progressi, mentre lui continuava a scavarsi la tomba. O ne usciva con me oppure sarebbe sprofondato in quel mondo insieme a gente come Cruz o come suo fratello Luca.

Allungai le mani verso Noah e la attirai a me. Non avrei più permesso che si preoccupasse per me, mai più, era finita.

«Farò tutto il possibile perché Lion smetta quando lo farò io» le assicurai e provai un'enorme felicità quando la mano di Noah si posò sulla mia guancia. Sapevo che quella carezza significava che mi aveva perdonato.

Feci risalire la mano sulla sua schiena e le baciai teneramente la guancia accarezzandola delicatamente con la punta del mio naso dallo zigomo all'orecchio.

«Per favore, vai a casa; io ci andrò appena finito».

Noah rimase in silenzio e lo interpretai come un 'd'accordo'.

Mi voltai e vidi che gli altri tizi in gara stavano parlando con Clark.

«Devo andare».

Lei annuì, le diedi un bacio sulle labbra e aspettai ad andarmene fin quando non la vidi accanto all'Audi insieme a Jenna. Solo a quel punto mi girai verso gli altri.

«Buona fortuna a tutti, ci vediamo al ritorno» dissi a Lion ripetendo quello che dicevo sempre quando dovevo correre da solo.

Prima di girarsi e salire in auto, Lion mi sorrise e intravidi qualcosa che non mi convinse del tutto.

Raggiunsi il punto in cui avevo parcheggiato la Lamborghini, entrai e la misi in moto. Lion salì sull'auto che aveva portato Luca e guidò fino alla linea di partenza. Una ragazza che indossava soltanto la parte superiore di un bikini e un paio di minuscoli shorts era già in mezzo alla pista con le bandierine in alto. Dietro di lei, la città illuminata ci aspettava per vederci sfrecciare a più di centonovanta chilometri orari lungo le sue strade. Dovevamo fare tutto in fretta e bene; in caso contrario le cose si sarebbero messe molto male...

E a quel punto, proprio all'ultimo minuto, quando il conto alla rovescia era ormai iniziato e le mie mani stavano afferrando il volante, la portiera si aprì all'improvviso e Noah si sedette accanto a me.

«Cosa cazzo stai facendo?!»

Risuonò lo sparo che dava inizio alla corsa e si abbassarono le bandierine: la sfida era iniziata.

29
Noah

Quando Jenna mi spiegò come si sarebbero svolte quelle corse, fui presa da una terribile paura e così, non appena vidi la macchina di Nick posizionata e pronta a partire, mi misi a correre e ci saltai dentro, senza pensare alle conseguenze. Nick mi guardò prima sorpreso e poi furioso. Mi fece una tale paura che deviai lo sguardo verso il cambio e inserii la prima, costringendolo a concentrarsi su ciò che stava per fare.

«Forza, schiaccia sull'acceleratore, Nicholas!»

Per fortuna aveva dei riflessi incredibili perché in un attimo raggiunse le altre macchine che erano partite con un leggero vantaggio rispetto a noi.

«Io ti ammazzo, hai capito?!» urlò mettendo la quarta e concentrandosi sulla strada. A breve saremmo entrati in città e sapevo che avrei dovuto stare zitta per non distrarlo.

I suoi occhi andarono al mio corpo per una frazione di secondo.

«Allacciati la cazzo di cintura di sicurezza!»

Feci un salto sul sedile e obbedii.

Dio mio, me l'avrebbe fatta pagare alla grande, ma avevo bisogno di essere lì con lui: quella corsa non era come quella dell'anno prima. Non importava quante volte gli avessi chiesto di non farlo, Nicholas prendeva da solo le sue decisioni e a volte, nel farlo, mi escludeva. E la mia decisione era stata questa: se lui correva, avrei corso anch'io, se lui si metteva in pericolo, l'avrei fatto anch'io e non importava un tubo quello che aveva da dirmi, alle conseguenze ci avrei pensato dopo.

«Ti avevo detto di andartene!» urlò dando un colpo sul volante. Era furibondo, ma lo ero anch'io, non intendevo farmi intimorire; le cose non funzionavano così e volevo dimostrargli che, se continuava a frequentare quell'ambiente, allora l'avrei fatto anch'io. Se questo fosse servito a lasciarselo alle spalle, ne sarebbe valsa la pena.

«E io ho deciso di non farlo» risposi fissando la strada. Il mio coraggio gli fece serrare così tanto la mascella che le vene iniziarono a pulsargli e io mi feci involontariamente piccola sul sedile.

Quando arrivammo alla prima curva, mossi i piedi come se stessi guidando io. Correre mi piaceva così tanto che in quel momento il mio corpo era adrenalina allo stato puro; avrei voluto mettermi alla guida e dimostrare a Nick quanto ero in gamba, anche se l'ultima volta, pur avendo vinto, le cose avevano preso una bruttissima piega.

Nonostante Nick fosse bravo, in quel momento non vedevo altro se non una persona che non si rendeva conto di quanto avrebbe potuto danneggiare entrambi. Non importava quante cose sarebbero potute succedere, Nicholas continuava ad andare dalla parte sbagliata e, nel farlo, mi trascinava insieme a lui. Mi ero messa le corse alle spalle, mi ero messa alle spalle tutto ciò che mi ricordava mio padre… avevo fatto una grande fatica e adesso eccomi lì, a odiarmi perché mi stavo godendo qualcosa che aveva rovinato per sempre la mia famiglia.

Il mio cervello accantonò i problemi e iniziò a concentrarsi soltanto sulle auto davanti a noi… sì davanti, non dietro: stavamo perdendo.

«Nicholas, devi accelerare».

La vena del suo collo si gonfiò ancora di più e mi morsi il labbro nervosa.

«Non riesco a credere che sto andando a centosessanta con te in macchina».

'Mio Dio, questa è una gara, non una passeggiata nel parco!'

«Be', questa macchina arriva a duecento per cui schiaccia l'acceleratore o perderemo».

«Stai zitta!» mi ordinò e si voltò verso di me.

Chiusi la bocca e lo lasciai perdere. Ero così nervosa che mi tremavano le dita. Lo osservai in silenzio mentre posava la mano sul cambio e accelerava quasi ai duecento, raggiungendo gli altri. Lion era in testa e gli altri due erano proprio alla nostra portata. La curva successiva era l'unica occasione per superarli e pregai che la prendesse bene. Se avessimo perso, non mi avrebbe soltanto uccisa, ma mi avrebbe anche dato la colpa.

A quel punto le cose cambiarono e, dopo aver superato uno di loro, vidi spuntare altre macchine: ero terrorizzata, evidentemente non avevano chiuso l'ultimo tratto e quindi ci infilammo in pieno in una strada trafficata. La cosa non mi piacque per niente, non volevo che qualcuno ci rimettesse per colpa di una corsa clandestina... in teoria non sarebbe dovuto succedere.

«Merda!» sbuffò Nick a denti stretti mentre prendeva un'altra curva evitando due macchine che andavano a sessanta all'ora. Con una manovra spettacolare, superò l'auto che era in seconda posizione. Non potei fare a meno di emozionarmi.

Lion era l'unico davanti a noi e, sebbene sarebbero spettati dei soldi anche a chi arrivava al secondo posto, il mio io competitivo voleva vincere. Nicholas imboccò la curva in modo incredibile, va detto, e dovetti reggermi al cruscotto per non sbattere contro la portiera. Ci posizionammo dietro Lion, eravamo vicini ma non abbastanza… urlai quando Nick passò nella corsia opposta per superare un camion che ci assordò con il clacson. Nemmeno io avrei osato tanto, ma la manovra servì a ridurre la distanza. Se avessimo superato Lion all'incrocio successivo, ci saremmo ritrovati primi.

«Dai, Nick! Dobbiamo vincere!» urlai non riuscendo a trattenermi.

I suoi occhi mi osservarono furiosi e, proprio in quel momento, quando ormai mancavano pochi metri per raggiungere l'auto di Lion e suo fratello e superarli in curva, l'ago dell'acceleratore scese in picchiata, dai duecento ai centoventi.

«Ma cosa stai facendo?!» gridai incredula voltandomi verso di lui e notando con orrore che Lion era di nuovo molti metri più avanti di noi.

«Ti sto dando una lezione» rispose schiacciando ancora sull'acceleratore, ormai inutilmente: Lion aveva appena tagliato il traguardo.

Respirai a fondo, molto indignata.

«Non ci posso credere… avremmo potuto vincere!»

«I soldi sono per Lion. Dovevamo solo arrivare primi o secondi, l'ordine non ha importanza» disse superando il traguardo.

Fermò la macchina con una decisa frenata e io mi preparai a sentire tutto quello che mi avrebbe urlato contro. Ma all'improvviso delle luci attirarono la sua attenzione e si voltò per guardare dal lunotto posteriore. Si sentì il rumore delle sirene e l'espressione di Nick cambiò totalmente.

«'Fanculo!» esclamò accelerando di nuovo mentre, contravvenendo a tutte le regole, prendeva una curva e imboccava la strada vicina. Il rumore dei clacson e le urla dei passanti mi spaventarono e a quel punto capii cosa stava succedendo.

Il cellulare di Nick iniziò a squillare.

«Rispondi» mi ordinò concentrandosi sulla strada, «è nella tasca sinistra».

Mi chinai su di lui e infilai la mano nei suoi jeans fino a trovare il telefono.

«Metti il vivavoce» grugnì.

Lo feci e, all'interno dell'auto, si sentì la voce di qualcuno che non conoscevo.

«Raga, sono arrivati gli sbirri! Ci hanno beccati, qui è un delirio!»

«Vaffanculo, Clark, avevi detto che era tutto sotto controllo!»

«Lo so, non so cos'è successo, qualcuno avrà fatto una soffiata, devi uscire subito dalla statale».

«Dov'è la mia moto?»

Sentii rumori di ogni sorta arrivare dall'altra parte del telefono: a quanto pare li avevano scoperti. Immaginai che avessimo un piccolo vantaggio, ma ero ancora così agitata che non riuscivo a pensare in modo lucido. Ora mi rendevo conto di quanto fosse pericoloso tutto quello, e mi rendevo anche conto di quanto Nicholas fosse stato un idiota a venire qui; avrebbe dovuto ascoltarmi, ce ne saremmo dovuti andare via entrambi.

«Toni l'ha portata al solito posto, sai cosa devi fare. Se ti muovi, non credo che ti raggiungeranno in tempo». Nicholas prese il cellulare appoggiato sulla mia gamba, chiuse la chiamata e lo lanciò in malo modo sul cruscotto.

Calò il silenzio.

«Nicholas… non ci possono prendere» commentai terrorizzata; se la polizia ci avesse fermati, le conseguenze sarebbero state terribili. Tanto per iniziare, io non sarei potuta andare all'università e lui, che aveva già dei precedenti, ne sarebbe uscito ancora peggio. Se lo avessero arrestato, questa volta nemmeno suo padre sarebbe riuscito a tirarlo fuori dai guai.

«Non ci prenderanno» assicurò a bassa voce. Schiacciò sull'acceleratore e imboccò una strada che non conoscevo. Sembrava molto sicuro e io mi limitai a pregare che ce la cavassimo. Avevamo le macchine della polizia alle calcagna, lo sapevo perché sentivo le sirene, ma erano ancora abbastanza lontane da non riuscire a leggere la targa dell'auto.

Continuammo finché Nick svoltò e prese una strada secondaria. Non impiegammo molto a trovare una via piena di capannoni industriali e file di garage numerati; imboccò una sterrata e, prima di frenare davanti al numero 120, tirò fuori qualcosa dal cruscotto. Quando la porta del magazzino si aprì, vi parcheggiò la macchina; la moto che avevo visto nel nostro garage era lì dentro.

«Scendi» mi ordinò e io non osai disobbedirgli.

Quando scesi, vidi che c'erano diversi scatoloni e vecchi mobili: doveva essere il ripostiglio dei Leister che Nick usava in situazioni del genere.

Prese in fretta un telo e coprì l'auto. Si alzò una nuvola di polvere, non si vedeva quasi nulla e io iniziai a tossire allontanandomi dalla macchina. A quel punto mi accorsi che era dietro di me e, subito dopo, sentii la mia schiena sbattere sull'auto. Mi prese il viso con una mano.

«Adesso farai tutto quello che ti dico, Noah. Parlo sul serio» mi lasciò distillando rabbia da ogni poro della pelle. «Se non fosse per il tuo trauma di merda, ti mollerei qui, così magari impareresti a non intrometterti nei cazzi miei».

Dovetti battere le ciglia diverse volte, per trattenere le lacrime. Per quanto avesse ragione, era colpa sua se ci ritrovavamo in una situazione del genere, era stato lui a voler rientrare in quel cazzo di ambiente. Ignorai il mio orgoglio e annuii perché, in quel momento, la cosa più importante era non farci trovare dalla polizia.

Mi trascinò fino a raggiungere la moto. C'era soltanto un casco e me lo infilò in testa. I suoi occhi osservarono i miei un po' più del dovuto, e non fui in grado di interpretare quello che gli passava per la mente. Salì in moto e io mi misi dietro di lui. Mi chinai sulla sua schiena e lo cinsi con le braccia. Poi partimmo nel freddo della notte.

A mano a mano che procedevamo, mi arrabbiavo sempre di più. Non riuscivo a credere di trovarmi su una moto cercando di non essere fermata dalla polizia e in più costretta a sopportare la sua rabbia quando era stato lui a cacciarci in quella situazione. Sentii le mie mani irrigidirsi sul suo petto e come il suo corpo rispondeva subito a quel contatto. Mi prese una mano con la sua e la strinse forte.

'E questo cosa diavolo significa?'

Dieci minuti dopo, svoltò e si fermò a una pompa di benzina.

«Non muoverti» mi ordinò senza nemmeno guardarmi mentre, dopo aver fatto il pieno, andava a pagare.

Ne approfittai: balzai giù, buttai il casco a terra e mi allontanai il più possibile. Non lo volevo neanche guardare.

«Noah!» urlò. Sentii che lasciava quello che stava facendo per seguirmi; lo vidi avvicinarsi e iniziai a correre. Non volevo averlo davanti, non volevo che mi toccasse o mi urlasse contro, volevo solo allontanarmi il più possibile.

Quella notte era stato lui a superare i limiti, non io.

Corsi fin quando non raggiunsi il retro di un edificio in costruzione. Tirai il cancello semiaperto e mi intrufolai dentro. Nicholas non sarebbe riuscito a passare, no, non ce l'avrebbe fatta e quindi, nel sentirlo fermarsi dall'altra parte, mi fermai e mi girai, vidi i suoi occhi fuori dalle orbite che mi guardavano.

«Esci di lì».

«No».

Le sue mani afferrarono l'inferriata e, quando alzò la testa, notai che era più incazzato di quanto l'avessi mai visto in quell'anno, cioè da quando stavamo insieme.

«Pensi che non riesca a saltare questa cazzo di recinzione?» mi sfidò, cercando di capire come fare.

«E una volta che hai saltato, cosa vuoi fare, Nicholas?» lo provocai alzando la voce e sentendo che iniziavo a tremare dal freddo. Non era solo l'adrenalina che stava cominciando a sparire, il punto era che le parole di Nicholas mi risuonavano in testa in loop.

Si fermò un attimo, immagino perché non aveva la più pallida idea di cosa fare.

Mi portai le mani alle braccia per proteggermi dal freddo. Volevo tornare a casa, volevo tornare da sola e non farmi accompagnare da lui.

«Cazzo, Noah!» mi urlò, e finalmente esplose. «Ti avevo detto di andartene! Non fai mai quello che ti dico! Avrebbero potuto prenderci, potevamo essere in una dannata cella e io starei impazzendo per quello che ti avevo fatto!»

«Ti passa mai per la mente che questa non è soltanto la tua relazione? Che il rapporto è a doppio senso? Che anch'io mi preoccupo per te e che sono stanca che mi racconti bugie e mi escludi?»

«Io so occuparmi di me! Tu, invece, non hai la più pallida idea di come cazzo fare!»

Spalancai gli occhi, incredula.

«Non so occuparmi di me stessa?» urlai avvicinandomi alla recinzione per averlo davanti agli occhi. «Ma tu che ne sai di cosa vuol dire prendersi cura di qualcuno?!

Mi sono occupata di me e di mia madre da quando avevo cinque anni! Tu, invece, non hai fatto altro che ubriacarti, drogarti e andare a cacciarti in stronzate illegali, quando avevi tutto nella vita!»

Nicholas indietreggiò, chiaramente sorpreso dalle mie urla, ma ero fuori di me: quella notte avevo avuto paura per lui, per noi, perché aveva messo a rischio tutto, tutto quello che avevamo, tutto quello che mai avevo sognato di poter avere.

«Sto cercando di proteggerti! Ma tu non me lo permetti» rispose chiaramente dispiaciuto.

Mi portai le mani alla testa.

«Forse è da te che devo proteggermi...» sussurrai tra le lacrime, sfinita perché stavo finalmente dicendo ciò che da mesi mi tenevo dentro. «Continui a sostenere che cambierai, che ti lascerai tutto questo alle spalle... ma non lo fai, Nicholas!»

Mi restituì uno sguardo incredulo.

«Almeno ci provo, ho rinunciato a tutto per te, ho provato a essere migliore, ma tu invece non fai che metterti in pericolo e non ti fidi di me. Ci sono cose da cui mi tieni all'oscuro, ma pensi che non lo sappia?»

«Ti riferisci al mio 'trauma di merda'?»

Nicholas sospirò, chiuse gli occhi e, quando mi guardò di nuovo, seppi che avevamo appena superato una linea rossa.

«Non avrei voluto dirlo».

Risi controvoglia.

«Ma lo pensi» dissi semplicemente, voltandomi e allontanandomi il più possibile.

«Noah, per favore, esci di lì» mi pregò mentre tutte le mie paure si accalcavano nel petto e non riuscivo a trattenere le lacrime. «Cazzo!»

Mi sedetti a terra e mi abbracciai le gambe. Non volevo

che mi vedesse piangere, quindi affondai la testa tra le ginocchia.

«Noah!» urlò disperato e sentì scricchiolare la recinzione quando la prese a calci. «Esci!»

Alzai la testa e lo osservai da dov'ero. Sembrava disperato, ma lo ero anch'io, perché dentro custodivo tante cose e non ero certa che, se le avesse sapute, avrebbe continuato ad amarmi. Il suo modo di comportarsi non faceva altro che farmi chiudere ancora di più in me stessa.

«Ora non ti voglio vicino!» gli urlai con tutte le mie forze. «Mi fai male!»

Il dolore cambiò il colore del suo viso e le sue braccia tirarono con forza la recinzione cercando di staccarla da terra. Mi alzai. Era una follia.

«E tu a me, cazzo!» rispose dando un calcio alla rete. «Ti ho dato tutto, assolutamente tutto, mi sono aperto con te… e tu mi vieni a dire che ti faccio male?»

Ammutolii, non intendevo spiegargli perché mi faceva soffrire, se non lo riusciva a capire da solo, la nostra storia non aveva futuro.

«E allora vattene!» gli urlai e, fuori di me, presi un mattone da terra e lo lanciai contro la rete con tutte le mie forze. Non ci arrivò nemmeno. «Se non riusciamo a farla funzionare, allora vattene, Nicholas!»

Si voltò e imprecò ad alta voce. Poi, dopo qualche minuto di silenzio, mi guardò di nuovo, ma con un'espressione diversa.

«Senti, mi dispiace, davvero. Sono stato un coglione perché me la sono fatta sotto quando ti ho visto alla corsa. Ero furioso, lo sono ancora, ma so anche che, se non fosse stato per me, ora non ci ritroveremmo in questa situazione».

«E cosa pensi che abbia provato nel vederti lì, Nicholas?»

«Lo so, d'accordo? Lo capisco... Ma per favore, non ce la faccio a stare lontano da te, ho bisogno che esci di lì».

Respirai a fondo e pulii le lacrime con il braccio.

«Non abbiamo risolto nulla, lo sai, vero?» dissi quasi in un sussurro.

Rimase in silenzio, semplicemente fissandomi, e quello sguardo fu sufficiente perché i miei piedi decidessero al posto mio. Mi avvicinai a lui e uscii dal buco. Mi afferrò con la mano e, un secondo dopo, mi abbracciò. Le sue braccia mi strinsero contro il suo corpo come se gli facesse male non avermi abbastanza vicino. Respirai il suo profumo, e i battiti del mio cuore si placarono quasi all'istante. Come faceva a essere al tempo stesso la mia malattia e la mia cura?

«Mi hai dato buca» gli rinfacciai triste. Non riuscivo a cancellare quel senso di delusione.

«Ti volevo tenere il più lontano possibile da me» rispose.

«Una volta hai detto che non siamo fatti per stare lontani» sussurrai con la voce rotta.

«E non lo siamo, sono stato un idiota. Non vale la pena, non vale la pena partecipare a una dannata corsa se rischio di perderti».

Stavo per rispondergli quando qualcosa iniziò a vibrare tra di noi. Nick tirò fuori dalla tasca il cellulare e ci separammo di qualche centimetro.

Aspettai mentre lui ascoltava attentamente e mi preoccupai nel vedere che si accigliava.

«Stai calmo, Lion» disse lasciando andare un'imprecazione. «Sì... sì, la posso fare uscire, non preoccuparti, arrivo tra meno di venti minuti».

Sentii una fitta di paura quando Nick si infilò il cellulare nella tasca posteriore e mi guardò.

«Hanno arrestato Jenna».

30
Nick

Quando arrivammo al commissariato di North Hollywood, Luca e Lion erano appoggiati alla loro auto, il primo fumava e il secondo si teneva la testa tra le mani. Quando mi vide, il suo sguardo sembrò illuminarsi anche se era una vera tristezza vederlo così.

«Cosa è successo?» chiese Noah avvicinandosi a Lion mentre si toglieva il casco, che le andava troppo grande. Quando mi affiancai a lei, glielo presi di mano e me lo appesi al braccio. «Come hanno fatto a prenderla?»

«La polizia è arrivata prima nel piazzale, e questo vuol dire che qualcuno deve aver fatto una soffiata» spiegò Lion e venne verso di me. «Se prendo chi è stato, ti giuro che lo ammazzo!»

«Stai calmo» dissi cercando di pensare a cosa si poteva fare. Avrei potuto chiamare mio padre, ma cazzo, se fosse venuto a sapere di quella serata non avevo idea di cosa sarebbe successo. I miei occhi si posarono momentaneamente su Noah e pensai a come avrebbe reagito sua madre se fosse venuta a scoprire quello che avevamo fatto.

«Dov'è Jenna? L'hanno messa dentro?» continuò a chiedere Noah, con la chiara intenzione di entrare in commissariato. Feci un passo avanti, affrettandomi a fermarla.

«Non scherzare, Noah. Non voglio che tu metta piede lì dentro. Stai qui e aspetta con Lion, io faccio un paio di telefonate».

Noah e Lion mi guardarono, ma per una maledetta volta decisero di ascoltarmi. Cercai tra i contatti del mio cellulare e mi venne subito in mente un nome. Era l'ultima persona a cui avrei chiesto aiuto, ma a quel punto… Il telefono squillò per quelle che mi parvero ore, ma alla fine rispose.

«Perché cazzo mi chiami alle quattro del mattino, Leister?» protestò una voce impastata all'altro capo del telefono.

Respirai a fondo, mandando giù il mio orgoglio.

«Ho bisogno del tuo aiuto, Sophia».

Mezz'ora dopo stavamo ancora aspettando che la mia dannata collega si degnasse di presentarsi. Ero ricorso a lei perché sapevo che aveva i contatti giusti. Suo padre viveva in una vicina zona residenziale e, tra l'altro, in quel periodo era lei a occuparsi delle cause pro bono, quindi era piuttosto abituata a gestire situazioni in cui erano coinvolti minori che avevano infranto la legge. Se non ricordavo male, la settimana prima aveva fatto scarcerare un adolescente arrestato per detenzione di stupefacenti ed era riuscita a far ripulire la sua fedina penale. Sophia Aiken poteva anche essere una rompicoglioni, ma sapeva il fatto suo.

Da dietro l'angolo spuntò un fuoristrada bianco e seppi che era lei. Indicai a Noah e ai miei amici di restare in macchina e di lasciar fare a me. Non sapevo di che umore sarebbe stata Sophia e preferivo affrontarla da solo. Da quel poco che mi aveva raccontato Lion, era successo tutto molto in fretta: Jenna non aveva fatto in tempo a salire in macchina e l'avevano fermata mentre tutti se la davano a gambe. Non avevano arrestato soltanto lei, ma in quel momento non potevo occuparmi di nessun altro, sapevamo tutti a cosa andavamo incontro partecipando alle corse e, per me, la priorità era la mia amica.

Per fortuna il cugino di Lion aveva fatto portare via l'Audi di Noah, e Clark mi aveva assicurato che ce l'avrebbe fatta trovare a casa di mio padre il giorno dopo. Se la polizia si fosse segnata il numero di targa, Noah sarebbe finita in un bel pasticcio. Mi allontanai dall'auto di Lion e mi avvicinai a Sophia.

«Mi devi un favore così grande che non vivrai abbastanza per ripagarmelo» disse scendendo dalla macchina vestita in modo impeccabile, anche se con i capelli raccolti in una coda un po' disfatta.

Feci uno sforzo estremo per non alzare gli occhi al cielo.

«Grazie di essere venuta» dissi cercando di essere gentile. Lei parve godere della situazione perché non esitò un solo istante a sorridermi con superiorità.

«Mi hai appena ringraziata?» chiese guardandomi con un'aria perversamente divertita. «Credo che mi piacerebbe risentirlo».

Feci un passo verso di lei.

«Lo farai se tiri fuori la mia amica».

Immagino che la mia faccia parlasse per me e i suoi occhi andarono dai miei all'auto di Lion dove i tre, Luca compreso, aspettavano nervosi.

«Non so in che casini ti sei cacciato, Leister, ma ti assicuro che sono sempre più intrigata».

Mi guardò curiosa e dovetti armarmi di tutta la mia pazienza per non mandarla a 'fanculo.

«Puoi tirare fuori la mia amica sì o no?»

«Come si chiama, se è dato saperlo?»

Vacillai per qualche secondo.

«Jenna Tavish».

Spalancò gli occhi.

«Tavish? Della Tavish Oil Corporation? Quei Tavish?»
Annuii innervosendomi.

«È uno scherzo, vero?» disse arrabbiandosi, anche se immaginavo già che l'avrebbe fatto. «E chiami me, una tirocinante, per far uscire di galera la figlia di uno dei più grandi magnati del petrolio?»

«Non vogliamo che lo sappia nessuno, abbiamo bisogno di discrezione. E poi lei non ha fatto niente, era solo nel posto sbagliato al momento sbagliato» risposi pregando che le cose non andassero a finire molto male.

Sophia scoppiò a ridere mentre frugava nella borsa.

«Se dovessi guadagnare un dollaro per ogni volta che un delinquente ha detto una cosa del genere...»

«La mia ragazza non è una delinquente! Mi hai sentito?» protestò Lion che era comparso dietro di me.

Mi voltai e gli appoggiai una mano sul petto.

«Stai calmo, Lion. Sophia è venuta ad aiutarci, non è vero Soph?» dissi cercando di placare gli animi.

Lei ci guardò con un sorriso condiscendente, prima me e poi Lion, ed ebbi chiaro a cosa stava pensando solo osservando il suo sguardo di superiorità.

«Vi aiuterò» annunciò rivolgendosi a entrambi, «ma non provare a chiamarmi di nuovo Soph o avremo dei seri problemi».

Risi nel notare la serietà con cui lo disse. Mio Dio, le donne delle nuove generazioni erano belle toste, bastava vedere la mia fidanzata!

Sophia ci ordinò di restare fuori mentre lei faceva una telefonata dietro l'altra. Dopo quella che mi parve un'eternità, entrò in commissariato e noi rimanemmo ad aspettare che facesse ciò che era necessario.

Noah era ancora in macchina e ne approfittai per affacciarmi al finestrino. Sembrava esausta ed era tutta sporca dopo essere stata a terra circondata dalla polvere.

«Stai bene, Peldicarota?» chiesi vedendo che Luca russava sul sedile anteriore, indifferente a quello che capitava attorno a lui.

Noah annuì in silenzio senza nemmeno guardarmi, ma non potei fare molto perché a quel punto sentii che si apriva la porta del commissariato e apparve Jenna, malmessa, spettinata e con una piccola ferita sullo zigomo destro.

Noah aprì la portiera e le corse incontro.

Sophia era dietro e guardava soltanto me, con un ghigno di sufficienza. Le sorrisi da lontano e la vidi salire sull'auto e andarsene da dove era venuta. Forse, in fondo, non era poi una così grande rompicoglioni.

La mia tranquillità non durò molto perché il sibilo di un sonoro schiaffo spezzò il silenzio della notte. Quando mi voltai vidi che Lion si teneva una mano sulla guancia mentre guardava disperato Jenna.

'Merda!'

«Non ti voglio mai più rivedere? Mi hai sentita?!» gli urlò contro mentre le lacrime le scivolavano lungo il volto.

Noah mi cercò con lo sguardo, come a chiedermi aiuto, ma eravamo rimasti entrambi a bocca aperta in attesa della reazione di Lion.

«Jenna, mi dispiace, ascoltami...»

«No!» sbottò lei facendo un passo indietro. «Non provare a chiedermi scusa! Mi avevi giurato di aver chiuso con tutto questo, ho sopportato sperando che cambiassi, che facessi la cosa giusta una cazzo di volta! E sono stufa!»

Mi avvicinai a loro senza sapere bene cosa fare. Capivo Jenna, ma anche Lion.

«Sono stata una stupida» disse lei singhiozzando, «mi hai fatta sentire in colpa per quello che sono, per quello che ho. Ho provato a restarti accanto, a fare tutto il possibile per poter continuare a stare insieme e l'unica cosa che sei riuscito a fare è stato farmi sentire non all'altezza quando in realtà è l'esatto opposto!»

Lion sembrava disperato e perso e, quando riprovò ad avvicinare Jenna e lei si allontanò, vidi il dolore riflesso sul suo viso.

«Jenna, sto solo provando a darti il meglio... sto mettendo da parte dei soldi».

E questa fu probabilmente la goccia che fece traboccare il vaso, perché Jenna fece un passo avanti e lo spinse con tutte le sue forze mentre le lacrime continuavano a bagnarle le guance.

«Non me ne frega un cazzo dei soldi! Io ero innamorata di te! Ma non lo capisci? Di te, non dei tuoi stupidi soldi!»

Lion le prese le braccia con forza mentre lei continuava a colpirgli il petto.

«Hai permesso che mi arrestassero...» gli rinfacciò a quel punto, distrutta. «Prima non mi avresti mai lasciata da sola, ero la cosa più importante per te...»

«E lo sei sempre, Jenna, io ti amo» dichiarò lui cercando di farsi guardare in faccia.

Jenna fece cenno di no e, quando alzò lo sguardo e tutti vedemmo la sua espressione, fu chiaro che dalla sua bocca non sarebbe uscito niente di positivo.

«Tu non hai idea di cosa voglia dire amare qualcuno». Liberò le braccia dalla presa di Lion e indietreggiò di tre passi. «Non intendo permetterti di trascinarmi giù con te».

«Jenna...» la voce di Lion era rotta e capii che quello era l'ultimo chiodo nella bara del mio amico.

Jenna cercò Noah con lo sguardo.

«Voglio andare a casa».

Noah, che era accanto a me, andò ad abbracciarla. Mi avvicinai a Lion.

«Ehi, amico» dissi appoggiandogli una mano sulla spalla: sembrava assolutamente confuso. «Le porto io a casa, non preoccuparti, d'accordo?»

Lion mi guardò senza quasi vedermi e Noah accompagnò Jenna sul sedile posteriore dell'auto.

«Prendi le chiavi della moto». Le lanciai a Luca, che aveva osservato la scena da mero spettatore, anche se con lo sguardo fisso sul volto di suo fratello. Le prese al volo. «Stai vicino a tuo fratello stanotte» aggiunsi entrando in auto e sedendomi alla guida.

Avrei voluto restare con Lion, ma sapevo che la cosa migliore che potessi fare in quel momento era mettere al sicuro le due ragazze che avevo in macchina e pregare perché il giorno dopo le cose potessero essere viste in una luce diversa. Noah decise di fermarsi a dormire da Jenna e, quando mi avvicinai per baciarla, la sentii fredda e distante. Ciò che era accaduto era un chiaro avvertimento di quello che poteva succedere anche a noi se non facevamo attenzione, ed ero certo che anche Noah aveva lo stesso presentimento.

Temevo che, quella notte, io e il mio amico avessimo superato un limite di cui non conoscevamo nemmeno l'esistenza.

Trascorsi i successivi due giorni con Lion. Era ridotto uno schifo, ubriaco e sporco, buttato tutto il tempo sul divano di casa sua. Inoltre la puzza d'erba e di sporcizia accumulata facevano sembrare la piccola abitazione un vero letamaio. Luca sembrava essere molto a proprio agio nella sua vecchia casa, e approfittava delle pessime condizioni del fratello per fare tutto quello che voleva. Anche se si era fatto quattro anni di galera, continuava con le pessime abitudini di sempre e non gli interessava avere una cattiva influenza su Lion.

«Dovresti farti una doccia, bro, puzzi» dissi a Lion mentre buttavo in un sacchetto tutte le porcherie che c'erano sul divano e sul tavolino lurido d'angolo. Ogni tanto mi saliva l'incazzo, non ero tenuto a pulire tutta quella merda, ma cercai di andare oltre e dargli una mano.

«Cazzo, mi volete lasciare in pace? Voglio solo ubriacarmi fino a stordirmi».

Posai il sacchetto esasperato.

«Ascolta, Lion, sono passati due cazzo di giorni, ok? Non ti dico di andare oltre, ma almeno, porca troia, alzati dal divano».

«Di sicuro Jenna è distrutta e tutto per colpa mia, tutto perché non sono abbastanza per lei… cazzo di soldi e cazzo di classi sociali».

«È che bisogna essere dei coglioni per uscire con la figlia di un magnate…» Questo fu il grande contributo di Luca alla conversazione. Lion gli lanciò in testa una lattina di birra vuota.

Dovevo fare qualcosa perché quei due idioti tornassero insieme: per quanto Lion fosse malmesso, senza Jenna non sembrava nemmeno un essere umano.

«Ti sbagli se credi che Jenna sia buttata sul suo letto a piangere per te» dissi, mentre mi lavavo le mani nel lavandino. «È al mare con Noah, sono uscite per l'ultima volta con quelli della loro classe prima di iniziare l'università».

«È con quei figli di papà di quella cazzo di scuola di coglioni?»

Alzai le sopracciglia fissandolo con condiscendenza.

«Non guardarmi così! A parte te, sono tutti delle emerite teste di cazzo». Balzò giù dal divano e andò in bagno. «Cinque minuti e sono pronto».

Posai il sacchetto a terra e sorrisi divertito a Luca. Almeno ero riuscito a farlo alzare dal divano. Più tardi gli avrei dato quello che si meritava per avermi chiamato figlio di papà, coglione e emerita testa di cazzo.

Devo ammettere che nemmeno a me aveva fatto tanto piacere sapere che Noah era al mare a bere con quelli della sua classe. E per quanto mi fossi ripromesso di lasciarla in pace, una parte di me aveva sfruttato il pretesto di Jenna e Lion per poter andare alla festa a vedere se era tutto a posto... anzi, a essere precisi, che tra di noi fosse tutto a posto. Non ci eravamo più visti dalla sera dell'inseguimento degli sbirri e non ero certo di come fossero rimaste le cose tra di noi. Dovevo vederla e parlarle.

L'incontro si teneva a casa di una delle compagne di Noah, Elena non so cosa, che aveva una spiaggia privata... insomma, come tutti.

Parcheggiai davanti a casa sua, notando che, per essere una festicciola, c'erano parecchie macchine. Quando entrammo, vidi oltre cento persone, quasi tutte in costume da bagno. Nelle stanze risuonava la musica sparata a tutto volume. Lion sembrava così fuori luogo lì in mezzo che lo costrinsi a uscire dalla porta sul retro.

Vicino alla riva avevano fatto due falò attorno ai quali c'era un grande gruppo di persone che fumava e beveva direttamente dalla bottiglia.

«Io che pensavo fosse a casa a piangere e invece guardala lì...» commentò Lion indicando due ragazze che camminavano sul bagnasciuga, abbracciate l'una all'altra e con in mano una bottiglia che sembrava tequila.

Jenna e Noah. Fantastico.

Ci avvicinammo a loro e, non appena ci videro, rimasero di stucco. Subito dopo iniziarono a ridere a crepapelle.

«Guarda un po' chi abbiamo qui, Noah, il coglione numero uno e il coglione numero due» disse Jenna sorridendo. Poi si portò la bottiglia alla bocca con una smorfia di disgusto. Indossavano entrambe shorts quasi inesistenti e la parte superiore del bikini.

Osservai come Lion si avvicinò a lei con cautela.

«Ehi, Jenn, possiamo parlare?» le chiese improvvisamente nervoso.

Jenna lo guardò come stesse osservando un insetto al microscopio.

«Mi dispiace, coglione numero due, ma non mi va» disse vacillando pericolosamente da un lato.

«Quindi il coglione numero uno sarei io?» risposi contrariato, e Noah si strinse nelle spalle.

«A volte lo sei» affermò, ma lasciò che le cingessi la vita con un braccio.

«Posso almeno riportarti a casa? Sei ubriaca fradicia, Jenna» si offrì Lion, che la sostenne quando gli parve stesse per scivolare.

«Lasciami!» urlò lei, scostandosi e cadendo di culo sulla sabbia.

Noah si divincolò per liberarsi.

«Lasciala, Lion!»

Osservai attentamente la scena. Conoscevo il mio amico quasi più di me stesso. Era così incazzato per tutta quella situazione che la sua reazione non mi stupì. Io avrei fatto lo stesso.

Si chinò e si caricò Jenna su una spalla.

«Ma cosa stai facendo? Lasciami, *Homo erectus*!» sbraitò lei come una pazza, facendo cadere la bottiglia sulla sabbia, ma non riuscendo comunque, nonostante gli sforzi, a liberarsi del mio amico.

«Puoi sputarmi addosso tutti gli insulti intellettuali che vuoi, ma vieni con me».

Noah mi guardò con le guance rosse.

«Fai qualcosa!» mi chiese, e io la trattenni con forza quando intuii che era decisa a intervenire.

«Lo ha chiamato *Homo erectus*. Non mi posso impicciare dopo una cosa del genere, noi uomini abbiamo il nostro orgoglio da difendere, sai?»

Noah mi fulminò con lo sguardo e io risi mentre la sollevavo dalle ginocchia e la portavo con me verso il falò meno affollato.

«Devi lasciare che parlino, Peldicarota; se no, non la risolveranno mai».

Noah stava tremando di freddo e la sua sbronza le fece dimenticare quanto era arrabbiata perché, non appena mi sedetti con lei sopra, si accoccolò tra le mie braccia e lasciò che il fuoco ci scaldasse.

«Sono ubriaca» riconobbe.

«Ma non mi dire! Non l'avevo notato» replicai con sarcasmo.

«E sono ancora arrabbiata con te...»

La osservai e le sfiorai la schiena con delicatezza.

«Lo immaginavo... c'è qualcosa che posso fare in merito?»

«Continua ad accarezzarmi così» rispose dopo un attimo di silenzio, e il suo corpo venne percorso da un brivido. Mi allontanai un po' da lei e mi tolsi la felpa. Facendo attenzione, la aiutai a infilare le braccia nelle maniche; poi tirai su la cerniera. Un secondo dopo, mi appoggiò la testa sulla spalla e sentii il suo respiro sul collo.

«Domani sarà passato un anno...» disse malinconica, e il suo labbro tremò leggermente.

«Un anno da cosa?» chiesi senza capire, ma lei chiuse gli occhi e si addormentò.

Mi alzai e la portai in braccio fino alla macchina. Aveva già festeggiato abbastanza per quel giorno. Non avevo idea di dove fosse Lion, ma non potevo fargli da eterno babysitter. Affari suoi. Misi in moto e mi diressi verso casa. Noah era così ubriaca che non volevo nemmeno immaginare i postumi che avrebbe avuto. Probabilmente c'era da aspettarsi che bevesse, aveva diciott'anni, ma non mi aveva mai fatto piacere vederla in quello stato.

Anche se mi scocciava parecchio, decisi di fermarmi a dormire a casa di mio padre. Da lì a un paio di giorni io e Noah avremmo iniziato a vivere insieme nel mio appartamento e ormai contavo i minuti.

31
Noah

Quando aprii gli occhi, quella mattina, seppi che non sarebbe stata una buona giornata. Non solo per i postumi della sbronza, il mal di testa e l'incredibile voglia di vomitare, ma perché quel giorno era un anno che, per colpa mia, mio padre era morto.

Mi alzai dal letto sentendo come il mio stomaco si lamentava per la gran quantità d'alcol che ci avevo riversato dentro la sera prima, e andai barcollando fino in bagno per farmi una doccia. Non avevo idea di come fossi arrivata in camera mia. Avevo bevuto così tanta tequila che probabilmente nelle vene non mi scorreva sangue ma alcol. Ricordavo di aver visto arrivare Nick... e Lion.

Avrei dovuto chiamare Jenna per chiederle come si era conclusa la serata, ma non quel giorno... quel giorno non mi andava di parlare con nessuno, volevo solo rinchiudermi nella mia stanza con i miei fantasmi interiori e piangere il padre che non mi aveva mai amata, piangere la persona che aveva cercato di uccidermi e piangere la bambina che non era mai riuscita a farsi volere bene da suo padre.

So che ero una stupida a continuare a pensare a lui, ma le sue parole e il senso di colpa conseguente alla sua morte non sparivano, gli incubi ormai facevano parte delle mie notti e a volte mi perseguitavano anche durante il giorno.

Io gli avevo voluto bene. Questo mi trasformava in un

mostro? Ero un mostro perché avevo voluto bene alla persona che picchiava mia madre e le faceva del male ogni giorno? Ero pazza a pensare che, se mi fossi comportata in modo diverso, mio padre sarebbe stato ancora vivo?

Chiusi gli occhi, lasciai che l'acqua mi cadesse addosso e mi passai la spugna sul corpo. Mi sentivo sporca dentro... Odiavo quei pensieri, a volte era come se ci fosse un'altra persona in me, una persona che mi costringeva a essere masochista, a comportarmi in un modo che né io né il mio defunto padre meritavamo. Perché non si meritava le mie lacrime, non si meritava che provassi pena per lui...

Non importava quante volte mi avesse portata al parco o a pescare... non importava che mi avesse insegnato a guidare quando ancora non arrivavo ai pedali, non importava che adorassi vederlo correre e vincere.

Era stato mio padre, e la mia mente infantile, la mia contorta mente infantile, mi aveva costretto a voltare lo sguardo da un'altra parte ogni volta che quell'uomo maltrattava mia madre. Non capivo il mio modo di pensare o di agire, cercavo di analizzare me stessa da un'altra prospettiva ma niente aveva senso.

Nei mesi in cui ero stata nella casa famiglia, avevo sentito la mancanza di mia madre, ovvio, è chiaro, ma anche quella di mio padre... mi era mancato il suo modo di trattare me meglio di come trattasse lei; era orribile, ma mi era piaciuto sentirmi diversa, vedere che lui non mi faceva mai del male, che mi amava più di quanto amasse chiunque altro, che mi considerava speciale... Ovviamente tutto questo alla fine era crollato perché di male me ne aveva fatto eccome... tantissimo male.

I ricordi, le conversazioni... mi tornò tutto in mente, senza che potessi fare nulla per evitarlo.

*

«Sei cattiva!» mi aveva urlato una delle bambine della casa famiglia. In quell'orribile casa, insieme a genitori finti che né ci volevano bene né si occupavano di noi, eravamo rimaste cinque bambine e un bambino piccolo.

«Hai preso la mia bambola!» le urlai a mia volta cercando di coprire il pianto della bambina bionda lì vicino a noi. «Se ti comporti male, ti puniscono, non te l'ha mai insegnato nessuno?»

«Non riprovare a picchiarla!» la bambina bruna, quella con delle belle trecce, non faceva altro che accusarmi con il suo dito sporco mentre abbracciava sua sorella di quattro anni che piangeva con la guancia rossa per via dello schiaffo che le avevo dato.

Le altre due bambine, rispettivamente di sette e sei anni, si misero dietro Alexia, la bruna con le trecce. Detestavo vedere che a lei volevano bene e a me no. Io avevo solo provato a riprendere quello che era mio, la bambina piccola mi aveva preso la bambola con la forza e quindi la dovevo picchiare, no?

Era quello che si faceva se qualcuno si comportava male.

«Sei cattiva, Noah, e nessuno ti vuole bene» sbraitò Alexia. Era alta quasi quanto me, eravamo le più grandi della casa, ma lei aveva uno sguardo feroce che io non ero in grado di imitare. Anche se avevo picchiato quella bambina, io volevo solo che fossimo amiche, le avevo spiegato che, quando avessi finito di giocare, avrebbe potuto prendere la mia bambola, che la dovevamo condividere, ma me l'aveva strappata via di mano. «Non rivolgetele la parola» ordinò girandosi indietro. «Da adesso in poi starai sola perché è giusto che nessuno voglia bene alle bambine prepotenti come te. Sei brutta e cattiva!»

Sentii arrivare le lacrime, ma a me non era permesso piangere. Mio padre era stato molto chiaro in merito: solo i deboli piangono. Mia madre era debole perché piangeva, io non lo ero.

«Sei cattiva! Sei cattiva! Sei cattiva! Sei cattiva! Sei cattiva!»

Le altre bambine si unirono al coro, persino la piccola che prima piangeva adesso sorrideva e canterellava insieme alle altre. Strinsi con forza la mia bambola e scappai via.

Uscii dalla doccia cercando di cancellare quei ricordi. Mi guardai allo specchio e mi concentrai sul mio tatuaggio. Lo percorsi da cima a fondo, era piccolo ma significava tantissimo. Respirai per cercare di calmarmi, non volevo farmi sopraffare da tutto quello, l'avevo già fatto all'epoca, non potevo permettere che mi ferisse di nuovo.

A quel punto qualcuno bussò alla porta del bagno.

«Noah, sono Nick» disse.

Strinsi gli occhi con forza e contai mentalmente fino a tre. Mi avvicinai alla porta e lo lasciai entrare. Non sapevo si fosse fermato a dormire. Mi voltai, avvolta nell'asciugamano, e presi la crema che c'era su una mensola. Non volevo compagnia, quel giorno avevo bisogno di stare da sola.

«Stai bene?» mi chiese avvicinandosi lentamente, come stesse tastando il terreno.

«Ho mal di testa» risposi superandolo e uscendo in direzione della mia stanza. Sapevo che mi avrebbe seguita e speravo potesse capire che non era giornata. A volte riuscivamo a intuire i nostri rispettivi stati d'animo, e mi auguravo che lo facesse anche in quell'occasione.

Entrai nella cabina armadio e mi infilai una maglietta con sopra una scritta che avevo da quando mi ero trasferita lì. Erano poche le cose che non avevo messo nella valigia da portare all'università. Quella maglietta e un paio di leggings che intendevo mettermi quel giorno.

Lo sentii dietro di me proprio mentre mi toglievo l'asciugamano dalla testa e i capelli umidi mi ricadevano sulle spalle. Mi prese per un braccio e mi voltò perché lo guardassi.

«Ti senti bene?» mi chiese di nuovo mentre con la mano mi spostava i capelli.

«Sono solo stanca e ho i postumi per ieri» risposi notando che in quel momento era proprio l'opposto di me. Con i Levi's, la maglietta bianca di Calvin Klein e i capelli spettinati sembrava un modello.

«Prima di andarmene, ti preparo qualcosa per colazione» disse baciandomi sulla guancia. «Mi piacerebbe potermi fermare e guardare un film insieme, ma devo lavorare».

Sospirai sollevata. Non volevo che mi vedesse in quello stato; non ero in vena di compagnia e alla fine si sarebbe spaventato.

«Non preoccuparti, oggi pomeriggio dormirò».

Feci un passo avanti e gli diedi un bacio sulle labbra. Fu un bacio dolce e paziente. Continuavo a pensare al nostro litigio della sera delle corse, a quello che ci eravamo urlati contro, al suo modo di sputarmi in faccia che non mi fidavo di lui... ma come fai se nemmeno tu capisci ciò che provi? Come potevo spiegarlo a Nick? Sapevo che percepiva che qualcosa non andava, e morivo dalla voglia di cercare sollievo tra le sue braccia, ma non potevo... mi spaventava raccontare certe cose e non volevo che si sentisse deluso o che mi giudicasse.

Andò via preoccupato e io cercai di forzare un sorriso per tranquillizzarlo. Non so se ci riuscii.

Era da tempo che non passavo ore davanti alla TV a guardare *Friends* mangiando cioccolato. Anche se un qualche studio assicurava che mangiare cioccolato liberava endorfine nel cervello, con me non stava funzionando: stava solo contribuendo a farmi aumentare di peso.

Quella era la mia giornata no e, sebbene all'inizio avessi desiderato che Nick se ne andasse a lavorare, ora mi mancava e avevo assoluto bisogno di un suo abbraccio.

Mi sorprese vedere il caos in cucina quando scesi a prendere una bibita e... altro cioccolato. Mia madre indossava un bel vestito e un paio di sandali, si era persino truccata e, quando vidi William entrare dalla porta con camicia e pantaloni informali, seppi che stava succedendo qualcosa.

«Aspettate qualcuno per cena?»

Mia madre, che stava dando indicazioni a Prett, si girò verso di me e mi osservò da cima a fondo con l'aria un po' accigliata.

«Stasera vengono a cena il senatore Aiken e sua figlia».

'Il senatore?'

«C'è un motivo particolare? Quando pensavi di dirmelo?» Di solito mia madre mi avvisava in anticipo in occasioni del genere, a meno che non volesse che non fossi presente.

«È un vecchio amico di Will e vogliono iniziare a occuparsi di alcuni affari insieme. Siccome non ti sentivi bene, ho pensato preferissi restare di sopra» aggiunse mentre si toglieva il grembiule che aveva allacciato in vita.

Menomale.

«Sì, a dire il vero preferisco restare a digiuno piuttosto che cenare con un vecchio e sua figlia, grazie» dissi un po' più acida di quanto avrei voluto: ero di pessimo umore.

Mia madre mi lanciò uno sguardo fulminante che schivai al meglio delle mie possibilità.

«Dirò a Prett di portati su qualcosa da mangiare».

«Non preoccuparti, non ho fame» risposi girando sui tacchi e tornando in camera mia. Un po' incerta, presi il telefono e chiamai Nick. Sapevo che il giorno dopo lavorava e che non sarebbe venuto da noi, ma sapevo anche che, se glielo chiedevo, sarebbe bastata una telefonata perché venisse.

Ero in dubbio, ma avevo un bisogno terribile di sentire la sua voce e così digitai il suo numero.

«Ciao, Peldicarota» mi salutò pimpante all'altro capo del telefono.

«Ciao, cosa stai facendo?» chiesi tastando il terreno.

Sentii come allontanava il telefono dall'orecchio per parlare con qualcuno. Captai anche una risata femminile e, un secondo dopo, la voce di Nick che grugniva qualcosa riguardo una canzone orribile.

Mi irrigidii all'istante.

«Dove sei?» chiesi un po' più secca di quanto sperassi, curiosa di sapere con chi fosse.

«In questo momento, davanti alla porta» rispose e sentii in lontananza un portone che si apriva lentamente.

«Quale porta?»

«Come quale porta? Quella di casa di mio padre».

Spalancai gli occhi sorpresa.

Era qui?

Scesi le scale e corsi ad accoglierlo con il cuore in gola. Quanto volevo vederlo… Sembrava che qualcuno me l'avesse spedito tramite corriere espresso. Non mi fermai nemmeno a pensare a cosa significassero le sue parole e nemmeno mi soffermai sulla voce femminile che avevo sentito dal telefono. Scesi decisa a lanciarmi tra le sue braccia, invece mi ritrovai lei davanti: lei, la ragazza che aveva tirato fuori di galera Jenna.

Rimasi ferma davanti alla porta.

Era molto elegante, indossava una gonna a tubino lunga fino alle ginocchia, attillata e nera, e una camicetta firmata color rosa antico. Le scarpe erano senza alcun dubbio un paio di Manolo Blahnik e la facevano sembrare alta quanto Nick.

Ma chi diavolo era quella ragazza?

Gli occhi di Nick si posarono su di me e vidi come passavano all'istante dallo stupore all'affetto.

Rimasi ferma dov'ero, con la porta aperta e l'aria che mi arrivava direttamente sulla faccia bene in vista perché mi ero raccolta i capelli in uno chignon.

Indietreggiai leggermente perché potessero passare.

«Noah, ti presento Sophia Aiken, la mia compagna allo studio» disse Nick facendo un passo avanti e baciandomi teneramente sulla guancia.

Sophia mi guardò con un sorriso curioso dipinto sulle labbra carnose e mi tese una mano con una manicure perfetta quanto quella di mia madre.

«Molto piacere, Noah».

Annuii timidamente, sentendomi del tutto fuori luogo.

Non feci in tempo a rispondere che apparve mia madre, da splendida ospite, e si avvicinò a salutare. Mentre lo faceva, i suoi occhi deviarono verso di me, come se non avesse calcolato che la sua sciatta figlia potesse andare ad aprire la porta.

Ma cosa diavolo stava succedendo?

«Tuo padre non è ancora arrivato, Sophia. Se vuoi andare in sala, Nick ti servirà qualcosa da bere».

Sophia annuì e seguì mia madre.

Prima che Nick le andasse dietro, lo fucilai letteralmente con lo sguardo. Ora che lo shock iniziale era passato, provavo soltanto rabbia, rabbia e una terribile voglia di piangere.

«Ma perché non mi hai detto che saresti venuto?»

Nick sembrava confuso quanto me e i suoi occhi andarono dal mio volto alla mia maglietta da casa e ai miei leggings.

Mio Dio… avevo appena aperto la porta alla figlia del senatore conciata in quel modo?

«Pensavo te l'avesse detto tua madre… Mi hanno chiamato questo pomeriggio per chiedermi di invitare Sophia a cena, e dirmi che suo padre mi voleva conoscere o robe del genere. Immaginavo lo sapessi. L'altra sera, con tutta la faccenda di Jenna, non ho avuto occasione di presentartela».

«Nessuno mi ha detto che saresti venuto; se no, non avrei detto che sarei rimasta in camera» risposi mentre sentivo mia madre parlare in sala con Sophia. «Non intendo venire conciata in questo modo… me ne vado a letto e ci parliamo poi, quando avrete finito».

Non mi permise di fare nemmeno tre passi che era già davanti a me.

«Ma cosa ti prende? Dai, sali, cambiati e vieni a cena… Ho accettato di esserci solo perché ci saresti stata tu, non so che affari abbiano da discutere, ma io non intendo starmene lì da solo a parlare di scemenze».

Alzai le sopracciglia e lo guardai arrabbiata.

«Non è un mio problema, Nicholas» risposi cercando di mantenere un tono di voce tranquillo. «E poi perché non mi hai mai parlato di lei? Sembrate molto amici».

Nick si fermò un attimo con aria accigliata. Guardò in direzione di Sophia e mia madre che stavano chiacchierando e poi si concentrò di nuovo su di me.

«Cazzo! Sei gelosa?» chiese alzando gli occhi al cielo.

Gli diedi una manata sul braccio senza quasi pensarci.

«Ma cosa stai dicendo?»

Nicholas scoppiò a ridere, e tanto bastò a peggiorare il mio umore.

«Ma Dio santo! È solo un'insopportabile figlia di papà che vuole farsi largo nell'azienda di mio padre per non dover lavorare in quella del suo, non posso credere che tu sia gelosa di lei».

«Non sono gelosa, idiota!» sussurrai superandolo per salire le scale diretta in camera mia.

«Se non scendi vengo a prenderti e ti trascino giù di peso» mi minacciò con fare giocoso. «Vedi tu cosa preferisci, amore».

Se gli sguardi potessero uccidere, credo che ora Nick sarebbe sotto terra.

Fissai frustrata il mio riflesso allo specchio. Non intendevo sistemarmi per quella dannata cena, non se ne parlava, non intendevo sistemarmi per lei.

Mi tolsi la maglietta bucherellata e la lasciai a terra mentre cercavo qualcosa da mettermi senza dover disfare una delle valigie sparse in tutta la cabina armadio. Alla fine optai per un paio di jeans neri attillati, semplici, di quelli che ci si mette per andare al cinema, e una maglietta bianca con scritto 'I ♥ CANADA'.

Sorrisi tra me e me. Il senatore l'avrebbe adorata.

Mi disfai lo chignon e legai i capelli in una coda alta, mi lavai la faccia e mi misi il burro cacao sulle labbra. Era il massimo che avrei fatto per quella serata. Quella Sophia poteva anche andarsene in giro in Chanel, se le girava, io ero bella con qualsiasi straccetto addosso... o così diceva mia nonna.

Quando scesi in sala, ancora con l'umore sotto i piedi, questo va detto, sentii la voce di un uomo che non avevo sentito prima. Erano tutti e cinque – William, mia madre, Nick, Sophia e suo padre – attorno al bar della sala che chiacchieravano piacevolmente mentre Will serviva loro da bere. A vederli da lontano, sembravano usciti da una rivista; così distinti, così alti ed eleganti. Guardai le mie scarpe e mi sentii un'intrusa.

Mia madre mi vide per prima e sbarrò gli occhi nel notare la mia maglietta, ma prima che mi potesse rispedire al piano di sopra, Will si accorse della mia presenza e mi diede il benvenuto con un sorriso.

«Noah, vieni, ti presento un mio caro amico dell'università, Riston. Lei è la mia figliastra, Noah; Noah, lui è Riston».

A differenza della figlia, Riston era il tipico americano: biondo, occhi chiari come quelli di mia madre, spalle larghe e alto quanto Nick. Riuscii soltanto a notare che aveva gli stessi occhi a mandorla e quella piccola fossetta sul mento che aveva anche Sophia... una fossetta che avevo sempre trovato adorabile nelle ragazze, ma che adesso, su di lei, non mi piaceva più così tanto.

Sorrisi e gli tesi la mano. Percepii la presenza di Nick accanto a me, ma invece di sentirlo accogliente e protettivo, questa volta fu come se ci fosse una barriera tra di noi.

Non impiegammo molto a spostarci nella sala da pranzo, dove Prett aveva imbandito una tavola ancora più bella di quella di Natale, festività che i Leister avevano deciso di ignorare fin quando io e mia madre non eravamo arrivate a scombussolare il loro mondo. Ricordavo ancora quanto era stato divertente vedere Will e Nick con i cappelli da Babbo Natale e anche il cipiglio di Nick quando l'avevo letteralmente costretto ad addobbare la casa con un grande abete e tutte le ghirlande. Lo stronzetto si era divertito solo appendendo del vischio in tutti gli angoli più reconditi.

Purtroppo per me, e per via del fatto che il mio piatto era stato aggiunto all'ultimo, mi fecero sedere vicino al senatore, così Nick e Sophia erano seduti di fronte a me... vicini.

Mio Dio! Ma come mai ero così gelosa? Era per via

dell'enorme fatica che facevo per evitare di paragonarla a me?

Passarono la cena a discutere di non so quale progetto che sembrava entusiasmare molto Sophia. Parlava di leggi, numeri e statistiche con la stessa passione con cui io parlavo delle sorelle Brontë o di Thomas Hardy. E, con mio grande dispiacere, anche Nick sembrava emozionato. Vidi nei suoi occhi che quel progetto gli interessava sul serio e io non riuscivo nemmeno a seguire la loro conversazione… quei numeri mi confondevano e mi sentivo una vera idiota. William non faceva altro che adorarla e rivolgersi a loro come una squadra. Sembravano tutti guardarli nemmeno fossero un giocattolo nuovo e io iniziai a sentire un formicolio molto sgradevole allo stomaco.

Verso la fine della cena, il senatore Riston parve accorgersi di me.

«E tu, Noah? Come va a scuola?»

La sua domanda riuscì a far emergere da dentro di me un immenso calore che si andò a depositare sulle mie guance.

Era così ovvio che non avevo la più pallida idea di quello di cui stavano parlando? Era così ovvio che non ero adulta quanto sua figlia e che quindi alla fine della loro chiacchierata, per compassione, dovevano farmi la stessa domanda sulla scuola che si rivolge ai bambini?

«Mi sono diplomata a giugno, quindi bene, non vedo l'ora di iniziare l'università» risposi portandomi alla bocca il bicchiere, l'unico con una bibita analcolica di tutto il tavolo.

Lo sguardo di Nick incrociò il mio e sentii una fitta al petto.

Io non potevo condividere con lui i suoi progetti, perché non sapevo nemmeno che esistevano. Nick non parlava di lavoro con me perché non potevo essergli utile…

a quel punto, Sophia si inclinò per sussurrargli qualcosa all'orecchio, non so cosa, ma Nick sorrise e poi mi guardò.

Di cosa cazzo stavano parlando?

La successiva domanda del senatore la sentii solo a metà.

«... il campus ti piacerà, condividere la stanza è la parte più bella dell'università».

Il mio sguardo si rivolse verso il senatore.

«A dir la verità andrò a convivere con Nicholas» buttai lì a bruciapelo, con la voce così calma che iniziai a sentire girare la testa solo quando il silenzio si impossessò della stanza, interrotto unicamente dal rumore delle posate di mia madre che cadevano sulla tavola.

Nick spalancò gli occhi e mi guardò, per poi guardare i nostri genitori.

Il senatore sembrava un po' confuso e osservò prima me e poi Nick... caspita, qualcuno doveva essersi dimenticato di dirgli che eravamo fidanzati.

Sophia non sembrava sorpresa, cosa che mi fece incazzare ancora di più. Se sapeva che stavamo insieme, perché cazzo non aveva tenuto le giuste distanze? Lasciai andare i miei occhi in direzione di mia madre poco dopo aver sganciato la bomba, e me ne pentii all'istante: quella notte mi avrebbe uccisa, era ovvio.

32
Nick

Quando guardai Noah dopo che Sophia mi aveva sussurrato che formavamo una bella coppia, l'ultima cosa che mi aspettavo era che dicesse proprio quello.

Mi irrigidii; il silenzio che calò su di noi quando Noah ammise che sarebbe venuta a vivere con me venne interrotto dal rumore della sua sedia spinta all'indietro.

«Scusatemi, non mi sento bene, sarà meglio che vada a coricarmi» disse pallida. E, senza aspettare risposta, se ne andò dalla sala. Sua madre accennò ad alzarsi, ma mio padre le prese la mano e le sussurrò qualcosa a bassa voce. Raffaella mi trafisse con i suoi occhi azzurri e a me girò improvvisamente la testa.

In realtà ero contento che Noah avesse finalmente detto a sua madre quello che aspettavo le dicesse da tutta l'estate, ma quello non era certo il modo migliore di farlo. Avevo bisogno di parlare con lei. Sapevo che qualcosa non andava, ecco perché avevo accettato di prendere parte a quella dannata cena, per avere una scusa per vederla e fermarmi di nuovo a dormire a casa. Per quanto odiassi quel posto, adoravo fare colazione con Noah e baciarla prima di andare a lavorare. Inoltre, al di là della gelosia che sembrava provare verso Sophia – un sentimento ridicolo e privo di fondamento –, mi stava nascondendo qualcosa di importante.

Quando anch'io feci cenno di alzarmi, mio padre mi avvertì con lo sguardo di non provarci nemmeno. Sophia, consapevole di ciò che stava accadendo, tirò subito fuori un altro argomento di conversazione e la situazione smise di sembrare così imbarazzante… fin quando sentii sbattere la porta di casa.

'Merda!'

Mi alzai fregandomene di tutto e corsi verso l'ingresso. Quando uscii nel porticato, vidi che Noah tirava fuori la sua macchina dal posteggio e, senza guardarsi indietro, partiva a tutto gas sulla rampa d'ingresso.

Ma cosa stava facendo?

Entrai in casa per prendere le chiavi che lasciavo sempre sul tavolino all'ingresso. Raffaella spuntò dal nulla e lo sguardo che mi rivolse fu tale che mi dovetti fermare un attimo prima di andar via.

«Vi avevamo chiesto di andarci piano» mi rimproverò guardandomi come non aveva mai fatto prima. Credo che in quel preciso istante persi ogni tipo di affetto che quella donna poteva ancora provare per me.

«Raffaella…»

«Ve l'avevamo chiesto e avevamo promesso di non intrometterci nella vostra relazione a patto che foste discreti» insistette facendo un passo verso di me. «Suppongo che l'accordo sia ormai superato».

E questo che cosa voleva dire?

«Vai e riportala qui… oggi è meglio che non stia da sola».

A quelle parole, qualcosa si illuminò nel mio cervello.

«Cosa intendi?»

Raffaella mi osservò impassibile.

«Oggi è un anno dal rapimento… un anno fa è morto suo padre».

*

Non avevo la più pallida idea di dove potesse essere andata. Stavo girando come un perfetto idiota mentre continuavo a ripetermi quanto fossi stato cieco. Il giorno prima, mentre era ubriaca fradicia, me l'aveva detto. Cazzo! Ecco perché era ridotta così... Ma come avevo fatto a dimenticare la data? Ricordavo ancora il terrore riflesso nei suoi occhi quando si era ritrovata con una pistola puntata alla testa, ricordavo ancora come per poco non mi si era fermato il cuore nel sentire lo sparo... quello sparo che per una frazione di secondo avevo temuto fosse stato rivolto a Noah. No, mi ero lasciato alle spalle quell'incubo, lo avevo sepolto in fondo alla memoria, non volevo più ricordare.

E tuttavia era evidente che lei non aveva dimenticato nulla. Per quanto lo negasse, gli incubi non erano svaniti ed ero certo che, quando non ero insieme a lei, continuasse a dormire con la luce accesa. Ma suo padre era morto, non c'era più, ormai nessuno poteva farle del male. Perché non seppelliva quei ricordi una volta per tutte?

Fu allora, dopo aver fatto questi pensieri, che credetti di sapere dove potesse essere la mia fidanzata. Sentii un brivido percorrermi il corpo.

Svoltai in tutta fretta in direzione del cimitero. Quando arrivai e vidi l'auto di Noah ferma nel parcheggio di ghiaia accanto alla porta, respirai sollevato e mi affrettai a scendere. Non ero mai stato lì; i parenti di mio padre riposavano in un mausoleo privato dall'altra parte della città. Costava una piccola fortuna, ma ora che vedevo per la prima volta il cimitero pubblico capii che forse era un investimento sensato.

Mentre entravo, percepii il fresco della notte e ricordai che Noah era uscita con indosso quello che aveva a cena. Avevo dovuto trattenere una risata quando l'avevo vista spuntare con quella maglietta e l'avevo amata ancora un po' di più, sempre che fosse possibile, per quanto era semplice e bella. Non aveva bisogno di agghindarsi per essere splendida, e me lo dimostrava ogni giorno.

Iniziai a camminare tra le lapidi cercando il cognome Morgan. Molte erano deteriorate e davvero poche avevano fiori o qualcosa che facesse pensare che qualcuno si ricordasse di quei morti.

Poi, di colpo, la vidi. Eccola lì, seduta sull'erba davanti a una lapide con un'iscrizione che da lontano non riuscivo a leggere. La osservai un attimo, prima di avvicinarmi. Si abbracciava le gambe con forza e, quando vidi che si asciugava le lacrime con il dorso della mano, mi avvicinai riducendo le distanze in un amen.

Mi sentì arrivare perché si alzò in fretta, gli occhi spalancati, vulnerabili e persi. Si pulì veloce le lacrime e, quando si decise a guardarmi, mi parve persino di intravedere del senso di colpa.

«Cosa ci fai qui?» non riuscii a evitare di chiederle. Non capivo perché fosse andata sulla tomba di un uomo che aveva cercato di ucciderla.

Noah rimase in silenzio e fu percorsa da un brivido. Feci un passo avanti mentre mi toglievo la giacca. La avvisai con lo sguardo di non protestare e poi gliela misi sulle spalle.

«Non avresti dovuto seguirmi» disse infine senza osare guardarmi di nuovo negli occhi.

Di nuovo, mi sembrò di leggere un certo senso di colpa nel suo viso, ma si ricompose subito.

«Io non c'entravo niente a quella stupida cena, tu invece sembravi molto a tuo agio».

Non le avrei permesso di divagare. Per quanto potesse essere gelosa di Sophia, quello non aveva niente a che fare con lei o con il fatto che saremmo andati a vivere insieme; era qualcosa di ben più grande e importante.

«Perché sei venuta qui, Noah?» le chiesi di nuovo facendo un altro passo verso di lei e sperando con tutte le mie forze di riuscire a capirla. «Spiegami perché piangi la morte di un uomo che ha provato a ucciderti, spiegamelo, perché faccio molta fatica a capire, e rischio di dare di matto».

I suoi occhi si scostarono da me e si posarono sulla lapide. Improvvisamente, notai il suo nervosismo.

«Andiamocene» mi disse a quel punto, venendo avanti per prendermi la mano. «Per favore, me ne voglio andare, portami da te o da me, non importa dove» insistette tirandomi per il braccio perché la seguissi.

La sua reazione mi sorprese, sembrava quasi volesse nascondere qualcosa. Istintivamente, rivolsi lo sguardo alla tomba di suo padre.

La lapide era nuova e molto pulita e sopra c'era un vaso di vetro con fiori arancioni e gialli che la facevano spiccare rispetto alle altre, sporche e piene di erbacce. L'iscrizione, tracciata con una grafia elegante, diceva:

JASON NOAH MORGAN

(1977-2015)

IL TEMPO PUÒ CURARE L'ANGOSCIA

DELLE FERITE CHE HAI CAUSATO, MA LA TUA ASSENZA

MI PERSEGUITERÀ SEMPRE DURANTE IL SONNO.

Sotto quelle parole, sul marmo immacolato, spiccava il disegno di un nodo a otto.

33
Noah

Nicholas non avrebbe dovuto vederlo.

Sentii il battito del cuore accelerare fino a raggiungere un ritmo infuriato; quando alla fine decise di guardarmi, vidi che era spaesato. E spaventato. Quello sguardo non mi piacque per niente.

«Non è come credi» dissi indietreggiando di un passo. Era quello ciò da cui stavo scappando fin dall'inizio, era quello ciò che non volevo sapesse...

«Allora spiegamelo, Noah... davvero, io ci sto provando a capirti, credo di non essermi mai sforzato tanto in qualcosa, ma mi stai rendendo tutto molto difficile».

Mi vergognavo, mi vergognavo perché era un argomento così intimo, così mio... non volevo essere giudicata da nessuno, e tantomeno da lui.

«Cosa vuoi che ti dica, Nick?» risposi cercando di controllare la voglia di piangere che minacciava di far di nuovo annegare il mio viso tra le lacrime. «Era mio padre...»

«Ha cercato di ucciderti» replicò chiaramente confuso. «Picchiava tua madre, Noah. Non capisco... ti manca?»

Il suo sguardo era così sincero che mi sciolse il cuore. Era chiaro che voleva mettersi nei miei panni, ma era altrettanto dolorosamente chiaro che non ci riusciva e questo era ciò che ci allontanava, ciò che temevo ci avrebbe potuti allontanare del tutto.

«Non lo capiresti, Nicholas, perché nemmeno io riesco

a controllare quello che provo. Non mi manca, è una cosa diversa… mi sento in colpa perché le cose sono andate a finire così… in fondo… in fondo lui una volta mi ha voluto bene».

Nick fece tre passi per raggiungermi. Mi prese teneramente il viso tra le mani e mi guardò fisso.

«Non pensare così, Noah» disse dolcemente ma con decisione. «Nulla è accaduto per colpa tua. Il problema, cazzo, è che sei troppo buona! Non riesci a dargli la colpa perché era tuo padre e lo capisco, d'accordo? Ma quello che è successo non è stato per colpa tua… è stato lui a firmare la sua sentenza di morte quando ti ha puntato contro quella pistola… l'ha firmata nell'istante in cui ti ha messo le mani addosso quella notte di dieci anni fa».

Feci cenno di no. Non avevo idea di come spiegarmi, non sapevo dire quello che provavo, perché era tutto molto contraddittorio. Mi aveva fatto male… ma allora tutte le volte in cui mi aveva abbracciata, in cui mi aveva portata sulle piste con lui e avevamo corso a tutta velocità? E quando mi aveva insegnato a pescare… o a fare il nostro nodo?

Nicholas chiuse forte le palpebre e appoggiò la sua fronte sulla mia.

«Continui ad avere paura di lui, vero?» disse aprendo gli occhi. «Continui ad avere paura anche se è morto, continui a credere di dovergli qualcosa, ecco perché vieni qui, ecco perché hai scritto quell'epitaffio ed ecco perché gli hai portato dei fiori che non si merita».

Iniziò a tremarmi un labbro… certo che avevo paura… mi faceva più paura di chiunque altro perché di lui avevo conosciuto praticamente solo quel lato.

Non mi accorsi che la mia mano andò al tatuaggio se non quando Nick ci appoggiò sopra la sua costringendomi a spostarla.

«Perché te lo sei fatto?»

Sospirai cercando di calmarmi, ma non servì a niente. Sapevo molto bene perché me l'ero fatto.

Guardai Nick negli occhi e ci vidi il mio riflesso... un riflesso che non aveva niente a che fare con me.

«Quando leghi troppo forte una persona... o si fa male nel tentativo di liberarsi oppure resta intrappolata per sempre. Io sono una di quelle che restano intrappolate».

Nicholas si accigliò e mi guardò con aria impotente. Credo fosse la prima volta che restò senza parole davanti a me.

Mi avvicinai e lo abbracciai. Non volevo che si sentisse così, e men che mai per causa mia, io sapevo gestire i miei problemi, non aveva motivo di preoccuparsi.

«Credo tu abbia bisogno di aiuto, Noah».

Quando lo disse, mi scostai.

«Cosa intendi?»

Mi osservò cauto, prima di procedere.

«Credo che dovresti parlare con qualcuno di imparziale... qualcuno che possa aiutarti e che cerchi di capire come ti senti, che ti aiuti con gli incubi...»

«Tu mi aiuti» lo interruppi all'istante.

Nicholas fece cenno di no con la testa, di colpo sembrava così triste...

«No, non lo faccio... non so farlo, non so come farti capire che non c'è nulla da temere».

«Quando sono con te mi sento al sicuro, tu mi aiuti, Nicholas, non ho bisogno di nessun altro».

Si portò le mani alla testa, sembrava stesse soppesando cosa dire.

«Lo devi fare per me» affermò a quel punto. «Ho bisogno di vederti felice per poterlo essere anch'io, ho bisogno che tu non abbia paura né del buio né di tuo padre morto e, soprattutto, ho bisogno che smetti di credere di dovergli voler bene o di doverlo difendere perché, Noah, tuo padre vi maltrattava e questo non lo puoi cambiare e non lo può cambiare nessuno, capisci?»

Feci lentamente cenno di no, mi sentivo persa... Non sapevo cosa rispondergli perché era la prima volta che ammettevo ad alta voce quei sentimenti e stava succedendo ciò che più avevo temuto: mi stava giudicando.

«Non sono pazza» affermai allontanandolo da me con uno spintone.

Nicholas fece subito cenno di no.

«Ovvio che non lo sei, amore, ma hai affrontato cose che la maggior parte della gente non potrebbe nemmeno immaginare e ora credo che tu non riesca a superarle... Noah, voglio solo che tu sia felice, ok? Io sarò sempre accanto a te, ma non posso lottare contro i tuoi demoni, quello devi farlo da sola».

«Andando da uno strizzacervelli?» risposi in malo modo.

«Psicologo, non strizzacervelli» mi corresse con dolcezza riavvicinandosi a me. «Io ci sono andato, sai? Quando ero piccolo. Quando mia madre ci abbandonò iniziai a soffrire di insonnia, quasi non dormivo né mangiavo... ero così triste che da solo non ce la facevo. A volte, parlare con qualcuno che non ti conosce aiuta a vedere le cose in un'altra prospettiva... fallo per me, Peldicarota, ho bisogno che almeno ci provi».

Sembrava davvero preoccupato per me... e in fondo sapevo che aveva ragione. Non potevo andare avanti così, con la paura di stare da sola al buio e con quegli incubi che mi perseguitavano tutte le notti.

«Per favore».

Lo osservai per qualche istante e, all'improvviso, mi sentii grata di averlo accanto. Sapevo che, senza di lui, non avrei avuto il coraggio di prendere quella decisione.

«D'accordo, ci andrò».

Sentii un sospiro di sollievo sulle labbra quando infine si chinò per baciarmi.

Non mi andava di tornare a casa. Mia madre doveva essere infuriata e, in quel momento, l'ultima cosa che volevo era affrontarla.

«Ho fatto un casino, vero?» dissi passandomi la mano in faccia mentre tornavamo con la sua macchina.

Sentii le sue dita accarezzarmi la nuca mentre fissava la strada.

«Forse per il modo in cui l'hai detto, ma almeno ora l'hai fatto».

Mi voltai a guardarlo. Mio Dio... saremmo andati a vivere insieme, davvero, ormai era fatta e mancava poco. Se volevo, potevo prendere le mie cose quel giorno stesso e andarmene per iniziare una nuova vita insieme a lui.

Nick parcheggiò davanti all'ingresso di casa. A quanto pareva, il senatore e sua figlia se n'erano andati perché non c'erano altre auto a parte quella di Will e di mia madre. La mia l'avevamo lasciata al cimitero... Nick era stato categorico, non voleva che tornassi da sola e mi aveva detto che il giorno dopo Steve sarebbe andato a recuperarla.

Non mi andava di scendere e sentivo ancora un'angoscia sgradevole in mezzo al petto, così appoggiai il braccio sul bracciolo e la fronte sul finestrino. Era stata una giornata terribile.

«Vieni qui» mi disse Nick, tirandomi e costringendomi a sedermi su di lui con i piedi di lato sull'altro sedile. Mi abbracciò e appoggiai la guancia nell'incavo del suo collo. «Andrà tutto bene, amore mio».

Chiusi gli occhi e lasciai che le sue parole mi calmassero.

«Quanto a Sophia... so che non avrei dovuto comportarmi così, ma ha tirato fuori dal carcere Jenna e tu non mi avevi nemmeno detto che era una tua collega...»

«Non hai motivo di preoccuparti, Noah, non provo assolutamente nulla per Sophia né per nessun'altra che non sia tu... come puoi anche solo pensarlo?»

Girai un po' il collo e appoggiai le labbra sulla pelle delicata della sua clavicola. Profumava di buono... e mi sentivo così sicura tra le sue braccia... tra quelle braccia forti che mi proteggevano da tutti e che, al tempo stesso, mi cullavano come se potessi rompermi.

«Resta con me stanotte» sussurrai, sapendo che quello voleva dire che la mattina dopo avrebbe dovuto affrontare suo padre.

«Certo» rispose e io ebbi la sensazione che mi togliessero un grande peso di dosso.

34
Nick

Al mattino uscii di casa molto presto con due enormi valigie di Noah. Non avevo tempo di mettermi a discutere con i nostri genitori prima di andare al lavoro e non volevo nemmeno che rovinassero la gioia data dall'aver iniziato il trasloco e dal fatto che, di lì a poco, io e Noah finalmente saremmo andati a vivere insieme.

Non appena arrivato, andai direttamente a prendere un caffè. Avevo a malapena avuto il tempo di fare colazione e stavo morendo di fame. Proprio quando stavo finendo la seconda tazza e mi stavo passando il tovagliolo sulla bocca, Sophia fece la sua comparsa.

La osservai consapevole che la sera prima l'avevo piantata in asso, anche se non era stata mia la responsabilità. E poi, c'era pur sempre suo padre. La salutai con un cenno della testa e le passai accanto deciso a uscire.

Lei mi bloccò la strada e mi guardò con aria di sfida.

«Sai cosa c'è di più divertente che essere invitati a una cena a cui non ti va di andare e dove per di più ti lasciano da sola con tuo padre, il tuo capo e sua moglie?»

Mi dovetti mordere il labbro per non ridere. La verità era che vista così sembrava persino divertente. Una parte di me godette nel sentirla tanto arrabbiata.

«Sono tutto orecchie, Aiken» dissi appoggiandomi al tavolo e mettendomi a braccia conserte.

«Che quei tre non abbiano fatto altro che dire cazzate

su quanto sei un bravo avvocato, sul tuo futuro brillante, su come ti sei trasformato in un figlio responsabile e maturo…»

Il sorriso che era appena comparso sul mio viso scomparve.

«Cosa cazzo stai dicendo?»

Sophia alzò le sopracciglia e mi superò per avvicinarsi alla macchina del caffè. Mi voltai in attesa di una risposta.

«A quanto pare, mio padre crede che sarebbe un'ottima idea che tu e io lavorassimo insieme in futuro… e sai a cosa mi riferisco quando dico 'lavorare'».

Aprii gli occhi sentendomi invadere da una sensazione di calore.

«Che stronzate ti hanno messo in testa? Mio padre ha detto che sono un figlio responsabile e maturo? Non so che cazzo ti sei presa ieri sera prima di cena, ma sono sicuro che hai sentito male: mio padre non mi regge».

Sophia si voltò di nuovo verso di me mentre le sue labbra rosse sorseggiavano il caffè in modo deliberatamente lento.

«Mio padre adora trovarmi dei pretendenti, sembra che sia il suo passatempo preferito, e il figlio di William Leister gli è piaciuto particolarmente… e non solo a lui, anche alla tua matrigna. A sentir lei si direbbe che ti adora, anche se sospetto che in realtà non le faccia per niente piacere che tu vada a letto con sua figlia… e ancor meno che andiate a vivere insieme».

Serrai i pugni. Non potevo credere alle mie orecchie. Quella donna mi avrebbe fatto impazzire. Come cazzo osava anche solo insinuare che potessi interessarmi a Sophia, soprattutto avendo sua figlia come metro di paragone? Ma quale madre cercava di far avvicinare a un'altra il ragazzo di cui sua figlia era innamorata?

Strinsi con forza il bicchiere di plastica, rendendolo inutilizzabile e cercando di controllare la rabbia che minacciava di farmi impazzire. Non solo si era presa gioco di noi, ma ci aveva anche mancato di rispetto.

Sophia si avvicinò a me con un'espressione un po' più rilassata.

«Si vede che sei innamorato di lei, Nick» disse appoggiandomi una mano sull'avambraccio. «Ma ti dico per esperienza che avere una relazione che in così tanti vogliono rovinare... di solito non porta niente di buono».

Detto ciò, si voltò senza aggiungere altro.

Mi portai le mani al viso cercando di tranquillizzarmi e di ignorare, ancora una volta, tutte le cose che minacciavano di far saltare in aria il mio rapporto con Noah. Dalla sera prima, da quando avevo capito quanto Noah fosse ancora coinvolta in ciò che era accaduto a suo padre, mi sentivo invaso da una paura difficile da ignorare. Un conto era lottare con le unghie e con i denti contro terze persone che si intestardivano per far sì che uno dei due interrompesse il rapporto, ma lottare con Noah e i suoi fantasmi era tutto un altro paio di maniche. E ora che sapevo che nessuno, a parte noi due, ci avrebbe aiutati a far andare avanti la nostra relazione, non potei evitare di temere che il nostro impegno non fosse sufficiente. Io ero in grado di sopportare tutto, avrei fatto l'impossibile, non avrei mai ceduto, amavo quella ragazza così disperatamente che il solo pensiero di stare senza di lei mi faceva impazzire... ma se alla fine Noah si fosse fatta convincere da altre persone? O non solo da persone... e se alla fine quel muro, che di tanto in tanto sembrava cedere pur senza crollare del tutto, si fosse alzato diventando ancora più impenetrabile e impedendomi di arrivare a lei nel modo che sapevo essere necessario?

Di una cosa ero certo: nessuno, a parte Noah, avrebbe mai potuto allontanarmi da lei.

Era ormai tardo pomeriggio quando il mio capo entrò nell'ufficio. Sophia stava infilando le sue cose nella borsa e io stavo spegnendo il computer.

«Ho una buona notizia per voi» annunciò guardando entrambi con un sorriso.

«Non sto nella pelle» dissi sarcastico. Era risaputo che io e quel coglione di Jenkins non ci potevamo vedere. Fondamentalmente, perché occupava il mio posto fino a quando non avessi acquisito sufficiente esperienza per sostituirlo e perché sapeva bene che quella posizione di cui tanto si vantava era più che provvisoria.

Sophia si fermò e lo guardò con uno strano scintillio negli occhi. Lei adorava il nostro capo e, a differenza di me, si impegnava per fare il suo lavoro alla perfezione per poter essere promossa e ottenere un ruolo più importante.

«Ci sono state due defezioni nel caso Rogers di domani e ci hanno chiesto di inviare qualcuno da qui. Se ricordo bene, tu, Nicholas, eri interessato, ma hai rinunciato a seguirlo perché avresti dovuto rimanere a San Francisco per continuare a lavorarci; tuttavia, il grosso del lavoro è già stato fatto, quindi dovreste solo presentarvi in tribunale e collaborare nella difesa. Si dovrebbe risolvere in breve e sono certo che potrete imparare molto da un caso come questo».

«È fantastico, signore, e quando dovremmo essere lì?» Sophia sembrava così entusiasta che non mi sarei sorpreso se si fosse messa a saltellare.

«Vi ho prenotato due biglietti per domani mattina presto».

'Merda!'

«Di già? Non ci puoi dare così poco preavviso, abbiamo anche una vita, sai?»

Jenkins ignorò il mio tono di voce e continuò a parlare con calma.

«Anche se fai fatica ad accettarlo, Nicholas, il mondo non gira attorno a te; il caso è domani pomeriggio, quindi dovete essere lì il prima possibile. Se non sei d'accordo, sono certo che tuo padre non vedrà l'ora di ascoltare le tue rimostranze».

Mi alzai lentamente e appoggiai i pugni sul tavolo.

«Ti consiglio di non tirare fuori mio padre, J, perché non credo ti piacerebbe mangiare cemento».

Sul suo viso apparve un'espressione di disgusto e mi accorsi di aver abusato del potere derivante dal fatto di essere il figlio del capo, ma l'alternativa era spaccargli la faccia e quello sì che avrebbe causato seri problemi.

«Prima o poi ti faranno fare un bel bagno di realtà, Nicholas, e quando succederà spero di essere lì a godermi lo spettacolo». Poi, senza darmi il tempo di rispondere, si voltò verso Sophia. «Alle cinque in aeroporto, e vi conviene non fare casino o uno di voi si ritroverà per strada!»

Detto questo, se ne andò lasciandomi con la voglia di rifargli i connotati.

Il volto di Sophia mi apparve davanti e dovetti sforzarmi per metterlo a fuoco e concentrarmi su ciò che mi stava dicendo.

«... sarò io a pagarne le conseguenze, mi hai sentito? Vedi di controllarti perché non intendo perdere il lavoro per colpa tua!»

Ignorai deliberatamente le sue parole e uscii dall'ufficio sbattendo la porta.

E chi lo diceva adesso a Noah che dovevo andare a San Francisco con la stessa ragazza di cui era gelosa e con cui i nostri genitori avevano cercato di accasarmi?

35
Noah

Il silenzio in cui mia madre sembrava rifugiarsi non faceva presagire nulla di buono. Quella calma prima della tempesta mi preoccupava. Mentre io continuavo a fare le valigie, e finivo di impacchettare tutto, Jenna mi elencava tutte le brutte cose che sarebbero potute succedere se fossi andata a vivere con Nick. Fu a quel punto che capii che avrei dovuto iniziare a ignorare chiunque volesse esprimere la propria opinione circa il mio rapporto con lui.

Jenna era in modalità anti-romantica; da quando lei e Lion si erano lasciati, era passata dall'essere un mare di lacrime a una femminista fatta e finita che assicurava che noi donne potevamo condurre le nostre vite senza un uomo accanto, che il mondo di oggi era fatto per divertirsi e non avere alcun tipo di legame. E, tanto per essere chiari, da qualche giorno la sua frase preferita era 'che Lion si fotta'.

«E dire che ero così contenta all'idea che ora che avremmo frequentato la stessa università saremmo uscite la sera, saremmo entrate in una confraternita e avremmo fatto le tipiche cose da matricole» disse aiutandomi a riempire gli scatoloni.

«Verrò all'università, Jenna, solo che invece di dormire lì dormirò con il mio fidanzato».

Jenna alzò gli occhi.

«Figuriamoci se Nicholas ti lascerà andare a far festa fino a chissà che ora…»

Alzai lo sguardo verso di lei.

«Nick non è mio padre, posso andare dove voglio» replicai secca.

«Questo lo dici adesso, ma non appena ti abituerai, diventerai come quelle amiche che non si fanno mai vedere, che passano tutto il giorno con i loro ragazzi».

Feci una risata amara.

«Come te fino a qualche settimana fa?»

Jenna mi fissò con in mano alcuni dei miei libri.

«Rompere con Lion è la cosa migliore che mi sia successa» dichiarò, ed ebbi chiaro che stava cercando di convincere se stessa più che me. «Ora faccio quello che voglio, non litigo con nessuno, a parte con quegli idioti dei miei fratelli minori, non ho motivo di sentirmi in colpa per quello che sono, e infatti ho affittato una delle stanze più fiche del campus, di quelle che costano un occhio della testa e hanno persino una cucina privata… Sì, sì, hai sentito bene, lo sai cosa mi sono comprata oggi?» disse tirando un po' su la gonna attillata che indossava. «Li vedi questi sandali?»

Annuii lasciando che si sfogasse… a modo suo.

«Sai quanto mi sono costati?»

«No e non lo voglio sapere» risposi alzandomi dal pavimento e piegando una coperta per metterla dentro a una scatola.

«Be', circa seicento dollari. Sissignore! Ho speso questo cifrone per dei sandali che di sicuro tra qualche settimana non potrò più usare perché farà freddo e mi si bagnerebbero i piedi».

«Ha senso» convenni reggendole il gioco.

«Eccome se ce l'ha, perché anche se ho imparato delle cose guardando quanto lavorava il mio ex fidanzato, la fatica che faceva per tenere in piedi la casa e il lavoro, anche se so che i soldi non crescono sugli alberi e che ci sono molte persone che se la passano davvero male, so che quasi tutte, se fossero al mio posto, farebbero esattamente come me. Quindi perché mai non dovrei approfittare del fatto di essere nata nella bambagia?»

Alzai lo sguardo e la osservai.

«Perché io ho tutto ciò che desidero, non è vero? Posso comprarmi quello che voglio, posso scegliere in quale università andare; ah, non solo: lo sai che mio padre ha deciso di comprare un aereo privato? Sì, hai sentito bene, fammi sapere se vuoi che ti porti da qualche parte... perché sono miliardaria e, a quanto pare, i soldi sono l'unica cosa che mi interessa».

Alla fine della frase, la sua voce si spezzò e fece un passo avanti.

Poi, velocemente e asciugandosi una lacrima – che la stava tradendo – mi indicò con il libro che aveva in mano.

«Sto benissimo» affermò categorica.

A differenza di molte persone, io e Jenna avevamo qualcosa in comune: non ci piaceva mostrare apertamente i nostri sentimenti. Se piangevamo, era perché stavamo davvero male, e con ciò intendo dire che stava davvero cercando di ingannarsi se era arrivata a mettersi a piangere davanti a me.

«So che non vuoi parlarne, Jenn, ma credo che sarà solo una questione di tempo, Lion ti ama alla follia e tu sa...»

«Non provarci, Noah» mi interruppe di nuovo bruscamente. «Tra di noi è finita, non intendo tornare in quel circolo vizioso, apparteniamo a due mondi molto diversi quindi dimenticatelo. Ora voglio sentir parlare di quanto ci ubriacheremo i venerdì sera e degli strafichi che conosceremo».

Non volli ricordarle che io non ero single, lasciai perdere. Se in quel momento aveva bisogno di avere accanto un'amica festaiola, gliel'avrei data. Con moderazione, ovvio.

Non ci mise molto ad andare via e ne approfittai per telefonare a Nick. Non ci sentivamo dalla sera prima e avevo bisogno di sapere quando sarebbe passato a prendermi. C'erano ancora un po' di cose che volevo portare da lui e preferivo che mi desse una mano invece di fare tutto da sola.

Scattò la segreteria telefonica, così gli lasciai un messaggio avvisandolo che il giorno dopo avrei avuto bisogno di lui e di richiamarmi non appena lo avesse sentito.

Proprio quando mi stavo togliendo i vestiti per andare a farmi una doccia e infilarmi a letto per trascorrere l'ultima notte a casa, spuntò mia madre: quando vidi la sua espressione, ebbi chiaro di dovermi preparare per una bella discussione.

«Stavo aspettando che venissi a confessarmi che quello che hai detto durante la cena era solo uno scherzo di cattivo gusto».

«Non è affatto uno scherzo, mamma» le risposi mettendomi a braccia conserte.

Mia madre guardò le valigie e le scatole che intendevo portarmi via sparse sul pavimento.

«Ho fatto il possibile per non intromettermi nel tuo rapporto con Nicholas; anzi, ero persino disposta a sopportarlo, ma hai superato il limite senza tenere conto né di me né di William, e non intendo tollerarlo».

Non mi piaceva quel suo modo di parlarmi: sembrava si stesse rivolgendo a un'estranea, e questo mi fece capire quanto fosse arrabbiata. Le sue parole non fecero altro che far aumentare la mia rabbia per come si intrometteva nella mia vita.

Ero stufa.

«Non è una cosa di cui voglio discutere con te, è la mia vita e devi imparare a lasciarmi commettere i miei errori e prendere le mie decisioni».

«Sarà la tua vita quando sarai indipendente e avrai un lavoro che ti permetterà di mantenerti, è chiaro?»

Rimasi in silenzio. Quello era un colpo basso e lei lo sapeva. I soldi di cui parlava non erano nemmeno suoi.

«Sei stata tu a portarmi qui!» le dissi intuendo dove stava andando a parare la conversazione. «Per una volta che sono felice, che ho trovato qualcuno che mi ama, non riesci a essere contenta per me!»

«Non ti permetterò di andare a convivere con il tuo fratellastro a diciott'anni!»

«Sono maggiorenne! Quando te lo metterai in testa?»

Mia madre respirò a fondo varie volte.

«Non intendo stare al tuo gioco, non intendo discutere con te, no, nel modo più assoluto. Voglio solo che ti sia ben chiara una cosa: se vai a vivere con Nicholas, dimenticati pure l'università».

Aprii gli occhi incredula.

«Come?»

Mia madre mi guardò dritta negli occhi senza un accenno di dubbio.

«Non ti pagherò l'università e non ti passerò dei soldi per...»

«Ma è William che paga tutto questo!» urlai fuori di me. Mia madre si stava comportando come una perfetta estranea. Ma che cazzo stava dicendo?

«Ne ho parlato con William, sei mia figlia e lui accetterà ogni mia decisione: se gli dico di non pagarti assolutamente nulla, non ti pagherà assolutamente nulla».

«Tu sei impazzita» dissi percependo la pressione delle sue parole.

«Credi di poter avere tutto e non è così. Ti danno una mano e ti prendi un braccio e non intendo permetterlo».

«Chiederò una borsa di studio, perché andrò a stare da Nicholas. Puoi tenerti i tuoi soldi e tuo marito, non mi interessa».

«Non ti daranno nessuna borsa di studio, per la legge sei la figliastra di un miliardario, smettila di dire idiozie e di comportarti da viziata».

«Non posso credere che tu mi stia facendo questo» ammisi sentendo male al petto.

Quando percepii il labbro iniziare a tremare, mia madre sembrò vacillare per un attimo. Era l'ultima cosa di cui avevo bisogno in quel momento.

«Che tu ci creda o no, io voglio solo il meglio per te».

Scoppiai a ridere.

«Sei un'egoista» le sputai in faccia. «Non fai che ripetere che stai facendo tutto per me, quando mi hai costretta a lasciare il mio Paese per sposarti con uno sconosciuto. Mi hai promesso un futuro brillante e adesso che finalmente ho ciò che ho sempre voluto, adesso che finalmente sono felice, mi vuoi portare via tutto e minacci di togliermi l'unica cosa che ti ho chiesto e che davvero mi interessa da quando siamo arrivate qui un anno fa».

«Avrai tutto quello che vuoi, devi solo andare a vivere in un campus, non è che non dovrai mai più rivedere Nicholas. E poi sono sicura che non è stata una tua idea!»

«E invece sì! Ho preso la mia decisione!» le rinfacciai e me ne andai all'altro capo della stanza. «Se mi costringi a fare questo passo, non te lo perdonerò mai».

Mia madre parve non sentire perché rimase semplicemente a fissarmi a braccia conserte, senza accennare a vacillare.

«O l'università o Nicholas, decidi tu».

Non ci misi nemmeno due secondi a rispondere.
«Scelgo Nicholas».

Mezz'ora dopo avevo messo le valigie in macchina. Non riuscivo a credere che mia madre mi avesse ricattata a quel modo, e proprio usando Nicholas. Lei si era chiusa in camera e non ne era più uscita. Credo non fosse nemmeno consapevole di quanto fossero serie le mie parole. Ero così arrabbiata che non mi importò andarmene da casa dei Leister senza nemmeno voltarmi indietro. C'era solo un Leister che mi interessava e ben più di tutta quella merda che mia madre sembrava voler mettere tra di noi.

Avrei trovato una soluzione, mi sarei procurata quei soldi a costo di dover lavorare la notte.

Seduta in macchina, ancora dentro al garage di casa, telefonai a Nick. Avevo provato a mettermi in contatto con lui fin da quando mia madre si era chiusa nella sua stanza. Finalmente rispose.

«Scusami, Peldicarota, pensavo di riuscire a tornare in tempo, ma non è stato possibile».

Rimasi in silenzio senza capire.

«Ma di cosa stai parlando? Dove sei?»

«Questa mattina all'alba sono dovuto partire per San Francisco, ci hanno affidato un caso molto importante e credevo di riuscire a prendere un volo di ritorno stanotte, ma temo che non sarò di rientro prima di qualche giorno».

Provai uno strano dolore al petto. Non era lì... non c'era per abbracciarmi e dirmi che sarebbe andato tutto bene.

Il dolore si trasformò in qualcosa di più difficile da gestire, e all'improvviso uscì tutto quello che avevo accumulato in quei giorni.

«Sei a San Francisco e non mi hai chiamata per dirmelo?!»

«Pensavo di tornare in giornata e non credevo fosse importante. Ma perché mi stai urlando contro?»

Vidi tutto rosso, molto rosso.

«E se io me ne fossi andata in un'altra città senza avvisarti? Tu cosa avresti fatto?»

Sapevo che gli stavo facendo pagare tutto quello che mi era successo, ma avevo bisogno di lui e non c'era. Avevo rinunciato a tutto per lui e non era nemmeno a casa ad accogliermi e a darmi una mano con le valigie. Non c'era, non c'era, ed era quella l'unica cosa che mi importava!

«Cazzo, va bene! Capisco cosa vuoi dire, ma ci hanno avvisati all'ultimo».

«Ci?» chiesi sentendo un nodo allo stomaco.

Nicholas rimase un attimo in silenzio.

«Sei con lei, vero?»

«È una mia collega, nient'altro».

Una gelosia incontrollabile sovrastò la razionalità.

«Cazzo! Ecco perché non me l'hai detto...! Sapevi che mi sarei arrabbiata».

Lo sentii imprecare all'altro capo del telefono.

«Puoi darti una calmata? Ti stai comportando come una bambina».

«Ma vattene a 'fanculo» dissi e riagganciai.

Buttai il cellulare sul sedile del guidatore e diedi un pugno al volante sentendomi un'emerita idiota. D'ora in poi sarebbe andata così? Lui sarebbe volato a San Francisco con Sophia mentre io me ne restavo nel suo appartamento senza soldi e senza poter studiare?

Cazzo! Le cose si stavano complicando troppo in fretta e la paura di non riuscire ad andare all'università mi fece scappare qualche lacrima. Non avevo esitato un solo istante a scegliere Nicholas, ma su una cosa mia madre aveva ragione: lui aveva cinque anni più di me... lavorava e di lì a poco avrebbe ereditato l'azienda del padre, ma io?

Io non avevo assolutamente nulla e non volevo che Nicholas mi pagasse tutto. Se fossi rimasta in quell'appartamento avrei perso molto più dell'università: avrei perso la mia indipendenza, perché sapevo che Nick mi avrebbe aiutata, se gliel'avessi chiesto, ma come avrei fatto ad alzarmi ogni mattina con la consapevolezza che il mio ragazzo non solo mi pagava l'affitto dell'appartamento ma anche l'università?

Ero sempre stata indipendente e, se mia madre non si fosse sposata con Will, di sicuro avrei ottenuto una borsa di studio per qualche università... Adesso ero la figliastra di una persona così benestante che non mi avrebbero dato un bel niente, e studiare negli Stati Uniti non era certo economico. Mi sarei indebitata fino al collo, anche se mi fossi ammazzata di lavoro...

A mano a mano che la rabbia si riduceva lasciando spazio all'angoscia, capii che, per quanto desiderassi vivere con Nick, per quanto volessi stare con lui, svegliarmi accanto a lui, non potevo farlo senza prima crearmi la mia indipendenza. In questo mia madre aveva ragione: anche se ero maggiorenne, se non avevo soldi per dare inizio alla mia vita, sarebbe stata lei ad avere l'ultima parola.

A guardarla in prospettiva, andare a vivere con lui era una follia. L'affitto costava settemila dollari, mi era già sembrata una pazzia quando me l'aveva detto, mi ero già sentita a disagio perché non potevo permettermelo... non avrei potuto pagare nemmeno un quarto di quella cifra.

Il mio cellulare continuava a squillare.

Lo guardai e vidi chiamate perse sia da parte di Nick che di mia madre.

Cosa dovevo fare? La domanda di mia madre continuava a risuonarmi in testa.

Ora la risposta era chiara: dovevo aspettare prima di andare a vivere con Nick, non potevo farlo… almeno per il momento.

Scesi dall'auto e tornai in camera mia. Frugai nel cassetto in cui avevo lasciato la lettera d'ammissione al campus; la trovai e lessi tutte le informazioni. Avrei dovuto confermare la prenotazione almeno una settimana prima, per poter avere la stanza. Mi sentii soffocare. E adesso come cazzo facevo? Mi sedetti sul letto e sentii il cuore battere all'impazzata e una sempre maggiore difficoltà a respirare. Stavo soffocando, ero in preda al panico.

'Calmati. Dev'esserci una soluzione'.

Proprio a quel punto sentii la porta di casa aprirsi. Will era tornato presto dal lavoro e mia madre gli avrebbe detto che avevo preferito andare a vivere con Nick piuttosto che l'università. Respirai a fondo. Se intendevano separarmi da lui, il minimo che potevano fare adesso era cercarmi un posto in cui stare. Mi asciugai le lacrime con la mano e uscii dalla stanza decisa a mettere ordine nella mia vita.

Al mio risveglio, la mattina dopo, mi sentii strana. Il giorno prima mi ero alzata felice perché sapevo che sarei andata a stare dal mio fidanzato e ora, invece, avevo un nodo allo stomaco al pensiero di andare a vivere con una perfetta sconosciuta. Dopo aver comunicato la mia decisione a mia madre e a Will la notte prima, il padre di Nick aveva fatto una serie di telefonate e alla fine era riuscito a trovarmi un alloggio. Non era un appartamento tutto per me, ma si trattava di un posto di lusso in cui avrei avuto la mia stanza e avrei condiviso la cucina con un'altra ragazza. Will sembrava soddisfatto e quindi immaginai che fosse il meglio a cui potessi aspirare.

Mi alzai e accesi il cellulare. Nick aveva smesso di chiamare verso l'una di notte, anche se io avevo spento il telefono molto prima. Per quanto fosse infantile, una parte di me lo colpevolizzava per non esserci stato... Non potevo farne a meno, ero gelosa da morire e anche molto angosciata per tutta la questione di mia madre e dell'università.

Aspettai che Will uscisse e solo a quel punto scesi per andare a fare colazione. Non avevo voglia di vedere né lui né mia madre. Quando stavo finendo il caffè, ricevetti un'altra chiamata di Nick e decisi di rispondere.

«Ciao» lo salutai nervosa, mordendomi un'unghia.

Dall'altra parte ci fu silenzio.

«Ti sembra ragionevole non rispondermi per tutta la notte?»

D'accordo, sapevo che non avremmo avuto una conversazione gradevole, ma non ero disposta a sopportare la sua arrabbiatura, non quel giorno.

«Nessuno dei due è ragionevole, quindi non posso rispondere alla tua domanda».

«Non ti ho chiamata per discutere, Noah, quindi evita. Volevo solo avvisarti che arrivo tra cinque giorni, le cose qui non stanno come ci avevano fatto credere».

«Cinque giorni?» chiesi consapevole di quanto suonasse triste la mia voce.

«Lo so, non ci sarò nemmeno quando inizierai l'università e mi dispiace, d'accordo? Non avevo pianificato che ti trasferissi da sola e nemmeno che ti dovessi fermare a dormire nel nostro appartamento senza di me, ma non ci posso fare niente».

Respirai a fondo, glielo dovevo dire, dovevo dirgli che non sarei andata a vivere con lui, ma temevo la sua reazione, era capace di chiamare mia madre o di fare una follia. Sapevo che l'avrebbe vissuto come un pugno nello stomaco, ecco perché decisi di far finta di niente e di parlargliene al suo ritorno, di persona. La conversazione si concluse in modo un po' teso e, quando riagganciammo, mi sentii invadere da una profonda tristezza.

Due ore dopo, Jenna e suo padre passarono a prendermi. Ero troppo arrabbiata con mia madre per chiederle di aiutarmi con il trasloco e così, quando Jenna si offrì, non potei far altro che accettare piena di gratitudine. Avevo visto il signor Tavish solo due volte – era sempre in giro per il mondo – ma sapevo che adorava Jenna, motivo per cui aveva cancellato tutte le sue riunioni pur di accompagnare la figlia all'università. Non sembrava scocciato di essere passato a prendermi e di avermi aiutato a caricare le mie cose sulla sua Mercedes. Non so come fu possibile metterci dentro le mie valigie e quelle di Jenna, ma alla fine, rannicchiandomi un po', riuscii ad allacciarmi la cintura e aspettai di arrivare in quella che sarebbe stata la mia nuova casa.

Ero già stata prima all'Università della California. Nick studiava lì quindi c'ero andata diverse volte per alcune feste delle confraternite o semplicemente a trovarlo. A volte mi ero fermata a studiare nell'enorme biblioteca, incantata dalla presenza degli oltre otto milioni di libri presenti su quei ripiani. Sapevo che la biblioteca sarebbe diventata uno dei miei luoghi preferiti, ma l'università era incredibile in generale. Con i suoi mattoni rossi e i suoi immensi giardini, era una delle più importanti degli Stati Uniti. Entrarci non era stato facile, avevo dovuto dare il meglio per ottenere un posto ed ero orgogliosa di non aver dovuto ricorrere ai contatti di Will. Ora che eravamo arrivati, non riuscii a evitare di provare un certo dispiacere nel non condividere tutto quello con mia madre. Avrebbe dovuto portarmi lei lì, non il padre di Jenna, e mi sarebbe anche piaciuto che Nick fosse lì per mostrarmi l'università e per potere in qualche modo provare quella stessa emozione che vedevo riflessa negli studenti attorno a noi. Jenna era felice, ma nel suo sguardo intravedevo anche un'ombra di tristezza.

Ma dov'erano i nostri fidanzati?

36
Nick

Ero seduto nella hall dell'hotel in cui alloggiavamo. Nelle stanze non c'era il Wi-Fi, quindi ero dovuto scendere in reception e dividere il mio tempo con persone sconosciute. Era già tardi, così presi il telefono e controllai per la quarta volta se Noah mi aveva mandato un messaggio di buonanotte. Non mi era piaciuto come era finita la nostra conversazione del giorno precedente e, anche se le lezioni non sarebbero iniziate fino al giorno successivo, volevo augurarle buona fortuna per il suo primo giorno. Ero consapevole che probabilmente stava cercando di dormire e che magari era in preda agli incubi. Amavo sapere di essere l'unico in grado di far sì che non li avesse, ed era proprio per questo che odiavo che dormisse da sola.

Per me era un sollievo che avesse accettato di andare da uno psicologo e avevo fatto delle ricerche su Internet riguardo i traumi infantili e su come superarli. Avevo una lista dei migliori psicologi della città e ne avevo già chiamati cinque per sondare il terreno. Volevo che Noah potesse essere se stessa, senza paure o niente che le impedisse di essere completamente felice, e se dovevo pagare un occhio della testa per le ore di terapia, lo avrei fatto.

A volte ripensavo a ciò che aveva dovuto sopportare per colpa di suo padre e un brivido sgradevole mi percorreva la schiena. Serrai la mano in un pugno quasi senza accorgermene e dovetti respirare profondamente per tranquillizzarmi. Proprio in quel momento, con la coda dell'occhio, vidi apparire Sophia, con il suo Mac e quegli occhiali con la montatura nera che, per qualche inspiegabile motivo, mi facevano sorridere: le stavano davvero male.

«Ciao, Leister!»

«Aiken» risposi tornando con lo sguardo allo schermo.

La guardai solo per un istante, ma notai che si sedeva accanto a me sul lungo divano bianco. Era da due giorni che stavamo lì insieme e dovevo ammettere che non era come me l'ero immaginata inizialmente. Poteva sembrare superficiale e un po' altezzosa, ma non lo era affatto. Anzi, riusciva a essere piuttosto divertente, quando voleva. Dato che era circondata da uomini – eravamo in cinque a lavorare al caso e lei era l'unica donna –, faceva tutto il possibile per non attirare l'attenzione, non voleva essere trattata in modo speciale.

«Non ti andrebbe di mangiare del cibo spazzatura?» mi chiese dopo aver digitato per un po' sul suo computer e averlo poi chiuso di colpo.

Alzai le sopracciglia e la guardai.

«Tu? Cibo spazzatura?» dissi mettendomi il cellulare in tasca. Zero notizie di Noah. «Non credo tu sappia cos'è».

Lei fece un'espressione di circostanza, infilò il portatile in borsa e si alzò, mostrando che non indossava tacchi, ma un semplice paio di sandali bianchi.

«Ho voglia di mangiare un Big Mac, e ci andrò con te o senza di te. Te lo dicevo perché il cibo qui fa schifo, quindi decidi tu, ci vieni o no?»

Tentennai qualche istante, ma aveva ragione: il cibo era orribile.

«D'accordo, ma ti avviso che oggi non sono di compagnia» affermai alzandomi e dirigendomi verso l'entrata.

Sophia mi raggiunse e mi accorsi di quanto era bassa senza i suoi soliti tacchi.

Lei scoppiò a ridere.

«Non lo sei mai, Leister. Da quando ti conosco, credo di non averti mai visto rilassato. Dovresti lavorarci su».

Ignorai il suo commento e raggiungemmo il parcheggio.

«Cosa pensi di fare?» le chiesi quando la vidi tirar fuori le chiavi dalla tasca.

«La macchina l'ho affittata io, Nicholas» fu la sua unica spiegazione.

«Mi dispiace, bella, ma guido io» dissi prendendole le chiavi di mano così velocemente che nemmeno se ne accorse.

Mi sorpresi nel notare che il mio gesto non scatenò come risposta una discussione. Sophia si strinse nelle spalle e si sedette sul sedile del passeggero.

In cambio, le permisi di scegliere la musica e, per tutto il tragitto, ascoltammo canzoni degli anni Ottanta. Fuori il tempo era piuttosto gradevole, anche se a San Francisco faceva più freddo che a Los Angeles. Nonostante a molte persone non piacessero le ripide vie della città, per me la rendevano speciale, insieme alle sue case colorate, tutte con quel tocco distintivo e piacevole da vedere.

Volevo portarci Noah, c'erano così tanti posti che volevo farle vedere... Da quando avevamo iniziato a uscire, avevo potuto portarla solo alle Bahamas, ed era meglio non ricordare com'era andata a finire.

Evitai di pensare a lei per un po', e parcheggiai la macchina davanti a un ristorante che avevo scoperto quando avevo dovuto fermarmi a San Francisco per una settimana.

«Questo non è un McDonald's» osservò Sophia slacciandosi la cintura.

«Io non mangio al McDonald's» risposi spegnendo la macchina e ridendo quando lei si voltò guardandomi in cagnesco. «Dai, Soph, qui fanno i migliori hamburger di tutta la città; se no non ti ci avrei portata».

Sophia alzò le sopracciglia con condiscendenza e mi diede una manata sul braccio.

«Ti ho già detto mille volte di non chiamarmi Soph» protestò. Poi scese dall'auto e la imitai.

«Mi dispiace, Soph».

Nel vedere la sua espressione, scoppiai a ridere, ma decisi di lasciarla in pace. Un cameriere venne subito a servirci e ci fecero accomodare in un tavolo appartato dall'altro lato del ristorante. Non mi piacque l'idea che pensassero fossimo una coppia, ma non potevo mettermi nella testa delle persone, quindi lasciai correre.

«Spero che gli hamburger qui siano meglio del CBO o mi arrabbierò sul serio».

Alla fine, non poté lamentarsi di nulla perché, come sapevo, gli hamburger erano da paura.

«Quindi andate a vivere insieme» mi chiese dopo aver parlato di tutto un po' – principalmente di lavoro – e ritrovandoci involontariamente a parlare di Noah, «anche se i suoi genitori non sono d'accordo, giusto?»

«Sua madre» precisai e continuai. «Sembra che tutti dimentichino che lei è maggiorenne e può prendere le sue decisioni in piena libertà».

Sophia annuì, ma fece un'espressione che indicava l'esatto opposto.

«È ancora una ragazzina, Nick» disse portandosi il bicchiere alle labbra.

«La maturità non è legata a un maledetto numero, ma alle esperienze vissute e alle cose che ne abbiamo ricavato».

«Nessuno lo nega, ma non puoi dimenticare che sta

per iniziare l'università, che vorrà fare le cose che fa qualsiasi ragazza della sua età e, se non sbaglio, tu sembri essere il tipico fidanzato assillante».

Appoggiai i gomiti sul tavolo e posai distrattamente il mento sulle mani.

«Proteggo ciò che è mio, tutto qui».

Sophia sembrò contrariata dalle mie parole.

«È un pensiero piuttosto maschilista, lei non è tua».

Strinsi le labbra con forza.

«Stai per farmi un discorso femminista, Soph?»

«In qualità di donna che sta cercando di farsi strada in un'azienda gestita interamente da uomini, potrei farlo, ma non è questo il punto. Il tuo è un problema di fiducia: se fossi davvero sicuro di quanto è innamorata di te, non cercheresti in ogni modo di portarla a vivere da te, mettendoti contro tutta la tua famiglia. A mio parere, è un passo piuttosto stupido da parte tua».

«Lei ha bisogno che le stia vicino e io ho bisogno di lei, non è una cosa così strana. Tu non sai nulla».

Sophia scosse la testa e mi fissò dritto negli occhi.

«So solo che averti come fidanzato non potrebbe mai rientrare nei miei desideri».

«Sono il fidanzato che tutte vorrebbero, bella» risposi guardandola. Lei iniziò a ridere e io sorrisi. Ovviamente non ero il migliore dei fidanzati, nel modo più assoluto, ma almeno ci provavo.

E quello mi fece venire un'idea.

«Tanto per farti vedere quanto sono un bravo fidanzato» dissi tirando fuori il cellulare ed entrando nel motore di ricerca. «Che ne pensi delle rose azzurre? Sono belle, vero?»

Sophia alzò gli occhi al cielo mentre io facevo l'ordine. Oggigiorno la tecnologia ci semplifica parecchio la vita.

«Stupende» osservò lei portandosi il bicchiere alle labbra.

Premetti su 'acquista', inserii l'indirizzo e scrissi un piccolo messaggio.

Quando misi via il telefono, sorrideva divertita.

«Una dozzina di rose azzurre?» mi chiese.

«Due; è bene ribadire il messaggio perché sia ben chiaro».

«E qual è il messaggio? Che sei un cazzone prepotente?»

Ignorai le sue parole.

«Che è la persona che più amo al mondo».

Dopo cena tornammo in hotel. Nonostante le mie riserve e il fatto che ero consapevole di potermi attirare molti problemi se l'avessi detto ad alta voce, Sophia non era una cattiva compagnia. Lion era invischiato nei suoi casini e Jenna era la migliore amica di Noah, quindi mi ero ritrovato senza nessun amico imparziale con cui discutere delle mie cose. Non che fossi particolarmente loquace in generale, ma mi piaceva parlare con Sophia e scoprire che c'erano persone che conducevano una vita normale. Da quello che mi aveva raccontato, i suoi genitori erano ancora insieme, aveva un fratello maggiore che faceva l'architetto e a cui le cose andavano abbastanza bene, e suo padre era un politico rispettato dalla maggioranza dei partiti democratici, forse un futuro presidente. Chi poteva dire come si sarebbe potuta evolvere la situazione?

Era piacevole evadere da tutta quella drammaticità che di solito era la mia vita, e la sua compagnia riuscì a farmi rilassare, a permettermi di guardare i problemi da un'altra prospettiva. In fondo la vita non mi andava poi così male... Con Noah finalmente a casa, sarebbe stato tutto più semplice, almeno sarebbe riuscita a fare sogni sereni; e, se avesse fatto ciò che le avevo chiesto, uno dei migliori psicologi della città l'avrebbe aiutata ad affrontare i problemi relativi a suo padre. Le cose potevano solo andare meglio e non vedevo l'ora di tornare a casa e dimostrarle che insieme ce l'avremmo fatta, che potevamo lottare contro tutti, che insieme eravamo la migliore delle squadre.

37
Noah

Il mio primo giorno in facoltà andò meglio del previsto. L'atmosfera universitaria era qualcosa che ti entrava nelle vene e che non potevi ignorare. Ovunque mi voltassi c'erano persone giovani che ridevano o tiravano fuori mobili dalle auto per portarli nelle proprie stanze, genitori che salutavano e volantini di feste, ancora feste e altre feste.

Il mio orario era ragionevole, finalmente con delle materie che mi interessavano e non tutte quelle cose assurde che dovevamo imparare a scuola come, per esempio, le leggi di Newton o l'Indipendenza. Io ero avida di libri, di letteratura, più che scrivere volevo leggere. Finalmente ero circondata da gente che amava le mie stesse cose e i professori, alcuni più minacciosi di altri, riuscirono a farci sentire quel pizzico di nervosismo allo stomaco.

Devo ammettere che, per qualche istante, mi godetti il fatto di essere da sola. Non volevo parlare con nessuno, quantomeno con nessuno di conosciuto, né con mia madre né con Jenna e neanche con Nicholas, anche se i motivi per cui non volevo discutere con lui erano molto diversi. A volte lasciarsi tutto alle spalle e ricominciare da zero fa vedere che non c'è solo una porta aperta, ma ci sono anche tante finestre.

Da quando mi aveva accompagnata nel mio dormitorio, non avevo quasi visto Jenna e questo perché lei seguiva lezioni completamente diverse dalle mie: Jenna Tavish aveva scelto la facoltà di medicina, cosa che non le si addiceva per niente ma che desiderava fin da quando era bambina. Ci eravamo soltanto scambiate qualche messaggio e mi aveva detto che era impegnata a cercare una compagna di stanza disposta a pagare quella follia che le veniva a costare al mese; non avrebbe dovuto fare una grande fatica, visto che di ricconi ce n'erano ovunque.

Dopo essere uscita da lezione, aver conosciuto i professori ed essere stata invitata a cena da alcuni ragazzi del campus, decisi di passare dall'appartamento di Nick, soprattutto per assicurarmi che N avesse abbastanza cibo a disposizione e anche per recuperare tutto quello che avevo lasciato lì. Avevo provato a posticipare quel compito, più che altro perché mi intristiva andare a prendere le mie cose, ma preferivo farlo prima del suo ritorno. Sapevo che si sarebbe scatenato l'inferno e era meglio avere tutto l'indispensabile nella mia nuova casa prima di doverlo affrontare. Così, inoltre, avrei evitato di ripensarci, mandare tutto al diavolo, e andare a vivere con il mio ragazzo.

Non ci misi molto a raccogliere le mie cose… Quando ormai le avevo accatastate tutte davanti alla porta, mi accorsi che era troppo tardi per rientrare al campus. Sapevo che mi stavo ingannando da sola e che avrei dovuto smetterla di afferrarmi a qualcosa che non avrei potuto avere – almeno non per il momento –, ma mi infilai comunque nel letto di Nick, mi distesi dalla sua parte e abbracciai il suo cuscino inspirando quel profumo che solo lui aveva e che provocava immediate reazioni nel mio corpo.

Proprio in quel momento mi arrivò un messaggio.

A quanto pare hai preferito ignorare le mie telefonate. Parliamo quando torno. Dormi bene, Peldicarota.

Sospirai.

La situazione era strana, soprattutto per colpa mia. Sentii un nodo allo stomaco e per poco non digitai il suo numero per confessargli la ragione per cui non avevo voluto parlare con lui. Sperando che credesse mi fossi addormentata e che non gli rispondessi proprio per quello, infilai il telefono sotto al cuscino e chiusi gli occhi nella speranza di riuscire a riposare.

Al mattino mi svegliò il suono del campanello. Mi guardai attorno un po' disorientata per capire dove mi trovassi. Il campanello suonò di nuovo e balzai giù dal letto avvolgendomi nelle lenzuola e incespicando prima di raggiungere la porta.

Quando aprii, mi trovai davanti un enorme bouquet di rose.

«Lei è Noah Morgan?» chiese la voce di un uomo il cui volto era nascosto dietro quel mazzo spettacolare.

«S-sì» riuscii ad articolare.

«Questo è per lei» disse facendo un passo avanti. Lo lasciai entrare, sconvolta da ciò che avevo davanti agli occhi. L'uomo lasciò quell'incredibile bouquet sul tavolo della sala e poi tirò fuori dalla tasca posteriore dei pantaloni un blocchetto per le ricevute.

«Se può firmare qui, per favore» mi chiese gentilmente.

Lo feci e, quando andò via, rimasi a osservare le rose con un nodo in gola. C'era un biglietto e, quando lo lessi, dovetti tirar fuori tutta la mia forza per non scoppiare a piangere.

Sappiamo entrambi che queste sdolcinatezze non fanno per me, Peldicarota, ma ti amo con tutto il mio cuore e so che, al mio ritorno, comincerà per noi qualcosa di nuovo e speciale. Ho desiderato vivere con te fin *da quando abbiamo iniziato a uscire insieme e, dopo un anno, ho finalmente ciò che desideravo. Spero che il tuo primo giorno sia stato fantastico e mi dispiace di non essere stato con te per vederti conquistare tutti i tuoi nuovi professori. Ci vediamo tra pochi giorni, ti amo: Nick.*

Presi il cellulare da sopra il tavolo e digitai il suo numero.

«Ciao, amore mio» mi salutò in tono allegro.

Mi sedetti sul bracciolo del divano con lo sguardo fisso su quei fiori incredibili. Erano stupendi, di un azzurro intenso che mi ricordava gli occhi di Nick. Non sapevo nemmeno che esistessero fiori di quel colore.

«Sei pazzo» dissi con voce tremante.

All'altro capo del telefono sentii un rumore assordante, soprattutto di traffico.

«Pazzo di te, ti sono piaciuti i fiori?»

«Li adoro, sono splendidi» dichiarai desiderando lanciarmi tra le sue braccia e nascondermi lì dentro.

«Com'è stato il primo giorno di lezioni?»

Gli raccontai a grandi linee quello che avevo fatto, evitando di parlare del dormitorio o della mia compagna di appartamento; a dire il vero non ero mai stata brava a nascondere le cose e quindi preferii interrompere la conversazione prima che mi scoprisse.

«Devo riagganciare o arrivo tardi a lezione» dissi mordendomi la guancia.

«So che c'è qualcosa che non va, non so se è per Sophia o se è perché me ne sono dovuto andare proprio quando traslocavi, ma mi farò perdonare, d'accordo?»

Lo salutai in fretta e infilai il telefono sotto il cuscino del divano. Mi sentivo malissimo, malissimo perché gli stavo mentendo e anche perché per colpa mia si sarebbe sentito profondamente deluso quando fosse tornato a casa e avesse scoperto che non avremmo vissuto insieme.

Mi odiavo per quello. Mi vestii in fretta e furia, misi cibo e acqua a N per i giorni a venire e presi le ultime cose. Quando spensi le luci, seppi che sarebbe successo un pandemonio quando fosse tornato e non mi avesse trovata.

Avevo tre giorni per inventarmi qualcosa di persuasivo.

Le due giornate successive le passai da una lezione all'altra e uscendo con qualche compagno. Con mia madre avevo parlato una volta e solo perché mi aveva minacciata di venire all'università se avessi continuato a non risponderle al telefono. Non avevamo risolto nulla, le cose tra di noi erano sempre uguali e sarebbero andate avanti così a lungo, almeno fin quando non fossi riuscita a perdonarle quell'incredibile ricatto.

Ero seduta al bar dell'università a chiacchierare con Jenna, aveva trovato una compagna di stanza che si chiamava Amber e che lavorava in un'azienda informatica della città. Si divideva tra il lavoro e le lezioni e il fatto che potesse comunque permettersi di vivere con Jenna diceva tutto.

«Quando torna Nick?» mi chiese mentre finivo la mia insalata.

«Domani sera» risposi a denti stretti. Non mi andava di parlarne.

Jenna mi osservò incuriosita: per qualche ragione contorta, trovava la mia situazione divertente.

«E lo sa che vivi con un'estranea in un appartamento del campus?»

Alzai lo sguardo e la fissai con una faccia poco amichevole.

«Lo saprà quando arriverà e glielo dirò, non mi va di

parlare di Nick; ripetimi i programmi per stasera perché non ho capito bene».

Jenna fece un'aria scocciata ma poi si fece prendere dall'emozione.

«Allora, è una festa organizzata dai ragazzi del mio corso, fanno parte di una confraternita, ed è per dare il benvenuto all'inizio dell'anno accademico. Da quel che ne so, oggi ci saranno diverse feste e quella del settore salute la aspettano tutti con ansia. Sarò circondata da bei dottori e da un sacco di gente che ha ben chiaro che il futuro dell'umanità è in mano alla medicina e non alla fisica o alla letteratura... senza offesa, eh» aggiunse quando la guardai male.

«D'accordo, ci verrò ma non starò oltre mezzanotte, domani devo essere in forma per affrontare Nick».

Jenna rise, prese i suoi libri e si alzò dal tavolo.

«Ci vediamo tra qualche ora, preparati a spassartela». Mi fece l'occhiolino e se ne andò ancheggiando in quel modo per cui tutti i ragazzi si giravano a guardarla. Jenna single era una novità per me: l'avevo conosciuta quando stava con Lion e immaginavo che, prima di lui, doveva essere stata fin troppo libertina.

A differenza delle ultime feste a cui ero andata – tutte in case immense vicine alla spiaggia e frequentate da gente piena di soldi –, in questa finalmente potevo relazionarmi con persone di diversa provenienza, sia a livello geografico che di status sociale: era quello il bello dell'istruzione pubblica, che non era elitaria. Non mi ero mai sentita del tutto a mio agio circondata da milionari perché io non lo ero mai stata né lo ero diventata, sebbene mia madre insistesse nel dire il contrario. Mi piacque la sensazione di non sentirmi un pesce fuor d'acqua. Non ci misi molto a trovare Jenna che era con Amber in un angolo della cucina a bere birra. I miei occhi si spalancarono stupiti nel vederla con una Budweiser in mano. Avrei davvero voluto scattarle una foto per poi sbattergliela in faccia, ma la vidi talmente a suo agio che mi risparmiai commenti antipatici.

«Noah» mi disse non appena mi vide entrare. Mi avvicinai e mi avvolse in uno di quegli abbracci che strangolano.

Era la prima volta che vedevo Amber e mi parve una tipa folle come Jenna, anche se un po' più riservata, sempre che fosse la parola adatta. Mi sorrise felice mentre scuoteva la testa al ritmo della musica e chiacchierava in modo seducente con un ragazzo che era lì accanto a lei.

Non impiegai molto a bere un bel po' di birre e, senza nemmeno rendermene conto, mi ritrovai circondata da cinquanta studenti ubriachi che saltavano in mezzo a una sala da cui erano stati spostati i mobili. La musica era molto alta e non si sentiva quasi nient'altro. Jenna saltava e mi si appiccicava addosso ancheggiando. Amber era scomparsa da un po' con quel ragazzo tutto muscoli.

«Ho bisogno di fermarmi un attimo, Jenn!» le urlai ridendo quando la gente iniziò a cantare un brano alla moda. «Vado in cucina!»

Jenna annuì, in realtà ignorandomi alla grande, e poi si unì al resto del gruppo per ballare.

In quella sala faceva un caldo infernale. Quando arrivai in cucina, stavano facendo un giro di chupito.

«Ehi, tu, matricola!» mi urlò un tizio dall'estremità opposta della stanza. «Un brindisi alle belle ragazze!»

Tutti i ragazzi si portarono il chupito alla bocca urlando e ridendo. Risi ma me ne andai discretamente all'altro capo della cucina. Mi appoggiai al tavolo e non feci in tempo a tirare fuori il cellulare per controllare l'ora che il ragazzo che aveva brindato si mise davanti a me.

«Tieni, ti vedo un po' assetata» disse passandomi un bicchierino e riempiendolo di un liquido ambrato.

«Non credo che la tequila mi toglierà la sete, ma grazie» risposi accettando quello che mi proponeva e bevendolo. L'alcol mi bruciò la gola e feci una smorfia disgustata. Il ragazzo iniziò a ridere e, con la coda dell'occhio, notai che si metteva con nonchalance accanto a me.

«Come ti chiami?» mi chiese prendendo un bicchiere e riempiendolo d'acqua.

«Noah» risposi iniziando a sentire girare la testa. Non avrei dovuto bere quell'ultimo chupito, le birre erano state già abbastanza.

«Io sono Charlie» si presentò amichevolmente. «Seguiamo lo stesso corso di letteratura, non so se mi hai visto, di solito sono quello che sonnecchia in fondo all'aula».

Risi a quel suo commento e ammisi che in effetti mi pareva di ricordarlo.

«Cosa ti porta da queste parti? Sei ben lontana dalle feste shakespeariane, anche se è evidente che quelli delle materie scientifiche sono molto più fichi degli appassionati di lettura, non credi?»

Sorrisi e mi rilassai nel constatare che era di sicuro gay.

«La mia amica studia medicina, sono venuta con lei» gli spiegai stringendomi nelle spalle.

Charlie sembrava contento di chiacchierare con me, perché continuò a farlo nei successivi dieci minuti facendo commenti sulle nostre lezioni e i nostri compagni. Mi fece piacere notare che stavo stringendo amicizia con qualcuno della mia classe, perché odiavo sedermi da sola e non avevo ancora scambiato qualche parola con nessuno al di là di ciao e a presto.

Stavo ridendo a crepapelle a un suo commento piuttosto inquietante su uno dei nostri professori quando i miei occhi andarono verso l'ingresso della stanza. Era appena entrato un ragazzo che ci individuò pochi secondi dopo.

«Fantastico, lo vedi quel tipo?»

Annuii notando che ci stava guardando in cagnesco.

«Non credere a niente di quello che dirà».

Non feci in tempo a chiedergli nulla perché il tizio ci raggiunse in poche falcate.

«Ma sei deficiente?»

«Mi riferivo a questo» commentò a bassa voce.

Sorrisi.

«Ehi, vedi di comportarti come si deve che hai una signora davanti» lo rimproverò Charlie con un sorriso.

«Sono stanco di farti da babysitter, mi hai capito? Cosa stai bevendo?»

Guardai entrambi con nonchalance. Se non fosse che mi avevano messa in mezzo, mi sarei allontanata. Charlie era biondo, un po' più alto di me e piuttosto magro; quello che era appena arrivato, invece, era di almeno due spanne più alto di noi, anche lui biondo e con gli occhi verde muschio. Sembrava voler essere da qualsiasi altra parte che non fosse lì, circondato da adolescenti, perché era chiaro che lui non lo era più.

«Sto bevendo acqua, idiota». L'altro non ci credette perché gli strappò di mano il bicchiere e se lo avvicinò al naso per annusare.

Charlie sembrava divertito e anche soddisfatto.

«Se la smetti di ringhiare come un cane rabbioso, ti posso presentare la mia nuova amica. Noah, lui è mio fratello Michael; Michael lei è Noah».

Michael non sembrava neanche lontanamente interessato a me, anzi, direi che mi guardò con disgusto, come fossi una cattiva compagnia per suo fratello, o qualcosa del genere.

Non feci in tempo a dire nulla perché iniziò a squillarmi il telefono. Mi scusai con un gesto e andai fuori per poter sentire meglio. Il cuore si fermò quando vidi le quindici chiamate perse di Nicholas. Quando il suo nome riapparve sullo schermo, risposi.

«Noah, dove sei?»

38
Nick

Presi le chiavi e uscii dall'appartamento sbattendo la porta. Nulla, non c'era assolutamente nulla, né le sue valigie, né i suoi vestiti e neanche le poche cose che solitamente lasciava quando passava la notte qui. Sentii arrivare lentamente la rabbia e non solo perché non c'era, ma anche perché non aveva risposto a nessuna delle mie ultime chiamate. Non avevo sue notizie da tre ore e non intendevo chiamare sua madre. Qualcosa mi diceva che era meglio tenerla fuori da tutto questo, perché se quello che stavo pensando era vero…

«A che festa?» sbottai al telefono aspettando che mi dicesse dov'era esattamente.

«Ti dai una calmata?» mi rispose e sentii che si allontanava dall'assordante rumore della musica.

'Darmi una calmata?'

«Mi calmerò quando ti vedrò e mi spiegherai cosa cazzo sta succedendo» dissi entrando in macchina e mettendola in moto.

Mi fermai con la chiave inserita. 'Ma era un cazzo di scherzo?'

«Noah, dimmi dove sei» le chiesi fingendomi calmo.

Ora la musica quasi non si sentiva, e riuscivo a cogliere il suo respiro agitato all'altro capo del telefono.

«Te l'ho già detto, a una festa».

«Strada, numero, edificio… dove?!»

La sentii sospirare e, un attimo dopo, mi disse dove potevo raggiungerla.

Avevo un brutto presentimento e speravo solo che al mio arrivo lei me lo cancellasse di mente. Ero rientrato prima, volevo farle una sorpresa, portarla a cena fuori e farmi perdonare per i giorni che non avevamo potuto passare insieme. E invece, quando ero arrivato, avevo trovato la casa vuota; c'erano solo i fiori che le avevo regalato e che stavano appassendo sul tavolo.

Non impiegai molto ad arrivare e, quando svoltai l'angolo, la vidi. Era appoggiata alla sua auto, con le braccia conserte sul petto. Quando mi vide, si tirò su e mi guardò nervosa. Parcheggiai davanti a lei e scesi.

Respirai a fondo cercando di calmarmi. Ora che la vedevo ed ero sicuro che fosse sana e salva riuscii a pensare con maggiore calma.

Mi avvicinai a lei a passo deciso, ma non feci ciò che desideravo fare da quando ero partito, no, mi limitai a osservarla attentamente. Lei non disse nulla, anche se notai che il mio silenzio la innervosiva.

«Andiamo» dissi voltandomi di schiena senza nemmeno toccarla, «ho voglia di una cioccolata calda».

«Scusa? Come?» chiese incredula.

Aprii la portiera del passeggero in attesa che si avvicinasse.

«Da quel che vedo hai parecchie cose da raccontarmi, e non intendo parlare qui mentre ti congeli e barcolli mezza ubriaca».

Nonostante stessi cercando di controllarmi, di non cedere alla tentazione di esplodere, vederla lì davanti, sbronza, incredibilmente attraente anche senza di me, mi dava un fastidio indicibile, più di quanto avrei osato ammettere.

Noah si avvicinò con passo vacillante, non l'avevo mai vista così e la cosa mi preoccupò ancora di più.

Chiusi la portiera, passai dall'altra parte e mi sedetti al posto di guida. Accesi il riscaldamento al massimo, misi in moto e cercai un bar di quelli che restavano aperti anche la notte. La cioccolata era una scusa del cazzo per poterla portar via dalla strada. Stava tremando, non so se per il freddo o per qualcosa che mi stava nascondendo, ma tutte le telefonate che aveva ignorato iniziavano ad assumere un senso totalmente diverso da quello che avevo immaginato all'inizio.

«Nicholas... preferisco andare a casa» mi disse quando mi vide andare oltre senza imboccare lo svincolo.

Ignorai le sue parole e continuai a guidare.

«Credevo ti piacesse la cioccolata calda» mi limitai a dire, svoltando a destra e prendendo un'altra strada.

Sentii lo sguardo di Noah sul mio viso.

«Smettila di fare finta di niente, lo so che sei arrabbiato, ok? Quindi basta».

«E perché dovrei essere arrabbiato? Perché non rispondi al telefono da quando sono partito per San Francisco? Sappiamo entrambi che adori farmi saltare i nervi, mi auguro solo che non sia una specie di punizione perché me ne sono andato».

La vidi muoversi nervosa sul suo posto e decisi di mantenere un'espressione imperturbabile e di continuare a guidare.

Per strada non c'erano quasi macchine... normale, considerando che erano le due del mattino passate. Se quel pomeriggio qualcuno mi avesse chiesto cosa avrei fatto a quell'ora, non avrei mai immaginato di trovarmi in quella situazione, e ancor meno con Noah al mio fianco ma distante da me anni luce.

Alla fine, parcheggiai davanti a un bar molto squallido. Non avevo ancora spento il motore che Noah era già scesa ed era entrata in quel piccolo locale senza di me. Per un istante, non potei fare a meno di paragonarla a Sophia. Noah aveva un carattere forte, proprio come me, e anche se sapeva che, in questo caso, ero io ad avere in pugno la situazione, non riusciva comunque a controllarsi. La seguii e mi sedetti nel posto che aveva scelto: un tavolino appartato con vista sull'autostrada.

Teneva lo sguardo fisso sul tavolo e non sembrava predisposta a parlare. La cameriera si avvicinò e ordinai una cioccolata per lei e un caffè per me. Stavo cercando di placare gli animi, perché era strano che non la stessi riempiendo di baci dopo quattro giorni che non la vedevo; eppure, qualunque cosa mi stesse nascondendo, si stava frapponendo tra di noi come un infinito oceano impossibile da attraversare. Visto che se ne stava in silenzio, decisi di parlare per primo. Fine dei giochi.

«Dove sono le tue cose?»

Finalmente il suo sguardo si alzò e potei vedere i suoi occhi color miele. Si era truccata e le sue ciglia, oltre a sembrare chilometriche, creavano un'ombra curiosa sui suoi zigomi alti. Le labbra rosate si aprirono leggermente, dubbiose, ma non fece in tempo a rispondere perché la cameriera arrivò con l'ordine.

Noah chiuse la bocca e prese tra le mani la tazza di cioccolata calda. Aspettai qualche minuto.

«Hai intenzione di dire qualcosa?»

Passò qualche altro secondo e infine si decise a parlare.

«Ho litigato con mia madre» annunciò a denti stretti. Mi appoggiai allo schienale in attesa che proseguisse.

Quando mi guardò, capii che si stava sforzando in

tutti i modi per non scoppiare a piangere. Mi irrigidii e aspettai.

«Non verrò a vivere con te, Nick» annunciò un minuto dopo.

La guardai fissa, in attesa di una spiegazione che non arrivò.

«Ma cosa stai dicendo, Noah?»

«Mia madre mi ha costretta a scegliere tra te e l'università e io...»

«Non hai scelto me» conclusi al posto suo.

«Invece l'ho fatto, d'accordo? Ho detto a mia madre che non mi interessava, che sarei venuta da te, ma non posso, Nicholas».

Feci cenno di no, ero stufo di tutte quelle stronzate.

«Le tue priorità sono evidenti».

Mi alzai e Noah fece lo stesso. Buttai una banconota da venti sul tavolo e andai verso l'uscita senza voltarmi indietro.

«Nicholas, aspetta!» mi chiese, e io lo feci. Mi fermai, ma solo perché sapevo che non potevo lasciarla lì. «Cosa volevi che facessi? Io non ho i soldi che hai tu, non posso pagarmi l'università, non posso ottenere una borsa di studio...»

Quello era ridicolo. Mi voltai verso di lei.

«Non venirmi a dire queste cose, Noah!» sbraitai. Fuori non c'era anima viva, si sentiva soltanto il rumore delle auto che sfrecciavano in autostrada e il ruggire del vento. «Sai perfettamente che tua madre non c'entra niente, non avrebbe rinunciato a farti studiare... il problema è che non sei capace di tenerle testa, c'erano tante altre possibilità, non te ne saresti dovuta andare senza prima parlarne con me!»

Noah mi guardò facendo cenno di no.

«La conosco, Nicholas, è decisa a tenermi lontana da

te e non permetterò che lo faccia, ma non butterò alle ortiche il mio futuro per una scelta frettolosa che può aspettare».

«Ma io non voglio aspettare!» urlai perdendo il controllo. «Voglio che tu stia con me, Noah, non con tua madre, né con mio padre, né con un'amica, voglio che diventiamo finalmente una cazzo di coppia di adulti che prendono le decisioni insieme, senza che tua madre o mio padre si mettano in mezzo! Ti voglio con me, ti voglio nel mio letto ogni notte, ogni mattina! Se stai con me, voglio che tu stia con me e con nessun altro».

Aprì gli occhi sorpresa.

«È per questo che vuoi che stia a casa tua?» chiese incredula alzando il tono di voce, proprio come me. «Per potermi tenere sotto controllo? Ma che merda di relazione è, Nicholas?»

Mi portai le mani alla testa. Quella era l'ultima cosa che mi sarei aspettato, finalmente tutto sembrava andare per il verso giusto, finalmente saremmo stati insieme senza nessuno tra i piedi e adesso era tutto tornato come prima, anzi, peggio: Noah non avrebbe più vissuto a casa di mio padre, ora sarebbe stata in un campus, circondata da coglioni e in un posto in cui gli stupri erano all'ordine del giorno.

«Se non ti fidi di me, tutto questo non ha senso» dichiarò e mi voltai a osservarla. Aveva la voce rotta, feci un passo avanti e le presi il viso tra le mani.

«Non dipende da te» dissi odiando quella parte di me, maledicendomi per essere fatto così. «Quando non sei con me, mi immagino scenari di ogni tipo, non riesco a controllare la mia immaginazione, è qualcosa che ho dentro e che ho scoperto da poco. Mi succede con te perché ti amo. L'ultima persona che ho amato tanto quanto amo te, ora la odio e non posso evitare di paragonarvi».

Non potevo credere a quello che le avevo appena detto.

«Nicholas, io non sono tua madre» affermò categorica. «Io non me ne andrò da nessuna parte».

Le immagini di mia madre che lasciava casa mi invasero la mente. Non mi ero mai più fidato di una donna, mai. Avevo giurato a me stesso che non avrei mai più permesso a nessuno di entrare, che non mi sarei mai innamorato, principalmente perché, dopo aver visto il rapporto tra i miei genitori, non riuscivo a credere all'amore. E adesso che avevo Noah… non potevo evitare che si comportasse con me allo stesso modo. Lei era mia, non volevo perderla. Non l'avrei sopportato.

Mi avvicinai fin quando i nostri sguardi si trovarono.

«Te ne sei andata da casa mia» sussurrai sulle sue labbra.

Noah rimase ferma dov'era, immagino in attesa che dicessi o facessi qualcosa. Tolsi le mani dalle sue spalle e indietreggiai di un paio di passi.

«Non so come la risolveremo».

39
Noah

Percorremmo la strada verso il suo appartamento nel silenzio più totale. Nicholas non disse nulla, non mi guardò nemmeno. Quando arrivammo, lo seguii, cercando di calmarmi. Mi sentivo in colpa per tutto quello, anche se questa volta era stata mia madre la causa della nostra separazione… non potevo evitare di sentire che Nick si allontanava da me ogni giorno di più. I miei problemi e mia madre si stavano frapponendo tra di noi e non sapevo cosa fare per rimediare. Cercavo di prendere le decisioni in modo obiettivo, basandomi su ciò che mi sembrava meglio per entrambi, ma niente andava come volevo.

Quando entrammo nell'appartamento, il silenzio era insopportabile. Avrei preferito che si arrabbiasse piuttosto che vederlo così, perché voleva dire che stava riflettendo su qualcosa a cui era meglio che io nemmeno pensassi. Lo osservai attraversare la sala ed entrare in camera da letto. Io mi fermai lì in mezzo, indecisa. Volevo continuare a discutere con lui? Forse avrei dovuto chiedergli di lasciarmi al campus, ma non volevo sbattergli in faccia il fatto che mi fossi trasferita da un'altra parte. Senza di lui. E poi non ce la facevo proprio ad andarmene senza che ci fossimo prima chiariti. Non volevo che l'avesse vinta mia madre e che quello ci allontanasse definitivamente.

Dall'altro lato della porta non si sentiva nulla e, dopo qualche minuto, mi armai di coraggio e mi avvicinai.

Nick era lì, seduto in fondo al letto. Si era tolto la maglietta, aveva gli avambracci appoggiati alle ginocchia e una sigaretta nella mano destra. Quando mi sentì entrare, alzò lo sguardo da terra e lo posò su di me.

Rimasi a osservarlo in silenzio e lui fece lo stesso. Ci separavano solo pochi metri, ma all'improvviso mi sembravano un abisso. Provai una tale paura, un tale senso di solitudine che attraversai quello spazio fino a infilarmi tra le sue gambe e a costringerlo a sollevare la testa per guardarmi.

«Non permettere che questo ci separi» fu l'unica cosa che mi venne da dirgli. Non avevo capito quanto stessimo entrambi male finché non avevo sentito le parole che mi aveva rivolto Nick mezz'ora prima.

Lui abbassò gli occhi verso il mio stomaco e vidi che stava per fare un altro tiro di sigaretta. Gli afferrai il polso con una mano e, con l'altra, gli presi la sigaretta. Mi osservò accigliato mentre la spegnevo nel posacenere lì accanto. A quel punto mi sedetti a cavalcioni su di lui e gli presi il viso tra le mani perché mi guardasse negli occhi.

«Ho bisogno di stare da solo, Noah» sussurrò così a bassa voce che mi parve di non aver sentito bene. Gli portai le mani alla nuca, volevo affondare le dita tra i suoi capelli, volevo cancellare l'angoscia dai suoi occhi, quella rabbia che sembrava tentare di contenere in ogni modo. Ma la sua mano raggiunse le mie impedendomi di continuare ad accarezzarlo. «Non giocare con me, non ora».

Le sue parole furono dure, fredde, e quella freddezza si prolungò fin quando si alzò dal letto e mi superò senza nemmeno sfiorarmi. Mi alzai in piedi per averlo di fronte.

«Ti ho ferito andandomene via e sei spaventato, ma non puoi ignorarmi in questo modo. Non puoi!»

Si voltò verso di me e mi fulminò con lo sguardo.

«Ti ignoro perché sto cercando di controllarmi!»

Il suo urlo mi spaventò, ma cercai di mantenere la calma. Nicholas fece un profondo respiro e poi riprese a parlare.

«Potrei aiutarti io a pagare le tasse dell'università» affermò serio.

Chiusi gli occhi e inspirai. Sapevo che l'avrebbe detto, ma non potevo accettare.

«Sai che non ti permetterei di farlo» risposi.

«Ti sto dando una soluzione soddisfacente per entrambi. Ma perché non riesci a capire che le tue decisioni riguardano tutti e due e non soltanto te?» replicò quasi urlando.

«Io non sarei felice, Nicholas!» dissi cercando a mia volta di mantenere la calma ma fallendo miseramente. «Se trasferirmi qui vuol dire essere in guerra con mia madre e tuo padre e in più dover dipendere economicamente da te, alla fine odierei il fatto di vivere con te… non lo capisci?»

«No, ovvio che no! Capisco solo che ci sei tu circondata da un mucchio di gente che non sono io. Ecco cosa capisco!»

«Non ti ho mai dato motivi di essere geloso, ed è questa la cosa che ti sta facendo stare così male?!»

«Non dire cazzate, tu sei uguale!»

Provai a pensare a come spiegargli che la gelosia poteva essere accettabile ma solo fino a un certo punto.

«Ma io ho più ragioni di te per essere gelosa. Sei stato con più donne di quante ne puoi contare sulle dita delle mani; io, invece, ti ho dato tutto, sai che sono tua in ogni senso eppure continui a non fidarti di me».

«Sapevi cosa voleva dire uscire con un tipo come me, non posso cancellare il mio passato».

Quello spazio tra di noi mi stava uccidendo. Certo che sapevo cosa voleva dire, ma non è che l'avessi scelto, era accaduto e basta: mi ero innamorata perdutamente di lui ma questo non significava che le cose che faceva o che aveva fatto non mi riguardavano quanto lui.

«Un rapporto non va da nessuna parte se non c'è la fiducia, e lo sai».

E quando mi guardò, i suoi occhi si rabbuiarono.

«Io non ho bisogno di avere fiducia, io bisogno di averti accanto».

Anche se era arrabbiato, capii cosa intendeva dire.

«Adesso sono qui, no?»

Nicholas fece cenno di no.

«Sei qui a metà. Sempre a metà, Noah» mi rimproverò e poi fece qualche passo con la chiara intenzione di andarsene dalla stanza.

«Sono qui, Nicholas!» urlai notando che gli occhi mi si inumidivano.

Non capivo cosa volesse da me: gli avevo dato tutto quello che avevo, tutto quello che potevo dare.

«No, non ci sei!» gridò voltandosi di nuovo verso di me.

«Ci sono per quello che posso esserci in questo momento».

«Be', immagino che a un certo punto non sarà abbastanza».

Rimasi a osservarlo provando una terribile paura. Ecco quello che avevo sempre temuto: non essere abbastanza per lui.

«Non è giusto che sia tu a piangere» disse qualche secondo dopo senza togliermi gli occhi di dosso.

«Piango perché non posso darti quello che vuoi e perché ho paura che ti possa stufare di me» confessai controllando un singhiozzo che rimase bloccato nella gola.

Non sopportavo di vedere quanto l'avessi deluso. Avevo bisogno di andarmene da lì perché sarei crollata e non volevo farlo davanti a lui.

«Dovrei andare» annunciai pulendomi una guancia con la mano e guardando da un'altra parte.

Sentii Nicholas respirare a fondo varie volte; poi attraversò la stanza, mi prese il viso tra le mani e mi baciò. Fu un bacio così intenso che dovetti tenermi alle sue braccia per restare in piedi.

«Non mi stancherò mai di te» sussurrò contro le mie labbra e, con un rapido gesto, mi spinse sul letto e si mise su di me.

Mi baciò di nuovo e, nonostante le sue belle parole, lo percepii diverso. Il suo modo di toccarmi, di baciarmi, di spogliarmi, si trasformò più in una lotta con se stesso che in un atto d'amore tra di noi. Andandomene via l'avevo ferito e c'erano delle conseguenze. I baci si intensificarono e presto la sua bocca iniziò a tracciare un percorso indefinito di caldi baci e piccoli morsi sul mio collo e il seno fino a raggiungere le cosce.

«Nick…» dissi in un sussurro spezzato.

Nicholas non mi ascoltava, era perso nel mio corpo, perso a baciare ogni centimetro della mia pelle nuda che fosse alla sua portata.

«Sssh, non voglio più parlare, Noah» mi zittì togliendomi gli slip con una mano e infilandosi tra le mie gambe, «ci siamo già detti tutto quello che andava detto».

Le sue labbra cercarono il mio corpo e decisi di dimenticare tutto il resto.

*

Non riuscivo ad addormentarmi.

Accanto a me, Nick dormiva placidamente, immerso in un sonno profondo mentre mi stringeva forte al suo addome. Le sue mani attorno al mio corpo si assicuravano che non riuscissi quasi a muovermi. Lo osservai dormire e sentii un nodo di nostalgia nel petto.

La notte prima era stata così intensa, sia a livello fisico che emotivo, da avermi distrutta. Andai in bagno per lavarmi la faccia e riprendere l'aspetto di una persona, ma quando mi guardai allo specchio qualcosa attirò la mia attenzione e mi fece risvegliare di colpo.

«Non ci posso credere» esclamai arrabbiata.

Ero piena di succhiotti.

Uscii dal bagno e andai da lui fuori di me. Era sveglio e mi osservò seduto sul letto con aria imperturbabile.

«Perché l'hai fatto?»

Nicholas ignorò la mia domanda, si alzò, infilò i pantaloni della tuta e andò in bagno senza dire nulla. Lo seguii.

«È questo che faremo ora?» gli dissi mentre osservavo come appoggiava le mani sul lavandino lasciando cadere la testa. «Punirci?»

Si voltò verso di me.

«Per te i miei baci sono una punizione?»

Feci cenno di no con la testa, non gli avrei permesso di rigirare la frittata.

«Sai che odio questi segni» era la cosa che più detestavo e mi faceva arrabbiare ancora di più perché, pur sapendolo, l'aveva fatto. «Sei un idiota» mi limitai a dire. Lui alzò le sopracciglia.

«E tu una viziata, inizia ad accettare che le cose non vanno sempre come vuoi».

Scoppiai a ridere.

«Ma per favore! A te non ha mai detto di no nessuno! Io sono stata la prima e l'unica».

Nicholas se ne fregò del mio commento e si avvicinò a me con cautela.

«Su questo hai ragione… sei la prima e l'unica».

Sapevamo entrambi che non era così.

«Mi dispiace, d'accordo? Non ci ho pensato, mi sono lasciato trascinare dal momento, ma per favore puoi smetterla di vederla come una cosa negativa? In fondo sono solo baci, i miei baci…»

Sospirai frustrata, non volevo rimettermi a litigare. Mi era bastata la notte prima.

«E se lo facessi su di te? Ti piacerebbe?» chiesi alzando un sopracciglio e permettendogli di avvicinarsi. Mi mise una ciocca di capelli dietro all'orecchio.

«Stai scherzando?» disse forzando un sorriso. «Amo la tua bocca, non c'è niente che mi piaccia di più di un segno che mi ricordi come l'hai usata».

La cosa non mi convinse.

«Lasceresti che ti marchiassi?» gli dissi guardandolo fisso, «in qualsiasi modo?»

Mi osservò cercando di capire cosa mi stesse frullando per la testa.

«Stai parlando di una qualche maialata, Peldicarota?»

La sua risposta mi fece sorridere e, per quanto odiassi i succhiotti, la situazione era già così tesa che era meglio non aggiungere altri motivi di discussione. Forzai un sorriso e lo tirai fuori dal bagno.

«Distenditi sul letto» gli ordinai.

Nick mi fissò dubbioso, ma fece quello che gli avevo chiesto. Aprii un cassetto del comodino e mi sedetti sulla sua pancia.

«Cosa vuoi fare?» mi domandò con un luccichio buio nello sguardo.

«Niente che ti sia passato in quella mente perversa che

hai». Detto questo, mi portai il pennarello alla bocca e tolsi il tappo con i denti.

Nick aprì gli occhi stupito.

«Non provarci» si oppose alzando le mani e afferrandomi i polsi.

Sorrisi.

«Oh, sì, me lo farai fare e te ne starai bello fermo» risposi facendo forza con le braccia perché me le lasciasse.

Il suo corpo rotolò sul mio e mi bloccò sul materasso.

«Se non vuoi cacciarti nei guai, rimetti quella roba dove l'hai presa» mi avvertì, ma lessi nei suoi occhi che era divertito.

Avevo ancora in mano il pennarello indelebile ed ero decisa a usarlo.

«Pensa che è una cosa che ti faccio io, io e nessun altro. Non ho mai disegnato sul corpo di nessuno, ma credo sia bello e speciale».

Alzò la testa e mi osservò curioso e interessato.

«Questa è la tua idea di bello e speciale?»

«Qualsiasi cosa faccia con il tuo corpo è bello e speciale» dissi con un sorriso sulle labbra.

«Sei stata troppo tempo con me, questo è evidente» commentò e rotolò di nuovo sul letto, costringendomi a sedermi su di lui, esattamente quello che volevo fare.

«Fai la brava» mi avvisò appoggiando le mani sulle mie cosce nude.

Era tutto molto divertente e, che lo volessi o meno, mi stava aiutando ad accantonare il carico emotivo che sembravamo aver accumulato nelle ultime ore. Mi chinai su di lui e iniziai a disegnare sul suo petto. Sui pettorali un cuore, su una spalla una faccina felice, un 'Ti amo' sul suo cuore... piano piano mi lasciai ispirare e tracciai tutto ciò che provavo per lui... ricordai il suo biglietto e i fiori e sentii un moto d'affetto. Anche se in teoria doveva essere una punizione, in realtà quello che stavo facendo si trasformò in una lettera d'amore sulla sua pelle… scritta da me. Non mi staccò mai gli occhi dal viso e le sue mani tracciarono semplicemente dei cerchi sulle mie gambe mentre io ero tutta concentrata a scrivere in bella grafia sul suo corpo statuario. Volevo dimostrargli quanto l'amavo, volevo fargli capire che per me non c'era nessun altro a parte lui.

L'inchiostro sembrava cancellare il dolore e farci recuperare la complicità.

Con un grande sorriso, gli presi il polso e disegnai il mio ultimo messaggio: 'Sei mio'.

Per sempre.

40

Nick

Continuai a guardarla ininterrottamente mentre la lasciavo fare ciò che voleva col mio corpo. Quella frase poteva rappresentare il sogno di qualsiasi uomo e non avrei mai immaginato che l'avrei usata per permetterle di scarabocchiarmi addosso delle idiozie, ma poterla guardare a mio piacimento, come stavo facendo in quel momento, non aveva prezzo. Era così concentrata nel disegnare sulla mia pelle o nel fare quello che stava facendo da non intuire quanto per me fosse incredibilmente bella.

Aveva le guance leggermente arrossate e gli occhi un po' gonfi per via delle lacrime della notte prima. So che non dovrei essere così stronzo, ma adoravo come le restavano le labbra dopo aver pianto… mi facevano venire una voglia matta di baciarla come se non ci fosse un domani. Approfittai della sua distrazione per immergermi in ogni suo gesto e ne approfittai per accarezzarle con cura le gambe e le cosce, mentre lei era tutta presa dal suo lavoro.

Quando la mia mano scese più del dovuto, intrufolandosi in luoghi proibiti, i suoi occhi cercarono i miei e arrestarono il mio movimento.

«Stai fermo lì» mi ordinò con un sorriso divertito prima di fissare lo sguardo sul mio polso. La lasciai fare mentre disegnava un'ultima cosa.

«Ho finito» annunciò chiudendo il pennarello e abbassando un po' la faccia per darmi un dolce bacio sulle labbra. Il fatto di dovermene stare fermo per così tanto con lei sopra di me mezza nuda era stata una vera tortura.

Tenendola per la vita, la feci girare finché non mi ritrovai sopra di lei.

«E adesso cosa si presume che debba fare?» chiesi facendo leva sugli avambracci per non schiacciarla. La sua mano risalì lungo il mio volto e mi accarezzò delicatamente i capelli.

«Uscire e mostrare al mondo la mia opera magistrale» rispose con un luccichio divertito negli occhi. Strinsi i fianchi sui suoi, percependola così fragile sotto di me, così piccola e così incredibilmente perfetta... Quando mi accorsi che quei momenti non sarebbero stati frequenti quanto avrei voluto, sentii un nodo in gola. Avrei dovuto lasciarla andare, farla vivere all'università in mezzo a una marea di coglioni che avrebbero fatto a pugni tra di loro per attirare la sua attenzione. All'improvviso, né i miei baci né niente di ciò che lei poteva dire mi parvero sufficienti per sentire che nessuno me l'avrebbe portata via.

Perderla... il solo pensiero mi faceva male, mi distruggeva, era un sentimento lacerante che mi opprimeva il petto, come avessi due giganti seduti sul cuore. Da quando mia madre se n'era andata, non avevo più provato quell'emozione, mi ero chiuso agli altri, mi ero negato di sentire qualcosa... e così adesso ero assolutamente vulnerabile e rischiavo che quella ragazza incredibile mi spezzasse il cuore.

A quel punto notai ciò che mi aveva scritto sul polso e provai un brivido dolce e tiepido. Ero suo... l'aveva disegnato, lo aveva scritto sulla mia pelle e capii che niente mi avrebbe reso più felice che appartenerle anima e corpo.

Sapevo che il mio sguardo si era rabbuiato per via dei miei sentimenti e dell'irrazionale desiderio di trattenerla, averla vicino per sempre. Non riuscivo a controllare ciò che provavo né il modo in cui l'amore che nutrivo nei suoi confronti cresceva con passi da gigante.

«Ti lascerò andare... per ora» chiarii nel vedere che batteva le ciglia, «ma sai che non durerà a lungo; quando voglio qualcosa, Peldicarota... me lo prendo, non mi importa se qualcuno ne paga le conseguenze».

Spalancò gli occhi e si mosse inquieta sotto il mio corpo.

«Me ne faresti pagare le conseguenze?»

La sua domanda mi distrasse un attimo.

«No, tu sei nel mio cuore, amore mio; e non c'è luogo più sicuro di quello».

Sorrisi e mi alzai dal letto per iniziare a vestirmi.

«Non ti fai una doccia?» chiese mentre mi infilavo la maglietta.

«Cos'è, un messaggio subliminale? Puzzo o qualcosa di simile?» suggerii sorridendo mentre finivo di mettermi gli stivali.

Noah indossava ancora la mia maglietta e aveva i capelli scompigliati. Eravamo sempre in ritardo e non riuscivo a capire come mai lei non approfittasse del fatto che io mi stavo sistemando per fare lo stesso. Era lì: seduta sul mio letto che mi osservava divertita.

«Pensavo saresti corso a cancellare il mio Monet» commentò attirando la mia attenzione.

Sorrisi e mi misi davanti a lei in fondo al letto. Il suo piede riposava tranquillamente sulle lenzuola candide, bianco e perfetto, come ogni parte del suo corpo.

«Sfoggerò con orgoglio i disegnini che hai fatto, Peldicarota, sono opera tua, quindi il minimo è tenerli finché non si cancelleranno». Allungai la mano e le sollevai il piede, appoggiandomelo sul petto e massaggiandole la caviglia. Lei mi osservò intensamente. «Anzi, credo che questo elefante qui» dissi sollevando la maglietta e mostrando uno dei miei obliqui, «mi conferisca un'aria maschile piuttosto interessante».

I suoi occhi si soffermarono sulla mia pelle nuda e io risposi con un sorriso divertito. La tirai per la caviglia trascinandola fino ai piedi del letto e la maglietta le risalì fino alla base del seno. La sua pancia, pulita e piatta, rimase in vista e così potei contemplarla insieme alla biancheria intima, bianca e di pizzo, che mi faceva venire la tachicardia.

«Stai guardando qualcosa di bello?» chiesi inclinandomi e baciandole teneramente l'ombelico.

Chiuse gli occhi per un attimo. Ma come faceva ad avere un profumo così buono?

«Te» rispose semplicemente.

Ma non avevamo tempo per quello; la presi, con un sorriso di superiorità, e feci in modo che mi avvolgesse i fianchi con le gambe. Dovevo trascinarla fuori da quella stanza.

Attraversai il corridoio ed entrai in cucina. Sorrisi e la posai sul bancone. Fece una smorfia a contatto con il marmo freddo. La lasciai lì mentre tiravo fuori dal frigorifero qualcosa per la colazione. Sentii che i suoi occhi seguivano ogni mio movimento.

Presi la ciotola con la frutta, spremetti delle arance e sbattei delle uova per farle strapazzate.

«Ti aiuto?» si offrì, ma dissi di no.

«Lascia che ti prepari la colazione per l'ultima volta» risposi senza poter evitare di rivolgerle uno sguardo fulminante. Lei si fece minuscola e non aggiunse altro.

Quando tutto fu pronto sulla piccola isola della cucina, la presi di nuovo e la feci sedere sulle mie ginocchia davanti al tavolo. Mi mise un braccio attorno al collo e, mentre giocava distrattamente con i miei capelli, la imboccai immerso nei miei pensieri. Mangiava ciò che le davo, a sua volta distratta da qualcosa che le frullava in mente.

Sapevo che per quanto ci sforzassimo, quello che era successo la sera prima si aggirava lì attorno come un fantasma. Nervoso, le spinsi la testa indietro e posai le mie labbra sulle sue assaporando l'arancia appena spremuta direttamente sulla sua bocca deliziosa.

La cosa la stupì, ma rispose al mio bacio. La sua lingua si avvinghiò alla mia mentre l'abbracciavo con forza attraendola verso di me.

Quando mi scostai, appoggiai la fronte sulla sua e i nostri sguardi si incontrarono. I suoi occhi color miele erano irresistibili e sentii un bisogno irrazionale di chiuderla in camera e non farla più uscire.

«Ti amo, Noah… non dimenticarlo mai».

Il suo sguardo brillò mentre le sue labbra mi accarezzavano le guance e il labbro inferiore. Sembrava persa nei suoi pensieri e, quando stava per allontanare la mano, la fermai e me la portai alla bocca. Baciai con cura le nocche e poi la lasciai finire di mangiare ciò che aveva nel piatto.

Se prima era pensierosa, adesso era completamente persa.

«A che ora hai lezione?» chiesi non riuscendo a reggere oltre il suo silenzio.

«Alle undici e mezza».

«Ti accompagno io».

Dopo aver lasciato Noah all'università, mi vidi con Lion e lo costrinsi a venire con me in un posto preciso.

«Noah ti ucciderà» affermò il mio amico in attesa che finissero.

«Non ti piace?» chiesi con un sorriso scherzoso e sentendomi incredibilmente bene.

Era perfetto.

«Stai diventando un pappamolla, la tua reputazione ne risentirà, vedrai» aggiunse mentre prendeva il piccolo pallone e cercava di infilarlo nel canestro appeso alla porta.

Ignorai il suo commento e mi alzai. Avevo bisogno di concludere altre cose.

«Non sono io quello che vaga per il mondo in lacrime, Lion» gli ricordai ignorando una fitta di senso di colpa. Ora Lion faceva il duro, come se non gli interessasse di niente e di nessuno, e dovevo fare attenzione a non pronunciare il nome con la J, perché a quel punto sì che sarebbe stato un gran casino.

«Sei uno stronzo» rispose lanciando il pallone e colpendo l'angolo.

Presi la giacca, la indossai e uscii, certo che mi avrebbe seguito.

Avevo la macchina parcheggiata lì vicino, salimmo e, mentre facevo retromarcia, ebbi chiaro che gli ronzava qualcosa per la testa.

«Ho pensato di vendere l'officina» annunciò.

Mi voltai verso di lui.

«Cosa?»

L'officina era la cosa più importante che Lion possedesse, era il suo lavoro, quello della sua famiglia. Il mio amico continuò a fissare la strada, muovendo nervoso un piede.

«Voglio sistemare le cose con tu sai chi» commentò.

Alzai gli occhi al cielo.

«Credo tu sia sulla strada sbagliata, se non la chiami nemmeno per nome».

«È che continuo a essere incazzato con lei» ammise sbuffando. «Ma ieri sera mi ha chiamato suo padre».

Scostai gli occhi dalla strada per osservarlo incredulo. «E cosa ti ha detto?»

«Il signor Tavish mi ha sempre trattato bene, non mi guarda come fanno tutti quei riccastri, hai capito... è un tipo a posto».

Greg Tavish era un grand'uomo e aveva cresciuto i suoi figli in modo impeccabile. Se Jenna era così, era perché non le era mai mancato nulla. Quando eravamo bambini, persino io l'avevo invidiata.

«Be'... abbiamo parlato, sai, all'inizio voleva capire come mai Jenna non parlasse più di me a casa e anche perché aveva passato due notti di seguito a piangere».

Lo guardai con la coda dell'occhio e vidi che, anche se non gli piaceva che Jenna soffrisse, per lui era un sollievo sapere che anche lei viveva male la loro rottura.

«Mi ha offerto un posto nella sua azienda, certo dovrei iniziare dal basso, sostenere un esame e poi con gli anni potrei fare carriera. Quel tipo è una macchina da guerra, Nick, avresti dovuto sentirlo... è così sicuro, così intelligente... non mi stupisco che Jenna lo adori, sai? Chi non vorrebbe un padre del genere?»

Guardai fisso l'auto che avevo davanti.

«Non dici niente?»

La mia mente si era addentrata in territori bui, non potevo fare a meno di paragonare mio padre a Greg e nemmeno il modo in cui lui e la moglie approvavano il rapporto della loro figlia con Lion, anche se lui era un ragazzo di strada, un tipo con i controcoglioni, certo, ma comunque uno senza grosse risorse e senza un'istruzione. Il padre di Jenna lo accettava comunque, e io invece dovevo lottare con le unghie e con i denti con la mia famiglia.

«Credo sia la cosa migliore che ti potesse succedere, bro» gli risposi con un sorriso.

Lo osservai e, per la prima volta da tanti anni, lo vidi sicuro di sé. Gli occhi verdi del mio amico riflettevano un'assoluta calma.

41
Noah

Nei successivi tre giorni non vidi Nick. Ci tenevamo in contatto, parlavamo la sera e mi mandava certi messaggi che mi facevano arrossire a lezione, ma non eravamo riusciti a trovare un momento per vederci.

In quei giorni uscii con Jenna. Non andavamo né in discoteca né a ballare, ma nei dintorni della facoltà c'erano alcuni bar molto carini, a parte all'ora di punta, perché in quel caso era impossibile trovare posto.

In quel momento ero con Jenna e Amber, la sua coinquilina, al Ray's, il bar più alla moda. Ci eravamo andate presto e così ci stavamo godendo uno dei tavoli migliori. A pochi metri di distanza, un gruppo di ragazzi stava giocando a biliardo ed era chiaro che stessero cercando di attirare la nostra attenzione. Tre belle ragazze senza nessun ragazzo attorno erano un motivo sufficiente per voler attaccare bottone.

Amber continuava a ripetere di essersi innamorata di uno di loro, un tipo con i capelli rossi, magro, un po' sgraziato ma carino. Mi faceva sorridere come, in meno di cinque secondi, si fosse già fatta un film.

«Credo che il primo lo chiameremo Fred, sai, sono sempre stata una fan di Harry Potter e sono sicura che i nostri figli erediterebbero i suoi capelli rossi...»

«Avvicinati e digli che sai già il nome del vostro primogenito. Così lo fai innamorare di sicuro» la incoraggiò

Jenna, che non aveva bevuto per tutto il tempo e sembrava disgustata da ogni occhiata del sesso opposto.

«Ehi, Noah, c'è uno che non ti toglie gli occhi di dosso» commentò Amber ignorando Jenna e voltandosi verso di me. Non potei evitare di girarmi sperando di vedere Nick.

E invece trovai degli occhi totalmente diversi: no, non era Nick e, come diceva la mia nuova amica, mi stava fissando. Era alto e biondo e reggeva la stecca del biliardo come fosse un prolungamento del suo corpo. La cosa strana era che mi risultava familiare. Smisi di guardarlo e mi concentrai sulle mie amiche.

«Forse è nella mia classe, ma non ne sono sicura» dissi stringendomi nelle spalle.

Jenna sbirciò e lo osservò sfacciatamente.

«Quel tizio io l'ho visto; credo mentre usciva dal bar che c'è nell'edificio di biologia, e ti assicuro che non è una matricola; anzi, secondo me è un professore… ehi! Magari ti dà persino qualche lezione o non so…!»

Lezione? Ma non scherziamo.

Lo guardai con nonchalance attraverso i capelli e, siccome era concentrato sul gioco, inclinato sul tavolo per colpire una qualche palla, lo potei osservare con più libertà. No, non era un professore, ne ero sicura, era troppo giovane anche se non così tanto da essere una matricola. Cercai di spremere le meningi per ricordare come potessi conoscerlo, ma niente da fare. Dopo qualche secondo, abbandonammo la questione e continuammo a parlare di sciocchezze.

«Senti, mi porti un altro bicchiere?» mi chiese Jenna poco dopo.

Le dissi di sì e, vedendo che non c'era molta fila, ne approfittai per andare in bagno. Per raggiungerlo, dovevo passare davanti al tavolo da biliardo. Mi ero già scordata del tipo misterioso e quindi, quando lo intercettai a metà strada e mi costrinse a fermarmi, mi stupii parecchio.

«Ciao» mi salutò, osservandomi curioso.

«Ciao» risposi concentrandomi sulla sua faccia e ricordando all'istante dove l'avevo visto: era stato alla festa a cui ero andata con Jenna, la stessa sera che Nick era tornato da San Francisco ed era passato a prendermi.

«Scusami, non ti volevo abbordare in questo modo, ma se non sbaglio eri alla festa con mio fratello qualche giorno fa, giusto?»

«Sì, andiamo a lezione insieme» risposi.

Lui annuì. Non ricordavo il suo nome, ma ricordavo che la nostra presentazione era stata pessima.

«Vorrei chiederti un favore. Mio fratello è un mago delle sparizioni e non dà segni di vita. Se lo vedi a lezione, gli potresti dire di chiamarmi? È importante».

Acconsentii mentre lui tirava fuori il portafoglio e cercava qualcosa.

«So che è una grande richiesta, ma non conosco nessun altro suo compagno... se per caso notassi in lui qualcosa di strano o se non si sentisse bene, potresti chiamarmi a questo numero?»

Presi il biglietto che mi porgeva.

«Certo, non ti preoccupare» risposi nel vederlo così angosciato. «Ma è tutto a posto, no?»

Charlie mi era simpatico, non mi andava di perderlo come amico. Grazie a lui, negli ultimi giorni avevo riso come non facevo da tempo; adoravo il suo perenne buon umore e come scherzava su tutti, se stesso compreso, senza alcuna cattiveria.

Il fratello di Charlie sorrise stiracchiando le labbra, cosa che interpretai come il segno che non voleva affrontare l'argomento.

«Niente di cui tu ti debba preoccupare».

La sua risposta poteva sembrare antipatica, ma me lo disse con un tono di voce così trasparente e amichevole che non potei far altro che ricambiare il sorriso prima che sparisse da dove era arrivato.

Quando abbassai lo sguardo e lessi il biglietto da visita, mi venne la pelle d'oca.

MICHAEL O'NEIL
Psicologo/psichiatra
(323)634-7721

Non ci impiegai molto ad andarmene in camera, ero stanca e non riuscivo a smettere di pensare a ciò che mi aveva detto il fratello di Charlie. La questione dello psicologo era una delle cose in sospeso di cui mi dovevo occupare. Nick mi aveva chiesto di farlo per lui e, sebbene avessi accettato, odiavo l'idea di dovermi aprire con un estraneo, di dovergli raccontare le mie paure e le mie questioni intime. Facevo fatica a parlare dei miei problemi, figuriamoci poi a uno sconosciuto. Però continuavo ad avere gli incubi e a essere terrorizzata dal buio. Sapevo di non poter rimandare, ma non volevo che qualcuno mi analizzasse, mi giudicasse o mi dicesse che ero completamente pazza. Mia madre aveva provato a portarmici più di una volta, c'ero persino andata da bambina, ma avevo pianto così tanto negli studi di quei professionisti che alla fine aveva desistito, aveva comprato delle lucine per la mia stanza, ed ero andata avanti così. Gli incubi, invece, erano piuttosto recenti, da dopo aver visto morire mio padre.

Mi infilai a letto e guardai di nuovo il biglietto da visita. Era forse un segno? Michael sembrava una brava persona e, cosa fondamentale: non era troppo grande e questo mi infondeva una certa sicurezza perché le sedute sarebbero potute sembrare una chiacchierata tra amici. Volevo prima parlare con Charlie; e poi, volevo anche capire come mai suo fratello fosse preoccupato per lui. Ma quanto al raccontare a Charlie dei miei, di problemi, non mi sentivo pronta.

Sapevo che, se glielo avessi detto, alla fine mi sarei convinta che suo fratello non sarebbe stato lo psicologo adatto a me, quindi decisi di telefonare a Michael chiedergli informazioni direttamente.

Il giorno successivo, dopo le lezioni del mattino, cercai un buco e lo chiamai. Gli spiegai il mio problema a grandi linee, senza entrare nei dettagli, e lui mi disse che era uno degli psicologi del campus. Lavorava per l'università da due anni e mi incoraggiò ad andare da lui in seduta. Di Charlie non avevo notizie, non l'avevo visto a lezione, ma assicurai a Michael che di solito al mattino non veniva.

Nonostante il nervosismo, mi sentii un po' sollevata per aver compiuto quel piccolo passo; ora dovevo solo andare e vedere come mi trovavo, se mi sentivo a mio agio a parlare con lui e a raccontargli gli affari miei.

Passai il resto della mattina nel bar dell'università. Avevo un nodo alla pancia, ero nervosa, quindi ordinai soltanto del caffè e tirai fuori uno dei libri che dovevamo leggere a lezione. L'atmosfera era un po' soffocante, così scelsi uno dei tavolini più appartati.

Soltanto dopo un po' provai una strana sensazione alla bocca dello stomaco; e, come se il mio corpo fosse in grado di percepirlo, alzai lo sguardo e lo vidi: ecco Nick con un bicchiere di caffè in una mano e il suo Mac nell'altra. E, peggio di tutto, non fui la sola ad accorgermi del suo arrivo. Le cinque ragazze al tavolino vicino al mio, che non la smettevano di parlare, iniziarono a bisbigliare e a osservarlo sfacciatamente. Mi guardai attorno, da quella posizione privilegiata, ed ebbi modo di constatare che quelle del tavolo accanto non erano le uniche a fissare il mio fidanzato. Nick passò in mezzo alla gente e andò a sedersi a un tavolo dove un gruppo di ragazzi lo accolse con le solite pacche sulla schiena.

«Mio Dio, è fichissimo! Davvero, mi basta vederlo che subito mi innervosisco» confessò una delle ragazze.

Mi irrigidii all'istante.

«È il mio futuro marito, quindi togligli pure gli occhi di dosso» buttò lì un'altra e scoppiarono a ridere. Non mi ero accorta che, ovviamente, Nick non era invisibile ed era bello da far spavento... bastava guardarlo con quei pantaloni all'altezza dei fianchi, quelle magliette un po' aderenti che facevano risaltare le sue braccia muscolose... e, come se non bastasse, aveva gli occhiali da vista, quegli occhiali che trovavo così incredibilmente eccitanti, e che pensavo usasse solo quando era a casa, insieme a me.

Una parte di me avrebbe voluto corrergli incontro e dimostrare che era mio, ma non ero mai stata in una posizione così privilegiata da poter vedere come si comportava quando io non c'ero.

Sinceramente sembrava fregarsene dei suoi compagni. Loro facevano solo un gran casino, mentre lui era concentrato a leggere qualcosa sul suo computer. Al loro tavolo si unirono due ragazze e iniziarono a guardarlo in modo provocante. Una di loro gli disse qualcosa, e Nick alzò gli occhi e sorrise. Dentro di me sentii salire un gran caldo.

«Avrà pure qualche difetto» disse un'altra ragazza accanto a me.

«L'unico difetto che ha è che salta addosso a qualunque tipa gli respiri accanto, non lo vorrei mai come fidanzato. E poi se lo avessi davanti non riuscirei più a spiaccicare parola, mi trasformerei in un'idiota, lo so già».

E, come se anche Nick avesse sentito quel commento, sollevò lo sguardo dal computer e i nostri occhi si incontrarono da lontano. Avrei fatto finta di niente, ma volevo che mi vedesse, volevo capire cosa avrebbe fatto ora che ero nel suo territorio, nella sua università, dove tutti lo conoscevano e parlavano di lui.

Gli comparve un sorriso divertito sulle labbra. Io, invece, mi limitai a fissarlo.

«Ci sta guardando» disse una delle ragazze, e scoppiarono a ridere come delle cretine.

Nick si alzò, prese le sue cose e, senza staccarmi gli occhi di dosso, mi venne incontro. Fui chiaramente consapevole di come molte ragazze lo seguivano con lo sguardo.

Mi concentrai di nuovo sul libro e aspettai di vedere cosa avrebbe fatto. Sentii la sedia accanto a me muoversi e lui che si sedeva.

«Ciao» disse semplicemente e, senza attendere la mia risposta, mi prese la sedia e la girò in modo che ci ritrovassimo faccia a faccia, con le gambe che quasi si sfioravano.

Le ragazze del tavolo accanto ci fissavano stupefatte.

Le osservai e sentii le farfalle nello stomaco. Non potevo evitarlo: la sua presenza mi sconvolgeva gli ormoni, come capitava a tutto l'universo femminile.

«Ciao» risposi un po' rigida. Ero abituata al fatto che le donne lo guardassero. Ma non avevo mai sentito cosa dicevano di lui, né com'era viverlo dall'altra parte. Ovviamente, anche quando stava con me lo notavano, ma non facevano commenti che potessi sentire. Ora ero consapevole della fila di ragazze che aspettavano ansiose che io facessi un passo falso per poter prendere il mio posto.

'Non lo vorrei mai come fidanzato… salta addosso a qualunque ragazza gli respiri accanto'.

Mi concentrai di nuovo sul mio libro, mi innervosiva troppo il fatto che tutti ci stessero guardando e poi odiavo sentire come gli altri parlavano di lui, come fosse una persona frivola, superficiale, un tipo bello e basta. Nick era molto di più del suo aspetto.

«Questa la definisco una tiepida accoglienza, sissignore» mi disse prendendomi in giro.

Lo guardai di nuovo e mi accigliai.

«Non sapevo che oggi avessi lezione o che saresti venuto qui. Potevi dirmelo».

Le ragazze continuavano a bisbigliare e a ridacchiare, stavo iniziando a irritarmi.

«Non pensavo di venire, ma devo consegnare un lavoro. Siccome non viviamo assieme ho parecchio tempo libero». I suoi occhi si posarono su di me in quel modo cupo che mi ricordava tutto ciò che mi stavo perdendo non vivendo sotto il suo stesso tetto.

«Non sapevo fossi così popolare qui all'università» commentai cambiando argomento e per evitare di ricadere nella stessa discussione.

Nick occhieggiò le ragazze al tavolo accanto. Non volevo che lo facesse.

«Sei gelosa?» chiese concentrandosi di nuovo su di me.

Preferii eludere la domanda, mi chinai sul tavolo e lo tirai dalla maglietta per attirarlo a me.

«Credo che qui ci sia troppa gente che non ha idea di chi sono» ammisi, lasciando che i suoi occhi mi percorressero il viso e che, sulle sue labbra seducenti, spuntasse un sorriso divertito.

«Non c'è niente di male a reclamare ciò che è tuo, amore mio».

Per me, quelle parole furono sufficienti. Unimmo le nostre labbra in un bacio delizioso. E il silenzio che calò al tavolo accanto servì a farmi finalmente spuntare un sorriso. Volevo solo dargli un bacio intenso, ma Nick sembrava avere in mente altro. Mi fece sedere sulle sue ginocchia senza scostarsi di un centimetro. A quel punto, si fece largo con la lingua nella mia bocca e io glielo permisi.

In quella posizione davo le spalle a quasi tutto il bar, quindi le persone deducevano ciò che stavamo facendo ma senza che dessimo spettacolo. Nick mi mordicchiò il labbro inferiore, lo succhiò e poi spinse di nuovo la sua bocca sulla mia, come a siglare il nostro amore.

Quando mi scostai, trovai la situazione divertente e notai anche come l'eccitazione gli rabbuiava lo sguardo.

«Adoro le effusioni in pubblico» confessò disegnando cerchi costanti con il pollice sulla parte bassa della mia schiena. Mi sciolsi.

A quel punto, percepii sulla pelle una strana sensazione tattile. Mi accigliai e gli feci muovere il braccio per poter vedere: aveva il polso fasciato.

«Cosa ti è successo?» gli chiesi spaventata.

Sembrò tentennare un attimo e io mi agitai ancora di più.

«Niente, non preoccuparti».

Mi vennero in mente immagini di Nicholas coinvolto in una rissa, cercai qualche altro segno di violenza, ma aveva un aspetto impeccabile, senza un graffio. Guardai le sue mani e anche lì non vidi lividi

«Ma perché hai una benda, Nicholas?» gli chiesi cambiando tono e diventando seria.

Tirò la testa all'indietro e fece un sorriso che non seppi bene come interpretare.

«Non dare in escandescenza né niente del genere, d'accordo?»

Aggrottai la fronte e gli presi il polso.

«Cosa hai fatto?»

A quel punto, dentro di me, risuonò un segnale d'allarme.

«Guarda tu stessa» disse invitandomi a togliere la benda.

Lo feci senza aspettare un solo secondo e lì, un po' gonfio ma ben visibile, c'era un tatuaggio.

«Mio Dio!» esclamai con la voce spezzata.

Nick tolse del tutto la benda e la appoggiò sul tavolo.

«Credo che non sia il caso di coprirlo, non credi?»

Sulla sua bella pelle, in nero, nella mia grafia, c'era quello che gli avevo scritto tre giorni prima: 'Sei mio'.

«Dimmi che non è un tatuaggio» lo pregai con il cuore stretto in una morsa.

«Ma davvero pensavi che avrei permesso a questa frase di cancellarsi?» rispose osservandosi orgoglioso il polso.

«Ma tu sei pazzo, Nicholas Leister!» gli dissi sentendomi invadere da emozioni contrastanti. Un tatuaggio era per sempre, un segno sulla pelle che gli avrebbe sempre ricordato me... quelle due parole indicavano che mi apparteneva.

«Sei incisa sulla mia pelle da molto prima che facessi questo tatuaggio; questo è semplicemente un ricordo di te che porterò addosso per sempre, Peldicarota. Non darci troppa importanza».

A quel punto ebbi paura. Capii quanto significava e, nonostante le belle parole, provai un senso di oppressione al petto che mi rendeva difficile respirare.

«Devo andare» dissi iniziando ad alzarmi, ma il suo braccio mi trattenne lì dov'ero.

Nick socchiuse gli occhi e mi osservò serio.

«Stai dando di matto e non era mia intenzione» riconobbe chiaramente dispiaciuto.

Feci cenno di no; all'improvviso mi mancava l'aria e avevo bisogno di uscire. Avevo la sensazione che tutti stessero osservando ogni mio minimo movimento.

«Un tatuaggio è per tutta la vita, Nicholas» dissi con un nodo in gola. «Ti pentirai di averlo fatto, lo so. E cosa succede se un giorno diventa un brutto ricordo, un fantasma che ti perseguita? Te ne pentirai e mi odierai perché ti ricorderà me anche quando non vorrai...» Le sue labbra mi zittirono con un veloce bacio. Sebbene sembrasse qualcosa di tenero, sentii la sua tensione sotto di me e la durezza delle sue labbra sulle mie.

«A volte non so cosa fare con te, Noah, davvero, non lo so».

Lo osservai prendere il suo portatile senza guardarmi e andarsene.

Merda... avevo ferito i suoi sentimenti?

Quella notte non riuscii a dormire. Lo sguardo deluso e ferito di Nick fu il motivo che mi impedì di chiudere occhio; mi sentivo in colpa per essermi comportata in quel modo, per come avevo reagito. Fu allora che capii che dovevo parlarne a qualcuno, avevo bisogno che qualcuno mi aiutasse, che mi aiutasse a essere ciò che Nick si aspettava.

Il mattino dopo ebbi la mia prima seduta con Michael O'Neil.

«Parlami un po' di te, Noah. Perché pensi di aver bisogno del mio aiuto?»

La seduta con Michael non era come l'avevo immaginata. Non c'erano lettini sù cui sdraiarsi né strani oggetti o niente del genere: era un semplice ufficio, con una scrivania in un angolo, due divani neri con al centro un tavolino e accoglienti cuscini bianchi. Le tende della grande finestra erano aperte e filtrava una luce calda. Michael mi aveva offerto tè e biscotti e io mi sentivo come se avessi cinque anni.

Gli raccontai a grandi linee com'era stata la mia infanzia, il rapporto che avevo avuto con mio padre e i problemi che lui aveva avuto con mia madre. La mia idea non era quella di svelargli tutti i miei segreti al primo incontro, ma Michael era bravo a estrapolare le informazioni senza che me ne accorgessi. In modo naturale gli rivelai della mia caduta dalla finestra e del mio trauma con il buio; e gli dissi anche che, poco più di un anno prima, avevo dovuto lasciare la mia casa e trasferirmi a Los Angeles; menzionai anche Nick. In fondo ero lì per lui.

«Hai un fidanzato?» mi chiese smettendo di scrivere sul suo block notes.

Annuii muovendomi inquieta sul divano.

«Parlami della vostra relazione».

La seduta passò in fretta e feci a malapena in tempo a raccontargli poco altro.

«Allora, Noah, quest'ora è servita a conoscerti un po', ma non abbiamo potuto entrare nel vivo... mi piacerebbe che iniziassi a venire due volte a settimana. Da quel che mi dici, ciò che più ti preoccupa è la tua nictofobia e questo con la terapia si può risolvere. Ti stupiresti se sapessi quante persone hanno il tuo stesso problema, non hai motivo di vergognartene».

Avrei voluto dirgli che non era così, che odiavo semplicemente quel blocco mentale che si manifestava quando le luci si spegnevano. Non riuscivo a capire se quell'ora con lui mi era stata utile, ma mi sentivo a mio agio e questo era molto importante.

Michael si alzò e mi accompagnò alla porta.

«È stato un piacere conoscerti, Noah, e spero davvero di poterti aiutare».

Sorrisi. Il suo modo di parlare, così pacato, e la sua maniera di guardarmi mi trasmettevano calma. Immagino fosse bravo nel suo lavoro.

42
Nick

Ammirai gli edifici che avevo davanti. A volte guardare da lassù era inebriante; altre ti faceva sentire superiore, potevi osservare le persone a loro insaputa, il traffico notturno, gli ultimi raggi di sole... L'altezza non mi aveva mai infastidito; la distanza, invece, non mi piaceva granché. Era da un bel po' che me stavo lì a riflettere, a pensare, a cercare di capire perché a volte mi fosse così difficile ottenere ciò che volevo. In molti avrebbero potuto criticarmi per quelle parole, perché non mi mancava niente di niente, ma c'era qualcosa che desideravo, anzi qualcuno, e non sapevo come fare per assicurarmi che mi restasse accanto qualsiasi cosa accadesse.

La sua espressione nel vedere il mio tatuaggio non era stata quella che immaginavo, certo non pensavo che si sarebbe messa a saltare dalla felicità, ma non credevo si sarebbe spaventata. La paura non rientrava nei miei pensieri e nemmeno nei miei progetti, era difficile che io mi spaventassi per qualcosa.

Noah, invece, viveva nella paura, l'aveva ammesso e io non potevo fare niente per aiutarla. La mia presenza riusciva a farle fare sogni sereni e placava i suoi demoni, ma non li faceva scomparire. E io temevo che quei demoni potessero diventare i miei, perché tutti abbiamo un limite... io, in quanto uomo, ne avevo parecchi di demoni, ma sembravano ridefinirsi accanto alla persona che mi faceva completamente impazzire.

La volevo conoscere in profondità e, quando credevo di esserci riuscito, mi sorprendeva con qualcosa che non ero pronto a incassare. E allora dovevo tornare al punto di partenza.

'E cosa succede se un giorno diventa un brutto ricordo, un fantasma che ti perseguita? Te ne pentirai e mi odierai perché ti ricorderà me anche quando non vorrai...'

Ma come aveva potuto dirmi quelle parole? Ma non ero stato abbastanza chiaro con i miei sentimenti nei suoi confronti, non era ovvio che il mio mondo girava attorno a lei?

Guardai in direzione del contratto che mi avevano mandato quella mattina. Avevamo vinto il caso Rogers, un pivellino come me era riuscito a farcela dove tutti avevano fallito. Jenkins aveva mandato me e Sophia perché perdessimo e dimostrassimo in quel modo che non eravamo ancora in grado di occuparci di casi più complicati... Jenkins difendeva il suo posto con le unghie e con i denti, ma il suo stratagemma aveva miseramente fallito.

Ed ecco lì il documento che avevo sempre voluto leggere. Mi offrivano due anni di tirocinio in uno studio legale che non era collegato a quello di mio padre, a New York, con un appartamento pagato e uno stipendio di quattromila dollari al mese che avrei rinegoziato non appena finito il periodo di prova. Un'occasione unica, l'occasione di iniziare da me, dai miei successi e dai miei meriti, senza dipendere da mio padre.

Ma eccolo di nuovo lì... quel bel viso, quel viso per cui avrei ucciso e dato la vita: Noah.

Presi il contratto e lo infilai in un cassetto. La questione era chiusa.

43
Noah

Silenzio.

Ecco cosa c'era tra me e Nicholas, e non me lo sarei mai aspettato. Ero seduta sul mio letto e fissavo il telefono pensando a cosa potevo dire o fare per giustificare il mio comportamento dell'altro giorno. Mi mancava e avevo paura al pensiero di aver esaurito la sua pazienza.

Iniziai a scrivergli un messaggio... poi lo cancellai e decisi di essere coraggiosa e di telefonargli. Aspettai in ansia fino a quando qualcuno non rispose.

«Pronto?»

Voce di donna.

Tre battiti e poi il rumore del sangue che mi risuonava nelle orecchie.

«C'è Nicholas?»

La mia voce era uno zuccherino, ma avrei riagganciato accecata dalla rabbia non appena sentita la voce di Sophia.

Lei disse di sì e, dopo pochi minuti, percepii il respiro di Nick all'altro capo del telefono.

«Noah».

Noah... non 'Peldicarota', a quanto pareva.

In quel momento mi sembrava di essere così lontana da lui da star male.

«Cosa ci fai con lei?»

Non era propriamente mia intenzione fargli quella domanda.

«Ci lavoro».

Respirai a fondo cercando di trovare un modo per connettermi a lui, ma erano passati quattro giorni senza che nessuno dei due avesse dato segnali di vita e non era mai successo prima. Ero smarrita, non capivo cosa stesse succedendo.

'Il tatuaggio'.

Ne avevo discusso con Michael; andavo in studio da lui quasi ogni giorno, e parlavamo di tutto. Non ero mai riuscita ad aprirmi così tanto con uno sconosciuto, ma con lui ce l'avevo fatta ed era stata una sua idea aspettare per vedere come si sarebbe evoluta la situazione con Nick. Mi aveva detto che fare pressioni non è mai positivo e che era meglio lasciar passare l'arrabbiatura, prima di parlargli.

Bene, ed eccoci lì: stavamo parlando. Ma non erano né la conversazione né l'accoglienza che mi sarei aspettata.

«Nick…»

«Noah…»

Lo dicemmo in contemporanea e in contemporanea ci zittimmo per ascoltare cosa aveva da dirci l'altro. In una situazione diversa, sarebbe anche stato divertente, ma non in quel momento, non quando lo sentivo lontano chilometri.

«Voglio vederti» dissi notando che non prendeva l'iniziativa.

Lo sentii allontanarsi dal caos che lo circondava, doveva essersi chiuso in una stanza.

«Mi dispiace non averti chiamata» ammise un secondo dopo. «Sono stato impegnato con l'anniversario dell'azienda…»

«Sto andando dallo psicologo» buttai lì senza pensarci, dopo un silenzio che nessuno dei due osava interrompere. Non so perché glielo dissi così a bruciapelo, forse perché sentivo di dovergli spiegare che, nonostante il mio atteggiamento, ero disposta a cambiare per lui.

«Come? Da quando? Perché non me l'hai detto?»

«Te lo sto dicendo adesso».

«Non puoi andare da uno psicologo qualsiasi, Noah, avevo fatto delle ricerche, mi ero messo in contatto con i migliori e adesso tu...»

«Nicholas, ma che importanza ha chi è? Mi sta aiutando ed è giovane, dell'università, sembra più che altro di parlare con un amico».

«Un amico?»

Il suo tono passò dal freddo al gelido in una frazione di secondo.

«Si chiama Michael O'Neil, è il fratello di un mio compagno di corso, e mi ha detto che se...»

«Gli psicologi dell'università sono ragazzotti mal pagati che non hanno la più pallida idea di quello che fanno. Quanti anni hai detto che ha?»

Era incredibile.

«Ma che importanza ha?»

«Credimi, ce l'ha eccome. Ma che cazzo ne può sapere di quello che ti sta succedendo uno che si è laureato da due giorni?»

«Ne ha ventisette e mi sta aiutando... è l'unica cosa che dovrebbe importare».

«Mi importi tu e ciò che è meglio per te, e ti assicuro che uno psicologo dell'università non saprà dove andare a sbattere la testa quando inizierai a raccontargli quello che ti succede».

«Cosa stai insinuando?»

«Insinuo che voglio che tu smetta di vedere quell'idiota e che mi...»

Non potevo continuare ad ascoltarlo. Chiusi la chiamata e provai a respirare a fondo per calmarmi. Ma come diavolo aveva fatto quella conversazione a trasformarsi in un altro litigio?

Presi la giacca di pelle, infilai gli stivali e uscii dalla stanza dove la mia coinquilina guardava assorta la televisione. Il nostro appartamento era piuttosto accogliente: due stanze, un bagno condiviso e una sala con una cucina all'americana. Non potevo lamentarmi, almeno William si era dato da fare per trovarmi un luogo gradevole. La mia compagna si chiamava Briar e ora che convivevo con lei da diverse settimane potevo dire, senza ombra di dubbio, che era piuttosto libertina. Non è che si vestisse in modo particolarmente provocante né niente del genere, semplicemente aveva quel dono per cui ogni tizio con un paio d'occhi se la voleva portare a letto e lei... ne era felice come una pasqua. Aveva dei capelli stupendi, più rossi che arancioni, e i suoi occhi erano verdi ed esotici. Era alta, slanciata e, stando a quanto mi aveva raccontato, aveva fatto la modella per diversi marchi famosi. I suoi genitori erano due noti registi di Hollywood e lei sapeva che prima o poi – più prima che poi – avrebbe lavorato con loro.

Non c'era da stupirsi, con quel viso anch'io avrei fatto l'attrice, ma Briar aveva quell'aria da 'non mi interessa niente' a livelli quasi preoccupanti. Con me aveva chiacchierato abbastanza, era simpatica, va detto, ma non riuscivo a essere del tutto in sintonia con lei.

«Discussioni tra innamorati?» mi chiese con indifferenza mentre si ispezionava un'unghia e poi ci ripassava sopra uno smalto rosso sangue.

Andai al frigorifero e tirai fuori una lattina di Coca-Cola. Non è che avessi bisogno di caffeina per alterarmi più del dovuto, mi agitavo con il pilota automatico, non avevo nemmeno sete; non riuscivo a stare ferma. Quell'ultima conversazione mi aveva profondamente toccata.

«Non mi va di parlarne» le risposi in modo piuttosto cafone. Briar mi guardò dritto negli occhi e mi sentii subito in colpa.

Non eravamo amiche né niente del genere, ma lei era stata molto carina con me. Sospirai e le raccontai a grandi linee quello che stava succedendo tra me e Nick. Sinceramente ero a corto di amiche; da quando avevamo iniziato l'università, Jenna aveva i suoi giri e poi viveva all'altro capo del campus. Non le raccontai dello psicologo, ma del tatuaggio e di come avevo reagito.

«Caspita, un tattoo, è bello cotto, eh?» commentò sedendosi su uno degli sgabelli attorno al tavolo della cucina. Giocherellai pensierosa con la lattina di Coca mentre decidevo quanto raccontarle.

«Quello che c'è tra noi è diverso da qualsiasi cosa abbia mai provato per qualsiasi altro ragazzo... è intenso, capisci? Basta una sua parola per farmi toccare il cielo con un dito oppure per sotterrarmi».

Briar mi osservava attentamente.

«Io ho provato una cosa del genere solo per una persona, ma poi si è rivelato un bugiardo manipolatore che si prendeva gioco di me...» le sue parole furono sincere e, mentre le pronunciava, si tolse il braccialetto d'argento che portava sempre al polso destro in modo distratto. «Capisco quando parli di cose intense».

Spalancai gli occhi nell'accorgermi dei due segni sul suo polso. In nostri sguardi si incontrarono e in lei vidi molto di ciò che vedevo in me quando mi guardavo allo specchio.

Le sue labbra abbozzarono un sorriso.

«Non è grave, è divertente il modo in cui ti fissano le persone quando racconti che hai tentato il suicidio» mi disse rimettendosi il braccialetto. «È un segno di debolezza, sì, ma l'ho fatto e sono qui a parlarne con te e senza alcun rimorso. A volte la vita è una merda, ognuno fa come può».

Non sapevo bene cosa dire. La capivo, la capivo più di quanto lei potesse immaginare. Trovavo così strano il suo modo spontaneo di affrontare l'argomento... io avevo impiegato dieci anni a non farmi problemi a mostrare la cicatrice sullo stomaco.

Segni sulla pelle... infiniti ricordi di momenti che non avrei mai più voluto rivivere.

«Mi piace il tuo tatuaggio» dichiarò e io mi accorsi che lo stavo toccando. Mi capitava spesso di farlo senza rendermene conto.

«A volte mi chiedo dove avessi la testa quando ho deciso di farlo».

Briar sorrise, si tirò su la maglietta e mi mostrò il lato del busto. In nero e in una splendida grafia aveva tatuato un messaggio che mi toccò il cuore: '*Keep breathing*'.

Capii immediatamente il sentimento sotteso a quelle parole.

«Questo è il momento in cui ci abbracciamo e giuriamo di restare amiche per sempre» disse abbassandosi la maglietta e ridendo spensierata.

Era chiaro che non ero la prima persona a cui lo raccontava. Ci conoscevamo da molto poco tempo e il modo in cui parlava del suo passato faceva chiaramente intendere che non stava cercando di essere compatita. Lasciava i suoi demoni in vista senza problemi ed ebbi chiaro che era un modo per evitare che qualcuno arrivasse a conoscerla fino in fondo. Sapevo che nascondeva molte cose e, ora che la vedevo con occhi nuovi, capii che apparteneva a quel lato della vita in cui non tutto è sempre rosa.

«Ti va di andare a fare un giro?» le chiesi senza essere nemmeno troppo consapevole di ciò che dicevo.

Lei mi osservò sorpresa.

«Di solito non è la reazione che hanno le persone quando gli racconto di aver tentato il suicidio, Morgan» scherzò abbozzando un sorriso e insistendo a chiamarmi per cognome. Non l'avevo ancora sentita pronunciare il mio nome una sola volta. «La maggior parte fa finta di niente e cambia subito argomento e tu, invece, vuoi invitarmi a bere qualcosa?»

Mi strinsi nelle spalle.

«Io non sono come gli altri e non ho parlato di offrirti da bere».

Briar scoppiò a ridere e scese dallo sgabello.

«Mi stai simpatica... dai, allora, usciamo».

Sorrisi ed entrai in camera mia.

A quel punto capii che non ero l'unica ad avere problemi, non ero l'unica ragazza che era stata ferita. Parlare con Briar mi aveva fatta sentire molto meglio di quanto avrei potuto immaginare.

«Con quale di quei tizi ti faresti una bella scopata?»

Eravamo in un locale vicino al campus. Briar era una specie di lasciapassare per accedere ai privé. Fu sufficiente un suo sguardo perché ci facessero entrare saltando la fila.

«Ho un fidanzato, te ne sei scordata?» chiesi portando la cannuccia alla bocca.

Da quando eravamo arrivate, il cameriere ci stava offrendo da bere.

Briar fece un cenno d'indifferenza con la mano.

«Ma lascia stare i fidanzati, stiamo parlando ipoteticamente».

Notai che un gruppo di ragazzi in un privé vicino non ci staccava gli occhi di dosso. Non c'era da stupirsi, due ragazze sole in un pub e in più con Briar che non faceva altro che lanciare occhiatine in quella direzione...

«Smettila, se no si avvicineranno» le chiesi quando la vidi fare l'occhiolino a uno dei più belli.

«Eccoli che arrivano» disse con un sorriso raggiante. Aveva i denti drittissimi e bianchi. Si notava che proveniva da una famiglia benestante, ma nonostante questo, non aveva niente a che vedere con i ragazzi che avevo conosciuto a scuola. Briar sembrava diversa da qualsiasi altra ragazza che avevo incontrato.

Non volevo che si avvicinassero perché non potevo ignorarli visto che Briar stava sfacciatamente flirtando con loro. Alla fine due di loro ci si sedettero accanto, senza nemmeno chiederci il permesso.

«Ciao, bellezze» salutò il biondo, quello che Briar aveva guardato con occhi sognanti.

L'altro aveva i capelli scuri e mi ricordò Nick. La situazione non mi piaceva e iniziavo a sentirmi a disagio.

Dopo dieci minuti di chiacchiere informali e parecchio superficiali, Briar iniziò a limonare con il biondo. Io, invece, continuavo a ripetere al suo amico che ero fidanzata e che doveva lasciarmi in pace.

«Il tuo ragazzo non è qui, e io so che ti piaccio, ti stai innervosendo, dai ammettilo» disse avvicinandosi ancora di più.

Serrai forte le labbra.

«Guarda che non te lo ripeto più» lo minacciai, ora più arrabbiata del dovuto. «Non mi interessi, non ti degnerei di uno sguardo, hai capito? E ora vattene».

La sua mano raggiunse il mio ginocchio e gli diedi uno schiaffo, alzandomi in piedi.

«Ma oltre a essere sordo sei pure idiota?!» gli urlai sovrastando la musica.

«Ma perché non fai come la tua amica e ti rilassi un po'?»

Guardai Briar che si staccò dal biondo per lanciarmi un'occhiata molto significativa.

«Non lo scoprirà nessuno, Morgan».

Era una situazione assurda.

«Io me ne vado».

Uscii imprecando tra me e me per essere finita in quell'antro. Non mi sorprese che Briar non mi raggiungesse: mi aveva già fatto intendere che per lei ognuno era libero di fare quello che voleva.

Respirai un po' d'aria. Ero più ubriaca di quanto immaginassi. Non avrei dovuto bere così tanto, ora mi girava tutto.

Accesi il cellulare per chiamare un taxi e farmi venire a prendere. Nel farlo vidi che avevo parecchie chiamate perse di Nick. Mi ero davvero innervosita per la faccenda dello psicologo e avevo deciso di non rispondergli, ma di colpo mi accorsi che ero stanca di arrabbiarmi con lui. Decisi di mandargli un messaggio con l'indirizzo del pub.

Sono qui. Passi a prendermi? Dobbiamo parlare.

Ricevetti subito la risposta.

Cinque minuti e sono lì.

Non ci mise molto ad arrivare e, quando vidi che parcheggiava la sua Range Rover sul marciapiede davanti, non seppi bene cosa fare. Non sapevo come stavano le cose tra di noi e come mi dovevo comportare perché era tutto così strano dopo le nostre ultime discussioni… Decisi di aspettare dov'ero mentre lui scendeva dall'auto.

Proprio mentre attraversava la strada dirigendosi verso di me, sentii che urlavano il mio nome. Era il tizio del bar.

«Ma non rientri? Guarda che prima stavamo solo scherzando» disse raggiungendomi prima di Nicholas.

Mi voltai verso Nick quando mi avvolse la vita con il braccio e, con l'altra mano, diede uno spintone al tizio.

«Levati di mezzo» la sua voce era gelida come lo era quella notte. Sentii un brivido.

Il ragazzo lo guardò.

«E tu chi sei?»

«Quello che ti spaccherà la faccia se non stai alla larga dalla mia ragazza».

Nel sentire quanto era incazzato, mi irrigidii.

Il tizio bruno fece un passo indietro, controvoglia.

«Non ti ha menzionato una volta mentre faceva la scema con me là dentro».

Spalancai gli occhi stupefatta. Ma pensa che coglione...

Nick mi lasciò la vita e fece un passo avanti.

«Se non sparisci dalla mia vista nell'arco di un secondo, ti andrai a cacciare in un brutto guaio, sono stato abbastanza chiaro?»

D'accordo, la cosa stava sfuggendo di mano. Avanzai verso Nick.

«Per favore, andiamocene» gli chiesi a bassa voce.

Non volevo che attaccasse briga, volevo solo tornare a casa.

Il coglione del bar sembrò capire che gli conveniva lasciar perdere perché era evidente chi avrebbe avuto la meglio in una eventuale rissa. A quel punto la porta del locale si aprì e il suono attutito della musica risuonò nella strada. Vidi Briar che usciva mano nella mano con il biondo, amico del coglione.

«Che succede?» chiese questo avvicinandosi a noi. Nick ci impiegò un secondo di troppo a voltarsi verso di loro.

Il suo corpo si irrigidì all'istante e mi fu chiaro che non sarebbe andata a finire bene.

44
Nick

Fissai la ragazza che era appena uscita dal pub.

Briar Palvin.

Non ci potevo credere. Il tipo con cui era la mollò subito per avvicinarsi al suo amico. Io ero così incazzato che avrei fatto a botte anche con quattro tizi, se fosse stato necessario, ma vedere Briar mi mandò in totale confusione. Lessi lo stupore anche sul suo viso, ma scostai lo sguardo per concentrarmi su quei due cazzoni.

«Cosa hai detto che mi avresti fatto, imbecille?»

Serrai il pugno con una gran voglia di chiudergli la bocca con un colpo. Pensava che siccome adesso erano in due mi sarei tirato indietro… quanto si sbagliava. L'unico motivo che mi frenava dal lasciarli a terra sanguinanti era la ragazza che mi teneva forte il braccio.

«Nicholas, per favore» insistette Noah.

Il biondo fece un passo avanti, invadendo il mio spazio personale.

«Ti consiglio di spostarti» dissi controllando il tono di voce.

«Se no cosa fai?» l'altro coglione si mise accanto al suo amico. Sarebbe stato così facile stenderli, ma non era quello che volevo. Non erano né il luogo né il momento, e men che mai davanti a Noah.

Deviai lo sguardo verso Briar e la vidi camminare verso di noi con un buttafuori che era andata a chiamare.

Quel tizio corpulento ci osservò in malo modo fino a fermarsi accanto a noi.

«Vedete di andarvene o chiamo la polizia» disse e, dopo un secondo, si rivolse a me. «Tutti e tre».

I coglioni parvero farsela sotto e io ne approfittai per evitare una situazione da cui avrei ricavato solo dei lividi sulle mani e un'enorme discussione con Noah.

Avevo problemi più importanti da affrontare, soprattutto quando vidi Briar avvicinarsi a Noah e prenderla a braccetto. Cercai con tutte le mie forze di trovare qualcosa da dire a quella ragazza con i capelli rossi come il fuoco. Il suo sguardo fu del tutto indifferente.

«Non ci presenti, Morgan?» chiese con quella sua voce angelica che sapevo usava sempre per convenienza.

Noah mi guardò nervosa, mordendosi il labbro. Gliel'avrei voluto liberare perché non si facesse male, ma le parole che pronunciò fecero scattare tutti gli allarmi del mio corpo.

«Nick, lei è la mia coinquilina, Briar; Briar, lui è il mio fidanzato, Nicholas».

Impiegai qualche secondo a tendere una mano e a stringere quella che lei mi porgeva.

Non riuscivo a credere a quello che stava succedendo. Briar Palvin era l'ultima ragazza con cui avrei consigliato a Noah di andare a vivere, non solo per come era ma anche perché aveva conosciuto il mio lato peggiore e, quando dico peggiore, intendo proprio peggiore.

«Piacere, Nicholas...?» disse in attesa della mia risposta.

Arricciai le labbra.

«Leister» ringhiai quasi.

Come se non lo sapesse... non capivo perché stesse fingendo di non conoscermi, ma ormai era tardi per dare spiegazioni. E inoltre, l'ultima cosa che volevo era che Noah avesse un'altra ragione per dubitare di noi due.

Briar Palvin apparteneva al mio passato e lì sarebbe rimasta.

«Noi stavamo andando» commentai prendendo Noah e dirigendomi verso la macchina.

«Aspetta» mi chiese a quel punto Noah. «Riesci a guidare, Briar?» le chiese apprensiva.

Avrei voluto prendere Noah e infilarla nel bagagliaio, era sempre lì a preoccuparsi per chi non avrebbe dovuto. Quella ragazza sapeva benissimo se era o meno in grado di guidare, avrebbe trovato il modo di tornare a casa sana e salva. Ricordavo molto bene come faceva.

«Sì, non ti preoccupare, vai e sistema le cose con il tuo ragazzo» rispose in un tono così basso che non riuscii a sentirla chiaramente.

Noah le sorrise, come fossero amiche da tutta la vita, e io entrai in macchina e accesi il motore, deciso a non ascoltare più niente.

Mentre guardavo Noah voltarsi e avvicinarsi alla portiera del passeggero, il mio sguardo e quello di Briar si incrociarono. I suoi occhi verdi a mandorla rivelarono più di quanto immaginassi e, vedendo il suo sorriso, ebbi chiaro che dovevo allontanare Noah da lei a qualsiasi costo.

Facemmo il tragitto immersi in un silenzio sepolcrale. Era da tanto che Noah non mi vedeva così arrabbiato e pronto ad alzare le mani. Le avevo promesso che avrei evitato le risse, ma non era facile ignorare quella parte di me. Non ero mai stato un ragazzo tranquillo, e vedere quell'idiota vicino a lei…

Quando spensi il motore, mi voltai a guardarla. Si mosse inquieta sul sedile.

Le scostai una ciocca di capelli dal viso. Lei non si mosse, ma le venne la pelle d'oca quando le sfiorai il lobo con la mano. Mi fissò e, un attimo dopo, il suo sguardo passò dai miei occhi al mio polso. Nella sua espressione lessi qualcosa di strano e sospirai profondamente.

«Ho fatto il tatuaggio perché mi andava, Noah. Mi piacciono quelle parole, soprattutto perché le hai dette tu. E poi se aggiungiamo il fatto che le hai disegnate sulla mia pelle…»

«Lo posso vedere?» mi chiese.

Allungai il braccio e lei mi prese il polso con cura e lo girò. Poi, con gli occhi fissi sul tatuaggio, iniziò a tracciare con la punta del dito ciò che c'era scritto.

Sentii un brivido.

«Mi piace» dichiarò infine, e i suoi occhi tornarono ai miei.

Espirai lentamente l'aria trattenuta nei polmoni mentre mi perdevo nel suo sguardo. Perché amarla era così difficile? Se lei me l'avesse permesso, saremmo stati perfetti l'uno per l'altra; se Noah non avesse avuto tutte quelle paure, avrei potuto amarla senza dubbi né limiti.

Allungai il braccio e la attirai a me, ma la sua mano sul mio petto mi fermò. Abbassò il viso ed ebbi l'impressione che il suo cuore si fermasse per un attimo.

«Facciamo sempre lo stesso, Nicholas» protestò guardandomi negli occhi.

«Facciamo cosa?» le risposi consapevole del tono con cui stavo pronunciando quelle parole.

Noah spostò lo sguardo verso le luci che avevamo attorno.

«Non puoi reagire come hai fatto al telefono e poi venire qui come se niente fosse, darmi quattro baci e pretendere che dimentichi tutto».

Vedendo che non dicevo nulla, si voltò di nuovo verso di me.

«Sto andando dallo psicologo per te, sto facendo terapia, sto raccontando la mia vita a uno sconosciuto per te, e cos'è che ti preoccupa? Che è giovane e che, secondo te, sono troppo malridotta perché mi possa aiutare… il fatto è che sei geloso».

«Non sono geloso, cazzo, voglio solo che tu stia bene, voglio il miglior psicologo per te, Noah, non uno qualsiasi».

«Vuoi controllare tutto, Nicholas, ma ci sono cose che sfuggono al tuo controllo. È una mia decisione scegliere a chi raccontare la mia vita o di chi fidarmi. Ma a te sembra interessare solo che lo psicologo è un uomo. Ci sono uomini dappertutto! Non mi puoi isolare in una campana di vetro! Non avresti reagito così se fossi andata in terapia da una donna».

«Voglio solo il meglio per te, Noah. Voglio che ti facciano guarire una dannata volta!»

I suoi occhi si aprirono stupiti e increduli per poi guardarmi con dolore un attimo dopo.

'Merda'.

«Che mi facciano guarire?» ripeté in un sussurrò, mentre la voce le si spezzava nel pronunciare l'ultima sillaba. Non feci in tempo a trattenerla che lei scese dall'auto e sbatté la portiera.

Scesi il più in fretta possibile e, quando la raggiunsi, stava digitando un numero di telefono.

«Chi stai chiamando?» le chiesi avvicinandomi a lei.

I suoi occhi brillanti per via delle lacrime, mi fermarono all'istante.

«Noah… non intendevo dire quello».

Provai a usare un tono conciliante.

«Vattene, stammi lontano» mi ordinò facendo un passo indietro, con il telefono attaccato all'orecchio e la mano in avanti. «Io non sono malata, Nicholas, non posso credere che tu l'abbia detto».

'Cazzo, merda!'

Feci un altro passo avanti.

«Ti ho detto di starmi lontano!»

Imprecai a denti stretti, mentre la sentivo dare l'indirizzo di dove eravamo.

«Noah, ascoltami» le chiesi quando rimise il telefono in borsa.

Si voltò verso di me con il fuoco negli occhi.

«Questo non è per niente semplice per me, Nicholas! Sto facendo tutto il possibile per star bene, perché tra di noi funzioni e tu non mi vuoi capire, non fai che rinfacciarmi delle cose, non ti fidi di me, sono stufa!»

Le sue parole mi fecero male, erano pugnalate al cuore.

«Non volevo dire quello, Noah» mi scusai provando a farla calmare. «Non sei malata, non l'ho mai pensato, voglio solo che tu stia meglio, che non abbia paura, che la smetta di scappare da me, è l'unica cosa che voglio».

«Vuoi che stia meglio ma sempre alle tue condizioni, Nicholas!» replicò abbracciandosi le braccia nude. «Questa è una follia… sei tu quello che ha bisogno di aiuto! Vedi minacce dove non ci sono!»

Mi avvicinai a lei fregandomene che i suoi piedi indietreggiassero e che i suoi occhi mi avvisassero di restare dov'ero.

Le mie mani le presero le braccia e mi chinai per essere alla sua altezza.

«Lo stai facendo di nuovo, stai cercando qualsiasi scusa per allontanarti da me. Ma perché lo fai?!»

Noah fece cenno di no e chiuse gli occhi.

«Credo che dobbiamo prenderci un po' di tempo» riconobbe guardando a terra.

Le presi il mento con le dita e la costrinsi a osservarmi.

«Non stai parlando sul serio».

Nei suoi occhi brillavano le lacrime che non aveva ancora versato.

«Credo che entrambi abbiamo bisogno di guardare le cose da una certa distanza, abbiamo bisogno di sentire la nostra mancanza, Nick… perché ora come ora non ti riconosco, non ci riconosco. Vedo solo gelosia ovunque e questo non è un bene».

«Non farlo, Noah, non ti allontanare» le appoggiai le mani sulle guance, presi il suo viso e abbassai le labbra per sfiorare le sue.

«Solo qualche giorno, Nicholas» disse. «Dammi il tempo di assimilare tutto quello che è successo: essermene andata da casa, dal tuo appartamento… aver iniziato a parlare del mio passato, aver riportato alla luce ricordi dolorosi, sentire che non sono abbastanza per te…»

La sua voce si spezzò e la strinsi, abbracciandola forte.

«Tu sei tutto ciò di cui ho bisogno, amore mio, per favore non privarmi di averti accanto, non privarmi di tutto questo» la supplicai tirandole la testa indietro e baciandola sul serio, con infinito amore, ma anche con infinita passione. Lei rabbrividì e mi allontanai.

«Credo che dobbiamo entrambi risolvere i nostri problemi, Nicholas, e urlarci addosso non risolve niente. Tu devi imparare a fidarti di me e io devo smettere di fuggire da ciò che mi fai provare… perché ti amo tanto, Nick, ti amo così tanto che mi fa male».

Sentii che mi mancava l'aria, non potevo lasciarla andare via così, non potevo stare senza di lei, vedendo come tratteneva le lacrime.

«Ecco perché stare lontani non servirà a niente. Io e te non siamo fatti per quello, ricordi?» dissi pulendole, senza permesso, una lacrima che era sfuggita dai suoi splendidi occhi.

«Ho bisogno di pensare… ho bisogno di capire cosa

voglio, cosa mi sto perdendo, perché ora l'unica cosa che riesco a fare è pensare a te e, anche se una parte di me sa che ho bisogno di te, ce n'è un'altra che sta sparendo. Nicholas, senza di te Noah non esiste e non va bene, non posso dipendere da te in questo modo perché rischio di perdere me stessa... Ma non lo vedi?»

L'unica cosa che vedevo era una ragazza splendida e distrutta per colpa mia, perché non sapevo renderla felice. Ma perché non ci riuscivo? Dov'è che sbagliavo? Cosa ne era stato del tempo in cui Noah mi regalava centinaia di sorrisi al giorno? Dov'era quello speciale luccichio che vedevo non appena i nostri sguardi si incrociavano?

Aveva ragione lei? La stavo cambiando?

A quel punto delle luci mi illuminarono da dietro. Noah guardò in quella direzione e seppi che stava per scoppiare a piangere, a piangere sul serio.

Respirai a fondo cercando di mettere da parte i miei sentimenti.

«Ti do una settimana, Noah» affermai facendo in modo che i suoi occhi capissero quanto erano serie le mie parole. «Ti do una settimana perché tu senta la mia mancanza con ogni poro della pelle, sette giorni per renderti conto che il tuo posto è con me e con nessun altro».

Rimase ferma e mi inclinai per baciare quelle labbra sensuali, quella splendida bocca, quella bocca che mi apparteneva; poi l'abbracciai forte, trasmettendole il mio calore, il mio desiderio e il dolore che provavo nel lasciarla andare.

Quando mi scostai, stavamo entrambi ansimando.

«Sette giorni, Noah».

La osservai salire in auto. E solo quando vidi il riflesso del rosso capii che era venuta a prenderla Briar.

La paura che parlasse mi fece subito pentire di averla lasciata andare.

45
Noah

Fissai la tazza che avevo in mano. Il fumo risaliva in piccoli vortici che mi scaldavano la faccia. In città faceva sempre più freddo, ormai l'estate era finita e, mentre osservavo le nuvole sciogliersi nella mia cioccolata calda, dovetti sforzarmi per capire ciò che Michael insisteva nel volermi far vedere. Parlare con lui mi stava aiutando, o almeno così mi sembrava, anche se ogni parola che usciva dalla sua bocca creava in me sempre maggiore confusione rispetto al mio rapporto con Nick.

«Ho sempre avuto paura del buio» gli stavo dicendo, «ho sempre avuto la sensazione di trovarmi sott'acqua, di sprofondare e di non riuscire a tornare a galla. Solo quando ho conosciuto Nick ho ripreso a respirare, solo con lui sono tornata in superficie. Cosa ci può essere di male in questo? Come fa a essere qualcosa di dannoso per me?»

Michael si alzò dalla sua sedia e si avvicinò al divano su cui ero seduta. Mi osservò a lungo.

«Devi nuotare da sola, Noah. Nicholas non potrà essere sempre il tuo salvagente. O impari a nuotare oppure, se lui si dovesse distrarre un attimo, finirai per affondare di nuovo».

Erano trascorsi sei giorni, sei lunghi giorni in cui non ci eravamo rivolti la parola. All'inizio Nick aveva provato a mettersi in contatto con me, e per poco non l'avevo pregato di lasciar perdere la distanza e di venirmi a prendere, di stringermi tra le sue braccia...

«Ti stai comportando benissimo, Noah, mi stai dando retta, stai imparando a sopravvivere senza di lui. Solo quando avrai imparato a camminare da sola allora potrai farlo con qualcuno al tuo fianco».

Respirai a fondo. Alla fine ci ritrovavamo sempre a parlare di Nick, e io invece volevo che mi aiutasse con le mie paure, con i miei incubi...

Mi alzai e posai la tazza sul tavolino per poi avvicinarmi alla finestra. Fuori era quasi buio, e vidi passare alcuni studenti che di certo stavano tornando dalle lezioni del pomeriggio.

«Io voglio solo essere... normale» confessai senza voltarmi a vedere la reazione alle mie parole.

A quel punto sentii che mi prendeva il braccio con la mano costringendomi a girarmi. I suoi occhi cercarono i miei.

«Noah, tu sei normale, hai solo vissuto delle situazioni che non hanno nulla di normale, capisci? Stai proiettando le tue paure e insicurezze nella tua relazione sentimentale con Nicholas ed è per questo che sto cercando di farti capire che il rapporto con lui non ti fa bene».

Mi liberai e tornai a sedermi sul divano.

«Non voglio più parlarc di Nick».

Michael sospirò e si risedette davanti a me. Notai che si soffermava un po' più del solito a rileggere i suoi appunti.

«Parliamo di come sono andate le ultime notti. Hai fatto quello che ti ho detto?»

Annuii anche se era servito a ben poco. Continuavo ad avere incubi e continuavo a non riuscire a spegnere la luce quando andavo a dormire.

«La tua paura è strettamente legata a quanto successo

con tuo padre. Tu stessa mi hai detto che, prima che ti aggredisse, ti rinchiudevi al buio in camera tua e ti sentivi al sicuro. In un certo senso, tuo padre ha invertito la situazione trasformandola nell'esatto opposto, ecco perché stai così male. Quello che per te era un ambiente rassicurante e protetto è diventato il tuo incubo peggiore».

Odiavo ricordare quella notte, odiavo sentire di nuovo le sue mani sulla mia pelle, le sue dita che mi tiravano per una caviglia bloccandomi con forza sul materasso. Serrai gli occhi e strinsi i pugni sulle gambe.

«La persona che avrebbe dovuto proteggerti ti ha tradito, era un adulto, qualcuno che sapeva cosa stava facendo; tu, invece, eri una bambina indifesa. Eri sola e non ti ha aiutata nessuno, Noah. Hai fatto il possibile per scappare, sei stata coraggiosa e non hai tentennato, hai lottato per te stessa quando non poteva farlo nessun altro».

Aprii gli occhi pensando a mia madre. Pensando a come aveva reagito alle botte senza risultati; di fatto, le cose non erano che peggiorate. Osservando lei, avevo imparato che a volte era meglio starsene zitte, accettare ciò che avevano da urlarci contro... mio padre mi aveva sempre detto che lo faceva per lei, che io non ero una bambina cattiva e che era per questo che non mi sfiorava.

«A me voleva bene, non avrebbe mai dovuto farmi del male...»

La mattina del settimo giorno, mi svegliai con una strana sensazione alla bocca dello stomaco. Era l'ultimo giorno della nostra separazione e non sapevo se ero pronta. Da una parte, tutte le cellule del mio corpo volevano vederlo, ma dall'altra, quella lontananza mi stava aiutando a rivalutare molte cose. Decisi di andare da lui in studio per verificare se la nostra separazione era stata o meno sufficiente.

Entrare alla Leister Enterprises mi innervosì. Quando uscii dall'ascensore, una donna di mezza età mi indicò come raggiungere l'ufficio di Nick. Non ero mai stata lì e mi sentii piccola come una formica. Tutto risplendeva e le pareti erano di vetro. Al centro, superata la reception, c'era un enorme atrio con divani bianchi su un tappeto nero intenso. Grigi, bianchi e neri… come mai non mi stupivo?

E a quel punto lo vidi.

Il suo ufficio era di vetro e non era da solo. Sentii un nodo in gola nel vedere Sophia seduta sulla sua scrivania. Dal punto in cui ero riuscivo a vederla sorridere e gesticolare. Nick sembrava esasperato, ma si tratteneva dal ridere per ciò che lei gli stava dicendo.

Mi avvicinai alla porta e si accorse di me.

Dal vetro vidi come si alzava dalla sedia, come Sophia si voltava verso di me, come il suo sorriso svaniva e come Nick veniva ad accogliermi.

«Noah» disse semplicemente aprendo la porta.

Non seppi bene cosa rispondere. Tutte le mie insicurezze, tutta quell'insopportabile gelosia si impossessò di nuovo di me. Non potevo farne a meno: lei era perfetta… perfetta per lui.

«Ciao Noah, è un piacere rivederti» mi salutò Sophia con un sorriso a trentadue denti.

Glielo restituii al meglio delle mie possibilità.

Nick non mi staccava gli occhi di dosso.

«Ti dispiace lasciarci un attimo da soli, Soph?»

'Soph'.

Lei annuì e uscì dall'ufficio.

Mi avvicinai alla sua scrivania e Nick fece lo stesso, prese un foglio che c'era lì sopra e lo infilò in un cassetto. Poi schiacciò un bottone e i vetri iniziarono a scurirsi. In meno di quindici secondi non vedevo più niente al di fuori di quelle quattro pareti.

A quel punto mi cinse con le mani, mi sentii avvolgere del tutto dal calore che emanava il suo corpo, e poi mi tirò leggermente la treccia indietro per posare le sue labbra sulle mie. Non approfondì il bacio; anzi, mi costrinse ad allontanarmi di qualche centimetro per permettere che i suoi occhi percorressero il mio volto, il mio corpo e le mie dita tremanti.

«Mi sei mancata, Peldicarota» confessò fissandomi con un sentimento strano, difficile da definire.

Mi sentii soffocare e, di colpo, l'unica cosa che volevo era uscire da lì e sentire di nuovo la voce di Michael che mi diceva che ero in grado di gestire qualsiasi cosa, che ero io quella che doveva affrontare le proprie paure, che ero forte, intelligente e che nulla avrebbe potuto abbattermi... mi era bastato vedere Nick con lei perché la mia autostima andasse sottoterra.

«Cos'è quel foglio che hai messo via?» gli chiesi più che altro per distrarmi. Ma mi accorsi che si irrigidiva di colpo.

«Niente, cose di lavoro» rispose senza darci importanza. «Noah... dimmi che la stronzata della lontananza è finita, perché sto per impazzire. Hai smesso di rispondere alle mie telefonate, di leggere i miei messaggi...»

«Avevo bisogno di tempo per pensare» dissi, e notai quanto era suonata dura e distante la mia voce.

Nick mi guardò accigliato.

«Noah... cosa ti succede?»

Feci cenno di no, osservai i suoi begli occhi preoccupati per me e capii che non ero pronta.

«Ho bisogno di altro tempo».

Le sue dita interruppero le carezze. La sua pelle smise di essere in contatto con la mia e, di colpo, accanto a lui mi sentii piccola. Si raddrizzò e mi guardò.

«No».

«Nicholas, io…»

«Ho passato sette giorni senza vederti, ti ho dato il tempo per pensare, non so nemmeno a cosa diavolo devi pensare…»

Si allontanò e raggiunse la finestra del suo ufficio. Prima che potessi aggiungere altro, la porta si aprì e, dietro di me, entrò Sophia.

Le fu sufficiente uno sguardo per capire che le cose non andavano bene.

«Io… mi dispiace interrompervi, ma hanno bisogno di te in sala riunioni, Nick».

Nicholas si avvicinò alla porta, guardò Sophia e poi me.

«Aspettami qui».

Quando Nick uscì dall'ufficio, io e Sophia rimanemmo avvolte in un imbarazzante silenzio.

La guardai avvicinarsi alla sua scrivania e sedersi.

«Accomodati, se ti va. Posso offrirti un caffè o qualcos'altro?»

Le dissi di no e rimasi ferma dov'ero.

«Noah… credo di sapere perché sei qui… ma è un'occasione unica, io farei carte false per quel posto, e New York non è così lontana, molte persone hanno delle relazioni a distanza e si tratterebbe solo…»

«Come scusa?»

Il mio cuore iniziò a battere forte contro lo sterno, così tanto che credetti potesse uscirmi dal petto.

«Cosa hai detto?» chiesi facendo un passo avanti.

Le parole che erano appena uscite dalla sua bocca iniziarono a echeggiare nella mia mente come una macabra canzone.

'Occasione', 'New York', 'relazione a distanza'…

Sophia guardò prima la scrivania di Nick, poi me e poi spalancò gli occhi sorpresa. E le sue guance si tinsero di un rosso scarlatto.

«Io… credevo che Nick…»

«Di quale occasione stai parlando?»

Sophia fece cenno di no.

«È meglio che tu lo chieda a lui, Noah, non avrei dovuto dirti nulla, solo che pensavo… che te ne avesse parlato, soprattutto considerato quanto sono insistenti».

«Nicholas non mi ha detto niente, ma visto che hai iniziato, finisci. Di cosa diavolo stai parlando?»

Sapevo che sarei esplosa e non volevo farlo davanti a lei, preferivo andarmene, ma prima volevo capire cosa accidenti stava succedendo.

«Uno dei migliori studi legali di New York gli ha offerto un lavoro per due anni; quando abbiamo vinto il caso Rogers, abbiamo attirato l'attenzione di molte persone, persone importanti e, anche se mi piacerebbe prendermene il merito, non ce l'avremmo fatta se non fosse stato per Nick».

Io non sapevo nemmeno che aveva vinto il caso, non sapevo nemmeno che Nicholas fosse interessato a un posto di lavoro a New York e tantomeno che si trattasse di un contratto di due anni…

Avevo bisogno di andarmene, avevo bisogno di andarmene prima che lui tornasse.

«Di' a Nicholas… digli che me ne sono dovuta andare, digli che non mi sentivo bene…»

Prima di uscire dalla porta, Sophia mi afferrò per un braccio e mi guardò con i suoi occhi castani incorniciati da immense ciglia. Con i tacchi era più alta di me, cosa che non mi fece piacere, non mi fece per niente piacere.

«So che non vuoi che se ne vada… ma dovresti sostenerlo in questo, Noah».

Fui invasa dalla rabbia e, con uno strattone, mi liberai.

«Non provare mai più a dirmi cosa devo o non devo fare con il mio ragazzo».

Impiegai meno di due minuti a entrare in ascensore e uscire dall'edificio.

Due anni? Stava ipotizzando di andarsene per due anni e di lasciarmi qui? E perché lei ne era al corrente e io no?

'Dovresti sostenerlo in questo, Noah'.

Perché Nick non si fidava di me? Perché non ci potevamo raccontare tutto senza paura della reazione dell'altro?

Non appena uscita dal parcheggio, pigiai fino in fondo l'acceleratore e battei forte le ciglia per impedire alle lacrime di non farmi vedere la strada.

46
Nick

Impiegai una decina di minuti a uscire dall'ufficio e a liberarmi di Jenkins. Quel grande stronzo non faceva che ripetermi che era da idioti rifiutare l'offerta di New York, che dovevo accettare, che sarebbe stata una bella spinta per la mia carriera eccetera. Il punto era che per lui sarebbe stata una pacchia perché si sarebbe liberato di me e in più avrebbe avuto via libera per tentare la scalata nell'azienda di mio padre: avrebbe preso due piccioni con una fava. Con i suoi magheggi mi fece perdere tempo e quindi, arrivato in ufficio, ci trovai soltanto Sophia.

«Da quanto se n'è andata?» le chiesi dalla porta.

«Da cinque minuti, ma Nick» disse costringendomi a fermarmi e a guardarla di nuovo. Fu per via del suo tono di voce «le ho detto di New York e credo non l'abbia presa per niente bene».

«Cos'è che hai fatto?»

Sophia mi guardò con aria nervosa.

«Pensavo aveste discusso per quello; mi dispiace, ho fatto un casino, ma non era mia intenzione…»

'Cazzo!'

Uscii dall'ufficio e andai direttamente al parcheggio. Salii sull'auto e mi diressi verso la facoltà.

Non potevo credere che gliel'avesse detto, era un argomento chiuso, non sapevo più come far capire alle persone che non mi interessava, che non avevo intenzione di andare da nessuna parte. Sophia era diventata particolarmente insistente quando le avevo spiegato che non intendevo andare: non ero un pazzo, sapevo che stavo rifiutando un'occasione ma non m'importava, non era nei miei piani lasciare lì Noah, neanche morto, neanche se mi avesse offerto un lavoro la Casa Bianca. Non appena l'aveva scoperto, Jenkins aveva iniziato ad assillarmi ed erano stati dieci minuti in cui io gli dicevo che non me ne andavo da nessuna parte e in cui lui che mi accusava di essere un completo idiota. E, come se non bastasse, ora dovevo anche affrontare Noah in un momento catastrofico della nostra relazione. La situazione ci stava sfuggendo di mano.

La chiamai per dirle che sarei andato a casa sua, per spiegarmi, ma come ormai sembrava essere d'abitudine, ignorò tutte le mie telefonate. Dopo quindici minuti parcheggiai davanti a casa sua e scesi dall'auto pensando a cosa dire per evitare di peggiorare la situazione, considerato tutto quello che mi aveva già detto. L'ultima cosa che volevo era che questo tempo di lontananza che continuava a chiedermi si prolungasse all'infinito.

Maledetta Sophia e maledetta la sua linguaccia.

Bussai tre volte alla porta in attesa che mi aprissero. Ma non fu Noah a farlo.

'Merda'.

«Leister» disse Briar con voce melliflua. Indossava soltanto una succinta camicia da notte. Teneva i capelli rossi raccolti in uno chignon in cima alla testa e sul suo volto era dipinto quel sorriso che mi faceva tornare in mente brutti ricordi.

«Noah è in casa?» chiesi guardando dietro di lei e non prestandole quasi attenzione.

«È in camera sua» si limitò a rispondermi mentre si spostava per farmi entrare.

Bene, non era stato così difficile. La ignorai fino a raggiungere la stanza di Noah, ma quando aprii la porta la trovai vuota.

Mi voltai e vidi Briar che mi osservava con un sorriso diabolico. Si era seduta sul bancone della cucina e la camicia da notte era salita un po' lungo le cosce.

«Mi sono scordata che non c'era… mi dispiace, ho una pessima memoria».

Continuai a ignorarla e andai verso la porta. Ma quando provai ad aprirla, mi accorsi che era chiusa.

Chiusi gli occhi sperando che l'incazzatura non facesse svanire quell'ombra di buon senso che ancora mi restava.

«Apri questa porta di merda».

«Sei il solito cafone».

Briar scese dal bancone e spalancò il frigorifero.

«Ti va una birra?» mi chiese, e i suoi occhi mi scrutarono da cima a fondo. «O magari posso offrirti qualcos'altro… credo che il tuo periodo delle birre sia finito, o sbaglio?»

L'ultima cosa che volevo in quel momento era dover affrontare quella ragazza. Cazzo! Avevo provato a non pensare al fatto che Noah abitasse con lei, ma sapevo che prima o poi me la sarei ritrovata davanti. Solo che speravo non fosse proprio quel giorno.

«Briar, non intendo stare al tuo gioco, né oggi né mai. Apri la porta».

Appoggiò la schiena sul bancone della cucina e tirò fuori le chiavi dal reggiseno.

«Le vuoi?» sussurrò lasciva. «Vieni a prenderle».

Fece meno di tre passi e si mise davanti a me. I suoi occhi verdi, selvaggi, mi osservarono divertiti, ma sapevo bene cosa nascondevano. Briar mi odiava, e ne aveva tutte le ragioni.

«Dammi le chiavi, Bri» le ordinai trattenendo il fiato, «non giocare con me, sai che non puoi farlo».

Le mie parole riuscirono a farle sfumare il sorriso.

«Pensavo che non ti avrei rivisto».

Chiusi gli occhi cercando di calmarmi.

«Nemmeno io... e neanche che stessi vivendo con la mia ragazza. Briar... non devi raccontarle niente, hai capito?»

Vidi l'amarezza sul suo volto e rimasi momentaneamente in silenzio.

«Hai paura che possa rivelarle qualcosa che le farebbe scoprire la verità, Nick?» chiese con aria innocente. Briar Palvin aveva mille diverse facce, ma io le avevo scoperte tutte.

Se Noah avesse saputo... e improvvisamente ebbi paura.

«La amo» confessai sperando che si accorgesse che ero assolutamente sincero.

Le mie parole furono accolte da una sgradevole smorfia.

«Tu non sai amare nessuno e tantomeno quella ragazza. Non la meriti».

Certo che non la meritavo. Ma no, non era ciò di cui avevo bisogno in quel momento, non volevo rimestare tra vecchi ricordi, non volevo provare di nuovo quel senso di colpa. Mi ero lasciato tutto alle spalle, me l'ero lasciato alle spalle proprio prima di tornare a vivere da mio padre, un anno prima di conoscere Noah. Briar non doveva essere qui, se n'era andata, se n'era andata giurando che non sarebbe tornata. Cosa diavolo ci faceva di nuovo in questa città?

«Forse hai ragione, ma starò con lei finché lo vorrà».

Briar mi osservò incredula. La sua mano si alzò e mi sfiorò la guancia con le dita.

«La ami» disse come fosse qualcosa di impossibile. «Come ho potuto pensare che tu fossi diverso?»

Quando iniziò ad accarezzarmi i capelli, le presi il polso e la costrinsi ad allontanarsi.

«Non sono la stessa persona che hai conosciuto tre anni fa: sono cambiato».

Sulle sue labbra carnose comparve un sorriso.

«Chi nasce figlio di puttana, muore figlio di puttana, Nick».

La tirai con forza perdendo per un attimo infinito le staffe.

Con l'altra mano la costrinsi a lasciare le chiavi e a quel punto feci un passo indietro, respirando a fondo e cercando di calmarmi.

La guardai di nuovo negli occhi e una fitta di dolore e senso di colpa cancellò la rabbia.

«Lo so che non servirà a niente… ma mi dispiace per quello che ti ho fatto, mi dispiace davvero per quello che è successo».

«Sentirti in colpa fa bene a te, Nicholas, non a me. Adesso sparisci».

Non dovette chiedermelo due volte. Ma prima di farlo, scrissi un biglietto e lo lasciai sul cuscino di Noah. Avevo preso una decisione.

47
Noah

Quando uscii dalla Leister Enterprises andai dritta a casa di Charlie. Non volevo vedere nessuno che potesse convincermi che non avevo ragioni per essere arrabbiata con Nicholas, non volevo ascoltare Jenna dirmi che mi capiva ma che Nick aveva tutto il diritto di prendere in considerazione un posto di lavoro per il quale molti avrebbero fatto carte false.

Volevo essere egoista, dovevo essere egoista quando si trattava di Nick. Due anni lontani… lo eravamo da una sola settimana ed eravamo quasi impazziti.

Non ero mai stata a casa di Charlie, ma una volta l'avevo accompagnato in macchina e quindi conoscevo l'indirizzo. Quando suonai il campanello sentii un rumore dietro la porta e poi mi aprì in uno stato che io conoscevo piuttosto bene: era brillo.

«Noah?» disse pronunciando bene il mio nome, anche se i suoi occhi erano rossi e puzzava d'alcol.

«Ciao… ti dispiace se mi unisco?»

Affogare le mie paure e insicurezze nell'alcol era l'esatto opposto di quello che avrei dovuto fare, ma un bicchiere non avrebbe fatto male a nessuno.

Charlie sorrise e mi invitò a entrare. Trascorremmo la giornata chiusi in camera sua scambiandoci ogni sorta di confidenza in compagnia di una bottiglia di tequila. Gli raccontai cosa stava succedendo con Nick, e anche lui mi spiegò che era in quello stato perché il suo ragazzo l'aveva lasciato. Mi parlò anche della sua dipendenza dall'alcol, cosa che mi fece sentire in colpa: ubriacarmi insieme a lui non l'avrebbe di certo aiutato, anche se posso dire in mia difesa che, quando ero arrivata, era già piuttosto su di giri.

«Se mio fratello mi trova così, mi uccide» disse a un certo punto. «Crede che le sue cazzo di terapie possano aiutarmi e invece, quello che dovrebbe fare terapia è proprio lui... quando vuole sa essere un vero stronzo, sai? Non hai idea di cosa ha significato crescere con lui quando mia madre è morta...»

Mi ferì scoprire che Charlie non era il ragazzo allegro e spensierato che all'inizio aveva finto di essere. Non ne sapevo niente di tutto quello e capii che ogni persona nasconde dei segreti.

Quando ebbi chiaro che bere non avrebbe risolto nulla, gli proposi di mangiare qualcosa e guardare un film. Ci piegammo in due dalle risate con *Shrek* e, per qualche ora, mi dimenticai di Nick.

Era da tempo che non avevo un amico con cui condividere momenti semplici come quello. Jenna era molto frizzante, i nostri programmi di solito consistevano nell'andare a una festa o a fare shopping, raramente ci eravamo viste per fare due chiacchiere su un divano.

Ormai era quasi notte quando la porta si aprì e Michael entrò con aria arrabbiata. Non mi aspettavo di trovarlo lì, e di colpo mi resi conto che quello era anche il suo appartamento. Charlie abitava con il fratello perché aveva a malapena i soldi per pagarsi l'università.

Non so perché ma mi innervosii, forse perché ero abituata a vederlo in studio e anche perché conosceva tutti i miei segreti, le mie paure e le mie insicurezze. I suoi occhi percorsero la sala fino a posarsi su di me. Fece una strana espressione e io mi misi dritta sul divano, quasi fossi pronta a farmi sgridare. Avevamo smesso di bere da ore, Charlie si era persino fatto una doccia fredda e sembrava piuttosto sereno, così pregai che non notasse ciò che avevamo fatto.

Il mio amico si accorse dell'atmosfera improvvisamente tesa.

«Come va, fratellino?» disse a mo' di saluto. «Ti va di vedere un film con noi?»

Michael iniziò a tirare fuori la spesa dal sacchetto e a posarla sul bancone della cucina.

«Avete mangiato qualcosa?» fu quella la sua risposta. Non mi aveva nemmeno salutata e la cosa mi parve così strana che mi alzai, decisa ad andarmene.

«Mi sa che si è fatto tardi» dissi prendendo la mia borsa dal divano.

Michael mi fissò, prima di parlare.

«Ho ho fatto la spesa, possiamo cucinare e puoi fermarti a cena. Così mi spieghi come mai oggi non ti sei presentata alla seduta; ti ho aspettata fino alle sette».

Merda! Me ne ero completamente dimenticata... ecco perché era così strano, l'avevo piantato in asso.

Notai con la coda dell'occhio che Charlie ci osservava e poi disse qualcosa circa il dover andare a sistemare la sua stanza.

Che coincidenza.

Mi avvicinai al ripiano di marmo su cui stava posando la spesa con fare indifferente.

«Scusami, me ne sono completamente dimenticata».

Michael rimase un attimo in silenzio e poi fece un sorriso gentile.

«Non preoccuparti, ci aggiorneremo alla prossima seduta. Ti piace il risotto con i funghi?»

Improvvisamente sembrava del tutto rilassato, niente

a che vedere con il modo in cui era entrato in casa o con lo sguardo che mi aveva rivolto pochi secondi prima. Annuii posando la borsa sulla sedia e decidendo che era meglio fermarmi, non sarei stata maleducata dopo aver saltato la seduta senza avvisare.

Mi misi un grembiule e lo aiutai con i funghi e il sugo. Charlie non se ne intendeva per niente di cucina e non faceva altro che dare fastidio e infilare il dito nella pentola calda.

Ci sedemmo in sala, per terra, davanti a un tavolino basso e cenammo parlando di sciocchezze. Fu piacevole vedere Michael rilassato e fu anche strano osservarlo al di fuori del suo studio. Sembrava più giovane, e in cucina era molto bravo: il risotto era squisito! Fu interessante scambiare delle ricette con lui.

Quella sera rientrai a casa con un sorrisetto sul viso, mi ero rilassata ed ero stata bene, era da tempo che non mi sentivo così leggera. Con Nick era tutto troppo, bastava un suo sguardo perché il mio corpo si irrigidisse e bastava una carezza delle sue labbra per sentire male allo stomaco.

Era una di quelle situazioni in cui vuoi fuggire da qualcosa di troppo intenso, trascorrere almeno qualche ora in una bolla in cui non può entrare nessuno, spegnere il telefono e dimenticarti semplicemente di tutto. Non sentire nulla. Stare con te e basta.

E quella sera era stata così, avevo potuto respirare profondamente, avevo potuto essere soltanto Noah e non la Noah di qualcuno. Ma non appena entrata in camera mia, trovai il biglietto di Nick.

Lo presi e iniziai a leggere nervosa.

Ti darò altro tempo; se è ciò di cui hai bisogno, se è quello che devo fare perché tu ti renda conto che amo te *e solo te, allora lo farò. Non so più come fare perché tu mi creda, perché ti renda conto che voglio solo prendermi cura di te e proteggerti per sempre. Non andrò da nessuna parte, Noah, la mia vita e il mio futuro sono con te, la mia felicità dipende esclusivamente da te. Smettila di avere paura: io sarò sempre la tua luce nel buio, amore mio.*

Nel leggere quelle parole, mi si strinse il cuore e mi sentii ancora più in colpa per quello che gli stavo facendo vivere. Nick avrebbe rinunciato a un'occasione di lavoro unica per me…

Andai in sala a prendere una bottiglia d'acqua e mi buttai sul divano. Avevo un gran casino in testa, la verità era quella. Avevo paura che, se Nick fosse rimasto, in futuro mi avrebbe potuto rinfacciare di aver perso quell'occasione. Le parole di Sophia continuavano a echeggiarmi in mente: 'Dovresti sostenerlo in questo, Noah'. Mio Dio! Ma perché si intrometteva? Perché parlava come fosse interessata a lui? Perché Nick l'aveva messa al corrente della situazione e non l'aveva fatto con me?

Odiavo Sophia, la odiavo davvero, sapevo che le ragioni erano infondate ma era la gelosia a parlare, la gelosia data dal vedere una donna così perfetta per lui e poi guardare me e riconoscere che ero il suo esatto opposto.

Non so quanto rimasi distesa lì sul divano, ma alla fine mi addormentai. Quando la luce che filtrava dalla finestra mi svegliò, mi accorsi che non ero da sola.

Un paio di occhi mi stavano fissando quando mi tirai su piano. Briar era seduta con in mano una tazza di caffè.

«Buongiorno» mi salutò con uno strano sorriso.

«Mi sono addormentata qui…» mi scusai.

«Hai della posta» annunciò porgendomi una busta bianca.

Lessi in tutta fretta e mi accorsi che mi ero totalmente dimenticata della faccenda. Era un invito alla festa per il sessantesimo anniversario della Leister Enterprises.

«Merda!»

Briar mi prese la busta di mano e la lesse.

«Ma questo è il galà di cui i giornali parlano da quasi un mese?»

Non ne avevo la più pallida idea, ma annuii. Era la dannata festa in cui io e Nick dovevamo comportarci come due semplici fratelli che si vogliono bene e si rispettano. Cazzo, quello era il momento peggiore per andare a un evento del genere, e a maggior ragione visto che avevamo litigato.

«Cazzo! Non poteva succedere in un momento peggiore!» esclamai alzandomi dalla sedia e versandomi una tazza di caffè.

Briar mi guardò con una strana luce negli occhi.

«Qui dice che puoi portare qualcuno, ma se non sbaglio al momento tu e il tuo ragazzo non vi parlate, no?»

Più o meno, era più complicato, ma mi ero scordata quell'aspetto. Nick mi aveva detto che ci saremmo andati ognuno per conto suo, quindi immaginai di dovermi sorbire quella maledetta festa cui avrebbero presenziato il fidanzato con cui ero in rotta, i genitori con cui parlavo a malapena e una marea di sconosciuti.

«Sinceramente non ho ben chiaro come stiano le cose tra di noi, ma no, non andrò con lui...» appoggiai la testa tra le mani e chiusi forte gli occhi. La festa era quel weekend e qualcosa mi diceva che non avrei sistemato le cose con Nick in tempo.

«Se vuoi vengo con te» mi propose Briar qualche secondo dopo. Alzai gli occhi e la guardai. «Davvero, per me non è un problema, e poi a eventi come quelli si conoscono persone influenti... sai, non c'è niente di meglio di un buon contatto. È un favore reciproco: ti faccio compagnia così non ti annoi e, in cambio, io rimorchio qualche agente importante».

Valutai quello che mi stava proponendo e non mi parve una cattiva idea. Di certo era meglio andare con lei piuttosto che presentarmi da sola.

«Ma davvero ti va? Sarà una palla e io dovrò fare la parte della figlia perfetta, salutare gente e farmi scattare stupide foto».

Lei sorrise mostrando i suoi bei denti bianchi. Quando sorrideva sembrava un angelo caduto dal cielo... Briar mi scombussolava, non riuscivo ancora a decifrarla.

«Certo che mi va, sei tu che mi stai facendo un favore».

Detto questo, girò sui tacchi ed entrò in camera sua.

Mancavano solo due giorni alla festa dei Leister in cui avrei rivisto Nick e non avevo la più pallida idea di come ci saremmo comportati. Mi stupiva la lontananza che mi stava concedendo e una parte insicura di me si chiese se non ci fosse una qualche altra ragione nascosta che lo stava spingendo a comportarsi così.

'Solo due giorni, Noah, solo due giorni, tra due giorni lo rivedrai e tutto tornerà come prima'.

Continuai a ripetermi questa frase e cercai di distrarmi pensando all'acquisto del vestito e di altri accessori per il galà. Il protocollo prevedeva che noi donne indossassimo abiti lunghi e i tacchi. Quel pomeriggio avevo chiamato Jenna e stavamo passeggiando e chiacchierando mentre guardavamo le vetrine in un centro commerciale.

«Pensavo di andare, è una settimana che Lion mi chiama tutti i giorni, vuole vedermi, vuole portarmi a cena fuori, parlare e sapere come sto... Oh, Noah, mi manca così tanto da stare male, ma ho paura... ho paura che mi faccia di nuovo soffrire, ho paura che tutto riprenda come sempre».

Ascoltai la mia amica e non potei fare a meno di paragonarmi a lei. Anche se io e Nick non avevamo rotto – non riuscivo a immaginare quella possibilità –, questa nostra separazione sembrava segnare un prima e un dopo nel nostro rapporto.

«Devi andare, Jenna, Lion si merita che almeno ascolti quello che ha da dirti, è più di un mese che non state insieme, è ora di scoprire le carte e, per quanto continui a ripeterti che stai meglio senza di lui, sappiamo entrambe che non è vero».

Jenna iniziò a mordersi un'unghia in modo compulsivo e a me spuntò un sorriso sulle labbra.

Quei due erano fatti per stare insieme e non capivo come mai non se ne rendessero conto.

Mi provai almeno venti vestiti. Mia madre mi aveva autorizzata a pagare gli acquisti con la carta di credito che avevo per le emergenze; in realtà avevo pensato di andarci con un abito preso in prestito, ma non volevo discussioni.

Quindi in quel momento stavo girando negozi d'abbigliamento tipo Chanel, Versace, Prada… come se non avessi problemi economici. Una parte di me ipotizzò di comprare un vestito firmato ma di seconda mano, costavano la metà e avrei potuto tenermi il resto dei soldi per pagare l'affitto, il cibo e altre cose essenziali. Tuttavia, scartai quell'ipotesi perché ero certa che mia madre avrebbe controllato l'estratto conto e mi avrebbe scoperta.

Alla fine ci ritrovammo da Dior, un negozio per cui Jenna andava matta. I prezzi erano folli, ma mi lasciai trascinare dalla mia amica come se non stessi comprando qualcosa per me, ma stessi facendo una commissione per qualcuno.

Il brutto quando entri in posti del genere è che ti possono capitare le cose peggiori: tipo che ti innamori di un vestito. Lo vidi non appena oltrepassai l'ingresso: era nel bel mezzo del negozio, addosso a un manichino.

«Mio Dio, Noah... è questo, è questo il tuo vestito» disse Jenna, stupefatta quanto me.

Osservai la stoffa color grigio perla, toccai la morbidezza della seta e ammirai quanto era bello.

«Te lo devi provare» mi disse Jenna e, un secondo dopo, c'era una commessa che mi trattava come fossi una specie di star di Hollywood. Ci accompagnarono in una saletta e mi aiutarono a indossarlo. La parte di sopra del vestito era una sorta di corsetto con piccoli diamanti luccicanti. La gonna scendeva a cascata fino a terra, slanciandomi e segnando ogni curva come fosse acqua che mi scivolava addosso. Aveva anche uno spacco che mi arrivava quasi al fianco. Mio Dio, era semplicemente perfetto.

Quando uscii dal camerino, Jenna spalancò gli occhi e rimase a fissarmi.

«Cazzo, sei incredibile!»

Abbassai lo sguardo e presi la piccola etichetta che c'era su un lato. Nel vedere il prezzo per poco non mi strozzai.

«Costa cinquemila dollari, Jenna!»

I suoi occhi non mostrarono alcuno stupore.

«E che ti aspettavi? Non siamo da Zara. Dammi retta, devi essere all'altezza, il tuo vestito sarà uno dei più semplici. E sei divina, Noah. Davvero, credo che mi metterò a piangere».

Alzai gli occhi al cielo e mi specchiai di nuovo.

L'abito era stupendo e quel grigio perla faceva spiccare la mia abbronzatura e il colore dei miei capelli. Era un vestito per un'occasione speciale, un vestito da indossare davanti alle telecamere... da indossare davanti a Nick.

Sì, volevo proprio vedere la faccia di Nick quando mi avesse vista arrivare con qualcosa di così bello. Se il galà doveva essere il momento in cui ci saremmo rincontrati dopo due settimane di silenzio… allora, come diceva Jenna: dovevo essere spettacolare.

48
Nick

Mancava un giorno alla festa e io e Noah non ci eravamo più sentiti. Ero preoccupato, preoccupato per lei, per noi, sentivo un'oppressione al petto che non mi permetteva di lavorare. Quella mattina mio padre era passato dal mio ufficio, mi aveva consegnato di persona gli inviti per il giorno dopo e mi aveva ricordato ciò che aveva chiesto a me e a Noah circa un mese prima. Odiavo l'idea di rivederla dopo così tanti giorni e di non poterla toccare o abbracciare e, anzi, di dover far finta che tra di noi non ci fosse nulla; sembrava tutto un cazzo di scherzo di cattivo gusto. Il mio malumore era palese, chiunque fosse in contatto con me se ne rendeva conto e avevo avuto così tante discussioni con i colleghi che non mi avevano cacciato solo perché di cognome facevo Leister.

«Ho affittato tre macchine per domani. Una per me e Ella, una per Noah e la sua amica e un'altra per te e Sophia».

I miei occhi si alzarono immediatamente dal foglio che stavo leggendo in modo distratto.

«Cos'hai detto?»

Mio padre mi rivolse uno sguardo che evidenziò che non ero l'unico a essersi svegliato con la luna storta quella mattina.

«Me l'ha chiesto Aiken, Nicholas, e non intendo mettermi a discutere per questo. Lui domani non potrà esserci:

ci sarà Sophia al suo posto e mi ha chiesto di farla venire con la famiglia».

«E lei lo sa?» chiesi alzandomi e chiudendo con un colpo la porta. «Sophia mi ha detto che non avrebbe partecipato, che se ne andava ad Aspen domattina presto».

Mio padre si tolse gli occhiali e si pizzicò il ponticello del naso.

«Questo era prima che Riston dovesse occuparsi di una cosa importante a Washington, non può venire e quindi ci sarà Sophia al suo posto. Riston mi ha chiesto che partecipi con te e io ovviamente ho detto di sì».

Scossi la testa consapevole di tutti i problemi che mi avrebbe causato quella situazione.

«Viaggeremo sulla stessa macchina. Ma non le farò da accompagnatore».

Mio padre mi osservò con indulgenza. Stavo dicendo un'idiozia, se scendevamo dalla stessa macchina, non importava che avessimo inviti separati, le persone avrebbero comunque pensato che fossimo insieme… e anche Noah.

«Mi stai creando dei problemi con la mia fidanzata» gli rimproverai a denti stretti.

Mio padre sospirò, dirigendosi verso la porta.

«Il tuo rapporto con Noah ti sta già costando parecchio, figliolo… se non è in grado di sopportare che arrivi a una festa con un'amica, penso che dovresti rivalutare un po' di cose».

Ignorai le sue parole e lasciai che se ne andasse. Non potevo permettere che Noah venisse al galà e mi vedesse con Sophia, dovevo dirglielo prima. L'ultima volta che avevo avuto sue notizie era stato con un semplice messaggio in cui mi aveva scritto 'grazie'. Le avevo promesso spazio, ma se non le spiegavo prima di Sophia, quello spazio sarebbe stato il minore dei miei problemi.

Mi alzai, presi le chiavi della macchina e andai dritto al suo appartamento.

Ebbi la fortuna di raggiungere l'edificio in cui abitava proprio mentre lei stava per entrare dall'altro lato. Parcheggiò l'auto vicino alla mia e spalancò gli occhi sorpresa quando mi vide scendere; io aspettai teso la sua reazione.

Si avvicinò con cautela, poi si fermò e mi guardò nervosa.

«Sono contenta che tu sia ancora qui e non a New York».

Si voltò e iniziò a salire i gradini che conducevano alla porta d'ingresso degli appartamenti. Cazzo, ma era ancora arrabbiata? Imprecai tra me e me e la seguii, deciso a chiudere quella questione una volta per tutte.

Notai il vestito che indossava e mi intrattenni a osservare le sue curve mentre apriva la porta con qualche difficoltà. Non le avevo mai visto quell'abito: era giallo con piccoli fiorellini dappertutto.

Alla fine riuscì ad aprire la porta… io l'avrei anche aiutata, ma ero distratto dall'ondeggiare del vestito sul suo fondoschiena.

Quando entrò, si girò serrando le labbra.

«Smettila di fissarmi il culo, Nicholas Leister».

Scoppiai a ridere e mi chiusi la porta alle spalle. Osservai l'appartamento e ascoltai con attenzione nel caso qualche rumore rivelasse la presenza di Briar, ma non c'era traccia di lei.

«Mi piace il tuo vestito, tutto qui» ammisi guardandola intensamente. Mio Dio, odiavo quel vestito, odiavo quanto era attillato all'altezza del seno e come le ballava sulle ginocchia.

Noah mi osservò con aria indulgente e posò la borsa sul bancone della cucina.

Mi avvicinai aspettando che dicesse qualcosa. Era nervosa, e quello proprio non me l'aspettavo.

Era Noah, la conoscevo come le mie tasche.

La guardai mentre apriva il frigorifero e tirava fuori due birre.

«Vuoi?» mi chiese e la vidi arrossire, forse per il nervosismo o forse perché la stavo spogliando con gli occhi.

«Certo» risposi allungando un braccio e sfiorandole leggermente le dita mentre prendevo la bottiglia.

Fui consapevole del brivido che la percorse dopo quel piccolo tocco, ma finsi di non rendermene conto. Ero lì per appianare le cose, per parlarle e spiegarle la faccenda di New York... anche se l'unica cosa a cui riuscivo a pensare era a infilare le mani sotto quel vestito e farla tremare sul serio.

Abbassai la bottiglia fino al bordo del bancone e, con un colpo deciso della mano, la stappai e me la portai alla bocca. Noah mi fissò, poi fece scendere lo sguardo verso la sua birra e, per un attimo, parve un po' persa.

Sorrisi leggermente. Bevvi un altro sorso e mi avvicinai a lei.

«Tieni, Peldicarota» dissi porgendole la mia bottiglia e prendendo la sua per aprirla allo stesso modo.

Sapevo che con quel gesto ero riuscito a ridurre notevolmente la distanza tra di noi.

Le sue labbra vacillarono ma si portarono la bottiglia alla bocca e lasciarono che quel liquido freddo scendesse lungo la gola. Osservai inebetito come il suo collo si contraeva leggermente. Respirai a fondo sforzandomi per non ridurre lo spazio tra di noi; qualcosa mi diceva che non era ancora il momento, almeno non se volevo ricevere una risposta positiva; e tuttavia non riuscivo a non mangiarmela con gli occhi.

Nervosa, si allontanò e andò verso il divano. Non sembrava essere molto sicura di cosa fare e così si mise a riordinare le riviste distrattamente. Mi appoggiai al bancone della cucina e la osservai.

Continuò a mettere a posto cose senza senso e io rimasi in silenzio. Lo fece per qualche minuto fin quando non si voltò verso di me, posò le riviste sul divano e si tirò i capelli all'indietro, esasperata.

«Smettila di guardarmi!»

Sorrisi divertito.

«Mi stai privando di tutte le possibilità, amore mio, non ti posso toccare, non ti posso guardare… essere il tuo fidanzato sta diventando una vera tortura».

Si mise a braccia conserte e mi fissò, irritata e nervosa.

«Perché sei venuto, Nicholas?»

La osservai per qualche secondo. Ci separavano solo un paio di metri, ma in realtà la sentivo lontana chilometri, cosa che non mi faceva un cazzo di piacere. Mi mancava così tanto… sapevo che le avevo promesso spazio, che ero lì solo per raccontarle di persona la questione di Sophia, ma prima volevo assicurarmi che tra di noi fosse tutto a posto. O almeno lo fosse nei limiti del possibile per quel momento.

«So che ti avevo promesso spazio, ma dovevo vederti, anche solo per mezz'ora» le spiegai.

Mi osservò con un'incertezza riflessa in ogni suo lineamento. Non l'avevo mai vista così smarrita. Venne verso di me, ma lasciò uno spazio troppo fastidioso tra di noi. Feci un passo avanti. Lei indietreggiò leggermente fin quando la sua schiena non andò a sbattere contro il bancone della cucina.

«Perché non me ne hai parlato?» disse a quel punto, con amarezza.

Mi aspettavo quella domanda. Sapevo che ciò che più l'aveva infastidita della faccenda di New York era stato venirlo a sapere da terze persone.

«Perché non ho mai preso in considerazione di andare da nessuna parte, quantomeno senza di te».

Si morse il labbro nervosa: avrei voluto tirarglielo in giù, ma non sapevo se fosse una buona idea toccarla... almeno per il momento.

«Allora lo faresti... se io venissi con te, ci andresti...»

Non era una domanda e, a essere sincero, non ci avevo nemmeno pensato.

«Sto bene dove sto. Noah, mi piace dove lavoro e dove sta andando il mio futuro». Non mi entusiasmava particolarmente ereditare l'azienda di mio padre, perché significava dover collaborare con lui per tanti anni, ma era un dettaglio se paragonato a ciò che significava lavorare per la Leister.

Gli occhi di Noah cercarono i miei e tentai di decifrare ciò che frullava in quella sua testolina.

«Non intendi nemmeno chiedermelo?»

Mi accigliai.

«Vuoi venire a New York con me?»

«No».

«Allora?» risposi lasciando andare un sospiro frustrato e tirando la testa all'indietro.

«Ovviamente non me ne voglio andare, ho appena iniziato l'università qui, è passato solo poco più di un anno da quando mi sono trasferita dal Canada, ma... se è così importante, Nicholas... be'... immagino che sarei disposta a farlo per te».

Abbassai piano il volto e la guardai di nuovo.

«Lo faresti per me?» chiesi cercando di vedere qualcosa, nel suo viso, che mi dicesse il contrario. Ma dal suo modo di guardarmi seppi che era sincera.

«Nicholas... io ti amo» confessò in un sussurro, «anche se in questo momento le cose non stanno andando molto bene... se tu me lo chiedessi e fosse importante per te, ti direi di sì, verrei ovunque con te e lo sai».

Un'ondata di amore infinito mi investì il centro del petto, il buco che avevo percepito nell'anima nelle due settimane in cui eravamo stati lontani. Cazzo quanto era stata difficile quella lontananza!

Feci un passo avanti, invadendo completamente il suo spazio personale. Le appoggiai una mano sulla vita e strinsi con forza, quasi pizzicandole il costato per la fretta di farle capire cosa avrei fatto e cosa avrei dato per poter stare con lei e renderla felice.

Noah trattenne il fiato, e mi parve di sentire aumentare il suo battito cardiaco.

«Grazie» sussurrai.

Portai l'altra mano al suo collo e le spostai i capelli. Volevo sentire il suo odore, ricordare quell'essenza che solo lei sembrava possedere.

Le sfiorai il mento e il collo con la punta del naso, inalando piano e chiudendo gli occhi.

Sentii il suo respiro affannarsi contemporaneamente al mio. La sua mano mi strinse un braccio e il suo corpo tremò nell'avermi così vicino.

«Mi manchi» le sussurrai all'orecchio, «adoro che tu voglia venire con me, ma non intendo accettare questo lavoro, non ancora. Voglio restare qui e so che è quello che vuoi anche tu, quindi faremo esattamente così, d'accordo?»

Non aspettai la sua risposta. Le misi una mano sulla nuca e appoggiai le labbra nell'incavo del suo collo. Le sfuggì un gemito trattenuto. Con la punta della lingua le sfiorai la clavicola, risalendo fino al lobo e poi mordendolo leggermente. Noah lasciò andare tutto il fiato trattenuto e notai come il mio corpo reagiva alle risposte del suo. Mi scostai un istante e la osservai attentamente. L'eccitazione e il desiderio erano così evidenti che dovetti trattenermi per non saltarle addosso.

«Hai avuto abbastanza tempo?» chiesi.

«Non… non lo so».

Quella risposta non mi piacque… forse dovevo rinfrescarle la memoria su quanto le ero mancato.

«Non farò niente che tu non voglia, amore mio» sussurrai appoggiandole entrambe le mani in vita. «Andrò piano, fin quando non mi chiederai di fermarmi».

Non disse nulla e così, con un rapido movimento, la feci sedere sul bancone della cucina. Le aprii delicatamente le gambe e mi misi lì in mezzo.

Sorrisi per calmarla, avevo la sensazione che fosse nervosa. Sapevo che erano successe molte cose tra di noi, che non ero stato all'altezza, soprattutto nell'ultimo mese, ed ecco perché avevo sfruttato quelle due settimane per provare a capirla, per cercare di comprendere dove avevo sbagliato.

Le appoggiai le mani sul viso e accarezzai quelle lentiggini che mi facevano impazzire. Con le dita tracciai il profilo della sua mandibola, quello delle sue labbra carnose… Il petto di Noah si muoveva in modo percettibile sotto il vestito. In qualsiasi altra occasione, l'avrei già spogliata, l'avrei già portata in camera e le mie mani sarebbero già passate in tutti i posti che adoravano.

Ora non intendevo commettere lo stesso errore. Ci sarei andato piano, assicurandomi che lei si sentisse sempre a suo agio.

«Voglio baciarti».

Mi guardò in silenzio, ma ebbi la sensazione che non mi avrebbe rifiutato, lo desiderava tanto quanto me.

«Ti bacio».

Appoggiai la mia bocca alla sua, con forza, con desiderio, e mi godetti quel contatto, la connessione unica che fece svanire tutto quanto di negativo era accaduto negli ultimi giorni. Morsi il suo labbro inferiore per poi accarezzarlo con la lingua e stringere di nuovo con forza. La sua bocca era la perdizione per qualsiasi uomo, e io non facevo certo eccezione. Portai una mano alla sua nuca e mi avvicinai ancora di più a lei, costringendola a inclinarsi indietro e ad appoggiarsi al mio braccio disteso. Separai un attimo le labbra, per poi reclamare subito, di nuovo, la sua. Questa volta infilai la lingua e mi augurai disperatamente di trovare la sua. Mi venne incontro e il suo sapore e la sua risposta mi fecero perdere quel poco controllo che ancora mi restava.

Non potei evitare che le mie mani percorressero tutto il suo corpo, mentre Noah si tirava su e, avvinghiandomi con le gambe, mi attirava avida a sé. Mi mise le braccia attorno al collo e ci unimmo in un abbraccio passionale che poteva sfociare solo in una cosa.

Le mie mani scesero fino al bordo del vestito, glielo sollevarono lungo le cosce e poi glielo arrotolarono sui fianchi.

Mi scostai da lei e mi abbassai per baciarle le gambe… risalii lungo le cosce, dandole caldi baci e stando attento a non lasciare segni. Le mani di Noah mi scostarono e mi costrinsero ad alzare la testa. La sua bocca si ritrovò di nuovo sulla mia e respirai il suo stesso desiderio e la sua stessa voglia di toccarmi.

La sollevai con cura dal bancone, la tenni per le gambe e camminai con lei avvinghiata a me fino alla sua camera. Chiusi la porta e andai dritto al letto. La sua mano mi accarezzava i capelli e, con l'altra, si afferrava alla mia nuca. Mi sdraiai su di lei e le tirai su il vestito fino a sfilarglielo dalla testa.

«Detesto questo vestito» confessai lasciandolo cadere a casaccio sul letto.

«È nuovo» disse lei spingendo la mia testa verso il basso e affondando le sue labbra sul mio collo. Mordicchiò e succhiò e io risposi con un grugnito.

«È orrendo».

Con la lingua le accarezzai la mandibola e i miei denti mordicchiarono leggermente la sua gola.

Noah rise.

«Bugiardo».

Osservai il suo corpo, quel corpo che sembrava esser stato disegnato per me, quel corpo che io solo avevo accarezzato, toccato e baciato.

«Potrei passare ore a guardarti, Noah. Sei stupenda, in tutti i sensi».

Lei non disse nulla, si limitò a guardarmi mentre mi sfilava la maglietta e mi lasciava ricadere sul suo petto nudo. Aveva un reggiseno di pizzo… così sottile che sembrava non indossare nulla.

Appoggiai le labbra sulla stoffa leggera e sentii come si tendeva a quel contatto.

«Nick…»

Pronunciò il mio nome con la voce rotta e questo mi incoraggiò ad andare avanti.

Le baciai con delicatezza lo stomaco, piano, mentre le accarezzavo le costole dall'alto al basso fino ad arrivare all'incavo del ginocchio; le sollevai la gamba costringendola ad agganciarmela attorno alla vita. Mi misi alla sua altezza e mossi i fianchi sui suoi.

Fummo entrambi percorsi da un'ondata di piacere. Era passato troppo tempo.

A quel punto Noah si mosse, mi spinse fino a obbligarmi a stare sulla schiena e, con un rapido movimento, si mise a cavalcioni su di me. I suoi capelli biondi scendevano sulle spalle e si infilò le ciocche che la infastidivano dietro alle orecchie.

Lessi nei suoi occhi che stava combattendo una battaglia interiore e pigiai sul freno.

Lasciai le mani appoggiate sulle sue cosce e la osservai fin quando alla fine parlò.

«Credo… credo che non sia una buona idea andare avanti; sento che se lo facciamo… manderemo al diavolo tutto quello che abbiamo cercato di capire in queste due settimane».

Sentivo che a parlare non era lei ma il dannato psicologo da cui andava. Era lui che l'aveva incoraggiata ad allontanarsi da me in quelle settimane e vedere la reazione del suo corpo alle mie carezze, leggere nei suoi occhi il suo desiderio di continuare… non fece che confermare le mie supposizioni.

Mi tirai su con lei sopra di me e avvicinai il mio volto al suo.

«Ti vuoi fermare?» le chiesi, anche se una parte di me desiderava che dicesse di no.

Sembrava che i suoi occhi stessero deliberando. Mi accarezzò la mandibola lentamente e le sue labbra scesero per baciare le mie.

«Non voglio, ma è la cosa migliore, almeno per adesso».

Respirai a fondo, i nostri respiri erano affannati per via degli ultimi baci. Annuii e le diedi un bacio sul naso.

«Vuoi che me ne vada?»

Nella sua espressione vidi qualcosa di simile alla paura.

«No, resta».

La sua richiesta sembrava molto più di questo. Sorrisi e la sollevai fino a metterla in piedi accanto al letto.

«Hai fame?»

Avevamo ordinato del sushi e, in quel momento, eravamo sdraiati sul tappeto della sala... in televisione stavano trasmettendo un film orrendo a cui avevamo smesso di prestare attenzione dal minuto uno.

Io ero appoggiato contro il divano e Noah era seduta davanti a me con le gambe incrociate e un sorriso divertito.

«Non ti credo» disse stringendosi nelle spalle.

Sollevai le sopracciglia e mi alzai. Allungai una mano perché l'afferrasse.

«Te lo dimostrerò. Vieni».

Si alzò e aspettò che spostassi qualche mobile per creare un po' di spazio. Poi andai verso lo stereo e lo sintonizzai sui classici.

Il primo che si sentì fu un classico di Frank Sinatra, *Young at heart*.

Perfetto.

«Avvicinati, piccola incredula».

Noah mi osservò divertita e dubbiosa.

Mi avvicinai a lei, le avvolsi la vita con il braccio e intrecciai le mie dita con le sue. La osservai per qualche secondo e poi iniziai a muovermi. La condussi come mi avevano insegnato, come facevo da almeno dieci anni.

All'inizio ci muovemmo lentamente, fin quando Noah non si abituò e potei condurla con scioltezza.

«Non posso credere che sto ballando con te, nel salotto di casa, e nientepopodimeno che Frank Sinatra. Cosa ti sei fumato, Nick?»

Sorrisi e la costrinsi a staccarsi da me per poi attirarla di nuovo, questa volta con la sua schiena appoggiata al mio petto. La cullai tra le braccia mentre ci muovevamo sempre più lentamente... Mentre la stringevo a me, aveva la testa appoggiata alla mia spalla. Gliela baciai e poi la feci di nuovo girare per ritrovarmela di fronte.

All'improvviso mi sentii come all'inizio della nostra relazione, non saprei come spiegarlo. Noah sorrideva, era così rilassata, e io ero un riflesso del suo stato d'animo. Il mio malumore era scomparso e sentivo l'urgenza di ricordare quel momento: lei tra le mie braccia che ondeggiava insieme a me come se di colpo i nostri problemi fossero svaniti dopo che non c'eravamo visti per giorni...

Feci scendere la mano sulla sua schiena e la strinsi forte. Le tenni l'altra sul mio cuore; i nostri piedi si muovevano lenti, non ci sfioravamo, ci facevamo semplicemente trasportare dalla musica...

«Ti amo» dichiarai, percependo ogni parola.

Noah non rispose, ma mi strinse più forte, mi baciò il petto e continuammo così... danzando fino alla fine della canzone.

Ballammo per un bel po'; in realtà fu più un abbracciarci al ritmo della musica. Solo quando percepii tutto il suo peso addosso mi accorsi che si stava addormentando. Le misi un braccio sotto le ginocchia e la sollevai da terra.

«Cosa fai?» mi chiese con gli occhi socchiusi. «Voglio continuare a ballare... mi riesce bene».

Sorrisi mentre aprivo la porta della sua stanza e me la chiudevo lentamente alle spalle.

«Ti riesce benissimo, soprattutto quando non ti reggi più in piedi».

La lasciai sul letto e lei si girò leggermente fino ad aprire le palpebre e a guardarmi.

Mi tolsi la maglietta e i jeans, il tutto senza staccarle gli occhi di dosso.

«Resti» affermò e sulle sue labbra spuntò un sorriso squisitamente dolce.

«Resto» dissi a mia volta, facendomi largo tra le lenzuola. Ci infilammo dentro e lei si avvicinò a me appoggiandomi la testa sul petto.

«Ora dormi, amore mio».

49
Noah

Mi sentivo come stessi fluttuando tra nuvole bianche al tramonto. Percepivo il tepore dei raggi di sole sul mio corpo e quella gradevole sensazione di aver riposato così profondamente che la mia mente faceva fatica a farmi tornare alla realtà. Stavo così bene, sia dentro che fuori; il freddo che avevo sentito nei giorni precedenti era scomparso e, quando riuscii ad aprire lentamente gli occhi, ne capii la ragione: due fari celesti, splendidi e sensuali, risposero al mio sguardo. Sentii il bisogno di richiuderli, tutta quella intensità non preannunciata non era consigliabile per i miei ormoni già abbastanza instabili. La sua mano, appoggiata sulla mia schiena, iniziò a tracciare dei cerchi sulla mia pelle calda.

«Da quanto sei sveglio?»

Sulle sue belle labbra spuntò un sorriso.

«Da quando hai iniziato a russare, sarà più o meno un'ora».

Lo guardai arrabbiata, presi il cuscino e glielo lanciai in testa. Fu un tentativo patetico, considerato che non ero ancora del tutto sveglia.

Mi voltai sul letto grugnendo e dandogli la schiena. Il suo corpo si appiccicò al mio senza aspettare un solo secondo e mi attirò verso il suo petto. Unì le nostre mani davanti al mio viso e osservai le nostre dita intrecciate.

Ora non lo potevo vedere, ma rimasi a osservare le sue dita giocare con le mie.

«Mi manchi nel mio letto».

Anche a me mancava. Dio mio, era quello che più mi mancava. Sono incredibili le cose che possono accadere su un materasso tra due persone che si amano, e non mi riferisco soltanto al sesso, parlo in generale; è il luogo delle confessioni, delle carezze nel cuore della notte, il luogo della fiducia, il luogo in cui tutti i complessi svaniscono, almeno quando si è davvero innamorati. C'è qualcosa di magico nel dormire con qualcuno e condividere quel luogo di sogni. Sebbene quella notte non l'avessi toccato, ero certa che il mio corpo e la mia mente erano stati in pace perché sapevano che lui era lì vicino...

Mossi la sua mano di lato e vidi il tatuaggio. E adorai leggere quelle parole sulla sua pelle. Mi piacquero sul serio, perché le avevo scritte io, ero io che lo spingevo a fare quelle follie, perché eravamo innamorati... perdutamente innamorati.

La notte prima, quando avevamo ballato e avevo sentito il battito del suo cuore tanto vicino... era stato così speciale che avevo avuto paura potesse finire. E non volevo, ecco perché avevo resistito fin quando i miei occhi e il mio corpo non ce l'avevano più fatta. Il Nick della notte prima era il Nick di cui mi ero innamorata tempo prima, il Nick che amavo alla follia. Era in quei momenti che capivo quanto fossimo perfetti l'uno per l'altra. Volevo pensare che potessimo lasciarci il passato alle spalle, che se avessimo continuato a lottare, ce l'avremmo fatta; era davvero ciò che più desideravo al mondo ed ero disposta a fare tutto quanto fosse necessario.

Ma allora perché non riuscivo a togliermi di mente che ciò che era accaduto la sera prima, proprio come quel momento intimo al mattino, fosse la calma che precedeva la tempesta?

Nick mi fece voltare per potersi mettere sopra di me.

«Sei molto silenziosa... Scherzavo sul russare, lo sai che non russi».

Sorrisi e alzai una mano per spostargli una ciocca di capelli che gli cadeva sugli occhi.

«Mi è piaciuto molto ballare con te ieri sera».

Mi regalò un sorriso, quel sorriso che io adoravo e che raramente lasciava emergere.

«Ti ho detto che ero un eccellente ballerino».

Alzai gli occhi al cielo.

«Presuntuoso, ecco quale dovrebbe essere il tuo secondo nome» dissi scostando il viso quando stava per baciarmi. Risi quando mi pizzicò le costole facendomi il solletico.

«Non ho un secondo nome, i secondi nomi sono per i pappamolla».

«Ehi, furbetto, io ce l'ho un secondo nome».

Affondò il viso nel mio collo e notai come rideva alle mie spalle.

«Noah Carrie Morgan, mamma mia! Tua madre doveva essere ubriaca... non ti vendicherai di me con i tuoi poteri, vero?»

Lo spinsi con tutte le mie forze, ma non si mosse di un millimetro. Sì, avevo letto il maledetto romanzo di Stephen King e no, mia madre non aveva scelto quel nome perché pensava che sarei diventata una ragazza odiata e fuori di testa, me l'aveva dato solo perché era il nome di mia nonna.

«Scemo!» gli dissi ridendo e rilassai il corpo sul materasso.

A quel punto si zittì, si tirò su e mi fissò.

«Amo tutti i tuoi nomi, Peldicarota».

Mi baciò la guancia e mi liberò. Quando non lo ebbi

più addosso, potei scendere dal letto. Dovevo farmi una doccia. Presi le cose di cui avevo bisogno mentre Nick, vicino a me, si vestiva osservandomi con la coda dell'occhio. Era improvvisamente silenzioso e lo osservai curiosa. E proprio quando stavo per uscire dalla stanza per andare in bagno, mi prese una mano e mi tirò sedendosi sul bordo del letto. Mi strinse per la vita e alzò la testa per guardarmi per qualche secondo.

«Ti devo dire una cosa… e non voglio che ti arrabbi».

Mi accigliai e lo guardai con sospetto.

«Non verrò da solo al galà di domani».

D'accordo, quella era l'ultima cosa che mi aspettavo dicesse.

«Cosa vuoi dire?»

Ero consapevole che il mio tono di voce era cambiato notevolmente; non solo, nell'arco di un istante, la temperatura della stanza si era abbassata di qualche grado.

«Ci devo andare con Sophia».

E così, senza preavviso, tornammo al punto di partenza.

«Ieri sono venuto per dirtelo di persona. Non voglio che ti faccia star male, ci andiamo insieme come colleghi, nient'altro».

«E perché non me l'hai detto prima?» risposi arrabbiata.

«Perché stavamo così bene e mi eri mancata così tanto…»

Lo guardai, non volevo che ci portasse lei… Era l'ultima cosa di cui avevo bisogno in un periodo in cui avevo la sensazione che tutto mi stesse sfuggendo di mano. Ma forse, come mi aveva ripetuto Michael migliaia di volte, quello era il momento di agire con la testa e non con il cuore…

«D'accordo. Fai quello che devi fare e, quando avrai finito, ne riparliamo».

Mi voltai per andare in bagno, ma non feci in tempo a uscire perché Nick si mise in mezzo.

«Domani, quando sarà tutto finito, ce ne andremo lontano da qui, per il weekend, andremo via e sistemeremo tutto, perché lo sai benissimo che ho occhi solo per te».

Feci una risata amara.

«Ricordati queste parole la prossima volta che mi farai una scenata di gelosia».

Sembrò accettare la mia risposta.

Le sue mani mi presero il viso e mi guardò negli occhi con un luccichio speciale.

«Ti amo e non c'è nessun'altra nei miei pensieri».

Chiusi gli occhi, lasciai che mi baciasse e, quando se ne andò, mi infilai in bagno.

Cercai di fare orecchie da mercante a tutti i pensieri negativi che stavano riprendendo a tormentarmi, tutti i pensieri su cui avevo lavorato in terapia, tutte le cose che mi ero sforzata di ignorare, cercando di cambiare per potermi sentire meglio con me stessa, più sicura, più coraggiosa. Non potevo tornare al punto di partenza, no, non l'avrei fatto. Ecco perché lasciai in un angolo i miei fantasmi e mi sforzai di fidarmi di Nick.

Certo, una cosa l'avrei fatta: sarei stata così incredibilmente provocante che quell'idiota del mio fidanzato non sarebbe riuscito a togliermi gli occhi di dosso.

La mattina della festa mi godetti la compagnia di Briar e Jenna che non facevano altro che parlare, ridere e rendere quella giornata molto più divertente di quanto mi aspettavo. Jenna aveva contattato la parrucchiera che acconciava sia lei sia sua madre quando dovevano prendere parte a eventi del genere e, mentre aspettavamo il suo arrivo, il mio appartamento si trasformò in un vero e proprio salone di bellezza.

Facemmo la pedicure, la manicure, mi depilai tutto il corpo, feci un bagno con i sali alle rose perché la mia pelle profumasse di buono e poi mi cosparsi con l'olio alle mandorle che mia madre aveva comprato mille anni prima e che una volta Nick mi aveva detto che gli faceva venir voglia di leccarmi tutto il corpo.

Sorrisi specchiandomi in biancheria intima, avevo messo il completino più provocante che avevo e mi ripromisi che, dopo la festa, avrei regalato a Nick la più bella notte della sua vita: sarebbe stata così indimenticabile che non avrebbe mai più guardato nessun'altra.

«È questo il vestito?» chiese Briar mentre lo prendevo dall'armadio.

Annuii dando un'occhiata al cellulare. Mia madre mi aveva mandato un messaggio per avvisarmi che una macchina sarebbe passata a prenderci per portarci alla festa. Ero molto nervosa, non sapevo come mi sarei dovuta comportare una volta lì, ma cercai di ignorare i miei timori e sospirai sollevata all'arrivo della parrucchiera di Jenna. Briar insistette nel pettinarsi da sola, era abituata a farlo, considerati tutti i red carpet che aveva calpestato insieme ai suoi genitori.

Mi sedetti su una sedia e lasciai che quella bizzarra donna di nome Becka mi facesse una bella acconciatura. Mi arricciò i capelli e poi li raccolse in una serie di trecce che unì in modo spettacolare. Sopportai il tutto perché sapevo che il risultato sarebbe stato incredibile. Un'ora e mezza dopo, sorrisi davanti allo specchio.

«Lo adoro» dissi girandomi per potermi guardare da tutte le angolazioni. Jenna prese il vestito e me lo porse. Lo indossai con cura, percependo il gradevole contatto della seta sulla mia pelle.

«Farai scalpore» disse Jenna passandomi una piccola

borsetta dentro cui stavano a malapena il cellulare e un rossetto.

Le diedi un rapido abbraccio.

«Sistema le cose con Lion, Jenn, ti ama, non dimenticarlo» Jenna annuì e io andai a cercare Briar.

La mia coinquilina indossava un bel vestito beige così aderente al suo corpo voluttuoso che non lasciava molto all'immaginazione. I capelli scendevano in boccoli che aveva raccolto su un lato. Era splendida.

Salutammo in fretta Jenna e uscimmo in direzione della macchina a noleggio che ci stava aspettando. Mi sorprese vedere che l'autista non era un estraneo, bensì Steve, vestito di tutto punto.

Quando ci vide scendere le scale, sorrise e mi porse una scatolina rettangolare.

«Da parte di Nick» disse con aria di circostanza.

Guardai la scatolina e il biglietto che Steve mi porse con aria poco amichevole.

Briar mi osservò impaziente quando posai entrambe le cose sul sedile accanto senza aprire nessuna delle due.

«Non sei curiosa?»

Feci cenno di no fissando la strada. Dovevo restare lucida. Una volta finita la serata, avremmo parlato di tutto e allora avrei potuto aprirgli il mio cuore.

La tenuta era fuori città e il tempo che ci impiegammo a raggiungerla non fece che far aumentare il mio nervosismo. Osservai sconvolta come tutti gli alberi del viale che portava al luogo della festa erano illuminati da luci bianche. Una coda di limousine era in attesa che i passeggeri scendessero davanti all'entrata di quella villa bianca. Quando l'auto si fermò, un uomo in giacca e cravatta ci aprì la portiera e dovetti controllare tutte le mie insicurezze. Mi aiutarono a scendere e almeno trenta paia di occhi si fissarono su di me.

«Buona serata, signorine» ci salutò quell'uomo elegante, e notai che si toccava l'auricolare e sussurrava qualcosa che non riuscii a sentire.

Mia madre mi aveva detto di non fermarmi a fare fotografie fin quando non fossi stata con lei e William. Quando quell'uomo mi fece cenno di seguirlo, mi voltai verso Briar.

«Io non intendo perdermi tutto questo» dichiarò osservando il *photocall* con un interesse quasi calcolatore.

«Sicura che non ti dispiace restare da sola?»

Briar alzò gli occhi al cielo e si voltò dandomi la schiena. Le sue gambe eleganti iniziarono a incamminarsi verso un nugolo di persone ed ebbi chiaro di non dovermi preoccupare per lei.

Il tizio in giacca e cravatta mi fece cenno di seguirlo e mi portò vicino a un mucchio di giornalisti che stavano intervistando un gran numero di persone; mi sentii sopraffatta da tutta quella gente, fin quando il mio sguardo non incrociò quello di mia madre... Non ci vedevamo dalla sera in cui me n'ero andata di casa, un mese prima, e sebbene fosse passato abbastanza tempo da dimenticare i nostri problemi, quando la vidi mi resi conto che tra noi c'erano ancora molte questioni in sospeso.

«Noah, sei stupenda» esclamò nel vedermi e si chinò per darmi un veloce abbraccio.

Mia madre sembrava una star del cinema: le avevano arricciato i capelli e li portava raccolti in uno splendido fermaglio d'argento e brillanti. Indossava un abito bordeaux che la faceva sembrare molto più giovane. Mi aveva sempre sconvolto la sua capacità di tenersi così bene, perché mia madre non era certo una fan di diete o cose del genere.

«Grazie, anche tu» risposi deviando lo sguardo e notando che William, da una parte, stava parlando con i giornalisti del *Los Angeles Times*.

Dalla mia posizione, un po' defilata ma comunque rivolta verso il pubblico, vidi arrivare altre auto e altri ospiti eleganti. Mia madre, accanto a me, chiacchierava ad alta voce con gli ospiti che passavano. Era una vera follia e stavo iniziando ad angosciarmi. Continuavano a presentarmi più persone di quante avrei potuto ricordare e dovevamo aspettare che William finisse di parlare con tutti i giornalisti per poterci scattare le dannate foto di famiglia.

Un'agitazione nel gruppo di fotografi spostò la mia attenzione sull'auto che si era appena fermata accanto al red carpet. La portiera si aprì e, per un attimo, il mio cuore si fermò. Eccolo lì, e mamma mia, era uno schianto: Nicholas scese dalla limousine con aria seria e professionale nonostante le urla dei fotografi. Si abbottonò la giacca e tese la mano alla ragazza che era in auto con lui. Sophia Aiken scese con uno spettacolare abito nero, attillato e incredibilmente sensuale. Li osservai da lontano e sentii un'improvvisa voglia di vomitare.

Deviai lo sguardo e lo posai dalla parte opposta. In quel preciso istante, William si allontanò dai giornalisti e venne a salutarmi. Va detto che Will era raggiante, immagino che quella fosse la sua grande serata... A forza di pensare solo a me stessa, non mi ero resa conto di quanto il galà fosse importante per lui.

«Grazie di esserci, Noah, sei uno splendore» disse sorridendo.

Annuii ignorando l'incazzatura che iniziava a impossessarsi di me a passi da gigante. Mi bastò sbirciare per vedere che Nick sussurrava qualcosa a Sophia prima di salutarla e raggiungerci.

Quando i nostri sguardi si incontrarono, sentii, letteralmente, migliaia di farfalle nello stomaco. Quando vide il mio vestito, Nick spalancò gli occhi più del dovuto. Cazzo… indossava lo smoking.

Prima che potesse commettere una follia, mi voltai di schiena e mi concentrai sull'incredibile giardino, sulle luci e sui giornalisti… Quella non era la nota presentatrice televisiva? E quello? Era l'attore che avrebbe recitato nel nuovo film di Spielberg?

Poco dopo sentii caldo e rabbrividii al semplice contatto della sua giacca con la mia schiena. Will e mia madre erano proprio davanti a me e i loro occhi andarono verso Nick.

«Ciao, figliolo» lo salutò Will in modo distratto mentre sua moglie si avvicinava per dirgli qualcosa. Mia madre gli rivolse un sorriso teso e poi si voltò verso la donna che le stava spiegando come bisognava procedere con le fotografie.

Continuai a fissare il giardino. Senza dire nulla, mi accarezzò con un dito dalla spalla al polso, con un tocco lieve ma incredibilmente tentatore.

Mi voltai verso di lui decisa a fargli capire, con uno sguardo, che la cosa migliore che poteva fare quella sera era lasciarmi in pace: niente sfioramenti, niente sguardi, niente baci o cose del genere. E tuttavia, i miei avvertimenti si bloccarono a metà della gola quando mi girai e lo vidi da vicino, davanti a me, più imponente che mai.

La sua bocca non disse nulla, il suo sguardo, invece, disse tutto. Ebbi la sensazione che mi stesse spogliando, come se con il semplice passaggio dei suoi occhi sulla mia figura riuscissi a sentire le sue dita sfiorarmi la pelle, le sue labbra, umide e deliziose, accarezzare ogni angolo nudo del mio corpo.

'Mio Dio, smettila, smettila, ora non ci puoi pensare'.

Senza proferire parola, si chinò e mi diede un bacio sulla guancia.

Chiusi gli occhi per un attimo e inspirai il suo profumo famigliare, che si mischiava delicatamente all'odore di tabacco. Aveva fumato perché anche lui era nervoso?

«Sei stupenda» mi sussurrò all'orecchio prima di scostarsi come se non fosse successo nulla.

Mi passò oltre per avvicinarsi ai giornalisti. Rimasi ferma lì, stranita, e poi lo seguii con lo sguardo. Iniziò a rispondere alle tante domande che gli ponevano e io continuai a osservarlo a distanza. Il suo modo di muoversi, di parlare con tutti quelli che volevano avere notizie dal figlio di Leister, la sicurezza che trapelava da ogni suo movimento…

Si allontanò un attimo dai giornalisti per controllare qualcosa sul cellulare. E a quel punto il mio telefono vibrò dentro alla borsa.

Nick aveva già messo via il suo e stava rispondendo ad altre domande, suo padre gli si era avvicinato e ora erano tutti concentrati su di loro.

Abbassai lo sguardo verso lo schermo del telefono.

Ti sfilerò quel vestito così lentamente che questa sarà la notte più lunga e piacevole di tutta la tua vita.

Un calore del tutto inopportuno mi percorse dai piedi alle guance. Mi guardai attorno sperando che nessuno si accorgesse di quanto le sue parole e la sua mera presenza mi avessero sconvolta.

Finalmente ci lasciarono entrare nel salone, mentre i camerieri servivano calici di champagne e aperitivi su splendidi vassoi di vetro. A guardare bene, c'era cristalleria ovunque, e poi candele… sì, centinaia di candele e luci tenui e bianche che ti invitavano a metterti a tuo agio, a chiacchierare e a trascorrere una serata indimenticabile.

Approfittando di tutta quella gente, Nick mi venne incontro con nonchalance.

«Ti è piaciuto il mio regalo?» chiese camminandomi accanto fino a lasciarsi i giornalisti alle spalle.

Dovevo allontanarmi da lui. Ci eravamo ripromessi che avremmo sistemato le cose quando tutto fosse terminato, e avevo bisogno che quella serata finisse il prima possibile.

«Non voglio regali, Nicholas, voglio che la festa finisca e voglio dimenticarmi che ci sei venuto con un'altra».

Lui sospirò e fece per alzare la mano con il chiaro intento di accarezzarmi, ma poi si ricordò di non poterlo fare. Le sue dita si chiusero in aria trasformandosi in un pugno accanto al petto. Scostai lo sguardo, frustrata dalla situazione, frustrata da ogni cosa.

«Posso mandare tutto questo a 'fanculo, Noah, lo posso fare; anzi, in questo momento voglio solo affondare le dita nei tuoi capelli e baciarti fino a ritrovarmi senza fiato... quindi basta una tua parola e lo faccio».

Mi morsi il labbro sapendo che ne sarebbe stato capace. Se gliel'avessi domandato, se gli avessi detto quanto sarebbe stata difficile per me quella serata, l'avrebbe fatto volentieri.

Ma ce l'aveva chiesto Will e non avrei permesso che i nostri genitori si mettessero di nuovo contro di noi.

«Sto bene» gli assicurai desiderando fare un passo avanti per farmi stringere con forza tra le sue braccia. Mi mancava, mi mancavano i nostri attimi, le nostre carezze e i nostri baci, mi mancavo i momenti Nick e Noah, due settimane erano state troppe e la notte precedente non era stata sufficiente per sistemare le cose una volta per tutte.

Mi accorsi che, pochi metri più in là, mi
osservava. Stavamo attirando l'attenzione, acc
gli sguardi andavano su Nick.

«Te ne devi andare, ci stanno osservando
cosa che voglio è che tutto questo non serva a

Nicholas diede un'occhiata in giro come n
poi fissò di nuovo su di me il suo sguardo inten

«Sarà questione di poche ore; poi ti promett
dedicherò a te anima e corpo... fin quando tutt
come prima».

Le sue parole rimasero sospese tra di noi per
secondo infinito.

'Fin quando tutto tornerà come prima'.

madre mi
denti, tutti
e l'ultima
iente».
lla fosse,
so.
o che mi
tornerà
qualche

0

ick

ontrovoglia. Se fosse dipeso da me,
re in macchina e andarcene. Non
me ne fregava un emerito cazzo di
chiesto mio padre, ora come ora la
e era riprendermi Noah e non ci sarei
n Sophia.
esatto in cui l'avevo vista, avevo saputo
sarebbe stata una tortura. Le persone si
rdarla, ero chiaramente consapevole che
l'attenzione di tutti, era così bella che mi
ale guardarla. In lei ogni cosa risplende-
elli, occhi, viso e il suo corpo coperto da
ne vestiva come una seconda pelle. La sua
a così sottile che mi chiedevo come riuscisse
dentro a quel corsetto, ma cazzo, ne valeva la
solo per poterla contemplare!
devano le dita dalla voglia che avevo di toccar-
la, leccarla, assaporarla e amarla per ore. Mi
così tanto che non sapevo perché diavolo stavo
o tempo con tutta quella farsa.
versai la sala e mi fermai solo un istante per pren-
calice e portarlo alle labbra.
evo che essere venuto con Sophia era stata una co-
scemenza, ed era l'ultima cosa che intendevo fare

'Fin quando tutto tornerà come prima'.

mi aveva chiesto mio padre, ora come ora la
te era riprendermi Noah e non ci sarei
n Sophia.
esatto in cui l'avevo vista, avevo saputo
sarebbe stata una tortura. Le persone si
rdarla, ero chiaramente consapevole che
l'attenzione di tutti, era così bella che mi
ale guardarla. In lei ogni cosa risplende-
elli, occhi, viso e il suo corpo coperto da
ne vestiva come una seconda pelle. La sua
a così sottile che mi chiedevo come riuscisse
dentro a quel corsetto, ma cazzo, ne valeva la
solo per poterla contemplare!
devano le dita dalla voglia che avevo di toccar-
la, leccarla, assaporarla e amarla per ore. Mi
così tanto che non sapevo perché diavolo stavo
tempo con tutta quella farsa.
ersai la sala e mi fermai solo un istante per pren-
calice e portarlo alle labbra.
che essere venuto con Sophia era stata una co-
emenza, ed era l'ultima cosa che intendevo fare

per mio padre: fine dei favori, fine di questi giochetti che minavano il rapporto tra me e la mia fidanzata.

Prima di raggiungere la sala principale – dove sarebbe stata servita la cena, sarebbero stati pronunciati i vari discorsi e si sarebbe svolta l'esibizione di una delle migliori orchestre del Paese – i miei occhi ne incrociarono un paio di un verde brillante. Mi fermai un attimo prima di avvicinarmi a lei con cautela, a un angolo della sala vicino a uno degli alti tavolini che avevano sistemato tutto attorno.

«Cosa ci fai qui?» chiesi a Briar, imprecando quasi tra me e me.

Sorrise con aria divertita, ma i suoi occhi non riuscirono a nascondere il suo velenoso rancore.

«Mi ci ha portata Morgan. Ma davvero sei venuto con un'altra sventolandogliela sotto il naso?» disse guardando oltre le mie spalle. Mi voltai e vidi Sophia che chiacchierava con quelli del consiglio aziendale. Alcuni erano amici intimi di suo padre, quindi li conosceva abbastanza da sentirsi a suo agio con loro. Sophia mi aveva detto chiaramente di non volermi causare problemi con Noah; anzi, aveva insistito per venire da sola, ma non potevo farle una cosa del genere, soprattutto non dopo che il senatore l'aveva chiesto a mio padre.

In ogni caso, entrambi sapevamo che tra di noi c'era soltanto una bella e professionale amicizia. Lei aveva fatto casino raccontando a Noah di New York e le sue scuse erano state talmente sincere che era chiaro che da me non si aspettava altro che condividere le ore lavorative.

«È una collega; e poi, Briar, a te cosa te ne frega? Perché sei venuta? Sappiamo entrambi che questo è l'ultimo posto in cui vuoi stare».

La sua espressione si irrigidì in modo involontario e i suoi occhi percorsero la sala.

«È chiaro che questo mondo è sempre uguale, la differenza è che ora io non sono più così ingenua. L'altro giorno mi hai detto di essere cambiato, be' anch'io l'ho fatto. Sono finiti i tempi in cui mi lasciavo abbindolare, quindi non pensare nemmeno per un secondo che mi spaventi stare qui».

Chiusi la bocca e la osservai con calma. Non potevo cacciarmi di nuovo in quella faccenda, se aveva accettato di presenziare a quell'evento, le sue parole dovevano essere vere. Mi guardai attorno, osservai quelle persone importanti che camminavano, chiacchieravano, bevevano e si vantavano dei loro infiniti successi, facendo a gara per spiccare sugli altri. Alla fine osservai Briar e il suo odio nascosto dietro quella facciata da dura che sembrava essersi costruita.

Prima che potessi risponderle… qualcosa, anzi, qualcuno attirò la mia attenzione. I miei occhi andarono verso l'entrata principale e sentii il mio mondo barcollare pericolosamente.

Era appena arrivata Anabell Grason.

Mia madre era lì.

Ma cosa cazzo ci faceva?

Serrai forte il pugno e mi allontanai da Briar diretto verso il lato opposto della sala. Non potevo credere che quella donna avesse avuto la faccia tosta di presentarsi. Cazzo, ma perché? Perché diavolo era venuta? Sentii una pressione al cuore che per poco non mi fece vomitare.

Girai sui tacchi, vedendo improvvisamente tutto rosso e, prima che potessi commettere una follia, mio padre si materializzò dal nulla, bloccandomi lì dov'ero. Guardandosi attorno, mi prese per un braccio e mi avvicinò a una finestra. Il sole era ormai tramontato e la luce che filtrava era quella dei lampioni del giardino e della luna che si faceva vedere a intervalli regolari per via dei nuvoloni che si stavano avvicinando a gran velocità.

«Nicholas, calmati».

Lo osservai, la sua espressione seria, i suoi occhi fissi nei miei per intercettare la mia attenzione. Ma tutto ciò che vedevo era la donna che odiavo sopra ogni cosa.

«Ma che cazzo ci fa qui?» urlai quasi, motivo per cui mio padre si affrettò a spingermi ancora più lontano dal resto degli ospiti.

«Non lo so, ma sistemerò tutto. Ascoltami, Nicholas, devi calmarti, mi hai sentito? Non puoi fare una scenata».

Fissai gli occhi di mio padre e, per un attimo, mi sentii perso nelle sue iridi, di un azzurro più scuro delle mie, che invece erano chiare come quelle di mia madre.

Mio padre mi supplicò con lo sguardo e mi posò la mano sulla guancia per qualche secondo.

«Parlerò con lei, tu non hai ragione di farlo».

Annuii, lasciando che per una volta fosse lui a prendere il controllo della situazione. Non la volevo vedere, non volevo parlare con lei, la volevo semplicemente il più lontano possibile da lì. E tuttavia, sapevamo che, se era venuta, era perché aveva qualcosa da dire: aveva già provato a mettersi in contatto con me, e di certo, qualsiasi cosa volesse comunicarci, non prometteva bene.

Mio padre provò a trasmettermi una calma che nemmeno lui provava e poi si voltò per perdersi tra gli ospiti.

Cercai Noah con lo sguardo e la vidi parlare amichevolmente con un gruppo di persone. Non era consapevole del pericolo in agguato, ma prima di poter far qualcosa, tipo prenderla per mano, abbracciarla forte e infilarla in macchina per scappare di lì, apparve un'altra ragazza nel mio campo visivo.

«Dovresti sentire come parlano di te quelli del consiglio, Nick, è evidente che le notizie volano e tutti si chiedono quando prenderai il testimone di tuo padre». Sophia mi sorrise dolcemente e io riuscii a malapena ad annuire. «Stai bene?»

Bene? Ero all'inferno.

I miei occhi percorsero di nuovo la sala per cercare Briar. Non la vidi da nessuna parte e l'ansia iniziò a impossessarsi di ogni cellula del mio corpo. Troppi problemi in un unico posto.

Prima che potessi rispondere alla mia collega, le persone iniziarono a dirigersi nella sala in cui si serviva la cena. Provai a calmarmi e posai una mano sulla vita di Sophia guidandola verso i nostri posti a tavola.

Quando arrivammo nella sala, fui grato della luce tenue, perché ero talmente a disagio che l'ultima cosa che volevo era avere i fari puntati addosso. Il tavolo della mia famiglia era al centro, vicino al palco dove suonava l'orchestra, dove si sarebbero pronunciati i discorsi e anche dove si sarebbe tenuta la piccola asta a favore della ONG che l'azienda supportava da sempre. Quando arrivai, vidi che Noah era seduta al suo posto accanto alla madre. Era da sola, perché Briar era scomparsa. Quando mi vide arrivare insieme a Sophia scostò lo sguardo, sofferente.

'Cazzo'.

Mentre Sophia salutava Noah educatamente e anche gli altri ospiti al tavolo, prima di sedermi, sentii la voce dell'unica persona che avrebbe potuto rallegrare la serata e mi voltai.

«Dov'è mio nipote? Eccolo qui l'orgoglio di qualsiasi nonno con un po' di sale in zucca!»

Non potei evitare di sorridere nel vedere mio nonno Andrew avvicinarsi lentamente al tavolo. Le persone erano distratte a parlare e a cercare i rispettivi posti e così non si accorsero dell'arrivo dell'unico uomo verso cui non provavo alcun tipo di rancore.

Andrew Leister aveva ottantatré anni ed era la persona che aveva dato vita a quell'impero. I suoi pochi capelli grigi un tempo erano stati scuri come i miei e quelli di mio padre. Mio nonno aveva parecchio in comune con suo figlio, tranne la freddezza. Era ciò che di più simile a un padre avessi mai avuto.

Tutti i brutti ricordi che mia madre aveva rievocato svanirono per essere sostituiti dai momenti in cui le mie uniche preoccupazioni erano montare a cavallo nella tenuta di mio nonno, pescare nel lago e trovare la rana più disgustosa da infilare nell'armadio di mio padre solo per dargli fastidio.

Il nonno.

Gli tesi la mano e lui, schietto come sempre, mi tirò a sé per abbracciarmi.

«Quando pensavi di venire a trovarmi, disgraziato che non sei altro?»

Mi scostai e risi osservandolo felice.

«Il Montana è lontano, vecchio mio».

Grugnì scocciato e mi squadrò da cima a fondo.

«Un tempo non te ne volevi mai andare; adesso ti interessano solo le tue stupide spiagge e il surf, bah!» sbuffò passandomi accanto fino a trovare una sedia. «A cosa serve avere un nipote se poi si trasforma nel tipico ragazzo americano delle mie palle».

Scoppiai a ridere ringraziando che nessuno, a parte Noah che non ci toglieva gli occhi di dosso, avesse sentito il suo ultimo commento. Mio nonno era emigrato dall'Inghilterra a vent'anni per dare inizio a un'attività qui. Per quanto tempo avesse passato in questo Paese, non perdeva mai occasione di ricordarmi che le mie radici non erano queste e che non dovevo osare dire di non essere inglese.

Mio padre arrivò in quel momento e guardò il nonno con una smorfia contrariata e affettuosa.

«Papà» disse tendendogli la mano. Mio nonno non lo tirò a sé per abbracciarlo, come aveva fatto con me, si limitò a osservarlo e a socchiudere gli occhi con interesse.

«Dov'è la tua nuova moglie che non mi hai ancora presentato?»

Mio padre alzò gli occhi al cielo proprio mentre Raffaella faceva la sua comparsa. L'ultimo anno era stato talmente intenso che non avevamo avuto tempo di andare a trovare il nonno, e ora che l'avevo davanti mi rendevo conto di quanto mi era mancato.

Noah si alzò in piedi e cercò il mio sguardo. Notai che era a disagio quando mio padre la chiamò per presentarla a mio nonno come sua figliastra. Avrebbero dovuto essere presentazioni molto diverse: tanto per cominciare, avrei dovuto presentargliela io, e poi avrei dovuto introdurla come l'amore della mia vita.

Mio nonno le sorrise un po' distratto e poi si concentrò su Sophia.

«E la tua fidanzata non me la presenti, Nicholas?»

Il sorriso di Sophia, che aveva osservato la scena educatamente, sparì all'istante nel deviare lo sguardo su Noah.

«Sophia non è la mia fidanzata, nonno, è solo una collega, sta facendo il tirocinio. La figlia del senatore Aiken».

Mio nonno annuì.

«Ah, sì, meglio che non sia la tua fidanzata, non voglio mio nipote invischiato in politica, e men che mai in quella di tuo padre».

Sophia rimase un po' a disagio fin quando scoppiai a ridere. Noah guardò mio nonno contenta e a quel punto ognuno di noi occupò il proprio posto.

Fu l'amico di mio padre, Robert Layton, membro del

consiglio, a fare il discorso per l'anniversario dell'azienda. Tutti alzarono i calici di champagne per brindare ai sessant'anni di duro lavoro. Subito dopo iniziarono a servire la cena. Il mio sguardo si spostò nella sala nel tentativo di localizzare mia madre tra i tavoli, ma c'era così tanta gente che mi fu impossibile.

Ma mi parve di notare qualcosa di strano in Raffaella. Non toccò quasi cibo e sembrava tesa mentre si portava il calice di champagne alla bocca. Noah, invece, parlava amichevolmente con mio nonno a cui sembrava aver fatto una buona impressione, e poi con Briar che era spuntata con gli occhi vitrei e le guance un po' arrossate: l'alcol che aveva ingerito iniziava a vedersi palesemente, cosa che fece aumentare la mia ansia e il mio nervosismo.

Fu solo quando stavamo finendo il dessert che la silhouette elegante e slanciata di mia madre fece la sua comparsa. Mi irrigidii nel vedere che si avvicinava fino a fermarsi proprio accanto a Noah.

La mia famiglia si zittì e Noah impallidì nel sentire la voce di mia madre dietro di lei.

«Buonasera, famiglia Leister. Auguri per l'anniversario».

51
Noah

Quando sentii quella voce, il mio cuore si fermò. Per un attimo rimasi immobile credendo di averlo immaginato, ma fu sufficiente uno sguardo a Nicholas per avere la conferma che era tutto vero.

Anabell Grason era lì.

Mi voltai abbastanza da vederla fermarsi accanto a me, e improvvisamente ebbi la sensazione che tutta l'aria mi sfuggisse dai polmoni.

«Sono felice di vedervi, soprattutto te, Andrew. Devi essere davvero orgoglioso di aver creato un impero del genere».

Guardai il nonno di Nick, con cui avevo intavolato un'interessante conversazione circa i disastri del Paese e la letteratura inglese, ma ora vidi che, sulle sue labbra sottili e rugose, era comparso un sorriso teso seppur amichevole.

«Mi fa piacere vederti, Bell, sono passati tanti anni».

Sembrava che i miei occhi stessero lottando per capire chi guardare per primo tra Nicholas, che sembrava sul punto di commettere un omicidio, suo nonno o mia madre, sulla quale improvvisamente si concentrarono tutti i miei sensi. Era bianca come i tovaglioli sulla tavola e la sua postura dimostrava che era tesa come una corda di violino.

Prima che Anabell potesse rispondere con un qualche

commento falso e privo di emozione, William spinse indietro la sedia e, fissando la sua ex moglie, decise di prendere le redini della situazione.

«Dobbiamo parlare, e sarà meglio farlo in privato».

Anabell voltò il suo corpo slanciato, stretto in un vestito rosso sangue e sorrise in modo teso e chiaramente studiato.

«Di certo a Raffaella farà piacere essere presente».

Mia madre alzò lo sguardo e la fissò in modo minaccioso.

«Ti consiglio di evitare, non sono né il momento né il luogo».

Ma cosa diavolo stava succedendo?

Improvvisamente provai paura, paura che i sospetti che avevo nutrito fin dal pranzo con quella donna fossero reali.

Nick catturò la mia attenzione, i nostri sguardi si incontrarono e, proprio in quell'istante, annunciarono che era il momento di scendere in pista a ballare.

Attorno a noi aveva iniziato a risuonare la musica e le persone si erano alzate per andare a danzare, sorridenti e senza la più pallida idea della crisi famigliare che stava avendo luogo proprio sotto il loro naso: ballavano e si godevano la festa.

Sapevo di dover allontanare Nick da lei; all'improvviso divenne il mio obiettivo principale. Dandole la schiena, mi avvicinai a lui e intrecciai le mie dita con le sue. Lui parve un attimo perso, abbassò lo sguardo verso le nostre mani unite e poi lo tirai fino a portarlo in pista. Non avevo idea di come quelli del nostro tavolo avessero preso il fatto che ci stavamo allontanando insieme, e non sapevo nemmeno se era evidente che il nostro modo di guardarci era tutt'altro che fraterno: l'unica cosa che mi interessava era che Nick stesse bene.

Cercai i suoi occhi con i miei, ma era così teso che fissò l'estremo opposto della sala. Guardai in quella direzione e, con un nodo allo stomaco, vidi che Will spariva con mia madre e la sua ex moglie in una delle sale contigue a quella in cui si stava svolgendo la festa.

«Di cosa pensi che debbano parlare?» chiesi angosciata.

Nick abbassò lo sguardo come se si fosse appena accorto che eravamo insieme.

«Non ne ho idea e non mi interessa».

Immaginavo come doveva sentirsi, l'avevo già visto in altre occasioni e sapevo che la cosa più probabile era che, in qualche modo, finisse per esplodere.

Alzai una mano per posargliela sulla guancia e lo costrinsi a concentrarsi su di me. Improvvisamente sentivo che l'incontro che avevo avuto con quella donna mesi prima era stato il più grande errore che avessi potuto commettere. Bastava vedere le condizioni di Nick per sapere che il dolore causato dalla sua semplice presenza era incommensurabile.

Se fosse venuto a sapere che l'avevo incontrata…

«Nicholas, ti devo dire una cosa…» iniziai con un leggero tremore nella voce. Non sapevo come avrebbe reagito, ma con sua madre a pochi metri da noi e chiaramente decisa a fare una bella scenata, temevo che potesse parlare del nostro incontro e sapevo che se Nick l'avesse scoperto da lei… non me l'avrebbe mai perdonato.

Nick tirò un po' indietro la testa e mi osservò.

«Cosa mi devi dire?»

Respirai a fondo cercando di calmarmi, cercando di trovare le parole giuste, ma a quel punto qualcuno ci interruppe: Sophia spuntò accanto a noi con aria preoccupata.

«Nicholas, credo che dovresti andare dai tuoi genitori».

Ci separammo e la guardammo subito dopo aver dato un'occhiata in direzione della porta.

«Ci vado io» mi proposi cercando di mantenere la calma.

Nicholas mi afferrò un braccio con forza.

«No» disse categorico.

«Nicholas, a me è indifferente, non sei costretto a parlarle».

Nick sembrava sul punto di perdere le staffe.

Mi voltai verso Sophia.

«Non farlo avvicinare a quella porta».

Prima che Nick potesse reagire, mi staccai da lui e attraversai in fretta la sala.

Quando mi avvicinai alla porta, sentii subito le urla. Tentennai un attimo, non sapevo se entrare o meno, ma poi ricordai l'espressione di mia madre, quanto era tesa... sapevo che aveva bisogno di me, quella donna poteva essere orribile.

Aprii la porta e i tre, William, Anabell e mia madre, si voltarono con i volti accesi dalla discussione. Anabell era accanto alla finestra, e si vedeva che si stava godendo il momento; William sembrava sul punto di svenire, e mia madre... mia madre era seduta su un divano con l'aria di chi vuole sparire e non tornare mai più.

«Oh, fantastico! Entra, Noah, credo che dovresti ascoltare quello che ho da dire».

A quel punto, mia madre cambiò atteggiamento, si alzò e si mise tra me e lei.

«Non osare invischiare mia figlia in tutto questo! Non provarci!»

William si avvicinò a mia madre e fece cenno di passarle un braccio attorno alle spalle, ma in quel momento accadde qualcosa di incredibile: mia madre si scosse in modo violento e gli rifilò uno schiaffo sonoro. Rimasi di stucco: successe tutto così in fretta che non sentii nemmeno la porta dietro di me che si apriva e delle mani che si posavano sulle mie spalle.

«Non toccarmi mai più!» mia madre diede la schiena a William e mi raggiunse.

«Noah, dobbiamo andarcene, subito».

Nicholas si spostò per mettersi tra me e mia madre.

«Ma cosa diavolo sta succedendo qui?»

A quel punto fu il turno di Anabell di aprire bocca. Si allontanò un po' dalla finestra; sembrava godersi tutto ciò che aveva spinto mia madre a schiaffeggiare l'unico uomo che avesse mai amato.

«Sta succedendo che sono venuta a prendermi quello che mi appartiene, tutto qui».

William scoppiò in una risata amara; si era ricomposto ed era furioso come mai l'avevo visto.

«L'unica cosa che vuoi sono i dannati soldi e adesso che stai per divorziare da quello stupido che chiami marito vieni qui a infangarmi con delle bugie per rovinare qualcosa che né tu né nessun altro è riuscito a evitare... e cioè che io ami questa donna più di quanto tu possa lontanamente immaginare».

Mia madre si voltò con gli occhi pieni di lacrime e rimase ferma davanti a me, con le mani che le tremavano e lo sguardo fisso su suo marito.

Anabell la squadrò con aria disgustata.

«Mi chiedo ogni giorno come tu abbia fatto a tradirmi per anni con questa poveretta che era solo alla ricerca di qualcuno che la tirasse fuori dall'inferno in cui si era andata a cacciare con le sue mani».

Espirai in modo affannato. Ma cosa stava insinuando? Lei continuò a parlare:

«Ora ti comporti come fossi il miglior padre del mondo, mi rinfacci di aver abbandonato Nicholas, ma non mi hai lasciato alternative! Ci hai sostituiti con lei e hai avuto la faccia tosta di lasciarmi in mezzo a una strada!»

William fece una risata.

«Ti ho chiesto il divorzio molto prima di conoscere Raffaella. Nicholas aveva sei anni, ti ho detto che non ti amavo più e ti ho promesso che non ti sarebbe mancato nulla, ma tu non ne hai voluto sapere. Hai voluto portare avanti quella farsa di matrimonio, hai voluto continuare a vivere sotto il mio stesso tetto e io ho acconsentito solo per nostro figlio».

Nicholas ascoltava i suoi genitori discutere come se per lui fosse la cosa più importante al mondo. Sembrava ricevere risposte che non aveva mai avuto, sembrava iniziare a capire perché tutto era andato a finire in quel modo; perché lui era cresciuto senza una madre.

«Di cosa sta parlando?» chiesi a mia madre senza capirci niente. Mi allontanai da Nick e guardai William; improvvisamente mi sentivo coinvolta in qualcosa di cui avevo ignorato l'esistenza. Due famiglie legate in modo inimmaginabile e con terribili conseguenze.

«Tu e Raffaella vi conoscevate da anni?» chiese Nick accanto a me, senza credere alle sue orecchie.

Anabell si voltò verso di lui e lo guardò sorpresa. Poi guardò me.

«Non gli hai dato la lettera, vero?»

Sentii il cuore iniziare a battere alla velocità della luce. Nick abbassò gli occhi verso i miei e mi fissò senza capire.

Feci cenno di no, con le parole bloccate in gola.

«Io...»

«Un paio di mesi fa, io e Noah abbiamo avuto un incontro molto interessante. È incredibile ciò che alcune persone sono disposte a fare per un paio di bigliettoni e una morbosa curiosità, non è vero, Noah?»

Anabell sembrava del tutto fuori di sé. Nicholas fece un passo indietro e mi guardò incredulo.

«Questo non è vero!» urlai a quel diavolo di donna. «Nicholas, non è come credi, ho accettato di incontrarla solo perché ha minacciato di non farti vedere Maddie, l'ho fatto solo per questo».

«E la incontri alle mie spalle, senza dirmi niente?!»

Lo sguardo di Nicholas mi si conficcò nel cuore perché, mai prima d'allora, mi aveva scrutato con un tale dolore. Sapevo di tradirlo quando avevo accettato di incontrare sua madre, ma non l'avevo fatto né per soldi né per curiosità, l'avevo fatto solo per lui. L'unica cosa che voleva quella donna era allontanarmi da lui e la sua mera presenza sconvolse così tanto Nicholas che sembrava non riuscire a sentire ciò che gli dicevo.

«Nicholas, ascoltami…»

Non mi lasciò nemmeno pronunciare una frase completa. Si allontanò da me, rivolse a tutti noi uno sguardo carico d'odio e se ne andò sbattendo la porta.

Mi voltai verso quel diavolo di donna che avevo dietro.

«Sei venuta qui solo a fargli ancora più male di quanto non gli hai già fatto!»

«Il male gliel'hai fatto tu non facendo quello che ti avevo chiesto».

Anabell sembrava imperturbabile a ciò che stava accadendo attorno a lei; anzi, sembrava abbastanza calma da poter spargere merda su tutti. La sua espressione si irrigidì nel sentire la porta che Nick aveva sbattuto, e i suoi occhi tornarono decisi su William.

«Sono venuta qui a informare il padre di mia figlia che la bambina è sua e che quindi deve occuparsene».

Per un attimo non capii cosa stesse dicendo. Guardai lei, poi William, che si portò una mano alla testa, e infine mia madre, distrutta e assolutamente sconvolta per aver dato uno schiaffo all'ultima persona a cui avrebbe voluto mettere le mani addosso.

E fu allora che tutto acquistò un senso.

William fece un passo avanti e si mise tra lei e noi due.

«Sai una cosa, Anabell? Sei una puttana bugiarda e io non credo a una sola parola di quello che hai detto».

Anabell aprì la borsa e tirò fuori dei documenti. Li mostrò come fossero lamine d'oro e io rimasi a osservare la telenovela che si stava svolgendo davanti ai miei occhi.

«È il test del DNA. L'ho sempre sospettato, ma non ho mai voluto verificare per paura che Roger mi lasciasse. Ora mi ha dimostrato di essere esattamente come te, proverà a togliermi tutto e io non intendo permetterlo. Madison è tua figlia e devi occuparti di lei».

Guardai mia madre, che era immobile e silenziosa. Le lacrime iniziarono a scendere lungo le sue guance e io non capivo se era perché aveva appena scoperto che suo marito aveva una figlia illegittima o perché, considerata la situazione, questo significava che le aveva messo le corna.

William le strappò quei fogli di mano e li guardò senza dire una parola. Passarono i secondi, fin quando non alzò lo sguardo.

«Questa è una bugia, è tutta una dannata bugia. Io non ho dato niente perché tu potessi fare questo test, quindi sparisci dalla mia vista prima che chiami la sicurezza e ti faccia cacciare a calci».

Anabell sorrise sicura.

«Questo test è corretto, non è stato affatto complicato assumere qualcuno perché entrasse a casa tua e prendesse il necessario. Quando ti hanno chiamato per avvisarti che avevano fatto irruzione a casa tua, non ti ha stupito che non ti avessero rubato nulla a parte il pettine?»

Mio Dio... i ladri che erano entrati in casa quell'estate... non potevo crederci, era una follia. Li aveva ingaggiati Anabell e doveva aver pagato la cauzione per farli uscire di galera. Sicuro che avevano potuto nascondere facilmente il pettine.

William la fissò in silenzio, perché aveva appena sganciato una tale bomba che nessuno riusciva a dire niente.

A quel punto Anabell si voltò verso di me e mi guardò.

«Mi stai giudicando e non riesco a credere che tu lo stia facendo».

Mi accigliai e feci un passo verso di lei.

«Non meriti di essere madre, ecco cosa penso».

Anabell scoppiò a ridere e guardò mia madre dritto negli occhi.

«E me lo vieni a dire proprio tu che hai una madre che ti ha lasciata da sola a casa con un padre che per poco non ti ammazzava mentre lei si scopava mio marito in un hotel a cinque stelle?»

Nel sentire quelle parole spalancai gli occhi.

Mia madre si mise davanti a me, dandomi la schiena.

«Vattene di qui!»

Anabell scoppiò in una risata secca e mi osservò con pena.

«Io ho lasciato mio figlio con suo padre perché pensavo fosse la cosa migliore per lui, ma mai lo avrei lasciato con un violento».

Mia madre si portò le mani alla bocca e iniziò a singhiozzare senza controllo. Anabell attraversò la stanza e uscì senza nemmeno voltarsi indietro. Fu allora che mi girai verso mia madre perché negasse ciò che quella donna aveva appena detto.

«Mamma...?» non mi accorsi che la mia voce era spezzata fin quando non pronunciai quelle parole.

«Noah, io...»

Era possibile che ciò che aveva detto quella strega fosse vero? Che mia madre e Will si erano conosciuti molti anni prima di sposarsi? Che mio padre mi aveva quasi ammazzata perché mia madre era con un altro?

«Avevi detto... avevi detto che stavi lavorando...» risposi e le lacrime iniziarono a scendermi sulle guance, impedendomi di vedere ciò che c'era attorno.

Mia madre cercò di avvicinarsi a me, ma i miei piedi indietreggiarono per mantenere le distanze.

«Noah, non ho mai creduto che potesse succedere una cosa del genere... mi devi credere... io non ho mai... mi sono sempre... io mi sono sempre sentita in colpa per quello che è accaduto, ma...»

«Ma come hai potuto?!» urlai asciugandomi le lacrime. «Come hai potuto lasciarmi da sola con lui?!»

William si mise accanto a mia madre e giuro su Dio che in quel momento lo odiai con tutte le mie forze, lo odiai così tanto che pensai di non poterlo mai perdonare.

«Noah, calmati, nessuno dei due voleva che accadesse una cosa del genere, nessuno dei due pensava che...»

Mi portai le mani alla testa faticando a credere alle mie orecchie. La nebbia che aveva coperto la mia vita finalmente iniziò a dissiparsi, svelando uno scenario ancora peggiore.

«Non avrei mai pensato di dire una cosa del genere, ma Anabell Grason ha ragione: sei peggio di lei e non ti perdonerò mai, perché hai rovinato la mia vita, la mia infanzia, hai rovinato me».

Non le permisi di dire nulla, mi voltai e cercai una porta per scappare da quella stanza. Uscii sbattendola e asciugandomi le lacrime, di certo avevo tutto il trucco sbavato... e, all'improvviso, mi resi conto che non avevo modo di tornare a casa, a meno di non farmi venire a prendere.

Nervosa, tirai fuori dalla piccola borsa il cellulare e vidi che avevo quattro chiamate perse di Briar.

Non sapevo nemmeno come avrei fatto a uscire di lì, come le avrei spiegato quello che era successo, ma provai a calmarmi perché non aveva senso ripensare a qualcosa di inevitabile. Mia madre aveva vinto il premio per la peggiore madre della storia e io sentivo solo il bisogno di andarmene; avevo bisogno dell'abbraccio dell'unica persona in grado di consolarmi in quel momento, quella persona che se n'era andata guardandomi con lo stesso odio con cui aveva guardato sua madre.

Con il cuore stretto in una morsa, telefonai a Nick. Aveva il cellulare spento, cosa insolita per lui. Mi rinfacciava sempre che non gli rispondevo al telefono e a quel punto mi accorsi che era veramente arrabbiato: Nicholas vedeva il mio incontro con sua madre come un autentico tradimento.

Non riuscivo a credere a come le cose fossero precipitate in così poco tempo. Non riuscivo a credere a ciò che mia madre aveva fatto, a come mi aveva mentito per anni sull'avermi lasciata da sola, sul suo rapporto con William, su tutto... E ora, come se non bastasse, si scopriva che Madison era figlia di Will. Come l'avrebbe presa Nick?

Ero così stressata che, quando vidi entrare Briar, provai un senso di gratitudine. Quando mi notò, cambiò espressione e mi corse incontro per abbracciarmi.

«Morgan?»

Mi lasciai andare sul divano e lei si sedette accanto a me.

«Mi dispiace molto, Noah...» disse Briar mettendomi un braccio attorno alle spalle.

«Non riesco a credere a quello che è successo...» iniziai a dire, incapace di scegliere le parole giuste; non potevo nemmeno raccontarle quello che era successo perché Briar non sapeva nulla né di me né della storia della mia famiglia.

«Avrei voluto avvisarti… davvero, ma lui è così, lo è stato con me e lo sarà anche con te. Nicholas non è in grado di amare nessuno».

I miei pensieri si fermarono un istante e la mia testa si sollevò lentamente fin quando i miei occhi cercarono i suoi. Mi accigliai senza capire. Briar alzò la mano per cancellare le lacrime che continuavo a versare.

«Speravo non l'avessi visto, ma… ovviamente non è così».

Le presi la mano scostandola dal mio viso e la fissai, provando a capire cosa mi stesse dicendo.

«Ma di cosa stai parlando?» le chiesi mentre una nuova paura sembrava sorgere dal centro del mio cuore.

«Te lo volevo dire… ma poi ho capito quanto lo ami e ho deciso di non aprire bocca. Però dopo averlo visto andar via con lei… Morgan non puoi permettere che ti faccia lo stesso che ha fatto a me, non ha il diritto di tradirti così davanti a tutti».

Feci cenno di no e sentii che le mani mi iniziavano a tremare.

«È stato uno stronzo, Morgan, lo è stato fin dall'inizio, mi ha chiesto di non dirti niente, di non raccontarti niente e io ho acconsentito perché pensavo fosse davvero innamorato di te… ma dopo aver visto che se la faceva con lei, non intendo continuare a mentire…»

Sentii che il mio cuore minacciava di spezzarsi, perché se quello che stavo sentendo era vero, se Briar stava dicendo la verità…

«Se n'è andato con Sophia?» la mia voce si spezzò e Briar rimase a fissarmi come se stesse cercando di capire come mai fossi così confusa.

Senza nemmeno rendersene conto, aveva appena sganciato non una bomba ma ben due perché io non stavo piangendo per Nick ma per mia madre, solo che Briar…

Mi alzai e lei fece lo stesso.

«Anche tu ci sei andata a letto insieme?»

Briar rimase un attimo in silenzio e fu sufficiente per sapere la verità.

52
Nick

Uscii da quella stanza così incazzato che, per un attimo, la musica, la gente, le candele e i camerieri mi sconvolsero. La mia testa era stata così lontano da tutta quella farsa che vedere persone tanto felici, a bere a ballare, mi fece praticamente impazzire.

Noah si era vista con mia madre. Noah l'aveva incontrata. Mio Dio, ma come aveva potuto?

Il solo pensiero che avesse ascoltato ciò che quella donna le aveva detto mi mandava fuori di testa. Ero stato molto chiaro in merito a mia madre: non parlavamo di lei, non la menzionavamo, non la vedevamo, non niente. Punto.

E ora, come se non bastasse, avevo anche scoperto che mio padre aveva iniziato una relazione con Raffaella quando io ero solo un bambino; e adesso dovevo rivalutare tutto perché non era lo stesso che mia madre se ne fosse andata senza una ragione o che l'avesse fatto perché suo marito la tradiva. Avevo sempre creduto che le cose fossero andate al contrario, che fosse stata lei a lasciarmi per fare del male a mio padre. Ora invece non era più così.

Fin dalla mia nascita, la mia vita era stata tutta una bugia, una bugia in cui nessuno dei due, né lui né lei, era stato in grado di accantonare i suoi cazzo di problemi per mettere me al primo posto.

Sophia apparve all'improvviso davanti a me con aria preoccupata e, per un secondo, mi chiesi come ci si dovesse sentire a non avere nessun pensiero se non quello di fare carriera. Sophia era una ragazza completamente libera. Era stato facile parlare con lei, chiacchierare di sciocchezze e semplicemente passare il tempo…

«Nicholas, stai bene?»

La guardai di nuovo, osservai la sua pelle abbronzata, i suoi capelli neri, i suoi occhi scuri. Cosa avrebbe pensato Noah se avessi fatto qualcosa a sua insaputa? Come si sarebbe sentita se l'avessi pugnalata alle spalle?

Sophia continuava a parlare, io nemmeno l'ascoltavo… all'improvviso, mi sentii consumare dalla rabbia, l'odio infinito che provavo verso tutti tranne che verso Noah era impossibile da controllare: perché la luce in fondo al tunnel era scomparsa, perché Noah aveva di nuovo fatto quello che aveva ritenuto giusto, senza prendere in considerazione ciò che io avrei detto o pensato, o semplicemente ciò che io avrei desiderato. Ero così arrabbiato, così incazzato con lei e con mia madre che non mi accorsi nemmeno di ciò che stavo facendo fin quando le mie labbra non si posarono bruscamente su quelle della ragazza che avevo davanti.

Mi sentii strano, per un attimo aspettai che comparisse quella sensazione di vertigine che arrivava sempre quando baciavo Noah, ma non accadde nulla del genere, sentii solo il contatto delle nostre labbra e mi incazzai ancora di più.

Con una mano, mi avvicinai Sophia al petto, la strinsi a me e affondai le dita tra i suoi capelli, le infilai la lingua in bocca e cercai quel sapore che mi consumava, che mi faceva sciogliere: niente, cazzo, non sentivo niente. Fu a quel punto che lei sembrò diventare consapevole di ciò che stava succedendo, e mi diede uno spintone.

«Ma cosa stai facendo?»

La fissai, la analizzai meticolosamente, cercando chi non avevo davanti a me.

'Merda!'

Sophia sembrò essere rimasta senza parole.

Mi portai le mani alla testa e svuotai il bicchiere che avevo accanto in un sorso. L'alcol mi bruciò la gola, ma ormai ero abbastanza abituato a quello.

«Ho bisogno di andarmene».

Chiamai Steve perché mi aspettasse lì fuori. Chiesi a Sophia se per favore poteva andarsene dalla festa – era la cosa migliore –, e mi preparai a cancellare ogni prova di quanto appena accaduto. Sophia sembrava confusa e un po' arrabbiata, ma fece ciò che le chiesi. Prese la sua borsa, uscì con me e salì su una delle tante macchine che c'erano lì fuori. Quando uscii, una folata di vento umido mi colpì il viso e, quando alzai lo sguardo, vidi un cielo cupo, minaccioso.

Scesi le gradinate senza nemmeno rivolgere un sorriso teso ai fotografi e passai davanti ai parcheggiatori e al resto degli ospiti là fuori cercando Steve, che mi aspettava all'entrata. Quando raggiunsi il veicolo, aprii la portiera e mi sedetti sul sedile posteriore sperando di scomparire.

«Cos'è successo, Nicholas?» mi chiese guidando e guardando serio la strada davanti.

Steve mi era stato accanto da quando ero capace di intendere e di volere, era lui che veniva a prendermi a scuola, che mi portava alle partite, che c'era stato quando non avrei potuto fare affidamento sui miei genitori. Provavo un affetto speciale nei suoi confronti e, per un attimo, fui tentato di aprirmi e raccontargli come mi sentivo.

Con la mente persa in mille posti diversi, impiegai più del dovuto ad accorgermi della scatolina sul sedile e del biglietto che avevo chiesto a Steve di consegnare a Noah quella sera. Mi infilai entrambe le cose nella tasca della giacca e rimasi a guardare dal finestrino. Avevo lasciato Noah da sola con quell'arpia di mia madre e i nostri genitori, me n'ero andato senza permetterle di spiegarsi e, come se non bastasse, avevo baciato Sophia davanti a tutti gli ospiti. All'improvviso mi venne la nausea e presi il cellulare. Lo avevo spento da un po', non appena uscito da quella stanza, e quando lo accesi trovai una sua chiamata persa di venti minuti prima. Mi ero comportato come un vero stronzo... Digitai il suo numero e aspettai che rispondesse, ma non lo fece; aveva il cellulare spento. Sentii un improvviso fastidio allo stomaco.

«Steve, torna alla festa... devo portare Noah via da quell'inferno».

Non ci impiegammo molto ad arrivare. Da ciò che constatai, la cerimonia era proseguita secondo i piani, per cui in quel preciso istante mio padre stava tenendo il discorso che aveva provato tante volte. Scrutai la stanza cercando di intravederla, ma niente... Non vidi neanche Raffaella. Non volevo nemmeno pensare alla ragione per cui mia madre aveva voluto fare quella scenata e nemmeno volevo sapere come mai avesse mentito dicendo che Noah l'aveva incontrata per denaro. Sapevo bene che Noah non si sarebbe fatta ricattare per soldi.

A ogni minuto che passava, mi sentivo sempre più in colpa per essermene andato. Se ciò che Noah mi aveva detto era vero, aveva incontrato mia madre soltanto perché mi lasciasse tenere Maddie. Cazzo, ero stato un coglione! Mi ero comportato da emerito stronzo!

Provavo sempre più ansia, mi addentrai tra la gente, che stava alzando i calici in un brindisi collettivo. Subito dopo, dagli altoparlanti iniziò a risuonare la musica che avevano silenziato poco prima e riprese anche il mormorio delle conversazioni. Fu allora che nel mio campo visivo apparve una capigliatura rossa: Briar. Mi avvicinai a lei deciso.

«Sto cercando Noah, l'hai vista?»

Briar scoppiò a ridere e mi guardò con odio.

«Adesso la cerchi? Sei vergognoso!» esclamò facendo cenno di no con la testa. «Per un attimo ti avevo creduto, sai? Credevo che fossi davvero cambiato... anzi, una piccola parte di me, che non ti odia con tutta l'anima, era felice di sapere che, nonostante tutto, avessi scoperto cosa voleva dire amare davvero».

«Ma di cosa stai parlando?» dissi vacillando verso di lei.

I suoi occhi verdi mi avvisarono che non era una buona idea continuare ad avvicinarmi.

«Sai? Tuo padre aveva ragione quando lo vidi quell'ultima volta. Mi disse che non eri in grado di amare nessuno, che l'odio che avevi dentro era così grande da non lasciare spazio a nient'altro, di certo non a una ragazza di diciannove anni con un figlio in arrivo».

Serrai la mandibola con forza.

«Ora mi rendo conto che aveva ragione... Noah ti amava davvero, Nicholas, e tu non sei riuscito a ricambiarla... Non sei riuscito ad amare me, non sei riuscito a perdonare i tuoi genitori e non potrai amare lei perché sai perfettamente che è meglio di te sotto tutti i punti di vista».

«Briar. Dov'è Noah?»

Non potevo credere che tutto quello mi stesse di nuovo esplodendo in faccia. Briar non aveva idea di ciò che avevo vissuto, di quanto avevo sofferto per quello che mio padre mi aveva costretto a fare.

Briar era stata una delle mie tante storielle, non avevo mai preteso che diventasse altro. Credevo di essere qualcosa di passeggero per lei. Briar non era una santa

– prima che con me, era stata con mezzo campus –, ma poi avevo saputo che di me si era innamorata. Quando aveva scoperto di essere incinta, era venuta a dirmelo a casa e mio padre ne era venuto al corrente. Non potei far nulla quando la obbligò ad abortire per evitare lo scandalo. Briar era una ragazza problematica: era cresciuta, come me, in un ambiente tossico, con dei genitori che non si erano mai occupati di lei e che non le avevano dato ciò di cui aveva bisogno. Ciò che successe tra di noi le causò un tale esaurimento nervoso che dovette essere ricoverata in una clinica in cui era già stata una volta. Io avevo provato a mettermi in contatto con lei, avevo cercato migliaia di volte di chiederle scusa, dopo essere uscito dal mio inferno personale, ma era stato impossibile: lei aveva tentato il suicidio quand'era solo una bambina e i medici si rifiutarono di farmela incontrare per timore che potesse riprovarci.

«Mi dispiace tanto, Briar… ti assicuro che non volevo farti del male, e non volevo fartene nemmeno adesso, né a te né a Noah… ti prego, dimmi dov'è».

La sua espressione si contrasse in una smorfia prima di guardarmi dritto negli occhi.

«Sa che la tradisci con Sophia e sa anche di noi… Se n'è andata, Nicholas, è andata via più di un'ora fa».

Fu allora che mi sentii invadere da una paura irrazionale che mi pietrificò proprio lì dov'ero, con il cuore pronto a esplodere.

«Mio Dio, ma cosa hai fatto?!»

53
Noah

Non ricordavo com'ero salita sul taxi e nemmeno quando l'avevo chiamato; in quel momento riuscivo solo a concentrarmi per cercare di inspirare ed espirare perché stavo avendo un attacco di panico in piena regola ed era così forte che il petto mi faceva male come se stessero per strapparmi il cuore.

Non riuscivo a smettere di pensare a tutto ciò che era accaduto nell'ultima ora. Mi sembrava di essere stata la protagonista di un thriller psicologico. Scoprire che mia madre mi aveva mentito su quasi tutto mi aveva distrutta, ma quando Briar mi aveva raccontato che Nicholas mi aveva tradita, che mi aveva lasciato convivere con una persona con cui era andato a letto per mesi e che in più aveva messo incinta costringendola poi ad abortire, non avevo retto oltre.

Ma era di Nicholas che stavamo parlando? Come aveva potuto farmi una cosa del genere? Come aveva potuto mentirmi in quel modo, prendermi in giro fingendo di non conoscerla? Come avevano potuto inscenare quella farsa? Perché?

Non avevo mai provato qualcosa di così forte, di così orrendo, mai fino a quel giorno mi ero sentita così tradita da tutti, perché erano stati proprio tutti, quella notte mi avevano tradita tutte le persone che amavo: mia madre,

William, Nick, persino Briar... pensavo fossimo amiche, pensavo...

Con mani tremanti tirai fuori il cellulare. Avevo bisogno di Jenna, non avevo idea di come avrei risolto la situazione, non sapevo come mi sarei ripresa da un colpo del genere.

«Ti senti bene?» mi chiese il tassista guardandomi dallo specchietto retrovisore.

Bene? Mi sentivo morire.

Jenna non rispondeva e a quel punto, sullo schermo, apparve la foto di Nick. Rimasi a guardarla con un dolore infinito, il dolore più straziante che avessi mai provato e, nel vedere la sua immagine, nel vedere quello scatto di noi due insieme che sorridevamo verso la fotocamera, quel dolore lasciò il posto a un odio irrazionale che mi invase l'anima, un odio verso di lui e verso chiunque mi volesse fare del male.

Avevo già sofferto abbastanza, non me lo meritavo, non lo meritavo proprio. Come aveva potuto tradirmi così? Come aveva potuto gettare alle ortiche tutto il nostro vissuto?

A quel punto capii che quella situazione mi avrebbe distrutta. Tutto ciò che avevo fatto, tutto ciò che avevo dovuto sopportare per potermi trovare a quel punto, per potermelo meritare... era tutto andato in mille pezzi.

«Siamo arrivati» annunciò il tassista nell'istante esatto in cui un tuono risuonava in cielo, facendomi rabbrividire.

Pagai e scesi dall'auto.

Siccome Jenna non aveva risposto alle mie telefonate, c'era solo un'altra persona a cui potevo rivolgermi: raggiunsi l'entrata degli appartamenti e suonai al numero diciotto.

Non mi accolse chi mi aspettavo, ma a quel punto mi

andava bene qualsiasi dei due. Michael scese ad aprirmi e spalancò gli occhi incredulo quando mi vide all'entrata, a pezzi e quasi incapace di respirare. Non mi importava se lo conoscevo solo da qualche settimana: lui mi aveva aiutata e, cosa più importante, mi capiva meglio di chiunque altro perché con lui mi ero aperta come non avevo mai fatto con nessuno.

Con la vista annebbiata per via delle lacrime, feci un passo avanti e crollai sul suo petto. Le sue braccia mi strinsero con forza e, proprio allora, proprio in quel preciso istante, il mio cuore cadde a terra frantumandosi in mille pezzi.

Tre ore dopo, aprii gli occhi in una stanza sconosciuta. Avevo un mal di testa così terribile che ci misi qualche secondo a concentrarmi su qualcosa di diverso dal dolore, ma non solo quello alla testa, no, c'era qualcos'altro che mi sfuggiva, qualcosa che non capivo... A quel punto la verità ricadde su di me come una doccia gelata.

Sentii che le lacrime iniziavano di nuovo a scendere lungo le guance, silenziose, come a non voler peggiorare le cose e a non voler aggiungere altra drammaticità. E tuttavia non sarebbe stato necessario: tutto era stato e continuava a essere drammatico. Ogni cosa, dall'inizio alla fine. Tutti mi avevano messa in guardia, tutte le persone che mi conoscevano mi avevano detto che sarebbe potuto accadere ed eccomi lì, in fondo al pozzo, perché non ero riuscita a vederlo e a riconoscerlo in tempo.

Mi appoggiai ai cuscini e mi guardai attorno alla ricerca di qualcosa che mi distraesse; notai che c'erano due candele accese sul comodino. Pensai di alzarmi, ma prima di poterlo fare, la porta si aprì e comparve Michael con una tazza fumante in mano. Mi fece strano vederlo con una semplice maglietta grigia, ma la cosa ancora più strana fu scoprire che mi trovavo nel suo letto, sotto le sue lenzuola, dopo aver pianto per ore mentre lui mi abbracciava.

«Ehi» disse entrando in camera e sedendosi accanto a me. «Ti ho preparato del tè caldo con miele e limone, hai pianto così tanto che avrai la gola asciutta».

Annuii prendendo la tazza e portandola alla bocca. Ero così stranita, così persa che non sapevo cosa dire o fare. Mossi un po' le gambe sotto le lenzuola e mi accorsi che non indossavo più il vestito, ma una maglietta di cotone larga e bianca.

Michael sembrava valutare cosa dire, e mi fu sufficiente un semplice sguardo per capire che, se possibile, era più nervoso di me. Abbassai gli occhi concentrandomi sul fumo che risaliva dalla mia tazza e, a quel punto, sentii le dita di Michael che mi asciugavano le lacrime delicatamente.

«Non si merita che versi una sola lacrima, Noah, non una».

Sapevo che quello che mi stava dicendo era vero, ma non stavo piangendo né per me né per lui: piangevo per noi, per Nick e Noah, per entrambi... perché ormai non sarebbe più esistito un noi, vero? Perché non sarei stata capace di perdonarlo... o sì?

Guardai l'acqua che colpiva la finestra. Era da tempo che non vedevo piovere così... l'ultima volta era stata a Toronto, prima che la mia vita venisse sconvolta, prima che mi innamorassi, prima di tutto.

«Immagino che sarebbe comunque successo...» affermai a bassa voce, rivolta più a me stessa che a Michael.

Le mie parole parvero fluttuare tra di noi.

«Cos'hai detto?»

La sua domanda fu così brusca che dovetti deviare lo sguardo per concentrarmi su di lui.

«Non è la prima volta che mi succede. È come se non riuscissi a farmi amare dagli uomini... Non c'è riuscito mio padre, e nemmeno Dan, il mio primo fidanzato. Lui mi ha tradita con la mia migliore amica e adesso la storia si ripete... Ora mi chiedo se è per questo che ho continuato a fuggire da tutto ciò che succedeva con Nick. Una parte di me sapeva che sarebbe finita così e volevo proteggermi dal dolore...»

All'improvviso, Michael si avvicinò al letto, mi tolse di mano la tazza e, senza che riuscissi a fermarlo, mi baciò sulle labbra con tale impeto da bloccarmi sui cuscini su cui ero distesa.

Sbattei più volte le ciglia, in preda alla confusione, fin quando non si scostò da me guardandomi con rabbia, con rabbia e qualcos'altro.

«Sei un'idiota se pensi che non meriti di essere amata, sei un'idiota se pensi di avere la colpa di ciò che ti è accaduto nella vita...» Mi accarezzò i capelli. «Non ho fatto un buon lavoro con te, Noah, no, non l'ho fatto...»

E, senza aggiungere altro, posò di nuovo la sua bocca sulla mia e mi sentii talmente persa che lo lasciai fare. La mia mente parve scollegarsi dal corpo, che era ciò che avevo desiderato fare da quando ero salita sul taxi. All'improvviso, le mani di Michael erano dappertutto e, forse per un riflesso automatico, le mie iniziarono a seguirle.

Mi toccava in modo diverso, i suoi baci erano diversi e non avrei saputo dire se mi piacevano o no perché io non ero lì, io non sapevo nemmeno cosa stava accadendo... il mio cuore e la mia mente erano a terra, sotto il letto, al buio, in attesa che arrivasse qualcuno con una luce per tirarmi fuori da quel pozzo profondo.

Quando mi svegliai verso le cinque del mattino, il mio cervello parve tornare da ovunque fosse stato per riprendere a funzionare e allora mi resi conto di ciò che avevo appena fatto. Fu come se qualcuno mi avesse appena rifilato un forte colpo al centro del petto, un colpo così doloroso, così deciso che dovetti trascinarmi fuori dal letto per raggiungere il bagno e vomitare.

Mi sentii malata, malata sul serio, come se dentro di me ci fosse un virus che stava divorando il residuo di vita che rimaneva. Osservai il mio corpo: indossavo ancora la maglietta bianca, ma la mia biancheria intima era scomparsa. Nella mia mente iniziarono a sfilare immagini di ciò che era capitato con Michael in quella stanza, e non potei far nulla per evitarle. Le sue mani, la sua bocca, il suo corpo nudo sul mio...

'Mio Dio!'

Mi venne un altro conato e fui costretta a inginocchiarmi davanti al water per continuare a vomitare per dei minuti che mi sembrarono eterni. Poi appoggiai la guancia sul bordo del lavandino e ripresi di nuovo a piangere; non sapevo nemmeno quante lacrime avevo versato nelle ultime ore, non capivo come potessi averne ancora da versare. All'improvviso, mi venne una voglia matta di bruciare quella maglietta, di farmi una doccia con l'acqua bollente e di sfregare la mia pelle con la spugna più ruvida che potessi trovare... desideravo ripulirmi dentro e fuori con tutte le mie forze, e poi rannicchiarmi nel letto in attesa che il tempo passasse e io riuscissi di nuovo ad alzarmi.

Come un automa, iniziai a radunare le mie cose senza fare rumore. Non volevo indossare il vestito della festa, ma non volevo nemmeno uscire nuda da quella stanza. Alla fine optai per una felpa di Michael che c'era su una sedia. Più tardi avrei bruciato quel dannato vestito e anche la felpa... Avrei buttato nel fuoco tutto ciò che avevo indossato quella notte, avrei bruciato tutti i ricordi e tutto quello che lui aveva toccato, perché mio Dio, gli avevo permesso di toccarmi, gli avevo permesso di fare ben altro...

Dovetti accendere il cellulare per chiamare un altro taxi e, nel farlo, sulla schermata del telefono iniziò a spuntare una miriade di notifiche. La maggior parte erano di Nicholas e vidi che mi aveva chiamata ogni cinque minuti nelle ultime sei ore... anche Jenna l'aveva fatto, e anche mia madre.

Socchiusi gli occhi e le ignorai tutte. Chiamai il taxi e uscii dall'appartamento di Michael senza far rumore.

Pioveva molto forte e non ci misi molto a bagnarmi da cima a fondo, ma siccome mi sentivo sporca, lasciai che l'acqua mi lavasse e mi sentii meglio. Per qualche minuto provai a dimenticarmi di tutto e a concentrarmi soltanto sulle gocce che battevano sul mio viso.

Il suono del clacson del taxi mi risvegliò dal mio letargo e mi affrettai a salire sui sedili posteriori. Se fosse dipeso da me, mi sarei imbarcata su un aereo e me ne sarei andata in Canada, così, senza pensarci, per poter stare in un posto in cui non fossero presenti né i ricordi né le ex del mio fidanzato, ma prima di farlo dovevo passare dal mio appartamento.

Non ci misi molto ad arrivare – in fondo Michael abitava nel campus –, e quando vidi chi mi stava aspettando sui gradini d'ingresso, per poco non svenni.

No... non potevo affrontarlo... merda, dovevo andarmene da lì.

Ma ormai Nicholas mi aveva vista e non feci in tempo a dire al tassista di fare marcia indietro e tornare da dove eravamo arrivati, che Nick aveva già aperto la portiera del taxi e mi aveva tirata fuori.

«Noah, per favore, ti ho cercata come un pazzo per tutta la notte, pensavo ti fosse successo qualcosa, pensavo...» era così disperato e io ero così malridotta che per un istante gli permisi quasi di abbracciarmi, mi lasciai quasi avvolgere dalle sue braccia e lo pregai quasi di portarmi lontano da lì, da qualsiasi parte, a patto di non sentirmi più come mi stavo sentendo. Ma a quel punto le ragioni per cui mi trovavo in quello stato mi ritornarono con forza in mente e mi colpirono, questa volta in maniera più intensa perché adesso l'avevo davanti, l'avevo lì con me e potevo vedere, e non solo pensare, ciò che avevo appena perso.

Mi divincolai così forte e così in fretta che per qualche secondo Nicholas non riuscì a prendermi, ma poi ce la fece: mi afferrò quando ero ormai vicina alla porta di casa, mi prese la testa tra le mani e mi costrinse a guardarlo.

«Ascoltami, Noah, per favore, mi devi ascoltare».

Sembrava così disperato... anche se la pioggia si era attenuata eravamo entrambi fradici e congelati.

«Noah, è stato tutto uno stupido malinteso, ti ho cercata ovunque perché sapevo cosa stavi pensando e mi sentivo morire dentro al solo pensiero che potessi credere che ti avessi tradita...»

Sbattei più volte le ciglia senza capire cosa mi stesse dicendo.

«Sono stato un coglione, d'accordo? Lo sono stato, sono stato un completo idiota ad averti lasciata da sola stanotte con i nostri genitori e sì, puoi odiarmi perché ho baciato Sophia, ma...»

Le sue parole mi arrivarono dritte all'anima e a quel punto cercai di liberarmi dalla sua presa: aveva appena ammesso davanti a me che era vero, che l'aveva baciata, che mi tradiva con lei.

«Lasciami!» urlai, ma ottenni solo che mi tenesse ancora più forte.

«Cazzo, Noah! Io non ti tradirei mai!»

Mi scosse con forza e i miei occhi si alzarono dalla

strada infangata e bagnata per prestargli un po' di attenzione.

«È stato solo uno stupido bacio, uno stupido bacio che le ho dato per rabbia, perché ero incazzato con te e, sì, sono stato un coglione perché ho sfruttato la tua gelosia verso Sophia per vendicarmi. Ma in realtà io non mi voglio vendicare, Noah, mi sono lasciato portare da quel Nicholas di anni fa, quella persona che tu mi hai aiutato a mettere da parte e ti giuro su Dio che non permetterò mai che ritorni, è stato il più grande errore che ho commesso nella mia vita. E sai perché? Perché ora che ho di nuovo baciato un'altra donna, mi sono accorto che sono dannatamente innamorato di te, che non potrò mai più baciare un'altra e sentire quello che sento quando bacio te: se non sei tu, non provo niente, se non sto con te credo di non avere nemmeno un'anima...»

La mia testa iniziò ad analizzare ciò che mi stava dicendo e, al tempo stesso, al posto del dolore iniziò a manifestarsi una terribile paura.

«Non sei andato a letto con lei?» chiesi con una voce insolitamente rauca.

Nicholas spinse la testa all'indietro e lasciò che l'acqua gli scendesse per un attimo lungo le guance.

«Odio che tu me lo chieda, ma voglio essere chiaro con te perché è evidente che si è tutto incasinato così in fretta che meriti che lo faccia». Poi mi fissò, come a voler enfatizzare la sincerità delle sue parole. «Non ti ho mai, e ripeto mai, tradita con nessuna, non mi è mai passato per la mente e non mi passerà mai, Noah».

Sentii un immenso sollievo che fu come un balsamo per ogni angolo ferito della mia mente e del mio cuore.

«Ma allora... Briar mi ha detto...» iniziai a dire.

«Noah, la storia con Briar è stata allucinante, e sì, avrei dovuto raccontartela, ma tra noi andava così male, il nostro rapporto era sull'orlo di un precipizio e non volevo peggiorare le cose rivelandoti che avevo messo incinta la tua coinquilina quando eravamo due ragazzini e ancor meno che mio padre l'aveva costretta ad abortire per evitare lo scandalo. Avevo paura che non capissi. È successo tutto così in fretta che mi è sfuggito di mano ed è stata Briar a pagarne le conseguenze...»

Era stato il padre di Nicholas a costringere Briar ad abortire? Briar mi aveva fatto intendere che era stato lui.

«Non vai a letto con lei?»

Nicholas imprecò e mi guardò di nuovo con decisione.

«Io non vado a letto con nessuna a parte te, Noah, ma vedo che continui a non fidarti e non riesco proprio a capirlo. Ma possiamo farcela, insieme possiamo sistemare le cose».

La mia testa iniziò a girare e a girare... era tutta una bugia? Nicholas non mi tradiva...?

Provai un tale sollievo che non mi resi conto che le lacrime avevano ripreso a scendere lungo il mio viso fin quando Nicholas mi attirò verso il suo petto e mi abbracciò forte.

Ci impiegai un attimo a ricambiare l'abbraccio, perché il mio cervello era dovuto passare dall'odiare l'amore della mia vita ad amarlo di nuovo alla follia nell'arco di un secondo.

«Ma cosa devo fare con te, Noah?» mi chiese retoricamente mentre mi accarezzava i capelli bagnati e la schiena dall'alto al basso.

Ero così congelata e sconvolta che, quando Nick mi chiese di entrare a casa, annuii semplicemente e gli permisi di guidarmi dentro.

Quando entrammo e vedemmo che la sala era esattamente uguale a come l'avevo lasciata io dieci ore prima, iniziai a sentire il panico crescere dentro di me. C'erano bicchieri dappertutto, di quando le ragazze erano venute ad aiutarmi, c'erano vestiti buttati sul divano e scarpe sparse sul pavimento, trucchi… era tutto un tale disastro che mi allontanai da Nick e mi misi a riordinare in modo compulsivo.

«Noah, ma cosa stai facendo?»

«Ho solo bisogno di sistemare qui… ho bisogno di pulire… ho bisogno…» Le mani di Nick mi costrinsero a fermarmi e a voltarmi verso di lui.

«Noah, calmati, d'accordo?» i suoi occhi mi percorsero da cima a fondo e all'improvviso provai una grande paura, una grande paura che scoprisse ciò che avevo fatto e sentii di nuovo la nausea. «Stai tremando e anch'io sto congelando. Facciamoci una doccia calda e andiamo a letto, d'accordo? Possiamo riprendere a parlare domani…»

Iniziai a fare cenno di no, il senso di colpa mi stava uccidendo. Volevo più di qualsiasi altra cosa al mondo togliermi quei vestiti e infilarmi sotto l'acqua, ma non potevo farlo davanti a Nicholas, non riuscivo nemmeno a guardarlo in faccia.

Mi aveva appena confessato di non avermi tradito con nessuna, di non averci mai nemmeno pensato; sì, aveva baciato Sophia, ma cosa poteva voler dire un bacio dopo che avevo creduto che ci andasse a letto insieme? Niente.

«Nicholas, io…»

I suoi occhi mi guardarono preoccupati e mi accorsi del momento esatto in cui prese consapevolezza del mio stato e di ciò che indossavo.

«Ma dove sei stata per tutto questo tempo, Noah?» non sembrava mi stesse rimproverando, mi osservava soltanto con curiosità. «Jenna ti ha telefonato diverse volte, come me, e io ho persino parlato con il tuo amico dell'università… dov'eri?»

Iniziai a negare con la testa e chiusi forte gli occhi, come se quello mi potesse salvare da ciò che sarebbe successo.

«Io… io…» non riuscivo nemmeno a pronunciare una frase intera.

E prima che Nicholas potesse trarre le sue conclusioni, il cellulare che avevo in mano iniziò a suonare con quella ridicola melodia che non fece che intensificare l'atmosfera surreale della situazione.

Nicholas mi prese il telefono per controllare chi mi stava chiamando.

«Perché ti sta cercando?» la sua voce suonò così gelida che dovetti alzare lo sguardo verso di lui.

Mio Dio, era così teso che inconsciamente feci un passo indietro.

«Perché ti chiama, Noah?»

«Nicholas, io…»

E un solo sguardo fu sufficiente perché capisse cos'era successo.

«Dimmi che quello che sto pensando non è vero».

La sua voce era così spaventata che avrei dato qualsiasi cosa, qualsiasi cosa per sparire da lì, per sparire dal mondo, per smettere semplicemente di esistere. «Per favore, dimmi che quello che indossi non è suo, dimmi che le immagini che mi stanno passando davanti agli occhi sono solo fantasie… dimmelo, Noah!» il suo urlo e le sue mani aggrappate alle mie braccia mi tirarono fuori da quello stato di paralisi e rimasi semplicemente a guardarlo mentre le lacrime scendevano, scendevano e scendevano fino ad arrivare a terra, nel luogo in cui sarei dovuta stare io in quel momento, nel luogo dove mi avevano condotto i miei demoni, le mie diffidenze e tutti i miei problemi.

«Mi dispiace» mi scusai così a bassa voce che non seppi nemmeno se aveva sentito. Eppure l'aveva fatto perché, in quel preciso istante, mi lasciò andare come se la mia pelle bruciasse, come se all'improvviso non riuscisse più a toccarmi...

«No... non l'hai fatto, è una bugia». Iniziò ad andare avanti e indietro nella stanza, con la testa tra le mani che agitavano disperate i suoi capelli scuri fin quando si voltò di nuovo verso di me e si avvicinò per prendermi il viso tra le mani.

«Per favore, per favore, Noah, non punirmi per questo; ti ho già chiesto scusa, non giocare con la mia lucidità, dimmi solo che è una bugia, dimmelo e basta... ti prego». La sua voce si ruppe e ciò mi fu sufficiente per capire che stavamo andando entrambi in frantumi. Se prima pensavo che il mio cuore avrebbe smesso di battere per il dolore, ora, nel vederlo soffrire, nel vedere ciò che gli avevo fatto, capii che era ancora peggio: anche se è dolorosissimo che ti spezzino il cuore, è infinitamente più straziante spezzarlo alla persona che ami con tutta l'anima.

«Nicholas... sono stata una stupida... credevo... ho creduto... mi dispiace, Nick, mi dispiace» dissi con la voce affogata nelle lacrime e prendendogli il viso tra le mani.

Ma non mi permise di farlo... il suo corpo si irrigidì e, afferrandomi dai polsi, evitò il mio contatto. Poi mi guardò dritto negli occhi.

«Sei andata a letto con lui?» la sua voce suonò così sofferente che ringraziai che le lacrime mi annebbiassero la vista e mi impedissero di vedere, per qualche istante, il suo aspetto distrutto. «Maledizione, rispondimi!»

Le sue parole sembravano conficcarsi nel mio stomaco come lame, ero schifata da me stessa... Così tanto che pensavo di vomitare di nuovo, proprio lì, non mi ero mai sentita così sporca in tutta la mia vita... Lui lo notò, lo lesse sul mio viso, ormai non ero la stessa, non lo sarei mai più stata.

Senza dire una parola, si voltò e uscì dal mio appartamento.

Rimasi lì per qualche secondo, guardando il vuoto che aveva lasciato attorno a me e, quel breve lasso di tempo, fu sufficiente per decidere che non potevo perderlo, che non potevo permettere che finisse così, perché Michael era stato un errore immenso, un errore che Nicholas mi avrebbe perdonato, doveva farlo, perché mi amava e io amavo lui. Mi rifiutavo di accettare che la nostra storia finisse, dopo aver saputo che tutto ciò che avevo creduto non era vero, dopo aver saputo che lui mi amava... dovevo fargli capire che era stato un errore, che potevamo farcela: mi accorsi che quella sarebbe stata la battaglia più ardua della mia vita, ma l'avrei vinta, dovevo vincerla.

Uscii di corsa dall'appartamento e scesi le scale il più veloce possibile. Una volta fuori, lo vidi allontanarsi in strada e urlai il suo nome. Nicholas si fermò e si voltò per guardarmi. Lo raggiunsi subito, ma quando lo feci, dovetti bloccarmi a un metro di distanza. La persona che avevo davanti non era il Nicholas che conoscevo: era distrutto, lo avevo distrutto, e quella realtà mi spezzò del tutto.

La pioggia cadeva su di noi, eravamo fradici e infreddoliti, ma non ci importava: ormai non importava più nulla. Sapevo che tutto stava per cambiare, sapevo che il mio mondo sarebbe crollato a breve.

«Ormai non si può più tornare indietro, non riesco neanche a guardarti in faccia...»

Sul suo volto scendevano lacrime desolate.

Come potevo aver fatto una cosa del genere? Le sue parole mi lacerarono l'anima come pugnalate.

«Non so neanche cosa dire» balbettai cercando di controllare il panico che minacciava di distruggermi. Non poteva lasciarmi... non poteva farlo, vero?

Mi guardò dritto negli occhi, con odio, con disprezzo... uno sguardo che non pensavo avrebbe mai potuto rivolgermi.

«Tra di noi è finita» sussurrò con voce rotta, ma decisa.

E con queste poche parole, il mio mondo entrava in un'oscurità profonda, buia e solitaria... una prigione ideata appositamente per me, una prigione che meritavo, questa volta la meritavo proprio.

Epilogo

... Due settimane dopo

Il rumore dei macchinari e l'odore intenso e sgradevole che c'è in tutti gli ospedali mi costrinsero ad alzarmi e ad andare nella sala d'aspetto. Non mi erano mai piaciuti questi spazi e, se fosse dipeso da me, avrei preferito qualsiasi altro luogo a questo.

Mi sedetti su una sedia e mi abbracciai le ginocchia. Negli ultimi giorni era stata la mia posizione preferita e, proprio come quando mi infilavo sotto le coperte, chiusi gli occhi e lasciai che la mia mente vagasse in luoghi in cui avrei preferito non tornare mai. Riuscivo ancora a sentire la voce di Jenna dall'altra parte del telefono, che pretendeva risposte che non ero ancora in grado di dare, e poi quella di William che, furioso, mi avvisava che suo figlio era stato arrestato per aggressione.

Non ci avevo impiegato molto ad arrivare sul luogo dei fatti e credo che ci avrei messo anni a far scomparire dalla mia mente quell'immagine di Nicholas. L'ambulanza si era portata via Michael pieno di contusioni sul viso e sul corpo. Nicholas gli aveva rotto due costole. Riuscivo ancora a vedere come la polizia l'aveva fatto entrare nell'auto di pattuglia e anche come il sangue gli grondava dalle nocche e dal labbro spaccato. Michael si era difeso, ovvio, ma non era stato abbastanza per far fronte a un

Nick completamente fuori di sé. Ero stata io a spingerlo a quello, era di nuovo stata colpa mia.

Ricordo che Jenna spuntò dietro di me e, proprio in quel preciso istante, le gambe mi cedettero. Lei e Lion mi sorressero prima che svenissi, mi portarono a casa di lei in auto e, senza fare domande, si presero cura di me per tutta la notte. Lion andò in commissariato e chiamò William; nel frattempo, Jenna mi abbracciò nel letto mentre io versavo tutte le lacrime che mi erano rimaste. Dopo quella notte non avevo più pianto, perché ero talmente distrutta che ormai nulla, nemmeno le lacrime, era in grado di placare il mio dolore.

Ed ora eccomi lì: avevo cercato conforto nell'uomo che aveva promesso di aiutarmi e che era il responsabile di quanto ora mi sentissi male.

Sospirai mentre il mio cellulare squillava e vibrava sulla sedia di plastica su cui l'avevo appoggiato.

Era Will.

«Noah, è appena uscito» annunciò e io mi alzai di scatto. «Ho dovuto fare appello a tutti i miei contatti ma a quanto pare O'Neil ha ritirato la denuncia... immagino che alla fine tu avessi ragione ed è servito che gli parlassi».

Mi sentii invadere dal sollievo.

«È libero?» chiesi quasi senza crederci.

William respirò a fondo all'altro capo della linea e riuscii quasi a vedere il suo viso stanco e preoccupato, ma finalmente sollevato perché suo figlio non era finito in carcere per colpa della sua figliastra.

«Sì, per poco».

Annuii portandomi la mano alla bocca e mi sedetti sulla sedia dell'ospedale. Cadde la linea e i miei occhi si concentrarono sulla parete che avevo davanti.

Non mi sarei mai perdonata se Nick fosse finito in galera per colpa mia; facevo già abbastanza fatica ad alzarmi la mattina per andare in ospedale, non avrei retto il peso di un altro senso di colpa.

Jenna spuntò nel corridoio, con in mano due caffè e un sacchetto.

«Ti ho portato qualcosa da mangiare e non intendo continuare a sopportare i tuoi rifiuti, hai sentito? Ora mangi, e subito».

Senza prestarle troppa attenzione, le presi di mano la tazza di caffè e bevvi un piccolo sorso. Il liquido tiepido non riuscì a riscaldarmi; mi sentivo fredda, congelata dentro e fuori: non importava quante coperte mi mettessi addosso, mi mancava qualcosa, mi mancava la cosa più importante.

«Nick è uscito» sussurrai.

Jenna aprì gli occhi sorpresa e sospirò profondamente, proprio come avevo fatto io non appena saputa la notizia.

«Cazzo… menomale!»

Annuii deviando di nuovo lo sguardo.

«Noah…» iniziò a dire lei con quel suo tono rassicurante, ma io non volevo ascoltare, non volevo che parlasse, non volevo che cercasse di tirarmi su. Ora volevo solo sprofondare nella mia tristezza e isolarmi. «Le cose andranno meglio, d'accordo? Michael sta bene, si sta riprendendo senza conseguenze e ora Nick è uscito di galera. Conoscendo William, non gli resterà nulla sulla fedina, quindi per favore fai un sorriso».

I miei occhi andarono verso la mano che sosteneva il suo caffè. Sull'anulare aveva uno splendido anello d'argento con al centro un diamante bianco. Avevo dovuto sentirmi in colpa anche per quello, perché la notte in cui tutto era precipitato, Lion aveva chiesto a Jenna di sposarlo e lei aveva dovuto mollare tutto per venire da me e affrontare quello che era successo.

Sebbene fossi del tutto assente, non riuscivo a ignorare il luccichio che sembrava nascondersi nei suoi occhi quando guardava Lion o il suo anello di fidanzamento. Ero felice per lei, lo ero davvero, ma la sua gioia ravvivava ferocemente il dolore del mio cuore.

Io non avrei mai avuto tutto quello, soprattutto dopo l'accaduto. Ora, nel vedere ciò che avevo perso, mi accorgevo di quanto ero stata idiota. La mia paura di soffrire mi aveva impedito di farmi amare davvero, perché Nick mi aveva amata con tutta l'anima e io lo avevo allontanato più volte fino a trascinarlo con me nel buio in cui ero immersa praticamente sempre.

Era quello a farmi più male, perché io ero abituata al dolore. Sebbene temessi o cercassi di sfuggire dal dolore come meglio potevo, quando lo provavo riuscivo a reggerlo. Ma non ce la facevo a sopportare il suo.

Tutte le volte che mi aveva detto di amarmi, tutte le volte che avevamo discusso per delle idiozie, tutti i baci rubati, le carezze, l'amore che era riuscito a provare soltanto per me… era tutto finito per diventare il suo incubo.

Quel pomeriggio Jenna mi accompagnò a casa. Non avevo più rivisto Briar dalla notte della festa e, quando arrivai nell'appartamento, le sue cose non c'erano più. 'Meglio così' mi dissi. Briar faceva parte di un passato di Nick che io non avrei dovuto conoscere perché non aveva niente a che fare con me. Ora capivo che il passato doveva rimanere lì, nel passato, perché se gli permettevamo di tornare avrebbe consumato il nostro presente.

Mi tolsi le scarpe mentre Jenna frugava in cucina, insistendo perché mangiassi qualcosa. Ma io non ce la facevo, avevo un tale nodo allo stomaco che non c'era spazio per nient'altro. Mi infilai a letto e, quando appoggiai la testa sul cuscino, sentii il rumore della carta quando si stropiccia. Presi il foglio e, con una fitta di dolore al petto, vidi che era la lettera che mi aveva scritto Nick.

La aprii con le dita tremanti e lessi di nuovo le sue parole.

> Ti darò altro tempo; se è ciò di cui hai bisogno, se è quello che devo fare perché tu ti renda conto che amo te e solo te, allora lo farò. Non so più come fare perché tu mi creda, perché ti renda conto che voglio solo prendermi cura di te e proteggerti per sempre. Non andrò da nessuna parte, Noah, la mia vita e il mio futuro sono con te, la mia felicità dipende esclusivamente da te. Smettila di avere paura: io sarò sempre la tua luce nel buio, amore mio.

Chiusi forte gli occhi.

'Non andrò da nessuna parte'.

'La mia vita e il mio futuro sono con te'.

'La mia felicità dipende esclusivamente da te…'

Mi portai la lettera al cuore e la strinsi con forza.

'Sarò sempre la tua luce nel buio'.

Mi abbracciai, sapendo che ormai quelle parole non significavano nulla. Nicholas era stato chiaro, non voleva mai più rivedermi, non aveva voluto che andassi a trovarlo in carcere, non aveva risposto alle mie telefonate.

Per lui io non esistevo più.

Ringraziamenti

Per prima cosa vorrei ringraziare tutte le persone che mi hanno chiesto questa seconda parte. All'inizio *È colpa mia?* doveva essere un solo libro, e dopo quasi un anno di blocco, di storie iniziate e lasciate a metà, ho capito che dovevo scrivere questo seguito. La storia di Nick e Noah non era finita e, quando mi ci sono messa, non sono più riuscita a fermarmi.

In secondo luogo, ringrazio le mie editrici Rosa e Aina. Grazie di avermi aiutata a trasformare questo libro in quello che è adesso. Non è stato facile scrivere *È colpa tua?* in stile Wattpad, caricando capitoli tutte le settimane senza poter lavorare al romanzo come si deve o almeno come io ero abituata a fare. Siete riuscite a renderlo perfetto e a far restare i personaggi fedeli a se stessi. Adoro questa nuova versione!

Agli illustratori, grazie mille per aver creato delle copertine incredibili: avete ideato il Nick perfetto e io che pensavo fosse impossibile. Vi siete superati. Ne sono innamorata!

Grazie alla mia agente Nuria, sai che senza di te sarei persa in questo mondo letterario in cui sono entrata senza quasi rendermene conto.

Grazie a mia cugina Bar, perché ti sei letta tutti i cambiamenti migliaia di volte perché mi dici sempre quello che pensi e in più ti sei presa il disturbo di farlo senza ferire i miei sentimenti. Tutti i tuoi consigli mi hanno aiutata a fare di questa storia ciò che è. Non so come farei senza il tuo aiuto. Magari vivessimo più vicine e potessi condividere con te ciò che entrambe amiamo tanto: la lettura.

Alla mia famiglia grazie per il vostro entusiasmo, per l'appoggio e per la voglia di leggere. Vi voglio tanto bene!

Garri, sei il fratello maggiore che non ho mai avuto, grazie di essere come sei e di essere entrato nella mia famiglia per non uscirne mai. Non ho parole per descrivere quanto ti apprezzo.

Ali, grazie di essere l'amica che c'è sempre, grazie di essermi vicina e di credere in tutti i miei sogni e ambizioni. Siamo molto diverse, ma non so cosa farei senza di te.

Ai miei *culpables*, grazie. Continuo a non credere al modo in cui vi siete innamorati dei miei personaggi. Grazie per tutto l'amore che mi date sui social, per la vostra pazienza e perché siete una famiglia che un giorno spero di poter conoscere! Vi voglio bene!

E, infine, grazie a tutti voi che siete andati a comprare *È colpa mia?* non appena è uscito. Quando la mia editrice mi ha detto che in quattro giorni erano state vendute praticamente tutte le copie, per poco non mi è venuto un infarto. Grazie, grazie, grazie!